KAJA OHLSEN

MORIKOKO

A tale of foxes, unicorns and hats

Das Buch

Max ist erkältet und sucht bei seinem Freund Trost und Fürsorge, doch Alex benimmt sich wieder einmal wie der Elefant im Porzellanladen. Als Alex jedoch bemerkt, wie sehr er Max verletzt hat, schenkt er ihm einen Wunsch. Anstatt einer Bestellung seines Lieblingsgerichts beim Italiener oder einer Tasse heißen Kakaos wünscht Max sich – ein Märchen.

Und so beginnt Alex mit seiner Geschichte über einen kleinen, armen Jungen, der von seinem Vater verstoßen wird und durch den Wald irrt. Von gütigen, sprechenden Bäumen und weisen plappernden Steinen. Von frechen Fuchskindern, trotzigen Rotkätzchen, Herbstgesängen und der großen Liebe. Die geht bekanntlich gerne seltsame Wege - und manchmal trägt sie sogar einen Hut.

Die Autorin

Kaja Ohlsen (Pseudonym), geboren 1989 in Hamburg, wuchs in Schleswig-Holstein auf. Im Alter von 14 Jahren zog sie mit ihren Eltern in ein kleines Dorf in Niederbayern. Dort absolvierte Kaja Ohlsen zunächst die Realschule, anschließend die Ausbildung zur Erzieherin. Seither arbeitet sie in einer Kindertagesstätte und schreibt sowohl an eigenen Romanen, als auch an Fanfiction.

Bisher von der Autorin bei BoD erschienen:

Irgendwo auf der Welt (2016)
Die bezaubernde Miss Kitty (2017)
Die Ecken meines Herzens (2018)

Morikoko

A tale of foxes, unicorns and hats

Kaja Ohlsen

Bibliografische Informationen der Deutschen Nationalbibliothek:
Die Deutsche Nationalbibliothek verzeichnet diese Publikation in der
Deutschen Nationalbibliografie, detaillierte bibliografische Daten sind im
Internet über http://dnb.dnb.de abrufbar.

© 2018 Kaja Ohlsen
Herstellung und Verlag
BoD – Books on Demand, Norderstedt
Coverbild: Pixabay
ISBN 9783748110736

Prolog

„Mein Kopf tut weh."

„Aha."

„Und mein Hals kratzt furchtbar."

„Hm."

„Luft bekomme ich auch kaum."

„Tja."

„Ich glaube, ich muss sterben."

„Ich glaube, du spinnst noch mehr als sonst."

„Ich bin krank. Schwer krank", empört sich Max, hustet demonstrativ und zieht sich die Decke wieder bis unters Kinn. Er sitzt seit einer halben Stunde auf seinem Lieblingssessel, fest in die große, petrolfarbene Decke eingewickelt, die eigentlich Alex gehört.

Tatsächlich ist er zwar recht blass, hustet und niest schon den ganzen Tag und klingt, als hätte er die letzte Nacht bei einem Punkrockkonzert sämtliche Lieder mit gebrüllt, aber trotzdem wird Alex das Gefühl nicht los, dass Max ein klein wenig übertreibt. Er ist halt eine Mimose. „An Schnupfen sterben nur Katzen", entgegnet Alex deshalb und versteckt sich weiter hinter seiner Auto, Motor, Sport.

„Du bist ein herzloser Mistkerl." Max hustet erneut, aber dieses Mal ist es definitiv echt. Es klingt bellend, rau und schmerzhaft und will und will einfach nicht aufhören.

Als Alex nun doch das Magazin senkt, schimmern Tränen in Maximilians von der Erkältung geröteten Augen und sein Gesicht ist noch eine Spur blasser als zuvor. Ein Seufzer gleitet über Alex' Lippen. Er weiß schon sehr lange, dass er ein ziemliches Arschloch sein kann. Genau genommen, dass er ein ziemliches Arschloch ist. Ihm fehlen gewisse soziale Kompetenzen. Rücksicht fällt ihm extrem schwer. Mit Mitleid hatte er auch schon immer Probleme. Empathie? Komplette Fehlanzeige.

Umso weniger versteht er, warum ausgerechnet Max mit all

seiner liebevollen Zärtlichkeit, seiner Fürsorge und seiner tiefverwurzelten romantischen Ader ihm seine Zuneigung schenkt. Es ist ihm ein absolutes Rätsel – und das seit nunmehr vier Jahren.

„Tut mir Leid", brummt Alex entschuldigend, „du hast Recht, was den herzlosen Mistkerl angeht."

Er steht von der Couch auf und schnappt sich die leere Thermoskanne, die auf dem Wohnzimmertisch steht, inmitten von Hustensaft, Lutschbonbons und Zupfboxen. „Ich mach dir deinen Erkältungstee und koche dir noch eine Suppe. Du brauchst was in den Magen. Oder möchtest du lieber was anderes?"

„Keinen Hunger", murmelt Max und schiebt die Decke beiseite. Er setzt schwerfällig und ungelenk die Beine vom Sessel auf den Boden und steht auf. „Bin müde. Gute Nacht." Und bevor Alex noch etwas sagen kann, verschwindet Max aus dem Wohnzimmer, ohne ihn eines Blickes zu würdigen.

Jetzt fühlt sich sogar Alex mies. Ja, Max ist manchmal ein kleiner Hypochonder, aber es ist nicht von der Hand zu weisen, dass es ihm gerade schlecht geht. Wäre es da zu viel verlangt gewesen, dass Alex ihm ein wenig hilft? Ihn umsorgt, ihm Brust und Rücken mit Erkältungscreme einreibt und vielleicht sein Lieblingsessen kocht? All die Dinge macht, die andersherum für Max eine Selbstverständlichkeit darstellen, wenn Alex krank ist?

Aber nein.

Er sagt ihm den ganzen Tag lang, dass er sich nicht so anstellen soll.

Sehr liebenswürdig und aufmerksam.

Alex macht also einen Umweg über die Küche zum Schlafzimmer, kocht in der Mikrowelle eine Tasse Kakao für Max und gibt einen Klacks Sprühsahne darauf. Aus dem großen Waschschrank im Flur schnappt er im Vorbeigehen eine dunkelgraue, weiche Wolldecke und klemmt sie sich unter den Arm, zusammen mit einem zusätzlichen Kissen. Im

Schlafzimmer setzt er sich an die Bettkante, stellt die Tasse ab und legt Decke und Kissen auf das Bett. Max hat ihm den Rücken zugedreht und die Decke bis an die Nasenspitze gezogen.

„Lass mich in Frieden", brummt sein Freund, was weit weniger bedrohlich klingt als sonst. Liegt wahrscheinlich an der verstopften Nase, die seine Aussprache sehr nasal klingen lässt. Irgendwie französisch, findet Alex, allerdings ist es vermutlich nicht hilfreich, wenn er das jetzt zu Max sagt.

„Komm schon, du weißt doch besser als ich, was für ein Idiot ich sein kann", sagt er und legt seine Hand auf Maximilians Schulter.

Der jedoch entzieht sich seiner Berührung. „Du schaffst es immer wieder, dich zu steigern", erwidert Max und klingt alles andere als versöhnlich.

„Es tut mir leid, wirklich. Ich mach es wieder gut."

„Ach ja? Und wie?"

„Wünsch dir was."

Nun scheint Max doch aufzuhorchen und überlegt. „Ein Märchen", sagt er dann, „erzähl mir ein Märchen."

„Damit du wieder nicht einschläfst?"

„Du hast gesagt, ich darf mir etwas wünschen. Ich wünsche mir ein Märchen. Mit Wald und Herbst und Liebe."

Alex seufzt ergeben. „Na gut." Er breitet die Decke über Max aus, der sich nun auf den Rücken dreht. „Es war einmal, vor langer, langer Zeit, ein kleiner Junge, der lebte mit seinen Eltern und seinen Geschwistern in einer kleinen Hütte am Rande eines Waldes. Der kleine, magere Junge eignete sich kaum zur Arbeit, zu schwerer schon gleich gar nicht, und stahl sich wieder und wieder davon, die Tiere und Blumen der Wiesen und Wälder zu beobachten."

„Danke", murmelt Max leise, als Alex ihm auch noch das zweite Kissen unter den Rücken schiebt und den heißen Kakao in die Hand drückt.

Während er aus seinen Klamotten schlüpft, erzählt Alex

weiter: „Kein Handwerker der umliegenden Dörfer wollte den schmächtigen Knaben in die Lehre nehmen und so entschied der Vater, ihn mit zur Jagd zu nehmen, auf dass er wie er ein Jäger werde und das Fleisch und das Fell der Tiere verkaufen konnte. Doch jedes Mal, wenn sie im Wald innehielten und der Vater auf ein Tier die Armbrust anlegte, musste der Junge husten oder niesen, stieg unbedacht auf einen Zweig, der daraufhin knackend brach, oder machte ein anderes Geräusch, das ihre Stellung verriet und das Tier zur Flucht antrieb. Als sein Vater schließlich vier Fuchswelpen entdeckte, die vor einer Höhle tobten und balgten, wies er den Jungen an, stehen zu bleiben und zu warten, bis er mit der Arbeit fertig war.

Der Knabe wartete, überlegte, wie er die Tiere warnen konnte, ohne sich selbst zu verraten, doch als ihm nichts einfallen wollte und der Vater bereits auf den ersten Welpen zielte, lief er los und schrie. Der Vater zuckte zusammen, verriss die Waffe und schoss in einen Baum. Der Pfeil blieb bebend im Stamm stecken, die Welpen schreckten auf und verschwanden im Bau ihrer Mutter. Der Vater war ungehalten und stapfte auf den Jungen zu, vor Wut die Hände zu Fäusten geballt, packte seinen Sohn am Kragen, schüttelte ihn wild und warf ihn dann auf den moosigen Boden. Er griff nach seiner Armbrust, warf seinem Sohn einen abschätzigen Blick zu und sagte: „Wenn du nur verloren gingest, die Welt wäre für mich voll sonniger Tage." Er wandte sich von dem Jungen ab und setzte sich in Bewegung, ohne ihn eines weiteren Blickes oder Wortes zu würdigen."

„Grausam", murmelt Max und schnieft. „Das wird jetzt aber nicht wie beim Mädchen mit den Schwefelhölzern und der Junge erfriert im Wald."

„Willst du das Märchen hören oder nicht?"

Max seufzt. „Erzähl weiter."

1

Der Junge lag auf dem feuchten, moosigen Waldboden, Tränen in den Augen und auf den Wangen, schmerzende Oberarme dort, wo sein Vater ihn grob gepackt hatte, und das Gefühl im Herzen, dass es besser war, tatsächlich verloren zu gehen. Wenn er jetzt zurückkehrte, würde er in die enttäuschten Augen seiner Mutter blicken müssen und dies wäre schlimmer als jede Strafe, die sein Vater sich für ihn ausdenken konnte. Also schluckte er schwer gegen den Kloß in seinem Hals an, setzte sich auf und wischte sich mit dem Hemdsärmel die Tränen aus dem Gesicht. Er stand auf, sah sich kurz um und stapfte dann los – tiefer und immer tiefer in den Wald hinein. So lange und so weit wollte er gehen, bis er nicht mehr wusste, wie er aus dem Wald wieder heraus kam und ihn auch sonst niemand mehr finden konnte.

Während er über den erdigen Boden stapfte, die kleinen Hände zu Fäusten geballt, nichts am Leib als Hose, Hemd und ärmelloser Weste, dachte er an seine Geschwister, die sich bald an den Tisch setzen würden, um sich ums Abendbrot zu streiten: Brot, ein winziges Stück Käse, vielleicht ein Schluck Milch. Wenn er nicht nach Hause kam, hatten sie einen Konkurrenten, seine Mutter einen zu fütternden Mund weniger. Er, der ohnehin nie etwas dazu beitrug, dass Essen auf dem Tisch landete und die Bäuche füllte, würde ihnen nie wieder zur Last fallen, das schwor er sich bei allen Heiligen.

Trotz seiner Entschlossenheit wurden seine Schritte bald langsamer. Der Wald wurde dichter, unwegsamer, und die Dämmerung setzte ein, die Sonne entzog ihr Licht dem Himmel, während der abendliche Wind mit winterlicher Kälte durch seine Kleidung fuhr, als trüge er sie überhaupt nicht am Leibe. Arme und Beine begannen zu zittern, wenig später die Zähne zu klappern. Er verschränkte die Arme vor dem Oberkörper und steckte seine Hände schützend unter die Achseln, um sie zu wärmen. Umdrehen wollte er dennoch nicht.

Er dachte an all die Male, die sein Vater ihn zu einem der Handwerker im Dorf oder Nachbardorf gebracht hatte, immer in der Hoffnung, sein Sohn möge sich für irgendeine Arbeit eignen, egal, welche es sein mochte. Die Hitze beim Schmied hatte er nicht vertragen, die Säcke in der Mühle waren viel zu schwer gewesen und dem Tischlermeister zufolge fehlte ihm das rechte Augenmaß. Jedes Mal hatte sein Vater ihn wieder abholen müssen, jedes Mal gab es nichts als ein ablehnendes Kopfschütteln.

Nichts zu machen, mit dem Jungen, hatte selbst der Priester gesagt, der sich für einige Wochen erbarmt hatte, ihm ein paar Worte Latein beizubringen.

Als seine bloßen, kleinen Füße so sehr brannten, dass er keinen Schritt mehr zu gehen vermochte, war es so dunkel geworden, dass er keinen Meter mehr weit sehen konnte, und der erste Schnee des Winters fiel in kleinen, winzigen Flocken zur Erde. Er stolperte über eine Wurzel, Zweige schlugen ihm ins Gesicht und die Haut seiner Hände riss sich an Steinchen und Ästen wund, als er zu Boden stürzte. Müde, ausgelaugt und durchgefroren fehlte dem Jungen die Kraft, aufzustehen. Er zog die Knie eng an den Körper und umschlang sie mit seinen starren Armen. Längst hatte er aufgehört, ob der klirrenden Kälte zu zittern.

„Was liegst du zu meinen Füßen und weinst, Menschenkind? Das ist kein rechter Ort zum Schlafen. Heute Nacht kommt der Frost. Geh nach Hause, kleiner Mensch", sprach jemand mit tiefer, brummender Stimme.

Der Junge wollte antworten, doch alles an ihm war starr und eisig, seine Finger und Füße spürte er kaum noch. Seine Gedanken waren träge und ziellos, Bilder seiner Geschwister tauchten vor seinen verschlossenen Augen auf: wie sie am Tisch saßen und aßen und dabei kein Wort sprachen; sein Vater, der mit dem Hund nach draußen ging, eine Laterne in der klobigen, schwieligen Hand, nach Bewegungen am

Waldrand suchte, ohne jedoch einen Namen zu rufen; seine Mutter, die stumm am Tisch saß, das Hemd des Vaters in Händen, das dringend geflickt werden musste, den Blick auf seinen Teller und den leeren Platz gesenkt, die Augen abwesend.

Ob sie ihn doch vermissten, ein klein wenig nur?

Vielleicht würde er von ihnen träumen, wenn er einschlief, von Mutters dampfend heißer Kartoffelsuppe oder den kleinen Tierfiguren, die sein Vater aus Holzresten für seine Kinder schnitzte. Oder den Liedern, die seine Schwestern sangen, während sie einander an den Händen hielten und im Kreis hüpften. Von seinen Brüdern, die miteinander um die Wette liefen oder sich im Spiel schubsten und stießen, bis doch wieder einer von ihnen weinte.

Ob sterben wohl weh tat?

Oder war es wie einzuschlafen, nur ohne aufzuwachen?

Wenn du nur verloren gingest, hörte er die schroffen Worte seines Vaters in seinen Ohren summen.

Zum ersten Mal in seinem Leben würde er seinen Vater nicht enttäuschen - mehr verloren gehen als zu sterben, konnte man vermutlich nicht.

Flügel schwangen sich durch die Nacht. Krallen kratzten über Holz. „Das ist der Mensch, der Aminas Welpen gerettet hat", krächzte jemand von ganz weit oben.

„So, so", brummte die tiefe Stimme von zuvor.

„Die Seinen wollen ihn nicht mehr, er ist ihnen unbequem, er nimmt ihnen die Sonne, Sonne, Sonne", krächzte das Wesen weiter. „Und jetzt stirbt der Mensch hier. Schade drum. Schade drum. Dummdidummdidumm."

Äste knarrten und knacksten, als sich der Erste wieder zu Wort meldete. „Schluss mit dem Unsinn, wer wird denn gleich von Sterben reden. Das Menschenkind hat sich zu meinen Wurzeln hernieder gelegt, also will ich mich darum kümmern. Flieg weiter, Plappervogel, bevor ich dich von meinen Ästen schüttle. Ich habe mit dem Kind zu sprechen."

Ein kurzes, protestierendes Krächzen zerriss die Stille der Nacht, doch dann schlugen Flügel durch die Luft und der Vogel verschwand in der Ferne.

Vielleicht ist das so, wenn man stirbt, dachte der Junge bei sich, *da hörst du dann die Tiere und Pflanzen sprechen, weil der liebe Herrgott dich zu sich ruft und deine Ohren wieder öffnet für all die fremden Sprachen, die einmal eine einzige waren.*

„Du hast gut getan an den Bewohnern dieses Waldes, also wollen wir auch gut an dir tun und dir eine Zuflucht bieten. Doch deine Menschenhaut ist nutzlos gegen Wind und Wetter; damit du bei uns bleiben kannst, brauchst du ein dichtes Fell. Die Füchse hast du beschützt, nun soll dich ihr Fell beschützen, solange du es zu tragen wünschst."

Wärme erfasste den Körper des Jungen, flauschige Gemütlichkeit breitete sich aus. Ein leises Knacksen und Knicksen knisterte um ihn herum und nach wenigen Minuten drang der eiskalte Wind nicht mehr zu ihm hindurch. Er rollte sich noch enger zusammen und spürte weiches Fell, das ihn an der Nasenspitze kitzelte.

„Diese Höhle soll von nun an die deinige sein. Du kannst hier schlafen und ausruhen, solange du möchtest. Meine Wurzeln sollen dir zu jeder Zeit Zuhause und Schutz sein. Und nun schlafe, Menschenkind, du Kind des Waldes. Schlafe, bis die Morgensonne dich wach kitzelt, kleiner Morikoko."

Und so schlief der Junge in der Geborgenheit der dichten Wurzelhöhle auf weichem Moos und eingehüllt in warmes Fell.

2

Die Morgensonne bekam keine Gelegenheit, ihn in seiner Höhle aus dem Schlaf zu kitzeln. Denn bevor sie ihre weichen, hellen Strahlen auf seiner Nasenspitze tanzen lassen konnte, steckte jemand energisch seinen Kopf zum Eingang der Höhle herein.

„Der blöde Vogel hat Recht! Da liegt er!", rief eine hohe, fiepsende Stimme aufgeregt.

Erschrocken zuckte er zusammen und stolperte dann über seine eigenen Beine, als er aufspringen und zurückweichen wollte. Er riss die Augen auf und blickte verwirrt in das flauschige, bräunlich-rote Gesicht eines Fuchswelpen.

„He, rutsch, mach Platz, ich will ihn auch sehen!"

„Macht euch doch nicht so breit, ihr seid nicht alleine im Wald!"

„Das musst du gerade sagen, du bist doch breiter als wir drei zusammen!"

„Könnt ihr mal die Klappe halten? Ich glaube, wir machen ihm Angst", fiepste der erste Fuchs, schob den Kopf eines anderen wieder aus der Höhle hinaus und wandte sich dann dem Jungen zu. „Mama sagt immer, wir sind zu stürmisch. An uns muss man sich erst gewöhnen."

„Frag ihn, ob er zum Spielen raus kommt!"

„Du sollst still sein, hat sie gesagt!"

„Selber!"

„Schluss jetzt!", fauchte der Fuchs zur Höhle hinaus. „Er kommt ja gar nicht dazu, etwas zu sagen! Wir müssen ..." Äste knarrten und knacksten und der kleine Fuchs wurde langsam rückwärts aus der Höhle gezogen. „Halt! Nicht! Lass mich los, alter Baum, oder ich beiße dich in deine Wurzeln!"

Jemand lachte amüsiert, aber freundlich. Eine tiefe Stimme erwiderte: „Du bist ein Wildfang, kleine Nalani, genau wie deine Mutter einer war. Setz dich zu deinen Brüdern und warte, bis ich mit Morikoko gesprochen habe. Dann könnt ihr mit ihm spielen, falls er das möchte."

„Aber ich ..."

„Na!"

Schnauben. „In Ordnung. Aber nur kurz. Wir müssen los", fiepste das Fuchskind.

„So so", sagte der Baum und ließ das Füchslein auf den Boden plumpsen. „Morikoko, kommst du zu uns heraus? Ich möchte dich gerne sehen, wenn wir uns miteinander unterhalten."

Das muss ein Traum sein, dachte der Junge, während er den Füchsen und dem Baum zugehört hatte. Sein Blick fiel auf seine Hände, die keine Hände mehr waren, sondern kleine, behaarte Pfoten. Sein Herz begann schneller zu schlagen, als sich auch seine Füße als Pfoten erwiesen.

Er musste im Wald eingeschlafen sein und jetzt träumte er, während er erfror. Genau, das war die einzig sinnvolle Erklärung. Immerhin würde es dann nicht weh tun, das Sterben. Und ... solange er träumte, was sprach dagegen, die Höhle zu verlassen, um sich mit einem Baum zu unterhalten?

Er atmete tief durch, sah dann an sich herab und musterte seine vier Beine und Pfoten. Nacheinander wackelte er mit den Zehen. Ein seltsames Gefühl.

Versuchsweise stellte er sich auf seine Pfoten, spürte das Moos unter seinen bloßen Sohlen. Ein letztes Mal atmete er tief ein, dann setzte er sich in Bewegung und stakste ungelenk aus der Wurzelhöhle heraus. Dabei verlor er zweimal das Gleichgewicht, stolperte rückwärts und fiel beinahe auf seinen Hintern. Die Fuchskinder grinsten und kicherten, doch er hatte keine Zeit, sich lange darüber zu ärgern, denn als er sich umdrehte, blickte er direkt in das runzlige, knorrige Gesicht eines dicken, uralten Baumstamms, über dem viele Meter hoch blattlose Äste als gewaltige Krone in den kühlen Morgenhimmel ragten.

Mit offenem Mund starrte er in das Gesicht. Dieses Mal landete sein Hintern tatsächlich auf dem Boden. Kleine Steine und Äste piksten ihn, doch das war ihm egal. Noch nie hatte er etwas derart Beeindruckendes gesehen.

„Guten Morgen, mein kleiner Morikoko. Wie ich sehe, hast du dich gut von den Strapazen erholt. Laufe nur mit deinen neuen Pfoten durch den Wald, dann werden sie sich alsbald anfühlen, als wärst du mit ihnen geboren. Aber vergiss nicht: Sie sind nur eine Leihgabe zu deinem Schutz. Wann immer du wieder als Mensch über die Erde wandeln und nicht mehr hier leben möchtest, brauchst du den Wald nur zu verlassen, um das Fell abzustreifen. Hast du das verstanden?"

Er nickte.

Nicht, dass er es tatsächlich verstanden hätte, aber er wollte nicht die Geduld eines so mächtigen Wesens auf die Probe stellen, ganz gleich, ob Traum oder Wirklichkeit. Erwachsene konnten sehr schnell wütend werden, wenn Kinder etwas nicht verstanden, und wenn er auf etwas verzichten konnte, dann sicherlich, dieses Wesen zu erzürnen.

„Dann geh spielen, kleiner Morikoko, entdecke deine neue Heimat und sei unbesorgt. Nalani wird dich unbeschadet pünktlich zur Dämmerung zurück zur Wurzelhöhle bringen."

„Versprochen!", meldete sich das Fuchsmädchen und sprang auf ihre Pfoten. Sie sah vom Baumgesicht zu ihm herüber und fragte: „Kommst du mit, Morikoko?"

Er zögerte einen Moment, aber dann nickte er erneut.

Plötzlich sprangen die anderen Fuchswelpen ebenfalls auf die Füße, umringten ihn, stupsten ihn mit ihren kleinen, feuchten Nasen und schnupperten an ihm.

Morikoko.

Der Name klang irgendwie … richtig, dachte der Junge bei sich.

„Wir wollen zu den plappernden Steinen, um unsere Zukunft vorhersagen zu lassen", sagte einer der Füchse, dessen linkes Ohr an der Spitze abgeknickt war. „Ich bin Mamndi."

„Ich werde der größte und stärkste Fuchs, der jemals in diesem Wald gelebt hat. Und mein Bau wird so groß sein, dass alle anderen Füchse sich so einen tollen Bau wünschen", verkündete das dickste der vier Fuchskinder.

„Träum weiter, Kulko. Du wirst niemals stärker sein, als ich es bin!", warf der dritte Fuchsbruder ein und reckte dabei stolz die schmale Brust hervor und die Schnauze gen Himmel.

Nalani seufzte. „Ihr seid alle drei peinlich, Laraim", sagte sie und schüttelte den Kopf. Morikoko jedoch lächelte sie an. „Seinen Wurf kann man sich leider nicht aussuchen. Los geht's, sonst sind die Rehe vor uns bei den Steinen und wir können bis zur nächsten Sonnenwende warten!"

Aufgeregt wackelten die Brüder mit ihren Ohren, bevor sie los hüpften.

Morikoko setzte sich ebenfalls in Bewegung, wenn auch weit vorsichtiger und bedachter. Nach ein paar Schritten mit den fremden Pfoten hielt er inne und drehte sich zum Baum um.

Das Gesicht hing immer noch in der Mitte des Stamms und lächelte. „Nur zu, kleiner Morikoko. Hab Spaß."

„Morikoko, komm schon!", rief Nalani von weiter vorne.

Morikoko, dachte er – und rannte los.

3

Sie liefen eine Weile durch den Wald, Mamndi und Laraim vorne weg, Nalani neben Morikoko und Kulko hinterdrein. Während die beiden Brüder vor ihnen nicht müde wurden, sich gegenseitig zu necken, zu stupsen und einander ins Fell zu zwicken, hatte Morikoko alle Hände voll zu tun, seine vier Beine zu koordinieren. Das alleine wäre wohl schnell oder zumindest erheblich leichter zu lernen gewesen, wäre sein neuer Körper nicht so nahe am Boden gebaut. Aus der neuen Perspektive wirkte alles größer, ständig schlugen ihm Äste und Zweige ins Gesicht und gegen die Nase und es war viel schwieriger, über Steine und umgefallene Stämme zu klettern, die im Weg lagen.

Hin und wieder sah er zu Nalani hinüber, die scheinbar mühelos neben ihm lief und sich mit einer natürlichen Eleganz bewegte, von der Morikoko nur träumen konnte.

„Eierschwurbler voraus", brüllte Mamndi plötzlich und rannte in atemberaubendem Tempo davon.

„Den schnapp ich mir!", rief Laraim und legte ebenfalls deutlich an Geschwindigkeit zu. „Das sind ja sechs Stück! Mindestens! Ein ganzer Schwarm! Nalani, Kulko, beeilt euch, die kriegen wir!"

Mühelos jagte das Fuchsmädchen davon, warf Morikoko ein „Beeilung!", zu, und selbst Kulko schien von irgendwoher Kraftreserven freizusetzen, die ihn an Morikoko vorbeirasen ließen.

„Wartet!", rief Morikoko und versuchte, ebenfalls schneller zu laufen. Er senkte entschlossen den Kopf, konzentrierte sich auf seine Beine – und knallte mit voller Wucht gegen einen Baum.

„Aua!" Morikoko plumpste mit dem Hintern auf den Waldboden und schüttelte den Kopf. Ihm war schummrig, sein Blick verschwommen und sein Schädel brummte.

Verflixt.

Die Fuchswelpen waren sicher schon über alle Berge, die

würde er nie im Leben einholen können. Und da er nur hinter den Brüdern hergelaufen war, hatte er sich auch den Weg nicht gemerkt. Er konnte folglich nicht einmal alleine zurück zur Wurzelhöhle finden. Das hatte ja sehr gut funktioniert. Vielleicht, wenn er sich ganz fest …

Ein Pups riss ihn aus seinen Gedanken.

Ein kleiner, winziger, aber für seine neuen Ohren deutlich hörbarer Pups.

Morikoko kniff die Brauen zusammen und ließ seinen Blick schweifen. Gerade, als er sich fragte, ob er sich das Geräusch nur eingebildet hatte, sagte jemand: „Ob er das gehört hat?"

„Ich weiß nicht", zischte ein anderer, deutlich leiser, „Aber brüll ruhig noch ein bisschen weiter herum, dann werden wir es gleich herausfinden."

Seine Ohren zuckten auf seinem Kopf und drehten sich, bis sie die Stimme geortet hatten, dann suchten seine Augen einen Waldfleck zwischen zwei Büschen ab. Und tatsächlich – jetzt konnte er zwei kleine Wesen dort ausmachen; sie standen vollkommen still in Laub und Moos, hielten einen Pilz fest umklammert und wagten nicht einmal zu blinzeln.

„Ich glaube, er hat uns gesehen", flüsterte der erste wieder, wobei sich seine schmalen Lippen kaum bewegten. Die Augen hatte er weit aufgerissen, die großen, spitz zulaufenden Ohren hingen unter dem Hut hervor.

„Hallo", sagte Morikoko schließlich und lächelte. „Ich bin …"

„Friss uns nicht!", riefen die beiden, ließen ihren Pilz los, der zur Seite fiel, und gingen dahinter in Deckung. Nur die Spitzen ihrer roten Mützen lugten hervor.

Morikoko lachte. Die beiden waren zu albern in ihren kleinen Wämsern und Hosen und mit den großen Nasen, die ihnen im Gesicht baumelten. „Fressen? Warum soll ich euch fressen?" Noch während er lachte, hob er seine Pfote in alter Gewohnheit an den Mund und spürte dabei die scharfen, kleinen Zähne in seinem Maul. „Oh. Stimmt." Er legte den Kopf schief und dachte kurz nach. Dann sagte er: „Ich werde euch nicht fressen, keine Angst."

„Das sagst du jetzt, und wenn wir dann rauskommen, packst du uns mit deinen Pfoten, hältst uns fest und beißt uns den Kopf ab!", warf ihm eines der Männlein vor. Es sprach derart aufgeregt, dass seine Mützenspitze wild über dem Pilz in der Luft wackelte.

„Ich wüsste gar nicht, wie das geht", entgegnete Morikoko. „Aber wenn ihr euch fürchtet, gehe ich einfach." Er hob seinen Hintern vom Boden und sah einmal nach links, einmal nach rechts, drehte sich um seine eigene Achse und setzte sich wieder. „Also, falls ihr mir sagen könnt, wo sich der sprechende Baum mit dem Gesicht befindet."

„Sprechender Baum mit Gesicht? Geht's auch etwas genauer?"

„Davon gibt es hier ja bloß ein paar Dutzend."

„Als ob du wüsstest, wie viel ein Dutzend ist."

„Natürlich weiß ich das. Ein Dutzend sind du und zehn. Also elf."

„Blödsinn! Ein Dutzend bin nicht ich und zehn. Ich bin doch keine Zahl. Ein Dutzend sind vierzehnillionfünfunddreißigachtzwei und ein Halber."

„Wo soll denn ein Halber herkommen? Bei Welitans Mütze, das ist doch Humbug!"

Während die zwei Männlein miteinander stritten, traten sie hinter dem Pilz hervor. Sie standen einander mit in die Hüften gestemmten Händen, der eine im roten, der andere im blauen Wams, vor dem Pilz gegenüber und schimpften, dass ihre langen, gurkigen Nasen wild hin und her schwangen.

„Zwölf", sagte Morikoko, um zu helfen, doch die beiden Wichte ignorierten ihn, weshalb er deutlich lauter wiederholte: „Zwölf! Ein Dutzend sind zwölf!"

Auf einen Schlag wurde den beiden Streithähnen bewusst, dass sie ihre Deckung verlassen hatten. So schnell ihre kurzen Beine sie trugen, rannten sie wieder hinter den Pilz. Dieses Mal jedoch duckten sie sich sogar, weshalb Morikoko nicht einmal mehr ihre Mützen sehen konnte.

19

„Ein gemeiner Trick, uns herauszulocken, um uns zu fressen!"

„Einfach fragen, wie viel ein Dutzend ist, obwohl du die Antwort selber weißt. Schäm dich!"

„Ein Lügner, ein Täuscher bist du!"

„Ein Betrüger, wie alle Füchse!"

Morikoko schnaubte empört. „Das wollte ich doch gar nicht wissen. Ihr habt damit angefangen!" Es ärgerte ihn, dass die zwei so schlecht über ihn dachten und sprachen. Er hatte ihnen doch gar nichts getan. Überhaupt war das Ganze Nalanis Schuld. Sie hätte auf ihn aufpassen sollen, aber stattdessen rannte sie los, um irgendein Eierding zu fangen.

Dabei hatte er sich auf die plappernden Steine gefreut. Wenn sie nur halb so beeindruckend waren, wie der sprechende Baum, dann waren sie noch immer unfassbar faszinierend.

„Blöde Eierschrubber", grummelte Morikoko und stieß mit einer Pfote gegen einen kleinen Stein, der daraufhin mehrere Meter weit durch die Luft segelte.

„Eierschrubber? Was soll das denn sein?"

„Eierschwurbler meint er bestimmt. Da sind vorhin welche über uns drüber geflogen, als wir dem Frischling den Pilz geklaut haben."

„Warum hast du das nicht gleich gesagt? Wir hätten doch ..."

„Ihr habt einem kleinen Wildschwein sein Futter gestohlen?", unterbrach Morikoko ungläubig ihren Streit.

Stille.

„Also, wenn man das auf diese Weise sagt, klingt es viel gemeiner als es war", erwiderte einer der Wichte.

„Der Pilz gehört dem Frischling und ihr habt ihm den Pilz weggenommen – das klingt genau so gemein, wie es ist", beharrte Morikoko.

„Ach was ... er hatte ja nicht nur den einen Pilz."

„Genau. Das waren viel mehr! Bestimmt ..."

„... ein Dutzend!"

„Oder noch mehr!"

„Viel mehr!"

Stille trat zwischen sie.

Nach einem Moment des Schweigens tauchten zuerst die Mützen, dann die langnasigen Gesichter der Männlein hinter dem Pilz auf. Vielleicht wollten sie sicher gehen, dass der Fuchs nicht näher gekommen war; vielleicht wollten sie aber auch nachsehen, ob er ihren Worten Glauben schenkte.

Morikoko hob beide Augenbrauen an. „Es war der einzige Pilz, den er hatte, hab ich Recht?"

„Nun ja ..."

„Also ..."

„Ich bin mir sicher, seine Mutter hat ihm in der Zwischenzeit noch viel mehr gebracht. So viele, dass er sie gar nicht alle fressen konnte."

„Genau! Ihm ist schon ganz schlecht und er hat Bauchweh vor lauter Pilzen!"

„Bestimmt kotzt er schon die Büsche voll! Der ist froh, wenn er die nächsten Tage keinen Pilz mehr sehen muss! Wir haben ihm quasi einen Gefallen getan!"

„Genau!"

„Genau!"

Morikoko schüttelte den Kopf. „Ihr werdet den Pilz zurückbringen. Sofort. Oder ..."

„Oder was?"

„Oder ich muss doch noch herausfinden, wie ich euch fressen kann", erwiderte Morikoko und bemühte sich, so ernst dreinzuschauen, wie er nur konnte. Er öffnete ein wenig das Maul, damit sie seine Zähne sahen. Das konnte sicherlich nicht schaden.

„Nun, vielleicht hat er ja noch gar nicht so viele gefressen und freut sich, wenn wir den hier zurückbringen", entgegnete der kleinere der beiden Wichte.

„Echt jetzt? Wir bringen den doch nicht zurück!"

„Wenn du mit dem Fuchs diskutieren willst, nur zu."

„Was ich? Nein. Ich dachte nur ... na gut."

Sie hoben den Pilz an, einer am Stil, der andere am Hut, und setzten sich in Bewegung.

„Seid ihr nicht aus der anderen Richtung gekommen?", fragte Morikoko und folgte mit seinen Augen jedem ihrer Schritte.

„Oh je – natürlich. Na so was, da wären wir fast in die falsche Richtung gelaufen", erwiderte der hintere Wicht. Unter Ächzen und Stöhnen wendeten sie umständlich und marschierten wieder los.

Gerade, als sie zwischen den Büschen verschwanden, tauchte Nalani wieder auf. Sie bremste geschickt neben Morikoko und ließ etwas aus ihrer Schnauze auf den Boden fallen. Das gefiederte Wesen wollte sich davonschleichen, doch das Fuchsmädchen setzte ihre Pfote sanft, aber bestimmt auf einen der fünf Flügel. „Was wollten denn die Nobblinge von dir? Die fallen sonst schon tot um, wenn sie nur die Fußabdrücke eines Fuchses sehen."

„Sie haben einen Pilz gestohlen, aber jetzt bringen sie ihn wieder zurück."

Nalani prustete laut los, sah dann zu Morikoko hinüber und kniff die Brauen zusammen. „Das ist dein Ernst, ja? Wie hast du das denn geschafft?"

Morikoko zuckte die vorderen Achseln. „Sie haben eingesehen, dass es falsch war, einem Frischling einen Pilz zu stehlen. Na ja, und vielleicht …"

„Und vielleicht *was*?"

„Und vielleicht denken sie, falls sie es nicht tun, werde ich sie fressen."

Nalani lachte laut. „So fängt man schon eher eine Maus", sagte sie und sah dann zu ihren Pfoten hinab. „Lust auf ein paar Eier?"

Morikoko musterte das gefiederte Tier, das entfernt an einen – wenn auch sehr hässlichen – blauen Vogel erinnerte. Der Schnabel schien sich am Hinterkopf zu befinden, Augen hatte es keine, zumindest keine, die er erkennen konnte, und der Hals des Tiers war nackt wie bei einem Geier. Ein leises Knurren aus seinem Magen erinnerte Morikoko daran, dass er heute noch nichts gegessen hatte. Dennoch sagte er: „Sind die denn noch in dem Vogel drin? Wenn wir die erst noch herausholen müssen, dann verzichte ich lieber."

„Ja und nein", antwortete Nalani. „Die Eier sind noch in dem Eierschwurbler, aber wir bekommen sie auf einem anderen Weg heraus, als du gerade denkst. Komm mit, ich zeig es dir." Sie senkte den Kopf, schnappte sich sanft das Vogeltier und nahm ihn behutsam ins Maul.

Als sie sich in Bewegung setzten, hörte Morikoko ein Rascheln im Gebüsch. Er blieb stehen und drehte sich um – gerade rechtzeitig, um die Nobblinge mit dem Pilz herauskommen zu sehen. Sie verharrten sofort in ihrer Bewegung.

„Verflixt, ich glaube, er hat uns gesehen."

Morikoko setzte eine böse Miene auf. „Das heißt wohl, ich muss euch fressen!", knurrte er und sprang in ihre Richtung.

Die Nobblinge hüpften vor Schreck in die Höhe, drehten sich in der Luft um und rannten mit dem Pilz los, als sei der Teufel hinter ihnen her. „Wir bringen ihn zurück! Versprochen! Bei allen Pilzen im Wald!", riefen sie und stoben davon.

Morikoko lachte, wandte sich um und schloss zu Nalani auf. „Ich glaube, jetzt bringen sie ihn tatsächlich wieder zurück", sagte er und grinste dabei zufrieden.

4

Morikoko leckte sich über die Lippen und seufzte zufrieden. Er lag auf dem Rücken im Laub, auf seinen vollen Bauch schien die Mittagssonne und er fühlte sich so federleicht wie die Wolken, die über ihm über den Himmel zogen.

Nalani neben ihm war mindestens genauso satt, aber noch immer hielt sie den Eierschwurbler mit einer Pfote fest. Der schien sich mit seinem Schicksal abgefunden zu haben und wehrte sich nicht mehr. „Willst du noch eines?", fragte das Fuchsmädchen mit träger Stimme.

„Ich platze gleich", entgegnete Morikoko und rülpste. Interessant. Füchse konnten also auch rülpsen. Wer hätte das gedacht? Er gähnte herzhaft und wälzte sich auf die Seite. In seinem kleinen Bauch befanden sich mindestens zehn Eier. „Wenn nicht sogar ein Dutzend", sagte er und musste grinsen.

„Was?", fragte Nalani und rülpste ebenfalls.

„Nichts", antwortete Morikoko und beobachtete, wie sie langsam ihre Pfote von dem blauen Federvieh hob. Der fünfflügelige Vogel hob den Kopf, von dem ein paar zerknickte Federn abstanden. Er richtete sich auf, drehte das Haupt nach allen Richtungen und schüttelte sich dann. Als er auf seinen zu kurz geratenen Beinchen davon stakste und den federlosen Hals reckte, schimpfte er laut piepsend und schnatternd im Tonfall höchster Empörung. Sein Schnattern war noch zu hören, als er längst zwischen den gelbblättrigen Sträuchern verschwunden war.

„Wir müssen meine Brüder suchen", murmelte Nalani missmutig, „wenn wir uns beeilen, schaffen wir es noch vor den Rehen zu den Plappernden Steinen. Die halten dauernd an, um Gras oder Blätter zu fressen und vergessen dabei, wohin sie unterwegs sind." Sie seufzte, rollte sich auf den Bauch, stöhnte und stemmte sich dann auf die Pfoten.

Obwohl ihm nicht der Sinn danach stand, sich auch nur einen Millimeter zu bewegen, tat Morikoko es ihr gleich. Ihm war zuvor deutlich geworden, wie sehr er von Nalani abhängig war, um wieder zur Wurzelhöhle zurückzufinden, und er hatte nicht vor, sie noch einmal aus den Augen zu verlieren.

„Wieso wollt ihr unbedingt zu den Steinen?", fragte Morikoko, während er neben ihr über den Waldboden trottete. Nicht, dass er es sich entgehen lassen wollte, sprechende Steine zu sehen, aber die Fuchsgeschwister schienen sie bereits zu kennen.

Nalani rief nach ihren Brüdern, lauschte mit aufgestellten Ohren und lief dann weiter. „In den Tagen vor dem Winter, bevor die Steine in den Winterschlaf fallen, träumen sie, während sie wach sind. Nur in diesen wenigen Tagen können sie die Zukunft vorher sagen."

Morikoko dachte an seine Mutter, die die vermeintlichen Wahrsagerinnen, die von Dorf zu Dorf zogen und ihre Dienste anboten, immer als Lügenweiber bezeichnet hatte. Über niemand sonst sprach sie jemals mit solcher Verachtung in der Stimme und angewiderter Abscheu im Gesicht. „Niemand kennt die Zukunft. Wer etwas anderes behauptet, will dich nur ausnutzen", wiederholte er ihre Worte. Allerdings ließ Morikoko all die Beleidigungen und Flüche weg, die seine Mutter in diesem Zusammenhang auszusprechen pflegte.

„Die Steine schon. Und wie sollen sie jemanden ausnutzen? Sie verlangen doch nichts für ihre Worte. Sie brauchen auch gar nichts. Ihnen genügt es, wenn die Buttergnome sich um die Moosflechten kümmern, die auf ihren Köpfen wachsen", erwiderte Nalani. „Und unseren Familien haben sie Frieden gebracht."

„Frieden?" Morikoko beobachtete etwas Kleines, das durch die Luft flog und aussah wie ein Schmetterling im Pelzmantel samt Wollschal. Das Geschöpf landete auf einem Pilz, stieg dann wieder sogleich auf in die Luft und immer höher und höher, bis es auf einem Ast Platz nahm und dort auch verweilte.

„Früher haben die Blaufüchse, die Rotfüchse, die Wasserfüchse und die Blütenfüchse jedes Jahr im Frühling erbittert um die

Vorherrschaft gekämpft. Das Revier am Tippelblumensee hat das beste Tunnelsystem an Fuchsbauten, auf den Wiesen hoppeln die dicksten Hasen und weit und breit sind keine Wölfe in der Nähe. Jeder wollte sich dort mit seiner Familie niederlassen und das Revier für sich beanspruchen. Es gab blutige Kämpfe, Jahr für Jahr. Manchmal wurden die Familien fast ausgelöscht", erzählte Nalani, während sie weiterlief. „Dann kamen die Plappernden Steine. Sie wissen immer schon im Herbst, wer den Kampf im Frühjahr gewinnen wird. Also brauchen unsere Familien nicht mehr gegeneinander zu kämpfen. Stattdessen treffen sich die Stärksten jeder Sippe zur Zeit der Träume bei den Plappernden Steinen und hören, wer im nächsten Jahr das Revier am Tippelblumensee bewohnen darf." Nalani rief erneut nach ihren Brüdern, lauschte und sprintete plötzlich los. Sie hüpfte hinter einen dicken Baumstamm und zog dann Kulko an den Ohren hervor.

„He, lass das, spinnst du?", schimpfte er, während er sich Reste von Eiklar und Eierschalen von den Lippen leckte. Er stemmte die Pfoten gegen den Boden, schüttelte heftig den Kopf und konnte sich schließlich aus dem Griff seiner Schwester befreien.

Morikoko trabte zu den beiden herüber und beobachtete, wie auch Mamndi und Laraim aus einem Gebüsch trotteten und zu ihnen herüber kamen. Um Mamndis Schnauze herum klebten blaue Federn und Blut. Als er Morikokos überraschtes Gesicht sah, zuckte er die Achseln. „Konnte nicht widerstehen, hat so sehr gezappelt. Das blöde Vieh wollte einfach keine Eier hergeben."

„Los, wir haben schon genügend Zeit verschwendet!", ermahnte Nalani ihre Brüder. „Dieses Mal keine Ablenkungen. Wir laufen schnurstracks zu Tumandril und Velunika. Verstanden?"

Die Brüder zogen das Genick ein. „Ja, Nalani", brummelten sie kleinlaut, bevor sich die Gruppe wieder in Bewegung setzte. Dieses Mal lief Nalani vorne weg und Kulko bildete mit

Morikoko das Schlusslicht. So sehr die beiden sich auch bemühten, sie blieben immer ein Stück hinter den anderen. Schließlich blieb Kulko stehen.

„Egal", sagte er und klang mit einem Mal sehr traurig. „Was macht es für einen Unterschied, welche Familie gewinnt? Ich werde im Frühling bestimmt nicht unsere Familie anführen, also kann es mir egal sein."

Morikoko setzte sich neben ihn. Kulko war zwar langsam, aber er würde den Weg zu den Plappernden Steinen schon finden, also konnten sie sich auch Zeit lassen. Trösten war nicht gerade Morikokos Stärke, darin waren seine Schwestern stets besser gewesen. Aber vermutlich war es immer noch besser, er saß neben Kulko, als gar niemand.

„Von uns wird es eh keiner. Wir sind zu spät gekommen. Alle anderen Füchse dieses Jahres sind schon viel älter", fuhr Kulko fort und knabberte ein paar letzte Beeren von einem Strauch. „Einer unserer Verwandten wird unsere Familie nächstes Jahr anführen und sich deshalb den besten Bau aussuchen und die dicksten Hasen jagen dürfen. Wir wurden im Sommer geworfen, als alle anderen schon alt genug waren, um auf den eigenen Pfoten aus dem Bau zu laufen. Wir spielen für sie gar keine Rolle."

Das war tatsächlich ungewöhnlich. Von seinem Vater wusste er, dass Füchse normalerweise von März bis April geboren wurden. Warum, hatte sein Vater ihm nicht erklärt. „Manchmal ist es schwierig, anders zu sein als alle anderen", entgegnete er, als er an seine Brüder dachte. Sie waren so gewesen, wie sein Vater es sich gewünscht hatte: kräftig, voller Tatendrang und handwerklich geschickt. Wie oft hatte er sich gewünscht, er wäre mehr wie sie – wenigstens ein klein wenig. Na wundervoll, dachte Morikoko bei sich, jetzt hatte er sich selbst traurig gestimmt, anstatt Kulko Trost zu spenden.

Plötzlich zwickte Kulko ihn ins Fell. „Du bist nicht anders als alle anderen. Du bist genauso alt wie wir. Das hat bestimmt etwas zu bedeuten. So einer wie du hat uns noch gefehlt.

Sicher sagen uns die Steine etwas ganz Tolles." Mit einem Schlag war alle Traurigkeit vergessen. Aufgeregt hüpfte der rundliche Fuchswelpe hin und her und wackelte mit den Ohren. „Na komm schon, wenn wir uns beeilen, schaffen wir es noch vor den Rehen."

Morikoko sprang auf seine Füße und lief mit Kulko los. „Was habt ihr nur immer mit den Rehen? Sind die wirklich so langsam und vergesslich?"

Kulko kicherte. „Du hast ja keine Ahnung. Aber das Schlimmste an ihnen ist: Sie sind so verflixt viele."

Tatsächlich waren die Plappernden Steine noch viel gewaltiger, als Morikoko sie sich vorgestellt hatte. Sie waren auf ihrer Lichtung schon von Weitem zu sehen, der Pfad, der zu ihnen führte, war von den zahllosen Wesen, die zu ihnen pilgerten, breit und platt getreten.

Stumm liefen Morikoko und Kulko zwischen Wildschweinen, Wieseln, Gänsen und Bären, Ratten, Mäusen, Hasen und Kaninchen und vielerlei anderen Tieren und sonstigen Wesen auf die Lichtung zu.

Zuerst hatten sich die kleinen, wendigen Füchse noch immer wieder zwischen anderen Tieren vorbeigeschoben, aber dann wurde es zu eng und dicht, um noch einmal seinen Platz zu wechseln.

Morikoko konnte von da an nichts mehr sehen als Beine, Hufe, Pfoten, Flossen, Fell und Schuppen und Federn und musste sich sehr darauf konzentrieren, von niemandem angerempelt oder getreten zu werden. Da niemand etwas sagte, wagte auch Morikoko nicht zu fragen, wie weit es noch war.

Nach einer endlosen Zahl an Schritten mit seinen kleinen Pfoten, eingeklemmt zwischen Kulko zu seiner Linken, einem Wildschwein rechts, einem Paar Gänse vor und einem Wolf hinter sich, mit all ihren Geräuschen, ihrem leisen Gemurmel und Gebrummel, wurden die Reihen mit einem Mal wieder lichter und sie klebten nicht mehr direkt aneinander. Einige

Tiere scherten nach links aus, andere nach rechts und wieder andere strömten geradewegs auf die Mitte zu.

„Je näher man an den Plappernden Steinen steht, umso eher träumen sie von einem", flüsterte Kulko aufgeregt und stieß Morikoko in die Flanke. „Da drüben, auf dem Baumstamm, da sitzen sie!" Und schon machte er sich auf den Weg zu seinen Geschwistern.

„Wo wart ihr denn so lange?", tadelte Nalani, während sie Kulko mit den Zähnen am Rückenfell packte, um ihn zu sich herauf zu ziehen.

Morikoko hüpfte auf einen moosbewachsenen Stein neben dem Stamm und kletterte von dort aus weit müheloser zu den Fuchswelpen hinauf. Er drehte sich um, platzierte seinen Hintern neben Nalani – und riss Augen und Mund auf. Hatten die beiden Steine vom Weg aus so groß wie eine Hütte gewirkt, stellte sich dies nun als kolossaler Fehler heraus. Vielmehr hatten sie die Ausmaße der Kirche, in die Morikoko jeden Sonntag zu gehen hatte.

Sie ragten aus der Erde heraus, gigantische Felsen wie zwei Köpfe, mit Nase und Mund aus Stein und Moosflechten und Grasbüscheln, die an Haare erinnerten, weit in den Himmel hinauf und über die anderen Bäume und über die Kronen aller Bäume hinaus. Doch noch beeindruckender als ihre schiere Größe waren ihre Augen, die sie nun langsam und unter steinernem Grollen öffneten.

Tumandrils Augen waren von einem seidigen Jadegrün, durchsetzt von einem haselnussbraunen Ring, schimmerten im herbstlichen Sonnenlicht wie Edelsteine und schienen direkt durch alle Anwesenden hindurch zu sehen und noch weiter, bis zum Abend, bis zur Nacht, bis in den morgigen Tag hinein. Die Augen seiner Gefährtin hingegen schimmerten glatt und dunkelblau, wie ein tiefer, unberührter Bergsee, den noch nie ein Mensch, noch nie ein Tier in seiner Ruhe und Ursprünglichkeit gestört hatte.

„Da bist du ja endlich, Morikoko", sagte Velunika mit einer

Stimme wie Donnergrollen und Felslawine. Und dann – lächelte sie.

Vor Schreck fiel Morikoko rückwärts vom Stamm. Zwar hatte er sich noch mit seinen Händen festhalten wollen, doch zu spät fiel ihm wieder ein, dass er nur noch Pfoten hatte.

Einige der Tiere, die hinter dem Stamm gestanden und gewartet hatten, wichen zurück, manche erschrocken, manche mit einem amüsierten Lächeln im Gesicht. Er landete unsanft im Gras, stolperte dabei über seine vier Beine und fiel auf die Schnauze. „Aua." Morikoko blinzelte verwirrt und schüttelte den Kopf. Dann wurde ihm bewusst, dass er im Mittelpunkt der Aufmerksamkeit stand und sich nicht gerade rühmlich verhielt.

Hastig rappelte er sich auf, während Nalani, Mamndi, Laraim und Kulko vom Stamm zu ihm herunter sahen, auf ihren Gesichtern eine Mischung aus Fassungslosigkeit, Überraschung und Aufregung. Bevor Morikoko wusste, wie ihm geschah, schob ein Rentier seine breite Schnauze unter den kleinen Fuchs und hob ihn hoch. „Bitte sehr, Fuchskind", sagte er und ließ ihn auf den Stamm plumpsen. Er leckte Morikoko übers Gesicht. „Na los, schau sie an, schließlich will sie mit dir sprechen."

Morikokos Herz schlug ihm bis an den Hals, seine Pfoten zitterten und das Fell sträubte sich ihm im Nacken. Er konnte sich nicht erinnern, jemals dermaßen aufgeregt gewesen zu sein. Vor lauter Anspannung brachte er kein Wort heraus, nicht einmal ein knappes „Danke". Von Nalani wurde er ins Fell gekniffen, während Kulko ihm die Schnauze in den Rücken schob. Mit steifen Gliedern wandte sich Morikoko widerstrebend den Plappernden Steinen zu. Das gütige Lächeln von Velunika änderte nichts an seinem Herzrasen und dem Rauschen in seinen Ohren. Er hatte das Gefühl, um ihn herum bewegte sich alles, während er selbst in einem Eiszapfen festsaß und ihm nichts anderes übrig blieb, als festgefroren nach draußen zu sehen.

„Jung siehst du aus, Morikoko. Ein hübsches Füchslein bist du. Und deine Freunde sind auch bei dir. Das ist gut, mein kleiner Fuchs", sagte Velunika fröhlich und zwinkerte ihm zu. „Ich habe von dir geträumt, schon vor zwei Monden. Von deinem Leben, deinen Abenteuern, deinen Sommern und Wintern. Aber erzählen möchte ich dir von deiner Liebe: Wenn du den Wald verlässt, wirst du sie nie richtig kennen lernen. Aber wenn du im Wald bleibst, verlierst du deine Liebe für immer."

Morikoko wusste nicht, was von ihm erwartet wurde. Sollte er ihr antworten? Eine Frage stellen? Sich bedanken? Oder durfte er nur sprechen, wenn sie ihn dazu aufforderte? In seinem Kopf verhedderten sich Gedanken und Gefühle ineinander und bildeten alsbald ein undurchdringbares Knäuel.

Tumandril blinzelte langsam. „Blaue Augen, im Mondenschein, am Tage grau wie samtener Stein, die Haare kurz, die Mähne lang, das Herz voll Mut, dann wieder bang, so nahe gleich und doch so fern, vor Liebe Sehnsucht sich verzehren", trug er mit tiefer, schwerer Stimme vor.

Morikoko starrte in die großen Augen, das Maul noch immer geöffnet.

Nalani stieß ihn in die Rippen. „Bedanke dich für das Traumsagen und den Weisspruch", knurrte sie leise.

„Vielen Dank für den Traumspruch und das … die … ich …", verhaspelte sich Morikoko und biss die Zähne fest zusammen. Er schluckte gegen den Kloß in seinem Hals an, atmete tief durch und sagte: „Vielen Dank." Dann senkte er verlegen den Blick.

Die beiden Plappernden Steine lächelten und schlossen die Augen, wohl um den nächsten Traum zu träumen, während alle auf der Lichtung schweigend ausharrten, hofften und bangten, dass der nächste Name der ihrige sein möge.

Alle, außer Morikoko.

5

„Wieder nichts", murrte Laraim, als sie den breiten Pfad verließen und quer durchs Unterholz liefen, abseits von den Ohren all der anderen Tiere, die von der Lichtung strömten. Es dämmerte bereits. Sie würden zu spät zur Wurzelhöhle kommen, viel später als vereinbart. Aber es war nicht ihre Schuld. Bis zum Schluss hatten sie gewartet, dass Velunika den Anführern der Fuchsfamilien die Antwort gab, für die sie gekommen waren.

Stolz und aufrecht waren sie direkt vor den beiden Plappernden Steinen gesessen und hatten mit einem Blick nach oben gesehen, der sagte: „Wir sind da, es kann beginnen." Tat es aber nicht. Jedenfalls nicht für die Füchse. Fünf Elche, eine ganze Horde Kaninchen, ein Fischreiherpaar, mindestens sieben Rehe, ein Wildschwein und etwas, das vage an einen Fisch auf zwei Beinen erinnerte, erhielten eine Traumsagung und einen Weisspruch, manche davon sehr deutlich und eindeutig, andere außerordentlich vage und beliebig.

„Der Blaufuchs war ziemlich sauer", sagte Mamndi und lachte dabei. „Ich glaube, der Elch fand es gar nicht lustig, in den Po gebissen zu werden, nur, weil er im Weg stand."

„Eine Demütigung war das. Wie konnte Velunika es wagen, sie zu ignorieren? Ich an ihrer Stelle ..."

„Hättest was getan? Die beiden sind riesige, uralte Steine. Sie müssen nichts essen und nichts trinken. Unsere Krallen und Zähne sind ihnen gleich. Du hättest höchstens gegen sie pinkeln können. Allerdings hätten dich dann mehrere hundert bis tausend wütende Tiere wegen dieser Respektlosigkeit in Fetzen gerissen", unterbrach Nalani ihren Bruder und sprang geschickt über einen Ast.

Kulko grinste. „Ich fand es witzig, als Morikoko vom Baum gefallen ist. Wusch – und weg war er."

Die anderen Füchse grinsten ebenfalls, selbst Morikoko. „Sie hat mich überrascht", erwiderte er, halb Eingeständnis, halb

Entschuldigung. Jetzt, wo sie auf dem Rückweg waren und nicht mehr all die Augen auf ihn gerichtet waren, fand er die Angelegenheit bei weitem witziger.

„Blöd nur, dass sie dir nichts Wichtiges gesagt hat", meinte Mamndi. „Dass du ein starker Fuchs mit einer großen Familie und vielverzweigten Bauten wirst. Oder den ganzen Wald rettest. Das wäre was gewesen."

„Ich den Wald retten?" Morikoko lachte. „Wollen wir für den Wald hoffen, dass er mich nie als Retter braucht."

Kulko schnappte im Vorbeilaufen nach ein paar Zweigen an einem Strauch, an denen noch dunkelrote Beeren hingen. Er kaute genüsslich darauf herum. „Sie hat etwas von vielen Sommern und Wintern gesagt. Also alt wirst du schon mal", kommentierte er mit vollem Mund.

„Eine Verschwendung war es", schimpfte Laraim, „stattdessen hätte sie lieber von wichtigen Füchsen träumen sollen."

„Du bist doch bloß sauer, weil sie nicht gesagt hat, dass du einmal die Familie der Rotfüchse anführen wirst. Aber das wird nie passieren. Für die anderen Füchse existieren wir überhaupt nicht. Schlag dir das aus dem Kopf."

Eine Weile trabten die Füchse schweigend durch den Wald. Ihre kleinen, dunklen Augen passten sich an das wenige Licht an, das noch zu ihnen auf den Boden fiel. Die Welt verlor an Farben, aber nicht an Konturen. Morikoko war fasziniert davon, wie gut er sehen konnte, obwohl der Himmel über ihnen schon dunkel war. Ein klein wenig plagte ihn das schlechte Gewissen, weil sie versprochen hatten, vor der Dämmerung zu Hause zu sein. Aber wenn er es dem Baum erklärte, würde er es sicherlich verstehen. Überhaupt musste er dem Baum alles erzählen, was passiert war, so viel, dass es vielleicht die ganze Nacht dauerte.

„Wann wirst du gehen?", fragte Kulko plötzlich in das stille Knistern ihrer Pfoten auf Laub und Moos.

Morikoko verstand zuerst nicht, dass die Frage an ihn gerichtet war. Als er sah, dass Kulkos Blick an ihm haftete, kniff er die

Brauen zusammen und blieb stehen. „Gehen? Wohin denn?",
fragte er verwundert. Er hatte doch gar nichts davon gesagt,
irgendwo hin zu gehen.

Auch die anderen Füchse blieben stehen und sahen zwischen
Kulko und Morikoko hin und her.

„Velunika hat gesagt, wenn du im Wald bleibst, wirst du deine
Liebe verlieren. Also musst du gehen", sagte er und die
Traurigkeit vom Nachmittag war in seine Stimme
zurückgekehrt.

Morikoko dachte einen Moment darüber nach. „Meine Mutter
hat einmal gesagt: Liebe ist schön, aber sie tut auch weh." Er
legte den Kopf schief. „Ich glaube nicht, dass ich das möchte,
das mit der Liebe. Außerdem hat Velunika auch gesagt: Deine
Freunde sind bei dir. Ich hatte noch nie Freunde. Und der
Wald ist so groß und es gibt so viel zu entdecken." Er presste
die Lippen fest aufeinander. Dann schüttelte er den Kopf. „Ich
gehe hier nicht weg. Nie."

Kulko musterte ihn ernst. „Nie? Ganz nie, nie, nie?"

„Ganz nie, nie nie", wiederholte Morikoko, sprang ihm
entgegen, zwickte Kulko ins Fell und rannte los. „Fang mich!",
rief er ihnen zu und duckte sich unter einem Ast hindurch.
Morikoko rannte, so schnell ihn seine Pfoten trugen. Er duckte
sich, sprang, wich kleinen Bäumen, Schnecken und Steinen
aus, bog mal scharf nach links, dann nach rechts ab, legte noch
an Tempo zu und sauste in einem Affenzahn durch den Wald.
Sein Herz schlug wild in seiner Brust und sein Atmen wurde
laut und lauter, aber er blieb nicht stehen.

Freiheit, dachte Morikoko, während ihm der Wind durch das
Fell fuhr und der Wald an ihm vorbei raste. *Das muss Freiheit
sein.*

„Haaaaaaaaaaaalt!"

Morikoko bremste derart scharf, dass sich seine Pfoten in den
weichen Waldboden gruben und er mit der Schnauze voran
vornüber fiel. Verwirrt rappelte er sich wieder auf, sortierte

seine vier Beine und wackelte mit den Ohren. Seine Augen suchten den Boden ab, die nahen Büsche und kleineren Bäume, aber er konnte niemanden sehen, zu dem die Stimme gehört hätte.

„Musst du durch den Wald rasen, dass es einem die Mütze vom Kopf weht?", schimpfte jemand ganz in seiner Nähe. Der Stimme nach war das Wesen klein, männlich und ganz und gar nicht erfreut über den schnellen Lauf des kleinen Fuchses.

„Steht ein Fesl in der Grube, gräbt ein Loch und werkelt froh, rast ein Fuchs über seinen Kopf, dass die Mütze fliegt, oh, oh, oh", sang das Wesen aus voller Brust, holte tief Luft und setzte zur nächsten Strophe an. „Dummes Füchslein, gehe langsam, Vorsicht walte deinen Tritt, denn sonst fliegst du auf die Nase mit dem nächsten zu schnellen Schritt."

Auf die Nase gefallen war er tatsächlich, aber nicht, weil er zu schnell gelaufen war, sondern zu fest gebremst hatte. Morikoko leckte sich mit der Zunge über die Nase, die leicht brannte. Sein Atem ging noch immer schnell und er keuchte leise, aber trotz allem war er froh, gerannt zu sein. Er war froh, sich in diesen Wald verlaufen zu haben. Und er war froh, dass er andere gefunden hatte, die tatsächlich seine Freunde sein wollten.

Allerdings änderte all das nicht, dass Morikoko nicht einmal sehen konnte, wer oder was sich da so furchtbar aufregte. Bevor Morikoko erkennen konnte, wo das singende Wesen sich befand, tauchten die anderen Füchse neben ihm auf. Laute Flüche und wüste Beschimpfungen begleiteten ihre Ankunft.

„Fuchs, kannst du rennen!", rief Laraim beeindruckt, während er etwas keuchte und ihm die Zunge aus dem Maul hing. „Aber dir ist schon klar, dass deine Höhle in die Richtung liegt", fuhr er fort und nickte irgendwo nach links.

Morikoko wollte antworten, doch der Fesl begann erneut zu fluchen, dann zu singen. Seine neue Strophe über die katastrophalen Konsequenzen des unachtsamen Durch-den-Wald-Laufens für einen dummen Fuchs war noch unfreundlicher als die vorangegangenen.

„Was hast du denn dem Fesl getan, dass er so wütend ist?", fragte Kulko und stupste etwas mit der Pfote an.

Jetzt verstand Morikoko auch, warum er niemanden gesehen hatte: Der kleine Gnom mit dem großen Blatthut auf dem Kopf, dem dicken Bauch und der Schaufel in der Hand stand in einem kleinen Loch, das er augenscheinlich selbst gegraben hatte.

„Ich bin nur durch den Wald gelaufen und dann ...", setzte Morikoko an, wurde jedoch unterbrochen.

Der kleine Gnom kletterte mitsamt Schaufel aus dem Loch, stieß sie in den weichen Waldboden und stemmte die Hände in die Hüften. „Nur? Nur? Du hättest mich fast überrannt! Wärst beinahe mit deiner Pfote in meine Saatgrube getreten und hättest mich plattgedrückt! Und dann redest du daher, als hättest du bei Regen dein nasses Fell geschüttelt!"

„Es tut ihm sicherlich sehr leid", versuchte Nalani zu schlichten. „Aber dein Lied war sehr schön. Du hast eine kräftige Stimme. Und der Text war originell."

Mamndi nickte. „Es war unterhaltsam und doch lehrreich. Ein sehr gutes Lied."

Selbst Laraim bemühte sich um lobende Worte: „Der Rhythmus der Verse war wunderbar."

„Bestimmt entschuldigt sich Morikoko sogleich noch bei dir. Es tut ihm wirklich leid", fügte Kulko hinzu.

Der kleine Gnom presste die winzigen Lippen dermaßen fest aufeinander, dass sie nur noch eine dünne Linie bildeten. „Entschuldigen will er sich? Na, das will ich hören."

Laraim stupste Morikoko an, der plötzlich heftig nickte. „Ja, genau. Entschuldigen möchte ich mich. Es tut mir sehr leid, ich habe wirklich nicht aufgepasst, wohin ich laufe oder wen ich dabei verletzen könnte. Ich bin noch nicht lange hier im Wald und habe nicht daran gedacht, dass ich auf andere Acht geben muss. Es tut mir leid, dass dir die Mütze vom Kopf gefallen ist. Und ich wollte dich ganz bestimmt nicht beim

Arbeiten stören", verkündete er und zog dabei ein trauriges Gesicht. Er ließ den Kopf und die Schultern hängen und hoffte, aufrichtig beschämt und bedauernd zu wirken, während er den kleinen Gnom fasziniert musterte.

„Nun gut, dann will ich es dabei bewenden lassen", entgegnete der Fesl. „Dieses Mal. Dass mir das aber nicht noch einmal vorkommt!"

„Ganz bestimmt nicht", versprach Morikoko hastig.

Der Gnom schenkte ihm noch einen letzten, wütenden Blick, dann riss er seine Schaufel aus der Erde und kletterte in das Loch zurück. Die Fuchskinder setzten sich in Bewegung, langsam und vorsichtig, bis sie weit genug von dem kleinen Wesen entfernt waren.

„Was um alles in der Welt war das?", fragte Morikoko, noch immer leise.

„Ein Fesl. Das sind singende Samengnome. Sie graben die Samen von Bäumen und Blumen ein. Und sie singen. Sehr gut sogar und manchmal richtig witzig. Aber verärgern solltest du keinen von denen, sonst verlierst du den Verstand."

Morikoko kniff die Brauen zusammen. „Wie das? Können sie andere verfluchen?", fragte er neugierig und trottete neben den anderen her. Er bemühte sich redlich, ihr gemütliches Tempo zu halten, aber in seinen Pfoten juckte es. Er wollte unbedingt durch den Wald rennen, so schnell er nur irgendmöglich konnte. Wäre der Gnom nicht gewesen, Morikoko wäre noch viel länger und viel weiter gelaufen.

„Wenn du einen Fesl verärgerst, geht er hinter dir her und singt. Den ganzen Tag und die ganze Nacht. Egal ob du schläfst, isst, trinkst oder mit anderen spielst – der Fesl ist immer da und singt ein Lied nach dem anderen. Und Fesl brauchen verflixt wenig Schlaf. Glaub mir, das willst du nicht", antwortete Nalani und setzte sich dann an die Spitze der kleinen Truppe.

Die Füchse verfielen in einen gemächlichen Trott und hingen ihren Gedanken nach, während sie schweigend durch den

Wald liefen, bis – ja, bis sie endlich wieder am Baum und der Höhle ankamen.

„Es ist spät geworden", begrüßte sie der Baum in leicht tadelndem Tonfall.

„Hast du gewusst, dass es Vögel gibt, die Eier legen, wenn man sie am Bauch leckt, um sie zu kitzeln? Wir waren auf dem Weg zu den Steinen, als wir ... und die Steine! Die Plappernden Steine sind riesig! Hast du schon einmal gesehen, wie unglaublich groß sie sind? Und dann bin ich vom Baum gefallen und der Fuchs hat den Elch in den Po gebissen und dann ..."

Der Baum lachte amüsiert. „Vielleicht verabschiedest du dich zuerst von deinen Freunden und sagst ihnen gute Nacht. Und dann erzählst du mir von deinem ersten Abenteuer, mein kleiner Morikoko."

Das ließ sich Morikoko nicht zweimal sagen. Er hüpfte vom Einen zum Anderen, stupste einen jeden mit der Nase an oder zwickte ihn ins Fell und sagte: „Wir sehen uns morgen – sehen wir uns doch, oder? Und dann können wir in eine ganz andere Richtung durch den Wald laufen und noch viel mehr entdecken, ja?"

Die anderen Fuchswelpen erwiderten die Geste. „Natürlich kommen wir morgen wieder und holen dich ab!", versprach Kulko und knuffte Morikoko ein zweites Mal. Und dann verschwanden sie zwischen den Büschen.

„Also", fing Morikoko erneut an und begann zu erzählen. Dieses Mal jedoch die ganze Geschichte und alles von vorne, ohne irgendetwas auszulassen. Die Worte sprudelten aus ihm heraus, er konnte gar nicht mehr aufhören und obwohl er nur erzählte, verspürte er dabei eine wahnsinnige Energie und Anspannung. Als er fertig war, gähnte er herzhaft.

„Ich glaube, jetzt muss ich schlafen", murmelte der kleine Fuchs und gähnte noch einmal. Dann trottete er in seine Höhle, ließ sich aufs Moos fallen und schlief bereits, noch bevor sein Kopf das Moos berührte.

6

Morikoko erwachte auch an diesem Morgen, bevor die Sonne in seine Höhle krabbeln konnte, allerdings wurde er nicht von einem neugierigen Fuchskind geweckt, das seinen Kopf herein steckte, sondern von seiner eigenen Neugier. Er erwachte, sprang auf und warf zuallererst einen Blick auf seine Pfoten. Vor Freude, noch immer ein Fuchs zu sein, den Wald zu riechen, sein warmes Fell zu spüren und mit seinen Ohren wackeln zu können, hüpfte er in seiner kleinen, gemütlichen Höhle herum.

„Guten Morgen, mein kleiner Morikoko", begrüßte ihn der alte Baum und gähnte herzhaft, wobei seine Äste und Zweige knarrten und knacksten. „Hat dich der Hunger aus dem Schlaf geweckt?"

Etwas sehr Kleines, Leises, Fiepsendes drang an Morikokos Ohren.

Wie ein Wirbelwind sauste er aus der Höhle, bremste vor einem Busch ab, wackelte mit dem Schwanz und sprang dann in den Busch hinein. Blätter raschelten und Äste kratzten ihn im Gesicht, an den Pfoten und den Beinen. Er aber stieß mit seinem Maul nach vorne und schnappte etwas damit, das er sich zwischen die Lippen klemmte und aus dem Busch zerrte. Er plumpste auf seinen Hintern, spuckte das zappelnde Geschöpf auf den Boden und musterte es.

„Oh ... bloß eine Maus", stellte er enttäuscht fest, während sich die kleine, braune Waldmaus mit ihren Pfoten über das nasse Fell fuhr, aufgeregt piepste und schimpfte und ihm böse Blicke zuwarf, bevor sie wieder in ihrem Busch verschwand.

„Wolltest du sie denn nicht fressen?", fragte der Baum und blinzelte verwundert.

Morikoko stand auf, schlenderte zum Baumstamm und setzte sich vor ihn. Er musterte die Rinde, die das Gesicht bildete. Die Augen waren groß und rund, die Augenbrauen knorrig wie Wurzeln und der Mund erinnerte ihn an dicke, gewundene Seile. „Ich dachte, es wäre vielleicht ein Gnom. Oder ein Eierschwurbler. Oder etwas ganz anderes."

Der Baum lächelte. „Es gibt viel zu entdecken in diesem Wald. Aber nicht jedes Wesen ist magischer Natur. Hier leben viele gewöhnliche Tiere, die zwischen dem inneren und dem äußeren Wald wechseln, wie es ihnen beliebt."

„Dem inneren und äußeren Wald?", wiederholte Morikoko und legte den Kopf leicht schief.

Der Baum lachte. „Was haben dir denn Nalani und ihre Brüder überhaupt über den Wald erzählt?"

Morikoko kratzte sich verlegen mit der rechten hinteren Pfote am rechten Ohr. Als ihm auffiel, was er da tat, machte er es gleich nochmal. Er lachte auf, grinste. Noch einmal. Und noch einmal.

„Jeder Wald, wie du und alle Menschen ihn kennen, ist eigentlich nur ein Teil eines viel größeren Waldes, nämlich eine Art äußerer Ring. Dort draußen leben die gewöhnlichen Tiere. Zwar könnten auch magische Wesen dort überleben, doch die Menschen sind für sie zu gefährlich. Also bleiben sie im inneren Wald, dem Kern eines jeden Waldes."

Als es erneut funktionierte, sich auf diese Weise am Ohr zu kratzen, versuchte er es mit der anderen Pfote, obwohl es hinter dem linken Ohr überhaupt nicht juckte.

„Den Kern des Waldes umgibt eine schützende Hülle, eine Art Barriere, durch die ein jeder hindurch treten kann. Damit die Menschen mit ihren Waffen, ihrer Gier und ihrer Wut nicht einfach in den inneren Wald herein laufen können, erzeugt die Hülle ein unangenehmes Gefühl in ihnen, wenn sie ihr zu nahe kommen."

Morikoko lachte und wackelte mit dem Schwanz. Was er wohl sonst noch vollbringen konnte? Kurzerhand kratzte er sich noch am Kopf. Er streckte die Zunge heraus und versuchte, sich damit über die eigene Nase zu lecken. Vielleicht konnte er ja sogar …

„Morikoko – was treibst du denn da?"

Erschrocken zuckte der kleine Fuchs zusammen, während ihm noch die Zungenspitze im Nasenloch steckte. Schnell steckte er sie zurück ins Maul und zog ein wenig das Genick ein. Hatte der Baum etwas gesagt? Hatte er etwas gefragt? Hätte Morikoko antworten müssen? „Ich … also … meine Füße … Pfoten … ich meine …"

„So, so." Der Baum seufzte resigniert. „Vielleicht verschieben wir die Unterrichtsstunde lieber auf später. Ich nehme an, du möchtest gerne mit Nalani und ihren Brüdern den Wald erkunden?"

Morikoko nickte hastig.

„In Ordnung. Siehst du den großen Fels dort vorne? Dahinter fließt ein Bach. Folge ihm, bis dir vier große Blautannen den Weg versperren. Rufe laut die Namen der Füchse, dann werden sie dich hören und aus ihrem Bau heraus laufen", erklärte der Baum.

Sofort sprang Morikoko auf die Beine und lief los.

„Warte! Ich wollte dir doch noch …!", rief der Baum, aber Morikoko war schon zu weit entfernt, um ihn noch zu hören.

Wieder seufzte der Baum. Dann aber trat ein Lächeln auf seine Lippen. Wie schön es doch war, jung und wild und frei zu sein und zu glauben, dass einem der ganze Wald gehörte.

Sollte er zu ihnen laufen, sollte er mit ihnen spielen und jagen und toben.

Alles andere konnte warten.

Morikoko trabte zum Fels und dann weiter zum Bach. Er lief schon eine ganze Weile an dem schmalen, klaren Gewässer entlang, das fröhlich glucksend neben ihm her sprudelte, sich durch den Wald wand und einer Vielzahl an Tieren sowohl dazu diente, ihren Durst zu stillen, als auch, sich ein erfrischendes Bad zu gönnen, als er plötzlich unvermittelt stehen blieb. Morikokos Herz machte einen Sprung, als ihm ein ganz neuer Gedanke durch den Kopf jagte.

Wie sah er wohl aus?

Einen Moment lang zögerte er. Vielleicht sah er aus wie alle anderen Fuchswelpen. Bräunlich-rotes Fell, kleine, schwarze Schnauze und Knopfaugen. Aber was, wenn nicht? Wenn seine Nase zu groß war oder vielleicht seine Ohren? Wenn sein Gesicht halb Fuchs, halb Mensch war? Was, wenn er ganz fürchterlich aussah?

Er schluckte gegen den Kloß in seinem Hals an.

Nalani hätte ihm das sicherlich gesagt. Sie schien sehr ehrlich und direkt zu sein. Und ihre Brüder hätten es sich nicht nehmen lassen, darüber Scherze zu machen und gemeine Witze zu reißen, wie es unter Jungs üblich war. Also … konnte er es wagen, einen Blick in den Bach zu werfen, um sich selbst zu sehen? Er musste dazu nur eine Stelle finden, an der er nicht ganz so schnell sprudelte und das Wasser eine glatte, ruhige Oberfläche aufwies.

Langsam setzte Morikoko sich wieder in Bewegung und hielt Ausschau nach einer geeigneten Stelle. Es dauerte etwas, aber dann machte der Bach eine Biegung und bildete dort einen großen See, während der schnellere Teil des Bachs um eine Ecke bog und zwischen mehreren Büschen verschwand. Der See lag still und glatt im Wald, nichts regte die Oberfläche des Wassers. Keine Ente, keine Gans schwamm darauf, keine Fliege flog darüber, kein Fisch schnappte durch die Oberfläche hindurch. Eine laute, in den Ohren wummernde Geräuschlosigkeit waberte blind um den See, tastete nach den Büschen und Bäumen, nach Gras und Laub und Wurzeln.

Morikokos Beine wurden schwer und ungelenk, das Fell in seinem Nacken sträubte sich. Zuerst dachte er, dass daran lag, dass er sich noch immer fürchtete, ins Wasser zu sehen. Doch dann entdeckte er zwei Augen, die aus dem Teich heraus und zu ihm herüber sahen. Mit einem Schlag erfasste ihn ein derart ungutes Gefühl, eine solche Panik, dass sein Herz zu rasen begann und ihm ganz schlecht wurde vor Angst. Er blieb stehen, kämpfte mit seiner Neugier, das fremde Wesen aus der Nähe zu sehen und herauszufinden, worum es sich handelte, und seinem füchsischen Instinkt, der ihm sagte, so schnell er konnte davonzulaufen und sich bloß nicht mehr umzusehen.

Seine Neugier siegte.

Morikoko machte einen Schritt Richtung Teich, dann noch einen zweiten und einen dritten, bevor er erneut stehen blieb und wartete. Die Augen sahen ihn noch immer an, blinzelten. Der dazu gehörige Kopf ragte nun etwas weiter aus dem Wasser heraus und war bedeckt von bläulich schimmernden Schuppen. Scheinbar nachdenklich legte das Wesen den Kopf schief und kam noch ein wenig weiter aus dem Wasser heraus.

„Du traust dich ungewöhnlich nahe an mich heran, kleiner Fuchs. Solltest du dich nicht besser von mir fernhalten?", fragte das schuppige Wesen, ohne dass sein Gesicht einen Mund oder Lippen aufwies.

„Ich … ich bin Morikoko", erwiderte er, wobei ihm das Herz aufgeregt in der Brust klopfte. „Ich wollte mein Spiegelbild im Wasser sehen. Es tut mir leid, falls ich dich gestört habe", fügte er sicherheitshalber hinzu. Wer konnte schon wissen, was dieses Wesen tat, wenn man bei ihm in Ungnade fiel? Morikoko hatte das ungute Gefühl, dass es ihm nicht bloß Lieder vorsang.

„Ich verstehe", entgegnete das Wesen ernst. „Du weißt nicht, wer ich bin, habe ich Recht? Sie haben es versäumt, dir von mir zu erzählen. Nun, dann will ich ihr Versäumnis nachholen: Ich bin Tamidiä, die Urtiefe. Kommst du mir zu nah, ziehe ich dich ins Wasser und nehme dich mit auf den Grund und lasse dich dort unten, bis alle Luft aus deinem Körper gewichen ist. Vielleicht auch ein wenig länger. Du tust also besser, woanders dein Antlitz spiegeln zu lassen."

Morikoko schluckte und nickte. „Vielen Dank", sagte er und gab dem Fuchs in ihm nach, der sofort rückwärts zum Bach davon stob und seinem Lauf folgte, immer schneller und schneller, bis er beinahe gegen die vier Tannen gerannt wäre. Er wich im letzten Moment aus, bremste scharf ab und bohrte seine Krallen in den Boden.

„Nalani!", rief er, keuchend und mit ängstlich geweiteten Augen. Er wollte nicht stehen bleiben, wollte weiter rennen, immer weiter, so weit er nur konnte, doch Morikoko wusste, dass es keinen Sinn hatte. Er musste nach den Fuchswelpen rufen, um sie zu finden. Sie würden wissen, was zu tun war. Sicher konnte er sich bei ihnen verstecken. „Kulko! Nalani! Laraim! Mamndi!", rief er deshalb erneut, wobei er versuchte, das Zittern aus seiner Stimme zu verbannen.

An den verschreckten Gesichtern der Fuchswelpen konnte er ablesen, dass ihm dies nicht gelungen war. Und nicht nur sie stoben überstürzt aus dem Bau heraus – auch zwei deutlich größere Füchse, ein Rüde und eine Fähe, tauchten neben ihren Kindern auf. Während die Welpen Morikoko umringten, hielten ihre Eltern nach Gefahren Ausschau. Der Rüde schnupperte in der Luft, trat dann an ihn heran, schnupperte erneut und verzog das Gesicht. „Urtiefe", knurrte er voller Abscheu, entspannte sich dann aber sichtlich. Er setzte sich neben seine Kinder und gähnte.

Die Fähe schüttelte sich, als sie das Wort hörte, dann drückte sie ihre Schnauze gegen Morikokos Gesicht und leckte ihm über den Kopf. „Du musst sehr nah bei ihr gewesen sein, wenn ihr Geruch derart an dir haftet. Du hattest Glück, zu entkommen. Halte dich in Zukunft vom Stillen See fern, sie ist ein mordlüsternes Miststück und hat ihren Spaß daran, Unwissende zu umschmeicheln und mit ihren Worten einzufangen, um sie dann auf den Grund ihres Sees zu zerren. Mach einen großen Bogen um den Stillen See, bleib immer dicht am Bach, dann kommst du nicht vom Weg ab." Sie sah mit strengem Blick zu ihren Kindern, fasste eines nach dem anderen ins Auge. „Das gilt für euch alle."

„Ja, Mutter", erwiderten die Welpen mit gesenktem Blick. Doch dann reckte Nalani den Kopf und sah ihre Mutter mit großen Fuchskindäuglein an. „Dürfen wir mit Morikoko zur Butterblumenwiese? Wir können ihm zeigen, wie man Duckdichmäuse fängt."

Sofort hoben auch die anderen Geschwister den Kopf und sahen ihre Mutter aus flehenden Augen an, während sie im Chor bettelten: „Bitte, Mutter, dürfen wir?"

Die Fähe seufzte. „Meinetwegen. Aber lauft mit ihm durch den Bach, damit er den üblen Geruch los wird. Und zur Mittagssonne seid ihr wieder zu Hause, ich habe Calaam versprochen, dass ihr beim Graben helft."

„Sind wir! Versprochen!", riefen die Welpen und liefen los. Kulko stupste Morikoko an der Flanke. „Komm schon, da vorne im Bach ist das Wasser ganz klar und seicht, da wirst du den Gestank los!"

Morikoko trottete los, den anderen hinterher. „Ist es so schlimm?", fragte er dabei.

„Viel schlimmer!", erwiderte Kulko und lachte laut.

Das Wasser war eiskalt, aber die anderen versicherten Morikoko, dass ein Bad dringend notwendig war. Also machte er noch ein paar Schritte in die Mitte des Bachs, der tatsächlich nicht sonderlich tief war. Für einen kleinen Fuchs jedoch reichte es schnell bis an den Bauch und dann bis ans Kinn. Morikoko rammte seine Krallen in den steinigen Untergrund, um nicht mitgerissen zu werden. Das Wasser war klar genug, um darin kleine Fische und die Steine am Boden zu erkennen. Das Gefühl, dass er bei diesem Bach hatte, war mit dem am See nicht zu vergleichen. Hier war alles in Ordnung. Kalt. Ja. Sehr kalt. Aber gut.

Morikoko holte Luft und tauchte mit dem Kopf unter. Er wartete, zählte bis zehn, tauchte wieder auf und schickte sich dann an, aus dem Bach heraus zu kommen. Alles an ihm zitterte und bibberte. Er schüttelte seinen Körper, um das Wasser loszuwerden, fror aber immer noch elendig. Nalani tröstete ihn damit, dass die Wiese nur ein paar hundert Meter entfernt lag und sich dort große, schwarze Steine befanden, die sich selbst in der schwachen Herbstsonne sehr schnell erwärmten.

„Und das", sagte Kulko feierlich, als sie am Rand der Lichtung ankamen, „ist die Butterblumenwiese, das Zuhause der leckersten Mäuse, die in diesem Wald leben." Ohne auf Morikoko oder die anderen zu warten, rannte Kulko in das hohe Gras der Wiese und rief voller Begeisterung: „Frühstück!" Auch Laraim und Mamndi setzten sich in Bewegung und verschwanden im hohen Gras. Morikoko zögerte. Mäuse fangen war eine Sache. Das hatte er früher schon gemacht, mit selbst gebastelten Fallen, aus denen er die kleinen, grauen oder braunen Tiere dann lebendig herausgeholt hatte, um sie heimlich etwas abseits von der Hütte seiner Eltern am Waldrand auszusetzen. Es hatte ihm immer widerstrebt, Tiere zu töten, egal, ob sie klein oder groß, wild oder zahm waren. Ob er auch überleben konnte, ohne Mäuse zu essen? Mit Eiern, Beeren und Wurzeln?

„Worauf wartest du?", fragte Nalani neben ihm und legte den Kopf leicht schief, um ihn zu mustern. „Kulko ist ein verfressener Kerl, aber er hat absolut Recht: Duckdichmäuse sind die leckersten Mäuse überhaupt. Ihr Fleisch ist ganz zart und schmeckt süßlich. Glaub mir, du wirst nie mehr etwas anderes fressen wollen."

„Vielleicht suche ich mir lieber einen Eierschwurbler. Oder ein paar Beeren", entgegnete Morikoko ausweichend. Nalani würde ihn vermutlich für verrückt erklären, wenn er ihr sagte, dass er keine Mäuse essen wollte. Aber alleine die Vorstellung, in eine noch quiekende Maus hineinzubeißen, fand er ekelhaft. „Geh du ruhig jagen, ich sehe mir die Wiese derweil genauer an."

„Du willst dir die Wiese ansehen?", fragte Nalani ungläubig.

„Um die schwarzen Steine zu finden, von denen du erzählt hast", antwortete er und hoffte, dass das Fuchsmädchen seiner Ausrede nicht auf die Schliche kam.

Nalanis Gesicht jedoch erhellte sich. Sie lächelte. „Habe ich vergessen. Du frierst sicher wie ein nackter Welpe im Regen. Dort drüben, immer der Nase nach. Du kannst sie nicht verfehlen", sagte sie und lief dann los, um ebenfalls auf Mäusejagd zu gehen.

Morikoko wartete einen Moment, ob sie vielleicht noch einmal umkehrte und zu ihm zurückkam, aber als das Zittern seiner Gliedmaßen noch stärker wurde, machte er sich auf den Weg. Das Gras überragte ihn um das Doppelte seiner Größe und war trotz des fortgeschrittenen Herbstes saftig und grün. Zahllose Stängel ragten zwischen den Gräsern in die Höhe, an deren oberem Ende samtig gelbe Blüten blühten, wie sie es normalerweise nur im Frühling und Sommer taten. Morikoko kämpfte sich durch den Urwald aus Gräsern und Stängeln, bis er beinahe mit dem Kopf gegen einen schwarzen Stein gestoßen wäre.

Er umrundete den Stein, fand schließlich eine Stelle, an der er problemlos hinaufklettern konnte, und spürte direkt die wohlige Wärme unter seinen Pfoten. Als er die glatte Oberfläche des Steins erklommen hate, der über die Wiese ragte, glitt sein Blick über ein Meer aus gelben Blütenköpfen. Noch nie in seinem Leben hatte er so viele Butterblumen gesehen. Morikoko stand das Maul offen, während er sich einmal um seine eigene Achse drehte und dann den Hintern auf den Stein plumpsen ließ.

Die gesamte Lichtung, deren Rand dünne und dicke Bäume und ein Kreis aus Büschen säumten, war mit gelben Blumen bewachsen. Es gab sicherlich keinen noch so kleinen Fleck, auf dem keine Butterblume wuchs. Immer wieder sah er, wie Blütenköpfe wild hin und her wackelten und konnte dadurch zumindest erahnen, wo die Fuchswelpen sich in etwa aufhielten. Sie selbst waren in dem dichten Gras nicht zu sehen.

Nachdem er die Wiese eine Weile bestaunt hatte, ließ Morikoko sich auf den Stein fallen. Die Wärme drang durch sein Fell auf seine Haut, wärmte und trocknete ihn. Zufrieden schloss er seine Augen und schnupperte die süßliche Luft, während ihm die Sonne zusätzlich das Fell aufheizte. Hier würde ihn so schnell niemand weg bekommen, dachte Morikoko bei sich, gähnte und schlief ein.

7

Morikoko wurde geweckt, als ihn jemand ins Fell zwickte und laut: „Du bists!", rief.

Sofort sprang er auf seine Pfoten und sah sich um. Seine Augen glitten über das Butterblumenmeer, bis er einige Blüten entdeckte, die auf ihren Stängeln wild hin und her wogten. Er duckte sich, wartete, bis die Stängel und Blüten in seiner Nähe wogten, und sprang. Er landete auf dem Rücken eines Fuchswelpen, den er durch Wucht und Überraschung umwerfen konnte. Sofort begannen die beiden, sich im Gras zu balgen, hin und her zu wälzen, sich zu zwicken, zu schubsen und gegenseitig auf den Boden zu drücken.

Während sie sich miteinander balgten, erkannte Morikoko Mamndis abgeknicktes Ohr. Sein Versuch, die Oberhand zu gewinnen, scheiterte wieder und wieder. Mamndi hatte zu oft mit seinen Geschwistern gerungen, als dass Morikoko eine Chance gehabt hätte.

„Da musst du dich schon mehr anstrengen!", rief ihm Mamndi zu, stob davon und verschwand wieder im grünen Gras zwischen Stängeln und Halmen. „Fang mich!"

„Hier drüben!", meldete sich Kulko aus der entgegengesetzten Richtung, allerdings mit vollem Mund und undeutlicher Aussprache. Er musste schon wieder über etwas Essbares gestolpert sein.

Morikoko wartete und lauschte den Gräsern, die im sanften Wind leise raschelten, den Duckdichmäusen, die in ihren Tunneln unter der Erde fiepten und nagten und darauf warteten, dass die Fuchskinder weiter zogen, einem dicken Käfer, der schwer durch die Luft brummte – und zwei Stimmen, die sich zankten. Morikoko konnte sie nicht verstehen, dazu war er zu weit entfernt, aber sie schienen beide recht erbost zu sein.

Neugierig tapste er durch die Wiese und folgte den Stimmen bis zum Rand der Lichtung. Dort, wo Bäume und Büsche die

Butterblumen umsäumten wie der Strand das Meer, wurden die Stimmen deutlicher und lauter.

„Meins! Loslassen!", kreischte eine hohe, schrille Stimme.

„Ich hab es zuerst gesehen! Gib es her!", kreischte eine zweite Stimme.

Morikoko zwängte sich zwischen zwei Sträuchern hindurch und suchte mit erhobenem Blick die Äste und Zweige über sich ab. Und wirklich: Einen halben Meter über seinem Kopf schwirrten zwei kleine Wesen durch die Luft, die eine seltsame Mischung aus winzigem Mensch, eingehüllt in ein Blätterkleid, mit einem buschigen Eichhörnchenschweif und kurzen, blonden Haaren auf dem Kopf waren, deren Friseur an eine Eichel erinnerte.

„Lass sie los, du diebische Schnepfe!"

„Selber Schnepfe!"

Sie zerrten an einem ovalen, bläulich glänzenden Ding, das vielleicht nur ein hübscher Stein sein mochte, ihnen aber zweifellos sehr wichtig war. „Hallo!", sagte Morikoko und versuchte dabei zu lächeln, ohne seine spitzen Zähne zu zeigen. Gar nicht so leicht. „Was habt ihr denn da?"

Die beiden Kontrahenten drehten sich zu ihm um und flatterten aufgeregt mit ihren hellen, seidigen Flügeln. „Eine Moosdrachenperle", erwiderten sie gleichzeitig. „Und sie gehört mir! Nein mir! Lass los!"

Morikoko reckte den Hals. „Sieht hübsch aus. Was habt ihr denn damit vor?"

„Meinen Kobel schmücken!", erwiderten sie im Chor. Da biss die eine der anderen in die Hand, nutzte das Überraschungsmoment und schwirrte mit der Perle davon, wobei sie laut rief: „Meins! Es ist meins, du dumme Schnepfe! Meins! Und das wird es auch immer sein!"

Das andere Wesen begann zu schniefen und flatterte auf Morikoko zu, während es sich die verletzte Hand hielt. Es landete mit den winzigen Füßen auf seinem Nasenrücken, setzte sich und zog die Knie an, die es alsbald mit den Armen umschlang. Jetzt konnte er auch erkennen, dass Tränen aus den kleinen Augen kullerten.

Morikoko fühlte sich unbehaglich, mit dem weinenden Eichhörnchenzwergenmenschen auf seiner Nase. Irgendwie war es ja ein klein wenig seine Schuld, dass der Streit auf diese Weise geendet hatte. Wenn er sich nicht eingemischt hätte, wäre es nicht abgelenkt gewesen und hätte den Angriff sicherlich kommen sehen. Er hätte sich zu gerne bei ihr entschuldigt und wäre dann den Rückzug angetreten, aber mit dem Wesen auf seiner Nase ging das schlecht.

„Es war so schön", schluchzte es und wischte sich mit der gesunden Hand über die tränennassen Wangen. „Sie wäre so schön gewesen an meinem Kobel, hätte von Weitem geglitzert und geglänzt."

„Du findest bestimmt bald wieder eine Perle", versuchte Morikoko sie zu trösten, vor allem, damit sie sich von seiner Nase erhob. Es war ein seltsames Gefühl, dass dort jemand saß. „Oder etwas anderes, das glitzert und glänzt."

Das kleine Wesen schüttelte heftig den Kopf. „Niemals wieder. Ganz bestimmt nicht! Sie macht das dauernd. Immer, wenn ich losfliege und nach etwas Schönem suche, fliegt sie mir heimlich hinterher und nimmt es mir dann weg. Sie ist so gemein! Die gemeinste Kobelelfe überhaupt!"

„Kobelelfe?", wiederholte Morikoko neugierig. „Baut ihr Kobel, um darin zu wohnen?"

Die Elfe kniff die winzigen Brauen zusammen und musterte ihn skeptisch. Dann schüttelte sie den Kopf. „Nein. Wir wohnen in alten Eichhörnchenkobeln, die verlassen wurden. Wir reparieren, säubern und dekorieren sie, damit sie hübsch sind." Sie schniefte. „So eine schöne Perle."

„Wenn ich einmal eine Perle finde, dann bringe ich sie zu dir", sagte er.

„Wirklich?"

„Wirklich."

„Versprochen?"

„Versprochen", erwiderte Morikoko und seine Stimme klang ungewohnt feierlich, als er hinzufügte: „Ich komme hierher, rufe laut deinen Namen und überreiche dir die Perle für deinen Kobel."

„Und wenn sie wieder kommt, um mir deine Perle zu stehlen?"

„Dann zwicke ich sie in den Po."

Die kleine Fee sprang auf ihre Füße und flatterte aufgeregt mit ihren Flügeln, während sie begeistert in die Hände klatschte. „Du findest ganz bestimmt eine Perle! Und dann rufst du nach Thakilyja vom Rosenhügel zur Butterblumenwiese!" Sie hüpfte vor Freude hin und her, dann flog sie blitzschnell vor und küsste ihn auf die Nase. „Danke, kleiner Fuchs!", rief sie ihm zu, während sie höher und höher aufstieg und zwischen den Baumwipfeln verschwand.

Morikoko schüttelte den Kopf. Was es nicht alles gab. Plappernde Steine, Fesl, Duckdichmäuse, Kobelelfen. Eins stand fest: Es würde dauern, bis er alles und jeden entdeckt hatte. Und bevor er das nicht von sich sagen konnte, würde er den Wald nicht verlassen.

Gerade, als er wieder umdrehen wollte, schoss Nalani aus der Wiese heraus und wäre beinahe in Morikoko gerannt. Wenige Zentimeter vor seiner Nasenspitze kam sie zum Stehen. „Was machst du denn hier drüben? Wir haben doch fangen gespielt!", sagte sie und klang ein wenig tadelnd, vor allem aber neugierig.

„Da waren zwei Elfen, die haben sich um eine Perle gestritten und dann hat die eine die andere gebissen", berichtete Morikoko aufgeregt.

Nalani schnaubte. „Wenn es um Moosdrachenperlen geht, verstehen manche Elfen echt keinen Spaß." Sie kratzte sich mit dem Hinterlauf am linken Ohr. „Es ist bald Mittag, wir müssen nach Hause. Die anderen sind schon los, damit wir nicht alle zu spät kommen."

„Oh, tut mir leid", murmelte Morikoko geknickt.

„Schon gut. Mutter und Vater sind es gewöhnt, dass wir nicht pünktlich sind. Und dir nehmen sie es bestimmt nicht übel. Also los."

Morikoko lief los, drehte sich dann aber noch einmal um. Von der Elfe fehlte jede Spur. Er hoffte inständig, bald eine Perle zu finden. Er wusste nicht, wie Elfen so waren, vom Charakter her, aber er wollte definitiv kein Risiko eingehen. Das Erlebnis mit dem Fesl hatte ihm gereicht.

„Warum haben Kobelelfen einen Eichhörnchenschweif? Haben sie Elfen und Eichhörnchen als Eltern?", fragte Morikoko, kaum, dass er am Baum eingetroffen war. Nalani und ihre Brüder hatten sich zwar redlich bemüht, der Arbeit am neuen Bau zu entgehen, doch ihre Eltern hatten nicht nachgegeben. Also war er zurück zur Höhle und zum Baum gelaufen, allerdings dieses Mal ganz nah am Bach entlang, so nah, dass er nun nasse Pfoten hatte.

Der Baum öffnete die Augen, gähnte. „Schon wieder zurück? Das war ja ein kurzer ...", setzte er an, wurde jedoch sofort unterbrochen.

„Und in wen verlieben sich dann Kobelelefen? In Elfen? Oder Eichhörnchen? Oder in andere Kobelelfen?", fragte Morikoko weiter und kratzte sich aufgeregt hinterm Ohr.

Der Baum lächelte. „Da hast du etwas falsch verstanden. Lass es mich dir erklären: Kobelelfen sind ..."

Morikoko hüpfte auf seine Pfoten, jagte einmal im Kreis herum und fragte dabei: „Gibt es denn noch andere Elfen? Vielleicht ganz große? Oder noch viel kleinere? Und sehen die dann auch den Tieren ähnlich, in deren Nestern und Höhlen sie leben?" Er warf sich auf den Rücken und wälzte sich mit seinem Fell im weichen Waldboden, dass sich Erde und Laub darin verfingen. „Und warum bauen sie sich nicht eigene Nester? Wollen sie nicht? Oder können sie es nicht?"

„Nun ja, es gibt schon noch andere Elfenarten in diesem Wald. Sie leben in Symbiose mit den Bewohnern, pflegen und hegen die Tiere und Pflanzen und erhalten im Austausch dafür dann ...", bemühte sich der alte Baum erneut um eine Antwort, während seine Augen dem kleinen Fuchs folgten, der hin und her lief, sich wälzte, wieder aufsprang und schließlich anfing, seinen eigenen Schwanz zu jagen.

„Gibt es denn auch Fuchselfen? Oder nein, die müssten dann ja Fuchsbauelfen heißen. Das klingt nicht so schön wie Kobelelfen und wahrscheinlich könnte man sie dann nicht auseinander halten, weil sie auch einen buschigen Schwanz hätten oder aber vielleicht auch Fuchsohren." Morikoko ging in Lauerhaltung, wackelte mit dem Hintern, sprang los und landete mitten in einem Busch. Erschrocken stoben ein paar Vögel daraus hervor und erhoben sich flatternd und schimpfend in die Luft. „Sind Elfen denn freundlich? Oder sind sie nachtragend, wie die Fesl?"

„Das kann ich nicht allgemein beantworten. Eine jede Elfe ist einzigartig, hat ihren eigenen Charakter und ihre eigenen Stärken und Schwächen. Grundsätzlich sind Elfen aber tatsächlich ..."

„Wenn ich einer Elfe versprochen habe, eine Perle für sie zu suchen, wird sie dann sauer, wenn ich keine finde? Und machen Kobelelfen Winterschlaf? Dann hätte ich den ganzen Winter Zeit, glitzernde und funkelnde Dinge für Tha ... Thy ... Kliatha ..." Morikoko legte den Kopf schief und presste die Lippen fest aufeinander. Er sah zum Baum hinüber, als kenne dieser die Antwort. „Für die Elfe zu sammeln. Da würde sie Augen machen, wenn ich ihr im Frühling einen ganzen Haufen schöner Sachen bringe. Womit schmücken denn Elfen ihre Kobel sonst noch?"

„Die meisten Kobelelfen mögen es, wenn ..."

„Meine Mutter hat immer gesagt, Elfen sind kaltherzige, grausame Wesen, die Kinder stehlen und mit sich ins Elfenreich nehmen, weil sie selber kein Herz haben und deswegen keine Kinder haben können", erinnerte sich Morikoko. „Aber was sollte denn eine kleine Kobelelfe mit einem Menschenkind? Oder können Elfen Kinder schrumpfen lassen? Und wieso ..."

„Da irrt sich deine Mutter. Elfen stehlen keine Menschenkinder. Sie sind auch nicht herzlos und sie können sehr wohl eigene Kinder ..."

„Wenn es einen inneren und einen äußeren Wald gibt und Elfen eigentlich nur im inneren Wald leben, woher wissen Menschen dann ..."

„Halt!", unterbrach der Baum den Redefluss des kleinen Fuchses. „Eines nach dem anderen. Ich habe ein ganz gutes Gedächtnis, aber selbst ich kann mir nicht alle deine Fragen merken und sie dir beantworten, wenn dir endlich die Kehle so trocken ist, dass du keine weitere Frage mehr stellen kannst. Kannst du denn nicht einen Moment stillhalten und zuhören? Du wirst nie Antworten bekommen, wenn du immer derart schrecklich ungeduldig bist und zappelst", fuhr der Baum in barschem Tonfall fort, wobei seine Äste laut knacksten.

Morikoko zog erschrocken das Genick ein und sah beschämt zu Boden. „Entschuldige", murmelte er kleinlaut. „Es ist nur ... es gibt so viele ... ich ..." Er schniefte leise. „Entschuldige." Mit hängenden Schultern tapste Morikoko in seine Höhle und rollte sich auf dem Moos zusammen. Tränen kullerten aus seinen Augen.

8

„Huihu, das lief ja hervorragend", meldete sich ein Wollkauz von einem der unteren, besonders dicken Äste. Der Baum knackste mürrisch. „Halt den Schnabel, Archibald." Amüsiert schüttelte der Kauz den Kopf. „Du hast mir schon oft mit guten Ratschlägen geholfen, alter Freund. Nun lass mich dir einen Ratschlag geben: Geduld, mein Freund, Geduld. Auch du warst einmal jung. Das ist nur schon verhuht lange her." Archibald unterdrückte ein breites Grinsen, als er in das Schmollgesicht des Baumes sah, der beharrlich schwieg. „Schmollen ist eine unfassbar erwachsene Reaktion." Einen Moment lang wartete er, ob der Baum nicht doch noch zur Vernunft kam, ein Einsehen hatte und das Schweigen brach. Archibald hätte sich zu gerne noch ein wenig mit ihm unterhalten. Doch der Baum schien daran kein Interesse zu haben. Archibald seufzte. Er streckte seine Flügel durch, knackste mit den kleinen Knöchelchen und Gelenken, breitete sie dann vollends aus und ließ sich vom Ast fallen. „Gib euch Zeit, mein Freund", fügte er hinzu, während er mit den großen Flügeln schlug. „Gib euch Zeit."

Es dauerte nicht lange, da vibrierten die Wurzeln der kleinen Höhle, als der Baum mit brummender Stimme seinen Namen aussprach: „Morikoko." Er spürte die Worte durch sein Fell hindurch auf der Haut kitzeln. Trotzdem rührte Morikoko sich nicht. Er blieb zusammengerollt liegen und weinte leise. *Wenn du doch nur verloren gingest,* kroch die Stimme seines Vaters durch seinen Kopf. *Wenn du doch nur verloren gingest.*
Wenn er zu Hause nicht bleiben konnte und auch der Wald ihn nicht wollte, wo sollte er dann nur hin? Er wusste, dass manche Menschen sehr weit gingen, in andere Länder, bis ans Meer. Sogar über das Meer fuhren einige, in ganz andere

Welten. Aber Morikoko wollte nicht über das Meer fahren. Er mochte keine Boote. Und nach der Begegnung mit der Urtiefe zog es ihn sicherlich nicht auf ein Schiff mit endlos tiefem Wasser unter sich.

„Morikoko, komm heraus", sagte der alte Baum in die Stille hinein.

Wenn der Baum ihn jetzt wegschickte, was sollte er dann tun? Sich weigern? Sich wehren? Zu Nalani laufen und sie bitten, bei ihr und ihren Brüdern bleiben zu dürfen? Aber sicherlich wollten ihre Eltern nicht noch ein weiteres Fuchskind durchfüttern müssen, schon gar nicht eines, das keine Mäuse fressen wollte. Bei dem Gedanken daran begann sein Magen zu knurren. Vielleicht fand er ein paar Nüsse oder Beeren, wenn er ein wenig zwischen den Büschen und Sträuchern herumlief.

„Morikoko, ich muss mit dir sprechen."

Nein, dachte Morikoko bei sich, lieber blieb er in der Höhle und rührte sich nicht vom Fleck. Wenn er nach draußen ging, schickte ihn der Baum sicher wieder in den äußeren Wald zurück und nahm ihm sein Fuchsfell. Es war sicherer, hier zu liegen und dem Knurren seines Magens zu lauschen und Tränen über das Gesicht kullern zu lassen, die nicht aufhören wollten, aus seinen Augen zu fließen. Also rollte er sich noch etwas enger zusammen.

Leises Knirschen und Knacksen zitterte durch die Luft und den Baum, ein Ächzen und Stöhnen mischte sich darunter, das immer lauter wurde, und plötzlich tastete etwas nach Morikokos Rücken. Erschrocken fuhr der kleine Fuchs hoch, doch da hatten sich bereits feine Äste und dünne Zweige um seinen Fuchsschwanz gewickelt, die ihn behutsam, aber bestimmt aus der Höhle zogen. Er krallte sich im Boden ein, suchte nach Halt, aber der Baum holte ihn weiter und weiter, Stück für Stück, nach draußen. Dort setzte er Morikoko nicht am Boden ab, sondern ließ ihn kopfüber vor seinem hölzernen Gesicht baumeln.

„Wirst du wohl zuhören, wenn ich mit dir reden möchte",

schimpfte der Baum, klang aber dabei nicht mehr barsch oder wütend. „Ich möchte mich bei dir entschuldigen, mein kleiner Morikoko. Ich bin ein alter, sehr alter Baum, und für gewöhnlich unterhalte ich mich nur mit Tieren und Wesen, die meinen Rat suchen, die vor mir Platz nehmen, eine Frage stellen und dann meinen weisen Worten lauschen."

Morikoko zappelte und biss und schnappte um sich, bis die Worte des Baumes zu ihm durchdrangen. Mit einem Mal fiel seine ganze Gegenwehr in sich zusammen und er musterte das Gesicht des Baumes mit skeptischem Blick. „Du willst dich entschuldigen?", fragte Morikoko ungläubig. Das hatte bisher noch kein Erwachsener getan.

Der Baum nickte langsam. „Ich bin den Umgang mit quirligen Jungtieren nicht mehr gewöhnt. Es tut mir Leid, dich verletzt zu haben. Aber bitte: Stelle mir eine Frage und gib mir die Möglichkeit, darauf zu antworten. Ich mag deine Neugier und möchte dir gerne helfen, den Wald zu entdecken. Bist du damit einverstanden?"

Einen Moment lang überlegte Morikoko. „Wenn ich deinen Rat bräuchte, könntest du mir dann auch eine weise Antwort geben?", fragte er derart leise, dass er nicht sicher war, ob der Baum ihn überhaupt hören konnte.

„Natürlich", erwiderte der Baum mit einem Lächeln. Seine Äste und Zweige knarrten und knacksten, als sie Morikoko am Boden absetzten und sich dann wieder zur Baumkrone hinauf erhoben. „Was bedrückt dich denn, mein kleiner Morikoko?"

„Ich … es ist so, dass … also …", setzte er an, doch dann wurde er vom Knurren seines Magens unterbrochen.

Der Baum lachte. „Vielleicht solltest du zuerst deinen Magen füllen, bevor wir weiter reden? Ein paar Mäuse fangen oder einen Vogel? Nalani hilft dir sicherlich gerne beim Jagen, falls du es alleine noch nicht schaffst."

Morikoko schüttelte traurig den Kopf. Er scharrte mit der Pfote im Waldboden, überlegte, wie er seine Frage am besten formulieren sollte, ohne den Baum damit zu beleidigen.

Schließlich fragte er: „Kann man denn ein Fuchs sein, ohne Mäuse und Vögel zu fressen? Sondern vielleicht nur Beeren und Wurzeln und Eier?"

„Hm." Der Baum schien kurz nachzudenken. „Wo sonst, wenn nicht in diesem Wald?" Er lächelte. „Hier gibt es Eierschwurbler und Rötliwinterbeeren, die Glühenden Wurzeln und Kuschelgrün, Nektartrödler und Pinnerienchen – genügend Futter für einen kleinen Fuchs, dem nicht nach Maus und Vogel ist. Nalani kann dir zeigen, wo du die Sträucher findest und hilft dir dabei, sie auszugraben, hierher zu bringen und wieder einzugraben. Dann hast du deine Speisekammer direkt vor deiner Höhle."

Morikoko lief das Wasser im Mund zusammen. Sein Magen knurrte so laut, dass man es im Umkreis mehrere Meter hören konnte. Doch er ignorierte es und rutschte stattdessen unruhig auf dem Waldboden hin und her. „Kuschelgrün? Nektartrödler? Und was sind Pinnerienchen? Glühen die Wurzeln wirklich? Leuchten die bei Nacht? Und wie schmecken Rötliwinterbeeren? Wachsen sie wirklich den ganzen Winter hindurch? Und können ...", setzte Morikoko aufgeregt an, doch dann stockte er, presste die Lippen fest aufeinander und senkte den Blick. „Entschuldige." Er zog ein wenig das Genick ein und wartete auf die Standpauke des Baumes. Gerade hatte er ihm noch gesagt, er solle ihn ausreden und ihm eine Möglichkeit lassen, auf Fragen zu antworten. *Warum kann ich mich nicht einfach daran halten?*, ärgerte sich Morikoko über sich selbst. *Das ist doch wirklich nicht schwer! Frage stellen, Mund halten und warten.* Das Herz wurde ihm schwer. Nichts bekam er hin. Nicht einmal diese einfache Aufgabe konnte er erfüllen. Vielleicht hatte der Priester recht und er war tatsächlich zu nichts zu gebrauchen. Vielleicht ...

Der alte Baum seufzte. „Schon gut, mein kleiner Morikoko", erwiderte er und kratzte sich mit einem seiner Äste an der Nasenspitze. „Ich werde dir all deine Fragen beantworten. Und

wenn es mir zu viele auf einmal sind, dann sage ich laut „Halt!"
und dann wirst du dein Mäulchen zumachen und mir zuhören.
Was hältst du davon? Glaubst du, das schaffen wir?"
Morikoko sah zu ihm auf und lächelte breit. „Ja, auf jeden
Fall!", entgegnete er eifrig und hüpfte auf seine Pfoten.

„Aber jetzt solltest du erst einmal zurück zum Bach gehen, dort
wachsen Pinnerienchen, kleine, dunkelblaue Knollen, die
angeblich nach Fisch schmecken. Das mag an dem Wasser
liegen, das direkt an ihnen vorbei fließt, kann aber auch
bloßes Gerede sein." Er zuckte mit den Ästen. „Suche nach
Blumen mit rot und gelb getupften Blüten und grabe darunter
nach den Knollen. Iss dich an ihnen satt, sie sind sehr
nahrhaft. Das wird erst einmal deinen Hunger stillen und
danach können wir über all die anderen Pflanzen sprechen."
Morikoko hüpfte vor Freude einige Male hin und her, bevor er
sich umdrehte und loslief.

„Und vergiss nicht, die Knollen vorher im Wasser zu waschen!
Sonst schmeckt die Schale bitter!", rief der Baum dem kleinen
Fuchs hinterher, ohne sicher zu sein, ob dieser den Hinweis
noch gehört hatte. Der Baum seufzte leise und schüttelte den
Stamm und die Äste.

Jung müsste man noch einmal sein …

Morikokos Euphorie erhielt ihren ersten Dämpfer, als er unter
der rot-gelb getupften Blume zu graben begann und sich an
einem Dorn stach. Er zuckte zurück, knurrte und leckte sich
dann seine lädierte Pfote. Bei genauerem Blick auf das Loch
entdeckte er den Dorn und die Wurzel, aus der er wuchs –
zusammen mit etwa zwanzig anderen. Die gesamte Wurzel
war mit den kleinen, spitzen Dornen übersät. Morikoko grub
also deutlich langsamer und vorsichtiger weiter, stach sich aber
trotzdem noch einige Male, bis er die erste Knolle fand. Sie
war so groß wie ein Hühnerei, dunkelblau und roch intensiv
nach Fisch.

Voller Vorfreude biss Morikoko in das Gemüse – und wurde

erneut ausgebremst. Er spuckte angewidert das Stück aus, das er aus der Knolle gebissen hatte. Erst jetzt fiel ihm wieder ein, was der Baum gesagt hatte: waschen. Nun gut, dann würde er das blöde Ding eben ins Wasser werfen. Hoffentlich half das, denn ansonsten blieb die Knolle ungenießbar.

Geschickt schubste er sie mit den Pfoten zum Bach und wusch sie am seichten Ufer, bis alle Erde vom Wasser davon getragen worden war und die Schale deutlich heller aussah. Morikoko fischte sie wieder aus dem Wasser und biss misstrauisch hinein. Der bittere Geschmack war vollkommen verschwunden, nun dominierte der Fisch. Nicht gerade seine Leibspeise, aber da sein Magen laut knurrte und ihm das Wasser im Maul zusammenlief, biss er die Hälfte der Knolle ab, kaute und schluckte hastig. Kurz darauf verschwand auch die zweite Hälfte in seinem Maul.

Sein Magen knurrte noch immer, weshalb er von vorne begann: ausgraben, gestochen werden, zum Wasser rollen, waschen, bis sie hellblau war, essen. Nach und nach verspeiste er auf diese Weise sieben der fischigen Knollen, bevor sein Magen ihm meldete, dass er ausreichend gefüllt war. Zufrieden ließ Morikoko sich auf seinen Hintern fallen und leckte seine zerkratzten Pfoten.

Satt war er, da konnte er sich nicht beschweren. Aber allzu oft wollte er trotzdem nicht nach Pinnerienchen graben müssen. Nicht ohne ein paar Hände und eine gute Schaufel.

Nachdem er eine Weile gerastet hatte, sah er sich um. Den Fluss hinunter gelangte er zu Nalani, aber die war ja mit dem Graben einer neuen Höhle beschäftigt. Wenn er wieder nach rechts abbog, kam er zum alten Baum zurück, doch der würde sicherlich einen Vortrag über den Charakter des Waldes halten wollen. Darauf hatte Morikoko noch keine Lust.

Was sich wohl auf der anderen Seite des Bachs befand? Oder bachaufwärts? Solange er sich auf seine Fuchsinstinkte verließ und Reißaus nahm, sobald sie ihn warnten, konnte eigentlich nicht viel passieren, oder?

Morikoko stand auf, stieg in den kalten Bach, hob den Kopf und schnupperte. Von der anderen Seite des Bachs konnte er nichts riechen als Bäume, Blätter, Nadeln und Moos. Auch bachaufwärts schien zunächst wenig Überraschendes bereit zu halten, aber dann mischte sich eine nussige Note unter die Gerüche des Waldes. Eine nussige Nuance unter sehr viel Moos.

Neugierig setzte Morikoko sich in Bewegung, stieg aus dem Bach und lief schnuppernd mit erhobener Schnauze dem Duft hinterher. Hin und wieder stolperte er über einen Ast oder Zweig, fand aber jedes Mal sein Gleichgewicht sofort wieder und setzte seinen Weg unbeirrt fort. Je weiter er ging, desto stärker wurde der Geruch, und bald konnte Morikoko ihn als Haselnuss identifizieren.

Schließlich zog ihn der Duft vom Bach weg Richtung einiger immergrüner Sträucher, die von rotem und gelbem Laub umsäumt waren, das von den mächtigen Bäumen stammte, zu deren Füßen die Sträucher wuchsen. Der Geruch nach frischen Haselnüssen war nun so intensiv, dass Morikoko erneut das Wasser im Maul zusammenlief. Aufgeregt wackelte er mit den Ohren und lauschte nach gefährlichen oder verdächtigen Geräuschen. Zwar konnte er ein leises Rascheln und Schnaufen hören, aber da es nicht weiter bedrohlich klang, schlich Morikoko langsam auf die Quelle des Geräusches zu, die zugleich der Ausgangspunkt der Duftquelle zu sein schien.

Sein Herz schlug aufgeregt in seiner kleinen Brust hin und her, während er seinen Kopf zwischen zwei Sträuchern hindurchschob. Als er auf der anderen Seite herauskam und die Augen öffnete, schrie er erschrocken auf und stolperte rückwärts – ebenso wie das andere Wesen, das ihm gegen die Nase gestoßen war.

Aufgeregt sortierte er seine Beine, stand auf und lauschte, was gar nicht einfach war, da ihm das Blut in den Ohren rauschte. Dennoch hörte er das andere Wesen, hörte, wie es sich wieder aufrappelte und nicht mehr schrie. Einen Moment lang wartete Morikoko, ob es vielleicht nun seinerseits seinen Kopf durch den Strauch steckte, um nachzusehen, wer oder was ihn da so sehr erschreckt hatte. Als sich nichts bewegte und er auch nichts mehr hörte, startete Morikoko einen zweiten Versuch. Dieses Mal sah ihm nichts direkt in die Augen, als er auf der anderen Seite des Strauchs herauskam. Genau genommen war dort überhaupt niemand mehr zu sehen, weder ganz nah, noch weiter weg.

Seltsam.

Er hatte gehört, dass etwas wieder aufgestanden und im Laub geraschelt hatte, aber keine sich entfernenden Schritte, kein Flügelschlagen, nichts, das darauf hingewiesen hätte, dass das Wesen die Flucht angetreten hatte. Also müsste doch noch jemand in seiner Nähe sein. Morikoko kniff die Brauen zusammen, sah sich um, schnupperte.

Haselnüsse. Und Moos. Von … dort drüben.

Langsam tapste Morikoko los, bis er direkt vor einem Laubhaufen stand, der höher war als er selbst. Nicht ungewöhnlich, an sich. Nur, dass aus diesem Laubhaufen etwas ragte, das an einen Ast erinnerte, braun und runzlig, aber … weicher. Und mit etwas nasenartigem am Ende, das sich nervös blähte und zusammenzog.

„Du brauchst dich nicht zu verstecken", sagte Morikoko und trat einen Schritt zurück. „Ich tu dir nichts. Ich habe nur die Haselnüsse gerochen und Hunger bekommen." Er wich noch einen Schritt zurück, dann setzte er sich auf seinen Hintern und wartete. „Ich wollte dich auch gar nicht erschrecken."

Der Laubhaufen raschelte leise, als sich zwei Lider hoben und große, braune Knopfaugen preisgaben. Die Spitze des Astes hob sich langsam und näherte sich Morikokos Gesicht. Vorsichtig tastete sie über seine Nase, das Gesicht und die Ohren. Morikoko lachte, als der warme Atem ihn in seinen Ohren kitzelte. Sofort zog sich der Ast zurück und verschwand gänzlich im Laubhaufen. Ein einzelnes Auge blickte neugierig, aber unsicher blinzelnd zu ihm herüber.

„Hat gekitzelt", erklärte Morikoko und legte den Kopf schief. „Magst du nicht da herauskommen? Oder ist es in dem Laubhaufen gemütlich?" Der ganze Haufen wackelte, als das Wesen den Kopf schüttelte. Es zögerte noch kurz, dann fiel das ganze Laub zur Seite, als es zwei vorsichtige Schritte auf Morikoko zu machte. Es schüttelte sich, bis auch das letzte Blatt heruntergefallen war. Übrig blieb ein rundliches Wesen mit vier dicken, runden Beinen, einem langen Ast im Gesicht, wo die Nase sein sollte, großen, dünnen Ohren und einem moosig-grünen Bewuchs auf Rücken, Kopf und Nase. Es wackelte mit dem Kopf, schlackerte mit Ohren und Nase und trötete.

Morikoko lächelte. „Ich bin Morikoko. Und du?"

Das Tier blinzelte und schien zu überlegen. Es trötete mehrmals, dann drehte es sich um und stocherte mit der langen Nase im Laubhaufen. Als es sich wieder zu ihm umwandte, pustete es eine handvoll Haselnüsse aus seiner Nase und trötete dabei fröhlich.

„Sind die für mich?", fragte Morikoko und betrachtete die leckeren Nüsse.

Wieder trötete das Wesen. Es umschlang mit seiner Nase einen Stein und schlug damit wild auf die Haselnüsse ein, bis die Schale platzte. Morikoko wartete, bis das Tier fertig war, und leckte mit seiner Zunge ein paar der Nüsse vom Boden auf. Er kaute, lächelte und sagte: „Danke, die schmecken toll."

Noch einmal trötete das Tier, dann begann es, mit der Nase und einem Zweig im Boden zu wühlen und weitere dort versteckte Nüsse herauszupulen. Gerade, als Morikoko fragen wollte, woher es kam und wie es hieß, ertönte ein lautes, schrilles Kreischen. Nur Sekunden später wurden sie von kleinen und größeren Steinen getroffen, die jemand zielsicher und mit enormer Wucht auf sie schleuderte. „Aua!", rief Morikoko. „Was soll das? He, ich … aua!"

„Nussdiebe! Verschwindet! Haut ab! NUSSDIEBE!", kreischte

das Wesen.

Während Morikoko die Flucht ergriff und weiterhin von Steinen getroffen wurde, erkannte er eine kleine Kobelelfe, die ziemlich wütend aussah. So schnell er konnte, lief er Richtung Bach, dann den Bach hinunter und blieb erst stehen, als er bei den rot-gelb getupften Blumen ankam. Sein Atem ging schnell, sein Herz pochte hart gegen seine Rippen und er brauchte einen Moment, um wieder ordentlich Luft zu bekommen. Er sah sich um, doch von dem langnasigen Tier fehlte jede Spur. Schade. Er hätte gerne noch mit ihm gespielt.

In langsamem Trab trottete Morikoko zurück zum Baum und setzte sich direkt vor den breiten Stamm. Er wartete, bis der Baum die Augen öffnete, ihn ansah und lächelte. „Da bist du ja wieder, mein kleiner Morikoko. Hast du die Knollen gefunden?"

Morikoko nickte. Er überlegte kurz, ob er die vielen Dornen erwähnen sollte, beließ es dann aber dabei. Morgen würde er mit Nalani nach anderen Futterquellen suchen. Kuschelgrün vielleicht. Oder Rötliwinterbeeren. Irgendetwas mit weniger Stacheln jedenfalls.

„Das ist gut." Der Baum musterte den Fuchs einen Augenblick lang, dann sagte er: „Du siehst aus, als hättest du eine Frage. Möchtest du ..."

„Ich habe ein Tier gesehen, so etwas habe ich noch nie gesehen. Es ist etwa so hoch", erzählte Morikoko und hob dabei seine Pfote in die Höhe, „und hat runde Beine. Und große Ohren. Und eine sehr lange Nase, mit der es Steine aufheben und Zweige nehmen kann. Es hat mir Haselnüsse geschenkt und getrötet und dann hat eine Kobelelfe uns mit Steinen beworfen." Er rieb sich demonstrativ den Nasenrücken an der Stelle, an der ihn ein besonders großer Stein getroffen hatte.

„Sie mögen Moosifanten nicht allzu gerne, weil sie nach den Nüssen graben, die die Eichhörnchen als Vorrat im Boden verstecken. Und die Kobelelfen leben in einer Symbiose mit den Eichhörnchen", erklärte der Baum und gähnte.

„Symbiose?", hakte Morikoko nach und kratzte sich mit dem Hinterlauf hinter dem rechten Ohr. Das Wort gefiel ihm nicht, es klang irgendwie unangenehm und streng. Sicher war es etwas ganz Schreckliches. Vielleicht mussten die Kobelelfen den Eichhörnchen gehorsam sein, ihnen dienen und auf die Nüsse aufpassen. Und wenn jemand die Nüsse stahl, wurden die Kobelelfen hart bestraft. Und dann ...

„Sie helfen sich gegenseitig", unterbrach der Baum Morikokos Gedanken und setzte zu einer längeren Erklärung an. „Kobelelfen geben auf die Jungtiere von Eichhörnchen acht, während die Eltern unterwegs sind, um Futter zu suchen. Sie kümmern sich auch um die Fellpflege der Eichhörnchen und können verletzte oder kranke Eichhörnchen heilen. Dafür bekommen sie so viele Nüsse, wie sie möchten und dürfen in den verlassenen Kobeln wohnen. Wenn nicht genügend verlassene Kobel vorhanden sind, bauen die Eichhörnchen den Elfen sogar neue. Das kommt jedoch eher selten vor. Jedenfalls ist es daher sehr wichtig für die Elfen, gut auf die Nüsse Acht zu geben, denn sowohl die Eichhörnchen, als auch sie selbst benötigen die Nüsse, um im Winter satt zu werden."

„Oh." Morikoko gähnte ebenfalls. „Aber das hätte sie auch freundlicher sagen können." Er leckte sich einige Haselnusskrümel vom Maul und streckte und reckte seine Glieder. Dann gähnte er noch einmal herzhaft.

„Was hältst du davon, wenn wir beide einen kleinen Nachmittagsschlaf halten und danach erzähle ich dir mehr von den Moosifanten und den Kobelelfen?"

Morikoko nickte müde, tapste in seine Höhle und ließ sich auf das Moos fallen. Noch bevor sein Kopf auf seinen weichen Pfoten landete, war er schon eingeschlafen.

„Kobelelfen", setzte der Baum mit ernster, tragender Stimme an, „sind eine kleine Elfenart, etwa 1,5 – 2 cm groß. Sie beziehen Eichhörnchenkobel, säubern, reparieren und dekorieren sie, am liebsten mit Moosdrachenperlen oder Silbervogeleierschalen, aber auch sonst mit allerlei glitzernden und glänzenden Dingen. Kobelelfen pflegen Eichhörnchen, die krank oder verletzt sind, passen auf Jungtiere auf, wenn die Eltern den Kobel verlassen und kümmern sich darum, dass die Eichhörnchen ein sauberes Fell haben und frei von Parasiten sind. Im Gegenzug erhalten sie Eicheln und Nüsse." Er warf einen kurzen, prüfenden Blick auf Morikoko, der artig auf dem Waldboden saß, zu ihm herüber sah und scheinbar konzentriert lauschte.

Der Baum räusperte sich. „Kobelelfen werden etwa zwei bis drei Jahre alt. Der Biss einer Kobelelfe heilt bei kleineren Tieren Wunden, lindert Schmerzen und trägt zur Genesung bei Erkrankungen bei. Bei größeren Tieren hinterlässt er hingegen lediglich einen bläulichen Fleck, der tagelang unangenehm juckt und brennt. Kobelelfen ..."

„Wieso können eigentlich manche Tiere sprechen und andere nicht?", fragte Morikoko unvermittelt.

Der Baum runzelte die Stirn. „Ich dachte, du wolltest noch mehr über Kobelelfen und Moosifanten erfahren? Ich habe dir noch gar nichts über die Fortpflanzungsrituale der Kobelelfen erzählt. Ein überaus interessantes und komplexes Themengebiet. Und alleine über das Sozialverhalten von Moosifanten kann ich dir einen ganzen Nachmittag lang berichten. Interessieren sie dich nicht mehr?"

„Doch, doch", beteuerte Morikoko. „Deswegen ... ich meine, weil ... ich habe ihn gefragt, wie er heißt, aber er hat nur getrötet. Warum kann er nicht sprechen?"

„Oh, er kann schon sprechen – nur du kannst ihn nicht verstehen. Sein Tröten ist eine ganz eigene Sprache. Andere Moosifanten verstehen davon im Gegensatz zu dir jeden Ton."

Der Baum kratzte sich mit einem kurzen Ast am Kinn, gähnte und schüttelte seine Äste. „Beginnen wir mit den Begrüßungströtern der Moosifanten. Je nachdem, ob ein

Jungtier oder ein erwachsenes Tier der Begrüßende oder der Begrüßte ist, unterscheiden sich die ..."

Morikoko dachte über die Worte des Baumes nach. Er wusste, dass es andere Sprachen gab. Der Bruder seines Vaters hatte eine Frau aus einem anderen Land geheiratet und wenn sie sprach, klangen die Worte falsch und die Sätze ergaben keinen Sinn.

Einmal hatte Morikoko sich deswegen eine Ohrfeige von seinem Onkel eingefangen. Seine Tante hatte etwas gesagt, das lustig klang, das er aber nicht verstanden hatte. Sie hatte dazu mit den Armen gewedelt und immer lauter den immer gleichen Satz wiederholt: „Gescha hohlho vielieh brenn." Es hatte derart albern gewirkt, dass Morikoko anfing lauthals zu lachen. Leider kam in dem Moment sein Onkel zur Tür herein, schimpfte: „Wirst du wohl tun, was deine Tante dir aufträgt!", und ohrfeigte Morikoko so heftig, dass dieser von der Bank fiel. Bis dahin hatte er seinen Onkel gemocht.

Seine Mutter hatte ihm abends erklärt, wie schwierig alles für die Tante war, weil sie niemanden verstand und niemand sie verstehen konnte, weil sie mit einer anderen Sprache aufgewachsen war. Sie würde die neue Sprache sicherlich lernen, aber das brauchte Zeit, hatte seine Mutter gesagt. Wenn Morikoko darüber lachte, machte seine Tante das noch trauriger, als sie ohnehin schon war.

Am nächsten Morgen war er deshalb ganz früh aufgestanden, hatte draußen auf der Wiese so viele Blumen gepflückt, wie er tragen konnte, und hatte sie zu seiner Tante gebracht. „Nichts als Flausen im Kopf", hatte der Onkel gesagt und gefragt, was seine Frau mit dem Gestrüpp anfangen sollte. Seine Tante jedoch hatte beim Anblick der Blumen Augen und Mund weit aufgerissen, in die Hände geklatscht und ihn umarmt. Danach hatte er sie zwar nicht besser verstanden als zuvor, aber er gab sich immer redlich Mühe herauszufinden, was sie meinte.

„... und viel höher, als das Tröten der Erwachsenen."

„Was ist mit den Bäumen?", fragte Morikoko.

„Meinst du, ob wir Moosifanten verstehen? Na ja, es ist so, dass wir Bäume ...", setzte er an, wurde jedoch sofort wieder unterbrochen.

„Nein, ich meine: warum reden manche Bäume und andere nicht? Dich kann ich verstehen. Du hast ein Gesicht. Aber du bist bisher der einzige Baum im Wald, der das macht."

„Nun, bei uns Bäumen ist das ein wenig anders. Wenn wir noch sehr jung sind, schlafen wir und träumen davon, einmal groß zu sein. Später öffnen wir die Augen, laufen durch den Wald und verwurzeln uns nur in der Erde, wenn wir schlafen müssen. Als Laufbäume sprechen wir mit jedem und jeder kann uns verstehen. Wenn die Zeit des Laufens vorbei ist und wir uns dauerhaft anwurzeln, überkommt uns ein so großer Kummer, dass wir mit niemandem sprechen. Da stehen wir nur da und wollen nichts vom Wald und seinen Bewohnern wissen, lassen alles über uns ergehen, das Wetter, die Jahreszeiten, Tiere, die sich an uns wetzen oder unsere Triebe anknabbern, alles ertragen wir wortlos. Erst nach vielen hundert Jahren, wenn die Erkenntnis in uns gereift ist, dass wir auch angewurzelt ein aufregendes Leben haben können, erwachen wir als Alte Weise und sprechen wieder mit allen Tieren."

Der Baum betrachtete Morikoko, der die ganze Zeit über zugehört hatte. Zuerst war er immer unruhiger geworden und hatte schon angefangen, mit den Pfoten zu zappeln, aber dann hatte er den Baum mit großen, traurigen Augen angesehen.

„Aber warum bleibt ihr denn verwurzelt, wenn euch das traurig macht? Das ist doch ungerecht: Zuerst dürft ihr frei laufen und dann bindet euch der Wald an einer Stelle fest wie ein Bauer mit der Kette seinen Hund."

Der Baum schüttelte seine langen Äste. „Es ist schon richtig so. Ein Wald wäre kein Wald, würden alle Bäume den ganzen Tag herumlaufen und nur nachts ein paar Stunden stillhalten. Tiere würden keinen Schutz in unserem Dickicht finden, keines sein Nest in unsere Äste bauen, keines eine Höhle zu unseren

Wurzeln graben. Die Zeit des Laufens ist eine sehr schöne, eine wundervolle Zeit – aber wir Bäume sind nun einmal dazu gedacht zu stehen, zu beobachten und zu warten."

„Worauf?"

„Darauf, dass uns Tiere und andere Wesen besuchen und unseren Rat erbitten. Darauf, dass andere bei uns Schutz suchen oder ihre Jungen aufziehen. Darauf, wieder laufen zu dürfen."

„Du darfst wieder einmal laufen?", fragte Morikoko hoffnungsvoll.

„Wenn ich ein hilfreicher Baum war, ja, dann darf ich noch einmal laufen."

„Das bist du, ganz bestimmt! Dann können wir gemeinsam laufen! Das wird wunderbar!"

Der Baum lächelte. „Ja, das wäre es. Er wäre mir eine Ehre, wenn du mich dann begleitest."

„Ehre?"

„Ich würde mich sehr darüber freuen", entgegnete der Baum. „Aber jetzt lauf zu Nalani, ich habe so ein Gefühl, dass sie dich gerade braucht."

Als Morikoko am Bach hinab lief, wurde es bereits finster. Seine kleinen Fuchsaugen entschlüsselten die dunkle Umgebung und zeigten ihm den Wald grau in grau. Obwohl er jeden Stein und jeden Ast erkennen konnte, wäre er beinahe in Nalani hineingelaufen, die ihrerseits in hohem Tempo den Bach aufwärts rannte.

„Morikoko", sagte sie überrascht, „ich wollte gerade …"

„Nalani!", rief ihr Vater ihr hinterher.

„Los, schnell, da lang", flüsterte sie Morikoko zu und setzte sich wieder in Bewegung.

Morikoko eilte ihr hinterher, durch den Fluss hindurch, quer über eine kleine Lichtung, zwischen großen, auseinandergebrochenen Steinen hindurch und schließlich einen schmalen Pfad entlang, der links und rechts von kirschroten Bäumchen gesäumt war. Erst jetzt verlangsamte Nalani ihre Schritte, sah aber immer noch stur geradeaus. Morikoko überlegte, wie er anfangen, wie er nachfragen sollte, aber er hatte Angst, etwas Falsches zu sagen. Also blieb er stumm und lief neben Nalani den Pfad entlang.

„Die vier Füchse waren wieder bei den Plappernden Steinen und sind ohne Antwort nach Hause zurückgekehrt. Sie waren sehr ungehalten. Alle anderen sind beunruhigt. Jeder befürchtet, dass wieder um das Revier gekämpft wird", brach Nalani schließlich das Schweigen. „Alle haben beim Graben des Baus darüber geredet und über die Plappernden Steine geschimpft. Da habe ich gesagt, wenn die vier Familienoberhäupter nicht so arrogant wären, hätte Velunika ihnen längst ihre Antwort gegeben."

„Hm. Vielleicht", erwiderte Morikoko vorsichtig. „Deswegen hast du dich mit deinem Vater gestritten?"

Nalani schüttelte langsam den Kopf. „Onkel Calaam hat gesagt, Kinder sollen von nichts reden, das sie nicht verstehen können. Und da habe ich gesagt, dass ein Fuchs, der nicht mehr allein seinen Bau erweitern kann, nicht so viel Nachwuchs zeugen sollte."

Morikoko blieb stehen. „Das hast du nicht wirklich …" Er sah zu Nalani hinüber, die ihren Weg unbeirrt fortsetzte.

„Onkel Calaam ist nett, wirklich. Aber er hätte sich nach Imandrias Tod nicht ausgerechnet eine Füchsin auswählen sollen, die zum ersten Mal läufig war." Nalani schnappte im Vorbeilaufen nach einem grauen Nachtfalter, der jedoch elegant auswich und weiter durch die Luft schwirrte.

Morikoko erwachte aus seiner Starre und sauste los, um Nalani einzuholen.

„Elf Welpen beim ersten Wurf, so viele Welpen hatte schon lange niemand mehr, hat Mutter gesagt. Deswegen mussten Mutter und ihre beiden Schwestern mithelfen. Beim zweiten Wurf waren es dann neun und beim dritten zehn Welpen. Jetzt hoffen sie, dass es im nächsten Frühling weniger Welpen werden", erzählte Nalani in der Zwischenzeit. „Trotzdem waren alle entsetzt, dass ich es laut ausgesprochen habe und Vater hat mich mit nach Hause genommen."

„Und dann habt ihr gestritten", folgerte Morikoko. Er musste an seinen eigenen Vater denken. Der Streit im Wald war nicht der erste gewesen, sondern der letzte einer langen, langen Reihe. Zwar war Morikoko nicht so vorlaut wie Nalani gewesen, aber es hatte eben Dinge gegeben, die er nicht tun wollte. Sein Vater hatte ihn angeschrien, in den Schuppen gesperrt, ohne Brot zu Bett geschickt oder den ganzen Tag alleine Feuerholz sammeln lassen. Aber bis zu dem Tag im Wald hatte Morikoko immer geglaubt, sein Vater hätte ihn trotzdem gern, weil … weil er seinen Vater auch gern gehabt hatte.

„Er hat gesagt, wenn Erwachsene reden, sollen Kinder den Mund halten", riss Nalani ihn aus seinen Gedanken. Sie schnaubte. „Er hat gemeine Dinge gesagt und dann habe ich auch gemeine Dinge gesagt. Und dann wollte ich zu dir laufen und fragen, ob ich heute Nacht bei dir in deiner Wurzelhöhle schlafen darf."

„Na klar darfst du." Morikoko runzelte die Stirn. „Aber meine Höhle liegt doch in einer ganz anderen Richtung."

„Ich weiß. Aber ich will noch nicht schlafen. Ich will dir viel lieber etwas zeigen", entgegnete Nalani.

„Was denn?"

„Siehst du gleich. Da vorne ist es."

Morikoko reckte den Hals und konnte tatsächlich etwas erkennen. Am Ende des Pfades wartete schillerndes Wasser. Mittlerweile stand der Mond hoch am Himmel und die ersten Sterne blinkten zwischen den Ästen der Bäume hindurch. Morikoko lief an Nalani vorbei und rief: „Wer Erster am See ist!"

Nalani lachte. „Na, wer wohl!", rief sie zurück und rannte los. Nalani konnte mit einem Sprint den Vorsprung aufholen und erreichte Morikoko in Windeseile. Dann wollte sie an ihm vorbeisausen, doch Morikoko lief schnell genug, um mit ihr mitzuhalten. Nase an Nase rannten die beiden Fuchskinder die letzten hundert Meter zum See und hätten vor lauter Erster sein beinahe vergessen, am Ufer zu bremsen. Beide schlitterten noch mehrere Meter im nassen Gras, bevor sie zum Stehen kamen.

Morikoko lachte und ließ sich ins Gras fallen, laut atmend und mit wild pochendem Herz. Nalani landete nur Sekunden später neben ihm im Gras. „Du bist ganz schön schnell geworden", musste sie zugeben, als sie wieder zu Atem gekommen war. „Aber dafür bin ich mit meinen Pfoten schon den ganzen Wald abgelaufen."

„Den ganzen Wald?", staunte Morikoko mit großen Augen.

„Na ja … fast." Nalani stand auf und ging zum Ufer des Sees. „Das ist mein liebster Platz im ganzen Wald", sagte sie leise. „Den kennen nicht einmal meine Brüder."

Morikoko erhob sich ebenfalls und trat an Nalanis Seite. Das Wasser glänzte vom Mondlicht, dessen Strahlen auf den kleinen Wellen tanzten. Rund um den See wuchsen weiße Sträucher, an denen hunderte winzig kleiner, dunkelroter Beeren hingen. Und dann – begann der See zu leuchten. Mit offenem Mund starrte Morikoko auf das Wasser, in dem sich plötzlich Lichter entzündeten wie dutzende Laternen, die unter der Oberfläche schwammen und ihr buntes Licht gen Oberfläche schickten. Ein sanftes Blau hier, ein grelles Grün dort, verschiedene Rottöne in der Mitte des Sees, goldgelbes, ringelblumengelbes, ja selbst blass-buttergelbes Licht bewegte sich bedächtig durch den See.

„Wenn der erste Waldstern am Nachthimmel strahlt, beginnen die Summenden Fische zu leuchten. Erst, wenn der letzte Waldstern in den Morgenstunden verblasst, verblasst auch das Leuchten der Summenden Fische", erklärte Nalani mit leiser Stimme. Auch ihr Blick war aufs Wasser gerichtet.

„Summen die Fische denn? Ich kann gar nichts hören", flüsterte Morikoko zurück.

Nalani zuckte die Achseln. „Wer weiß? Vielleicht können es nur andere Fische hören", gab sie zurück.

Eine Weile saßen sie schweigend am Ufer und sahen dem dahingleitenden, bunten Leuchten zu. Dann sagte Morikoko: „Ich weiß gar nicht, wie ich aussehe. Ich habe mein Fuchsgesicht noch nicht gesehen."

Nalani sah zu ihm herüber. „Das lässt sich ändern. Einen schöneren Platz, um dein Gesicht zum ersten Mal zu sehen, wirst du nicht finden", erwiderte das Fuchsmädchen, stieß ihm auffordernd die Schnauze ins Fell und trat näher an das Wasser heran.

Morikoko schluckte seine Nervosität hinunter, stand auf und ging ans Wasser. Er hielt seinen Kopf über den See, aber stellte plötzlich fest, dass er die Augen geschlossen hatte. Ein mulmiges Gefühl erfasste ihn. Was, wenn er erwachte, sobald er sein Spiegelbild sah? Wenn er unter dem Baum erwachte, im Schnee, frierend, mitten in der Nacht? Seine Muskeln spannten sich an, bereiteten sich darauf vor, wegzulaufen.

„Du hast dunkelbraune Augen, wie die eines alten Baumes im Schatten", sagte Nalani leise. „Dein Fell ist rötlich, mit ein klein wenig Braun, nur um die Schnauze herum ist es fast weiß. Du hast lange, dunkle Schnurrhaare. Das Fell an deinem Rücken und an deinen vorderen Beinen ist etwas dunkler als der Rest. Und deine Schwanzspitze ist so hell wie das Fell um deine Schnauze herum. Also, eigentlich siehst du aus wie alle anderen Fuchswelpen."

Morikoko lauschte Nalanis weicher Stimme, die sehr beruhigend wirkte. Seine Muskeln entspannten sich, der Wunsch wegzulaufen ließ nach. Selbst die Angst, dass es sich nur um einen Traum handeln konnte, wurde von Nalanis Worten verdrängt. „Eigentlich?", fragte er leise.

„Deine Ohren ...", setzte Nalani an, machte dann aber eine kurze Pause.

„Was ist mit meinen Ohren?"

„Nun – die sind patschnass", antwortete Nalani und schubste

Morikoko mit voller Wucht ins Wasser.

Erschrocken riss er die Augen auf, als er im kalten See landete – und sah die leuchtenden Fische, die sich von dem ungeladenen Gast nicht stören ließen und weiter ihre Bahnen schwammen. Das Wasser war so klar, dass Morikoko mehrere Meter weit sehen konnte. Er hielt die Luft an und ruderte fest mit den Pfoten, damit er nicht weiter nach unten sank, aber auch nicht an die Oberfläche trieb. Das Spiel der leuchtenden Farben im Wasser war atemberaubend. Hätte er noch länger die Luft anhalten können, er hätte nie und nimmer schon ans Auftauchen gedacht.

Aber das Brennen und Ziehen in seiner Lunge war deutliches Zeichen dafür, dass es Zeit wurde, nach oben zu schwimmen.

Gerade, als er einen kräftigen Stoß mit seinen Hinterläufen machte, blieb sein Blick an etwas am Grund des Sees hängen, nicht weit von ihm entfernt. Es war klein, blau und glitzerte und glänzte. Direkt daneben lag eine weitere kleine Kugel und daneben die nächste.

„Schön, nicht wahr?", begrüßte Nalani ihn mit einem Lächeln, als er prustend den Kopf aus dem Wasser streckte.

„Perlen!", keuchte Morikoko und hustete. „Da unten liegen mehr Moosdrachenperlen, als ich zählen kann! Ich muss hinunter und ein paar davon heraufholen!"

Nalani schüttelte den Kopf. „Sei nicht albern, was willst du denn mit den Perlen? Du kannst sie nicht fressen und nichts zum Fressen damit anlocken."

„Ich habe es einer Kobelelfe versprochen. Sie hat bitterlich geweint, weil eine andere Elfe ihr die Perle gestohlen hat. Sie wird Augen machen, wenn ich ihr gleich drei oder vier Perlen bringe!", erklärte Morikoko aufgeregt und wollte gerade untertauchen, als Nalani ebenfalls ins Wasser sprang. „Wer die meisten Perlen erwischt!", rief sie ihm zu und schwupps, schon verschwand sie unter der Oberfläche.

Den Fischen schien es vollkommen gleichgültig zu sein, dass nun auch noch zwei Füchse in ihrem See herumschwammen.

Ebenso wenig schien es sie zu stören, dass die Fuchskinder mit jedem Tauchgang eine Perle mit den Zähnen packten und wieder hinauf zur Oberfläche schwammen. Vielleicht hatten sie ohnehin gewusst, dass kleine Füchse nicht öfter als zwei, drei Mal nach unten tauchen und wieder nach oben schwimmen konnten, bevor sie vollkommen erschöpft aus dem See kletterten.

„Gewonnen", murmelte Nalani, während sie sich schüttelte, um ihr Fell zu trocknen. Dies erwies sich besonders deshalb als schwierig, weil Morikoko direkt neben ihr stand und genau dasselbe tat.

Morikoko schüttelte den Kopf, öffnete das Maul und spuckte zwei Perlen ins Gras. „Gewonnen", entgegnete er und grinste dabei. Dann sah er sich prüfend um, lief zu einem der weißen Büsche und knabberte und riss an einem großen Blatt. Zurück bei Nalani legte er die Perlen auf das Blatt und wickelte sie mit Hilfe von Nase und Pfoten fest ein.

„Ich glaube, jetzt möchte ich doch ganz gerne schlafen", stellte Nalani fest und gähnte dabei laut.

Morikoko gähnte ebenfalls. „Gehen wir nach Hause", erwiderte er, schnappte sich das Blattpaket mit den Zähnen und marschierte los.

Als sie an der Wurzelhöhle ankamen, strahlten bereits alle Sterne hell und klar am Himmel. Morikoko ließ Nalani zuerst in die Höhle hinein und wartete, bis sie sich ins Moos gekuschelt hatte. Dann legte er sich selbst ins weiche Moos und ließ das Blatt mit den Perlen hinter seinem Rücken zu Boden purzeln. Nalani kuschelte sich an sein Fell und stupste ihn mit der Schnauze. „Gute Nacht, Morikoko", murmelte sie und schlief ein.

Ein Lächeln huschte über Morikokos Gesicht. „Gute Nacht, Nalani", flüsterte er und gähnte, bevor auch er einschlief.

9

Es war schön, nicht alleine aufzuwachen. Nalani schnarchte leise neben ihm und hatte sich so breit gemacht, dass Morikoko ganz an den Rand der Höhle gedrängt wurde. Aber das störte ihn nicht weiter. Er grinste, streckte die Beine, gähnte und stupste Nalani ins Fell. „Aufstehen!", rief er ihr laut zu, hüpfte über sie hinweg und rannte zur Höhle hinaus. „Guten Morgen, alter Baum!", rief er noch lauter, bevor er so laut er nur konnte brüllte: „Guten Morgen, Wald!"

Der Baum gähnte, öffnete ein Auge zur Hälfte und schielte zu Morikoko. „Schon so früh wach? Und auch noch gut gelaunt? Du scheinst ja einen schönen Abend verbracht zu haben."

Der kleine Fuchs lief im Kreis, während er versuchte, seinen eigenen Schwanz zu fangen. „Wir haben Perlen gefunden, für die Kobelelfe! Ganz, ganz viele Perlen! Und wir waren an einem See mit Summenden Fischen, die zwar nicht summten, aber leuchteten – oder ich habe sie nicht summen hören können. Wer weiß? Aber schön waren sie. Und die Sterne haben gestrahlt und der Mond hat geglitzert und da waren weiße Sträucher, die sahen aus, als wären sie aus Schnee gewachsen, und an ihnen hingen rote Beeren und …"

Nalani trat müde aus der Höhle, gähnte und streckte sich. Sie hob eine Augenbraue an, musterte den aufgeregt im Kreis laufenden und hüpfenden Morikoko und sah dann zum Baum hinüber. „Ist der morgens immer so laut und schnell?", fragte sie den alten Baum.

Der Baum gähnte erneut, blinzelte mit beiden Augen und erwiderte: „Wenn ich es recht verstanden habe, freut er sich über die Begegnung mit Summenden Fischen und den Anblick von Rötliwinterbeeren."

„Aha." Nalani gähnte herzhaft.

„Du solltest nach Hause gehen, Fuchsmädchen. Deine Eltern haben sich Sorgen gemacht. Dein Vater war hier bei mir und hat nach euch gefragt, lange bevor ihr nachts hierhergekommen seid", berichtete der Baum.

Nalani zögerte kurz. „Hat er … mit dir über die Füchse gesprochen?", fragte sie vorsichtig, während Morikoko einige Meter entfernt noch immer hüpfte und sich selbst jagte.

„Es bereitet ihm Sorgen, dass die Steine noch nicht zu ihnen gesprochen haben. Ich habe ihm angeboten, die Füchse anzuhören und ihnen meinen Rat zu schenken, falls sie möchten. Mehr steht leider nicht in meiner Macht."

„Danke", erwiderte Nalani, stupste den Stamm mit der Schnauze an und stand auf. „Willst du den ganzen Tag deinen eigenen Schwanz jagen oder begleitest du mich nach Hause? Meine Eltern sind sicher weniger laut, wenn du dabei bist", rief sie Morikoko zu.

Morikoko hielt inne, sah vom Baum zu Nalani und wieder zurück zum Baum. „Ich bleibe nicht lange", versprach er, „und dann kannst du mir ganz viel erklären. Über Elfen. Und Moosifanten. Und Summende Fische."

Der Baum nickte bedächtig. „Ich werde auf dich warten, mein kleiner Morikoko."

Je näher sie dem Bau ihrer Eltern kamen, desto langsamer wurde Nalani. Sie begann regelrecht zu trödeln. Trotzdem erreichten sie, wenn auch viel später als erwartet, den Eingang zum Bau. Ihr Vater saß dort in der Herbstsonne, die sein rotes Fell schimmern und glänzen ließ, und rannte auf Nalani zu, kaum dass er sie kommen sah.

„Nalani!", rief er ihr zu, stupste sie ins Fell, leckte ihr übers Gesicht und packte sie im Genick.

„Vater, lass das, ich bin doch nicht mehr vier Wochen alt!" Sie zappelte mit den Pfoten, aber ihr Vater ließ sie nicht los. Er trug sie bis zum Eingang und in den Bau hinein.

Morikoko zögerte kurz, dann folgte er den beiden. Im Bau war es nach wenigen Schritten finster, doch seine Augen gewöhnten sich schnell an das fehlende Licht. Der Tunnel war groß genug, dass Nalanis Vater darin aufrecht gehen konnte, aber ein zweiter Fuchs hätte nicht neben ihm laufen können. Es dauerte, bis sie nach vielen Biegungen die erste Höhle erreichten. Dort setzte Nalanis Vater seine Tochter neben ihren Brüdern auf einem moosigen Bett ab.

„Wehe dir, wenn du noch einmal einfach wegläufst! Deine Mutter hat sich fürchterlich gesorgt!", tadelte ihr Vater sie, während er in einen anderen Gang verschwand. Nur einen Moment später kehrte er mit einer toten Maus im Maul zurück. Er brachte sie seiner Tochter und ließ sich dann ebenfalls auf den moosigen Untergrund fallen.

Nalani verschlang die Maus in einem Stück. Als der Mäuseschwanz in ihrem Maul verschwand, schaute sie schuldbewusst zu Morikoko herüber. Sie kaute, schluckte und sagte: „Entschuldigung, wolltest du davon auch etwas haben?"

Morikoko schüttelte den Kopf. „Nein, danke. Ich esse keine Mäuse."

„Vielleicht lieber einen Vogel?", fragte Nalanis Vater. „Ich habe heute Morgen einen Fasan gefangen."

Wieder schüttelte Morikoko den Kopf. „Nein, danke, ich … ich esse überhaupt kein Fleisch."

Verwundert hoben alle Füchse die Brauen an und sahen zu Morikoko herüber.

In diesem Moment kam Nalanis Mutter in den Bau zurück, mit einem Maul voller toter Mäuse. Sie ließ sie vor ihren Kindern auf die Erde fallen und schaute dann von einem zum anderen. „Was ist passiert? Habe ich etwas versäumt?"

„Morikoko will kein Fleisch essen", murmelte Kulko fassungslos.

Nalanis Mutter legte den Kopf schief, zuckte mit den Schultern und sagte: „Und warum schaut ihr ihn dann so an? Das bedeutet doch nur mehr Futter für euch." Sie schubste mit der Nase die Mäuse zu ihren Söhnen. „Außerdem gibt es auch andere Dinge, die man fressen kann. Schmecken zwar nicht wie Fleisch, aber verhungern muss deswegen keiner."

Nalanis Vater fing sich als erster wieder. Er schüttelte den

Kopf und räusperte sich. „Ich gehe wieder zu Calaam, graben helfen. Wer kommt mit?"

„Meine Pfoten brennen", jammerte Mamndi.

„Und mein Rücken tut weh", fügte Laraim hinzu.

Kulko schniefte ein leises: „Aua."

„Ich hole euch etwas kühlen Schlamm vom Bach für eure Pfoten", erwiderte ihre Mutter, leckte ihnen übers Gesicht und verschwand wieder in den Tunnel, um nach draußen zu gehen.

Morikoko hatte den Eindruck, die drei Brüder genossen es, von ihrer Mutter derart umsorgt zu werden, und jammerten deshalb ein wenig mehr, als tatsächlich angemessen war.

Nalani hingegen sprang auf ihre Pfoten und sagte: „Ich könnte Morikoko zeigen, wo er andere Dinge zum Fressen findet, damit er nicht verhungert." Sie sah zu ihrem Vater hinüber, um seine Erlaubnis zu erbitten.

Sein Vater schüttelte den Kopf „Keine Mäuse essen? Das ist doch Unsinn … so bekommt er doch nie etwas auf die Rippen", entgegnete er, bevor er mit einem Achselzucken hinzufügte: „Aber was soll's, meinetwegen. Seid bloß vor der Dämmerung zurück, heute Nacht bekommen wir wieder Frost."

„Machen wir!", versprach Nalani und lief los.

Morikoko folgte ihr durch den Gang, der ohne den großen Rotfuchs viel größer wirkte. Ob er auch einmal einen Bau graben würde? Irgendwann, wenn er groß und selber Vater war? Morikoko schüttelte den Kopf, um den Gedanken daraus zu vertreiben. Er würde kein Vater werden. Ganz bestimmt nicht. Also konnte er auch in der Wurzelhöhle bei seinem Baum bleiben. „Wo willst du denn hin?", fragte er, als sie wieder aus dem Bau schlüpften und Nalani zielstrebig loslief.

„Dir was zeigen. Einen ganz besonderen Leckerbissen", entgegnete Nalani.

Also trabte Morikoko neben ihr her, während sein Magen leise knurrte.

„Und du willst das wirklich machen? Die ganze Zeit über?", hakte Nalani nach. Sie schien mit der Vorstellung einfach nicht zurechtzukommen. „Keine einzige Maus? Kein Vögelchen? Keine Eidechse? Nicht einmal zum Probieren?"

Morikoko schüttelte den Kopf. „Nicht einmal zum Probieren." Sein Magen knurrte beim Gedanken an Nahrung noch lauter. Er hoffte nur, dieser Leckerbissen verfügte weder über Augen noch einen Herzschlag. Ein großer, dunkelblauer Schmetterling flog an ihnen vorbei. Morikoko sah ihm hinterher und wäre beinahe gegen einen Baum gelaufen.

„Aber Füchse fressen Fleisch. Das ist so. Immer schon gewesen", versuchte Nalani ihn zu überzeugen. „Fleisch schmeckt hervorragend. Es macht satter als alles andere. Und das Jagen macht Spaß!"

„Würde mir das Jagen Freude machen, wäre ich kein Fuchs geworden", entgegnete Morikoko.

Das schien Nalani zu denken geben. Eine Weile liefen die beiden Fuchskinder schweigend nebeneinander her, ein jeder in seine eigenen Gedanken vertieft. Deshalb rannte Morikoko auch in Nalani, als diese unvermittelt stehen blieb. „Tut mir Leid, aber was bleibst du auch einfach stehen", entschuldigte sich Morikoko und rieb sich mit seiner Pfote über die Nase.

„Psst", flüsterte Nalani. „Wir sind da." Sie duckte sich, den Blick nach vorne gerichtet, über einen kleinen, laublosen Busch hinweg.

Morikoko machte es ihr gleich, obwohl er nicht wusste, wovor oder weshalb sie sich versteckten. Er hoffte allerdings inständig, dass sie diesen Leckerbissen nicht jemandem erst wegnehmen mussten, der deutlich größer, schneller und schwerer war als sie beide. Darauf konnte er gut verzichten. Lieber grub er da noch ein wenig im Waldboden nach Pinnerienchen.

Als Morikoko jedoch über den Busch auf eine winzige, von Moos bedeckte Lichtung sah, verwarf er jegliche Gedanken an Pinnerienchen. Mit weit aufgerissenen Augen betrachtete er die kleinen, rundlichen Wesen, die entfernt an Hummeln erinnerten, allerdings den Saugrüssel eines Ameisenbärs geerbt hatten und braune Hüte auf ihren kleinen Köpfen trugen. Es war ihr einziges Kleidungsstück.

Sie flogen brummend und summend über die Lichtung, wobei ihre wellenartigen Flugbahnen davon zeugten, dass sie eigentlich zu schwer waren, um sich mit ihren zierlichen, durchsichtigen Flügeln in der Luft zu halten. In der Mitte hing ein großes, gelbliches Gebilde an einem dicken Ast, der sich von der einen zur anderen Seite der Lichtung erstreckte. Von dem großen, ovalen Ding führten dutzende schmale, gelbe Rohre leicht nach unten und zum Rand hin. Seitlich und am Ende der Röhren hingen Nester aus Zweigen und Moos, in die höchstens zwei der rundlichen Geschöpfe zugleich passten. Vorausgesetzt, sie kuschelten gerne.

„Was sind das für Wesen?", fragte Morikoko, so leise er konnte. „Sind sie der Leckerbissen? Wenn ja, dann ..."

„Quatsch. Das sind Nektartrödler. Die kann man essen, sollte man aber nicht. Ihre Füße setzen Giftstoffe frei, wenn man auf einem Nektartrödler herumkaut. Glaub mir, die Bauchschmerzen möchtest du ganz sicher nicht aushalten müssen", antwortete Nalani und nickte in Richtung des ovalen Gebildes. „Da gießen die Nektartrödler den Nektar hinein, den sie aus den Blüten saugen. Durch die Rohre fließt dann Honig zu den Nestern. Im Frühling und Sommer trinken sie nur nachts den Honig, wenn sie in ihren Nestern liegen. Im Herbst sind sie vormittags noch unterwegs, im Winter schlafen sie den ganzen Tag", erklärte Nalani im Flüsterton. „Wir müssen nur ein verlassenes Nest abbeißen und können uns den Honig direkt ins Maul laufen lassen."

Beim Gedanken an den süßen Honig lief Morikoko das Wasser im Mund zusammen. Er leckte sich über die Lippen, während sein Magern wieder knurrte. Die Pinnerienchen hatten nicht allzu lange gehalten, was vermutlich vor allem daran lag, dass er nur ein paar wenige gegessen hatte. Morikoko konnte Fisch nicht ausstehen, folglich würden die blauen Knollen sicherlich niemals seine Leibspeise werden. „Woran erkenne ich verlassene Nester?", fragte er und ließ seinen Blick über die schwebenden Schlafstätten schweifen.

Nalanis Magen begann ebenfalls zu knurren, allerdings deutlich leiser. „Die Blumen darin sind verdorrt. Nektarrödler flechten jeden Tag neue Blumen und Blüten in ihre Nester ein. Bist du bereit?"

Morikoko nickte aufgeregt. Gemeinsam setzten sie sich in Bewegung, langsam und vorsichtig. Nur wenige Schritte entfernt entdeckten sie zwei Nester, deren Blumen derart verdorrt waren, dass man sie kaum mehr erkennen konnte. Nalani biss geschickt das Nest vom Verbindungsrohr und begann dann, beeindruckend leise, Honig zur schlürfen. Bei Morikoko dauerte es etwas länger, bis das Nest am Boden landete. Er wollte nicht zu sehr daran zerren, aus Angst, damit Aufmerksamkeit auf sich zu lenken oder gar die gesamte Honigquelle zu Boden zu reißen.

Und dann floss süßer, klebriger Honig in sein Maul. Morikoko brummte und summte vor Zufriedenheit.

Nektarrödler.

Was es nicht alles gab.

„Ich glaube, mir klebt mein Bauch zusammen", murmelte Morikoko, nachdem sie sich wieder von den Nektarrödlern weggeschlichen hatten. „Mir war noch nie so übel wie jetzt gerade."

Nalani rülpste, während sie äußerst gemächlich durch den Wald trottete. Sie leckte sich über die Lippen, um letzte Honigreste zu entfernen, und verzog dabei angewidert das Gesicht. „Ich könnte jetzt eine Maus vertragen. Oder ein Ei."

„Denkst du, hier könnte irgendwo ein Eierschwurbler sein?"

„Nein, das ist unwahrscheinlich. Die halten sich normalerweise in der Nähe von Rehen auf, weil die nichts von ihnen wollen", erwiderte Nalani. „Wir müssten zu den

Blaublattwiesen gehen, da weiden immer mehrere Rehherden. Aber ehrlich gesagt bin ich zu faul, jetzt so weit zu laufen."

Das konnte Morikoko nur zu gut verstehen. Er würde sich viel lieber zwischen ein paar Büsche legen und sich seinem Elend ergeben, als quer durch den Wald zu laufen. Der einzige Grund, warum er diesem Drang nicht nachgab, war sein Versprechen an den Baum, sich seinen Vortrag anzuhören. „Vielleicht fängt dir ja deine Mutter eine Maus, dann musst du nicht hinter einer herjagen."

Wieder rülpste Nalani. „Ja, vielleicht." Sie zögerte einen Moment, bevor sie fragte: „Hast du über Velunikas Worte schon genauer nachgedacht?"

Die Frage überraschte Morikoko. Das war doch bereits abgehakt, oder etwa nicht? „Nein, warum auch? Ich werde den Wald nicht verlassen. Das habe ich doch schon gesagt." Hatte sie ihm deswegen den schönen See gezeigt? Und den leckeren Honig? Weil sie Angst hatte, er würde den Wald verlassen? Ein wenig freute sich Morikoko darüber, auch, wenn er das nicht zeigen wollte. Aber immerhin hieß das, dass sie nicht wollte, dass er ging und das war ein wahnsinnig schöner Gedanke. „Ich gehe nicht weg. Versprochen", sagte er deshalb bestimmt.

Nalani schüttelte den Kopf. „Nein, deswegen nicht. Ich meine … du wirst hier jemanden kennenlernen, den du liebst. Mutter sagt, Liebe ist sehr wichtig. Sie hat Vater zuerst nur gemocht, aber dann hat sie sich in ihn verliebt und seitdem sind sie zusammen. Ohne die Liebe ist das Leben nur halb so schön, sagt sie immer. Wenn überhaupt."

Morikoko zuckte die Achseln. „Ein nur halb so schönes Leben hier im Wald ist immer noch tausendmal schöner als ein ganzes schönes Leben draußen."

„Hm." Nalani legte den Kopf in den Nacken und betrachtete die kleinen Stückchen Himmel, die zwischen den hohen Zweigen und Ästen hindurchlugten. Ein grau bewölkter Himmel, die Sonne versteckt, der Schnee kurz davor, auf den

Wald und seine Bewohner herabzurieseln. „Sie hat gesagt, du wirst deine Liebe erst noch kennenlernen. Also … in mich wirst du dich dann wohl nicht verlieben."

„Natürlich nicht", entgegnete Morikoko und lachte. „Du bist schließlich meine beste Freundin. So was geht doch nicht. Man kann sich ja auch nicht in seine Schwester verlieben."

„Du bist bescheuert!", schrie Nalani und lief plötzlich los.

„He! Nalani, warte!"

„Lass mich bloß in Frieden, ich will dich nicht mehr sehen!", rief sie, während ihre kleinen Pfoten sie in Windeseile davontrugen.

Verwirrt blieb Morikoko stehen. Was war denn nur geschehen? Gerade war doch noch alles in Ordnung gewesen. Er blickte Nalani hinterher, die nur noch als kleiner, rötlicher Punkt zu sehen war und schließlich ganz aus seinem Sichtfeld verschwand. Hatte er etwas Falsches gesagt? Er wollte doch nur, dass Nalani wusste, wie gern er hier im Wald war und wie gern er sie mochte. Mit ihr zusammen wollte er den ganzen Wald entdecken, all die wundersamen Wesen kennenlernen und um die Wette rennen. Wieso war sie nur wütend?

Der Baum – der Baum konnte es ihm sicher erklären.

Langsam setzte Morikoko sich wieder in Bewegung. Der Wind wurde zunehmend kälter, schneidender, und schaffte es, sogar durch sein dichtes Fell zu dringen. Morikoko sehnte sich nach seiner gemütlichen Höhle. Vielleicht würde er auch erst ein wenig schlafen, bevor er mit dem Baum über den Vorfall sprach. Sobald er dann wusste, was er angestellt hatte, konnte er sich bei Nalani entschuldigen. Und dann …

Etwas rannte mit voller Wucht gegen Morikoko, kam ins Schleudern und warf sie beide zu Boden. Er schnappte nach Luft und seine Rippen stachen vor Schmerz. Überrascht und auf der Hut rappelte Morikoko sich wieder auf, fletschte die Zähne, sah sich um und blieb mit seinem Blick an einem rubinroten Fellknäuel hängen, das sich ebenfalls hastig wieder aufrappelte. Der Schmerz, der wohl größtenteils dem Schreck geschuldet war, ließ deutlich nach.

„Pass gefälligst auf, wohin du läufst!", fauchte sein Gegenüber ihn an, wobei kleine, spitze, weiße Zähne in dem Maul aufblitzten.

Das Wesen erinnerte ihn an die Katzen, die auf dem Hof seines Onkels herumliefen und die Mäuse und Ratten fingen. Nur war es etwas gedrungener, der buschige Schwanz endete in einer stumpfen, dunkel gefärbten Spitze, und das rubinrote Fell war von noch dunkleren Streifen durchsetzt, die es verwaschen und schmutzig wirken ließen, obwohl es seidig glatt glänzte. Morikoko schüttelte den Kopf, um seine Gedanken zu sammeln. „Du bist in mich hineingerannt", entgegnete er, während er die Katze weiter musterte. Ihre Augen waren ebenso rubinrot wie ihr Fell und funkelten ihn wütend an.

„Hüte deine Zunge, Füchslein, oder ich beiße sie dir ab!", fauchte die Katze und ließ erneut ihre Zähne sehen. Sie peitschte mit ihrem Schwanz wild hin und her, während sie ihre Krallen ausfuhr.

Das hätte vermutlich bedrohlich gewirkt und Morikoko dazu bewegt, einige Schritte zurückzuweichen – wäre die Katze nicht ein Kätzchen und etwa eineinhalb Köpfe kleiner als er selbst gewesen. Morikoko setzte sich auf seinen Hintern und legte den Kopf schief. „Du willst mir also die Zunge herausbeißen? Ich glaube nicht, dass du das schaffst."

„Ein Kinderspiel." Sie leckte sich über die blanken Zähnchen. „Du weißt wohl nicht, mit dem du es hier zu tun hast, dummer, kleiner Fuchs. Ich bin Kalandria, Rotkatze der Herrin des Waldes", erklärte sie ihm mit stolz gen Himmel erhobener Nase.

Morikoko zuckte mit den Achseln. „Das ist schön für dich. Nehme ich an", erwiderte er. Von einer Herrin des Waldes hatte der Baum ihm noch gar nichts erzählt. Gehörte ihr der innere, der magische Teil des Waldes? Oder gar der ganze Wald? Aber wenn es eine Herrin des Waldes gab, warum stritten dann die Fuchsfamilien um das Revier? Warum kümmerte sie sich nicht darum, dass Frieden unter den Familien herrschte?

Vielleicht flunkerte das Kätzchen ja auch und es gab überhaupt keine Herrin des Waldes, sondern sie wohnte bei einer alten Frau, die im Wald Kräuter und Blumen sammelte und daraus Salben machte und Suppen kochte. So oder so – der Unfall war nicht seine Schuld gewesen.

„Schön für mich? Willst du mich beleidigen, Füchslein? Noch eine Frechheit, und ich versenke meine Krallen in deiner Kehle!"

Morikoko neigte den Kopf zur anderen Seite und musterte das Kätzchen, das tatsächlich zu glauben schien, was es da sagte. Er selbst hatte daran so seine Zweifel, weshalb er entgegnete: „Ich habe es nicht böse gemeint. Ich habe nur gesagt, dass ich nicht in dich gerannt bin, sondern du in mich. Macht aber nichts. Schwamm drüber." Er versuchte es mit einem freundlichen Lächeln.

„Du wagst es – du hast es dir selbst zuzuschreiben!", erwiderte die kleine Katze empört, wackelte mit dem Hintern und setzte zum Sprung an.

Morikoko sah ihr dabei zu, wie sie sprang, sich in ihren Pfoten verheddert und zu Boden fiel. Sie schimpfte, reckte den Kopf stolz in die Luft und sagte: „Bild dir bloß nichts darauf ein, Fuchsbrut! Ich kann dich immer noch Mores lehren!" Sie wollte aufstehen, knickte aber mit der rechten Vorderpfote um, als sie diese belasten wollte, und zog sie erschrocken zurück. „Aua ..." Ein Schniefen, dann ein Schluchzen, und noch bevor sich Morikoko versah, saß das Kätzchen weinend vor ihm und der kleine Körper bebte bei jedem Schluchzer. „Wieso kann ich nichts richtig machen? Immer geht alles schief. Alles mache ich kaputt. Das gute Porzellan. Die Öllampe. Den Herbstlaubteppich." Sie weinte bitterlich, Tränen liefen in perlgroßen Tropfen aus ihren Augen und das Gesicht hinunter, rannen zum Kinn und hüpften von dort aus zu Boden.

„Aber nein … es ist doch nicht … du musst doch nicht …", setzte Morikoko an, wusste aber nicht recht, was er sagen oder tun sollte. Da fiel ihm Nalanis Mutter wieder ein. „Soll ich dir Schlamm aus dem Bach holen, für deine Pfote?"

„Ja", antwortete die Katze, schniefte und fügte dann leise hinzu: „Bitte."

Morikoko nickte, sprang auf die Beine und lief zu einem Nebenarm des Waldbachs. Das Wasser war mehr ein dünnes Rinnsal, aber der Boden des Bachs war schlammig genug. Morikoko sah sich nach einem großen Blatt um, auf das er den Schlamm geben konnte, doch rundherum waren bereits alle Blätter von den Büschen und Sträuchern gefallen. Davon ließ er sich aber nicht entmutigen. Wenn der Schlamm nicht zum Kätzchen kommen konnte, musste eben das Kätzchen zum Schlamm kommen. Er lief zurück zu Kalandria und sagte: „Klettere auf meinen Rücken, dann bringe ich dich zum Bach."

„Du willst mich zum Bach tragen, um mich zu ertränken. Das ist ein Trick!", rief das Kätzchen erschrocken aus und wich mit der verletzten Pfote einen Schritt zurück.

Morikoko schüttelte den Kopf. „Ganz bestimmt nicht. Ich will dir nur helfen. Ich tue niemandem etwas zuleide, auch dir nicht. Das verspreche ich dir."

Kalandria zögerte einen Moment, aber dann nickte sie zustimmend und Morikoko legte sich neben sie auf den Bauch, damit sie leichter auf seinen Rücken klettern konnte. Mit der schmerzenden Pfote dauerte es trotzdem eine ganze Weile, bis sie es geschafft hatte. Mit der kleinen Katze auf dem Rücken ging Morikoko vorsichtig zum Bach, setzte sie dort behutsam ab und fischte dann mit der Pfote Schlamm aus dem Bach. Als er ihn auf der verletzten Pfote verstrich, zuckte die Katze zusammen. „So schlimm?", fragte Morikoko und fürchtete, das Kätzchen könnte sich etwas gebrochen haben. Der Schlamm kühlte zwar, aber ein Bruch blieb ein Bruch, Schlamm hin oder her.

„Kalt", schniefte das Kätzchen. „Eiskalt."

Morikoko musterte Kalandria mitleidig. Wenn er ihr doch nur helfen könnte. Aber mit Verletzungen kannte er sich nicht aus. Er hatte noch nie jemanden pflegen müssen, der krank oder verletzt gewesen war. Kobelelfe müsste man sein, dachte er – und hüpfte im nächsten Moment vor Freude in die Luft. „Die Kobelelfe! Sie kann dir helfen! Wir müssen nur kurz zu meiner Höhle und die Perlen holen und dann zur Butterblumenwiese!"

Das Kätzchen schüttelte den Kopf. „Ich kann mit der Pfote nicht laufen."

„Musst du nicht. Klettere wieder auf meinen Rücken, ich trage dich", entgegnete Morikoko.

Kalandria öffnete den Mund, um etwas zu sagen, schloss ihn dann jedoch wieder und legte den Kopf schief. Sie überlegte eine ganze Weile, bevor sie fragte: „Warum bist du nett zu mir, wo ich gemein und unausstehlich war?"

„Weil ...", entgegnete Morikoko und dachte nun seinerseits nach. „Ich weiß nicht. Vielleicht fällt es mir einfach leichter, als gemein zu sein", entgegnete er schließlich.

„Hm." Kalandria zögerte, doch dann kletterte sie wieder auf seinen Rücken.

„Gut festhalten", erwiderte Morikoko und lachte dabei. „Die Fuchskutsche fährt in wenigen Augenblicken los!" Und dann trabte er davon in Richtung alter Baum.

„Na so was", begrüßte der alte Baum sie reichlich erstaunt, als Morikoko mit Kalandria auf dem Rücken angetrabt kam. Der kleine Fuchs war ziemlich aus der Puste und keuchte laut mit heraushängender Zunge. Der Baum musterte interessiert die Katze, die Morikoko mit sich brachte. „Ein waschechtes Rotkätzchen. Was suchst du denn derart weit entfernt von der Hütte deiner Laubweberin? Ist dir etwas zugestoßen? Oder hast du dich etwa verlaufen?"

Morikoko huschte in die Höhle, schnappte sich das

Perlenpaket mit dem Maul und trat wieder heraus. „Sie hat sich die Pfote verletzt. Ich bringe sie zur Kobelelfe, damit sie sie beißt und heilt", antwortete er und hoffte ein wenig, dass der alte Baum ihn dafür lobte, gut aufgepasst zu haben. Außerdem war es eine hervorragende Idee, die ihm da gekommen war. Sicher würde sich der Baum darüber freuen, dass Morikoko ein guter Schüler war.

Der Baum aber schüttelte den Kopf. „Das ist zwar eine löbliche Idee, mein kleiner Morikoko, aber der Biss einer Kobelelfe kann nichts heilen, das größer ist als ein Eichhörnchen. Ich fürchte, das Rotkätzchen hätte davon nichts als einen blauen, juckenden Fleck."

Es dauerte einen Augenblick, bis die Worte durch die Ohren Morikokos Gehirn erreichten und dafür sorgten, dass das fröhliche Lächeln aus dem Gesicht des kleinen Fuchses verschwand. „Oh." Enttäuscht ließ Morikoko die Schultern hängen und das Paket auf den Boden fallen. „Das ist … ich meine … ich dachte ..." Bedrückt sah er zu Boden. Seine schöne Idee war einfach verpufft und mit ihr sein ganzer Elan. Kalandria wurde bereits schwer auf seinem Rücken, er konnte sie nicht mehr allzu weit tragen und der Baum hatte nicht geklungen, als lägen diese Hütten gleich hinter der nächsten Böschung. Er würde es nicht schaffen, sie bis nach Hause zu tragen.

„Lass den Kopf nicht hängen, mein kleiner Morikoko, deine Idee war wirklich sehr gut. Ich bin mir sicher, wir finden eine Lösung", versuchte der Baum ihn zu trösten und fügte hinzu: „Warum lässt du das Kätzchen nicht erst einmal herunter und wir überlegen gemeinsam?"

Langsam ging Morikoko in die Knie und legte sich auf den Bauch, damit Kalandria herunterklettern konnte. Sie legte sich neben ihn auf den Waldboden und schniefte leise. Ihre Pfote war unter dem Schlamm deutlich angeschwollen, rot und blau verfärbt und musste höllisch schmerzen. Morikoko packte bei dem Anblick das schlechte Gewissen. Hätte er Kalandria nicht absichtlich provoziert, wäre sie nicht auf ihn losgegangen und hätte sich nicht verletzt. Nur, dass sich das jetzt nicht mehr rückgängig machen ließ. Er musste es unbedingt wiedergutmachen. Irgendwie.

„Willst du mir nun sagen, was dich so weit von deinem Zuhause weggeführt hat? Ich dachte bisher, Rotkätzchen würden sich nie weiter als ein paar hundert Meter vom Haus ihrer Laubweberin entfernen."

Kalandria auf den Boden. Ihr Blick war traurig und von Tränen getrübt, die sich darin sammelten. „Ich … meine Herrin … vorgestern Abend, da … die Mäuse haben … und da habe ich … aber eigentlich war alles ganz, ganz anders … und dann war es kaputt, und ich ..." Kalandrias Stimme verebbte. Sie sah auf ihre Pfoten hinab und flüsterte traurig: „Ich habe die Mäuse nicht erwischt und dafür den Teppich stark beschädigt. Alles war ein großes Chaos. Sie ist bestimmt froh, dass ich weggelaufen bin."

„So ist das also", sagte der Baum und schüttelte den Kopf. Dann lächelte er aufmunternd. „Es ist noch kein Meister vom Himmel gefallen. Du wirst in deine Aufgabe hineinwachsen, mit jedem neuen Tag ein Stückchen mehr. Kopf hoch, kleines Rotkätzchen – du bist dazu geboren, die Endlosen Laubteppiche zu bewachen. Das ist keine Kleinigkeit, also lass dich von ein paar Rückschlägen nicht unterkriegen."

„Sie ist bestimmt sehr wütend und bittet den Wald um eine andere Rotkatze. Und ich kann es ihr nicht verdenken. Die Arbeit von mehreren Tagen ist zerstört und unwiederbringlich verloren und das ist alles ganz allein meine Schuld", entgegnete Kalandria traurig. Sie legte ihren Kopf auf die gesunde Pfote, schniefte und seufzte.

Der Baum lachte. „Du solltest dich mit den Rotkätzchen anderer Laubweberinnen unterhalten. Ein stark beschädigter Laubteppich ist da fast nicht der Rede wert. Dinge passieren, manches geht zu Bruch, anderes zerreißt in Fetzen. Das ist der Lauf der Welt. Deine Herrin weiß das, glaube mir. Ich kenne die Weberinnen, sie sind liebevoll und haben ein großes Herz für dumme, alte Bäume und kleine, tollpatschige Katzen. Sie ist sicherlich nicht mehr wütend auf dich und sorgt sich schon, wo du bleibst."

„Meinst du?", fragte Kalandria hoffnungsvoll zwischen zwei Schluchzern, hob den Kopf und sah zum Baum auf.

„Ja, das meine ich. Wenn sie wüsste, dass du hier und verletzt bist, sie käme im Handumdrehen angerannt."

„Das ist es!", rief Morikoko plötzlich. „Wie mit dem Schlamm! Wenn ich Kalandria nicht zur Weberin bringen kann, dann eben die Weberin zu Kalandria! Ich muss sie nur finden und ihr sagen, dass du hier bist und dann kommt sie mit mir und kann dich mit nach Hause nehmen!" Vor Aufregung über die neue Idee wackelten Morikokos Ohren und sein Schwanz. Er sprang hin und her und lachte und sah zum Baum. „Das stimmt doch, ja? Ich kann sie finden und herholen?"

Kalandria schüttelte den Kopf. „Eine Laubweberin verlässt nie lange ihre Hütte, entfernt sich nie weit davon. Meine Herrin wird sicher nicht kommen, um mich zu holen. Sie wird froh sein, dass ich verschwunden bin."

Der Baum lächelte milde. „Ich bin mir sicher, deine Herrin wird hierher kommen, wenn sie erfährt, was dir zugestoßen ist", entgegnete der er. „Lege dich in die Wurzelhöhle auf das weiche Moos und ruhe dich auf. Du wirst sehen, sie wird kommen, um dich zu holen, und sie wird dir das Fell kraulen und dich schelten, dass du gedacht hast, sie hätte dich nicht mehr gerne."

„Also darf ich wirklich gehen?", fragte Morikoko und wäre am liebsten sofort losgerannt, obwohl er weder wusste, wo diese Hütten lagen, noch, wie eine Laubweberin überhaupt aussah. Aber er konnte etwas tun, er konnte helfen, und der Drang, jetzt gleich damit anzufangen, war enorm. Sein ganzer Körper stand unter Spannung, er wartete nur auf den Startschuss.

„Damit die Laubweberin weiß, wo ich bin und somit auch, wo sich ihr Rotkätzchen aufhält, nimm eines meiner Blätter mit und überreiche es ihr. Sie wird mich finden." Seine Äste knacksten und knarzten, als sich einige Zweige nach Morikoko ausstreckten. An einem von ihnen hing ein rotgelb gefärbtes Blatt, eines seiner letzten in diesem Jahr. Behutsam wickelte sich der entsprechende Zweig um Morikokos Fuchsschwanz und band damit auch das Blatt an den kleinen Fuchs. Als das Werk vollendet war, brach der Zweig ab und gab Morikoko wieder frei. Der drehte sich im Kreis und betrachtete neugierig, was ihm da an den Schwanz gebunden worden war.

„Der Weg ist lang und ich kann ihn dir nicht zur Gänze beschreiben", fuhr der Baum fort. „Zudem ist es stets ratsam, sich mit einem guten Freund auf Reise zu begeben. Die Wege erscheinen dann kürzer, die Nächte weniger dunkel und das Ziel immer greifbar nahe. Lauf zu Nalani, sie weiß, wohin ihr gehen müsst und wird dich sicherlich gerne begleiten. Sie ist eine kleine Abenteurerin, genau wie du."

„Ich beeile mich!", rief Morikoko ihnen zu, während er bereits zwischen den Büschen verschwand und Baum und Rotkätzchen hinter sich ließ. Er rannte so schnell er konnte den Bach entlang, aufgeregt, dass er helfen konnte, aber auch, dass ihm eine abenteuerliche Reise durch den Wald bevorstand. Erst, als er vor Nalanis Bau scharf abbremste, um nicht in den Tunnel zu schlittern, erinnerte er sich an ihren Streit.

Weder hatte er Zeit gehabt, dem Baum davon zu berichten, noch, mit ihm darüber zu sprechen. Noch immer wusste Morikoko nicht, was er falsch gemacht hatte oder wofür er sich entschuldigen sollte. Sicher würde Nalani ihn nicht begleiten wollen, wahrscheinlich ignorierte sie ihn. Wenn überhaupt, konnte er vielleicht von ihren Eltern eine Wegbeschreibung erhalten. Oder er musste zurück zum Baum laufen und ihn doch noch fragen, wie er zu der Laubweberin kam.

Warum lauerte dieser Tag ständig darauf, ihn in den Hintern zu beißen?

Wenn er nur wüsste, was sein Fehler gewesen war, hätte er sich dafür bei Nalani nun entschuldigen können. Vielleicht hätte sie ihm lange genug zugehört, um zu verstehen, dass es nicht seine Absicht gewesen war, sie zu verletzen. Er war sehr gerne mit ihr unterwegs. Mit ihr den Wald zu erkunden, war ihm überhaupt das Liebste. Und wenn -

„Da bist du ja schon wieder. Hast du mich vermisst?"

Erschrocken zuckte Morikoko zusammen, als Nalani aus dem Tunnel trat und ihn aufmerksam musterte. Ihr Gesicht wirkte überraschend amüsiert.

„Ja, also ... es ist so, dass ... wegen vorhin, als ... ich möchte mich dafür entschuldigen, dass ich ... nun ... dass ich ...", stammelte Morikoko, schaffte es aber nicht, einen ganzen Satz zu formulieren. Die Wörter sträubten sich, von ihm zusammenhängend gedacht, geschweige denn ausgesprochen zu werden. Bedrückt sah er zu Boden. „Es tut mir leid. Ich wollte dich nicht verärgern."

Nalani aber zuckte die Achseln. „Schon gut. Ich habe mit Mutter gesprochen. Ich bin nicht mehr wütend auf dich."

„Ach nein?" Irritiert hob Morikoko beide Augenbrauen. „Was hat deine Mutter denn zu dir gesagt?"

„Dass Rüden dämlich sind und immer wieder Dinge sagen, die sie gar nicht so meinen. Eine Fähe muss leider damit leben, da sich dieser Umstand auch im hohen Alter nicht ändert", antwortete Nalani ruhig. „Also – warum bist du hier? Nur, um dich zu entschuldigen?"

Da fiel Morikoko plötzlich wieder ein, dass er in Eile war. „Das Rotkätzchen! Die Pfote! Ich muss zur Laubweberin, weil die Mäuse den Teppich fressen wollten und sie die Kerze umgestoßen hat und die Kobelelfe keinen heilen kann, der größer ist als ein Eichhörnchen, auch, wenn man Moosdrachenperlen hat!", sprudelte es aus ihm heraus. Er strahlte Nalani an, einerseits, weil er sich freute, dass sie nicht mehr wütend war, andererseits, weil er nun wieder guter Dinge war, dass sie ihn doch begleiten würde.

Nalani hob eine Augenbraue. „Bist du auf den Kopf gefallen? Oder gegen einen Baum gerannt?"

„Nein, mir geht es gut. Kalandria hat sich an der Pfote verletzt, die ist ganz dick und rot und blau." Er legte den Kopf schief. „Ein paar blaue Flecke habe ich aber glaube ich schon, weil sie in mich hineingerannt ist. Ist aber nicht schlimm." Er zuckte die Achseln. „Aber ich kann sie nicht den ganzen Weg tragen, also muss ich es wie mit dem Schlamm machen und ich habe das Blatt am Schwanz, damit die Laubweberin den Baum findet." Er wedelte demonstrativ mit dem Schwanz und drehte sich einmal im Kreis, bevor er wieder vor Nalani stehen blieb. „Aber ich weiß nicht, wohin ich gehen muss. Also – kommst du mit?", erwiderte Morikoko und sah sie erwartungsvoll an. Noch vor wenigen Minuten hätte er geschworen, dass Nalanis Antwort auf seine Frage ein äußerst deutliches „Nein!" sein würde, aber jetzt war er sich fast ganz sicher, dass sie ihn begleiten würde.

Allerdings wirkte das Fuchsmädchen gerade aufrichtig besorgt. „Du redest, als hättest du Tollkirschen gegessen. Ich hole Mutter, damit sie dich genauer ansieht. Vielleicht weiß sie, was dir fehlt", sagte sie und wandte sich ab, um in der Höhle zu verschwinden.

Morikoko schüttelte den Kopf. Das war nicht die Antwort, die er erwartet hatte. Er schnaubte gezwungen, sortierte mühsam die Gedanken in seinem Kopf und sagte: „Als du weggelaufen bist, ist ein Rotkätzchen in mich hineingerannt und hat sich an der Pfote verletzt. Ich kann das Kätzchen nicht zu seiner Herrin, einer Laubweberin, bringen, aber ich kann die Laubweberin wissen lassen, wo sich das Kätzchen befindet. Der Baum hat gesagt, ich soll dich bitten, mich zu begleiten – du würdest den Weg kennen." Er lächelte und blickte sie erwartungsvoll an. „Weniger Tollkirschengerede als zuvor?"

„Ja. Viel weniger." Nalani musterte ihn aus ernsten, kritischen Augen. „Aber dir ist schon klar, dass die Hütten der Laubweberinnen zwei Tagesmärsche von hier entfernt liegen?

Und wenn wir dort waren, müssen wir den ganzen Weg auch wieder zurück laufen."

Morikoko fiel erneut das Lächeln aus dem Gesicht. Er konnte beinahe das Zwicken in seinem Hintern spüren. Er versuchte, sich seine Enttäuschung nicht allzu sehr anmerken zu lassen. Er schluckte, zwängte ein Lächeln auf sein Gesicht und sagte: „Das heißt wohl, du willst nicht mitkommen. Das ist in Ordnung, ich kann dich verstehen. Wenn du mir nur sagst, in welche Richtung ich loslaufen muss, frage ich später Tiere auf dem Weg, wohin ich weiter laufen muss."

Nalani lachte, stupste ihn mit der Nase in die Flanke, zwickte ihn ins Fell und schüttelte amüsiert den Kopf. „Du glaubst doch wohl nicht, dass ich mir das entgehen lasse? Ich gebe nur kurz meinen Eltern Bescheid", erwiderte sie mit einem breiten Grinsen auf dem Gesicht, bevor sie wieder in den Tunnel verschwand.

Morikoko wartete voller Ungeduld und Vorfreude, hüpfte von einer Pfote auf die andere und stellte sich vor, wie toll es sein würde, der Laubweberin zu sagen, wohin ihr Kätzchen verschwunden war. Wie eine Laubweberin wohl aussah? Und was machte sie mit dem Teppich aus Blättern? Wozu sollte das gut sein? Hatten sie vielleicht -

„Nun gut, dann lass uns losgehen", meldete sich Nalani zurück und stapfte zielstrebig Richtung Butterblumenwiese. „Damit du es gleich weißt: Bloß, weil du dämlich bist, heißt das noch lange nicht, dass du tun und lassen kannst, was du willst. Wenn du etwas Dummes sagst, bekommst du dafür die Quittung." Und schon wechselte sie von gemütlichem Trab in einen schnellen Sprint und jagte davon.

Morikoko rannte ihr hinterher, so schnell er konnte, doch dieses Mal schienen Nalani Flügel gewachsen zu sein. Oder ein drittes Paar Beine. Sie schrie vor Freude, jauchzte und jubelte, während sie davonstob. Immer nur konnte er weit vorne zwischen Sträuchern und Büschen ihre Schwanzspitze verschwinden sehen und kam und kam nicht näher – bis er tatsächlich gegen einen Baum rannte.

Benommen lag er am Boden und versuchte sich daran zu erinnern, wer und wo er war und was er gerade hatte tun wollen. Sein Kopf brummte und vor seinen Augen blitzte und blinkte es grell zwischen schwarzen, tanzenden Punkten hindurch. Sein erster Impuls war es, wieder aufzustehen und sich umzusehen, doch es war ihm unmöglich, seine Arme und Beine zu sortieren. *Arme?,* dachte Morikoko schwerfällig. Arme hatte er doch gar keine. Nicht mehr, jedenfalls. Oder hatte er nur geträumt, einmal ein Mensch gewesen zu sein? Oder träumte er gerade davon, ein Fuchs zu sein?

Verwirrt blieb er auf dem Rücken liegen und wartete darauf, dass die Verwirrung nachließ, bis plötzlich zwei dunkelbraune Augen über ihm auftauchten und eine warme, astartige Nase über sein Gesicht tastete. Es folgte ein lautes Tröten, dann tastete die Nase auch die Ohren ab, was derart kitzelte, dass Morikoko unwillkürlich lachen musste. „Hallo nochmal", sagte er zu dem Moosifanten und grinste. „Ich hoffe, dir geht es besser als mir." Er rieb sich mit der Pfote über den Kopf und die Schnauze. Langsam wurde sein Blick wieder schärfer und das Dröhnen in seinem Kopf nahm nach und nach ab.

Der Moosifant trötete fröhlich, drehte sich dabei einmal komplett um die eigene Achse und spuckte dann ein paar Nüsse vor Morikoko aus. Er trötete noch einmal, dann stellten sich mit einem Mal seine großen Ohren auf. Der Moosifant lauschte kurz mit konzentriertem Blick, dann trötete er sehr laut und warnend und lief mit seinen vier kurzen, dicken Beinchen davon.

Verwirrt richtete Morikoko sich auf und sah dem Moosifanten hinterher.

„Das fängt ja gut an. Du weißt aber schon, dass ich dich ganz bestimmt nicht den ganzen Weg zu den Laubweberinnen trage werde?" Nalani tauchte lautlos und geschmeidig neben ihm auf. „Du hast ja eine Beule am Kopf." Sie seufzte. „Vielleicht sollten wir etwas langsamer anfangen." Sie stupste ihn an der

Schulter an und lächelte. „Na los, unser Abenteuer wartet."

Sie durchquerten die Butterblumenwiese und es fiel Nalani sichtlich schwer, nicht nach einer der Duckdichmäuse zu schnappen, die hastig in ihre Höhlen und Löcher huschten. Nach der Wiese kam wieder Wald, jedoch nicht moosig, sondern steinig. Der gesamte Boden war von kleinen, runden, grauen Steinen bedeckt. Und immer wieder hörte man ein leises Surren, gefolgt von einem Klicken. Eine Weile liefen sie schweigend nebeneinander her. Doch als ein kleiner Stein Morikoko direkt auf den ohnehin schon brummenden Kopf fiel, fragte er verärgert: „Was soll das? Woher kommen die ganzen Steine? Fallen sie hier aus den Wolken?"

Nalani lachte. „Das ist das Nistgebiet von Rosenfedervögeln. Sie gehören zu den Steinbrütern." Sie sah zu Morikoko hinüber und als sie sein fragenden Blick traf, fügte sie hinzu: „Das bedeutet, sie bauen kleine Nester aus Stein, in denen sie ihre grauen Eier verstecken. Den Unterschied kannst du kaum erkennen, da musst du schon direkt mit der Nase dran stupsen. Die Schalen der Eier sind sehr hart, selbst, wenn du darauf beißt, brichst du dir eher einen Zahn ab, als eines davon zu öffnen."

Morikoko ließ seinen Blick über das Meer aus kleinen, runden Steinen wandern. Wieder Surren, wieder Klicken. Surren, Klicken. Surren, Klicken. „Wenn die Eier ohnehin niemand fressen kann, warum verstecken die Rosenfedervögel sie überhaupt?"

„Oh, man kann sie schon fressen. Wenn man ein Ei ins Wasser hält, wird die Schale weiß und man kann sie problemlos öffnen. Deshalb verstecken die Vögel sie zwischen den Steinen. Die Eier sind klein und der Aufwand, sie in diesem Durcheinander zu suchen, ist einfach zu groß", erwiderte Nalani. „Vater hat gesagt, sein Vater hat ihm von einem Winter erzählt, der so bitter kalt und lang war, dass alle Hunger leiden mussten. Dies war das einzige Mal, dass die

Tiere scharenweise über das Nistgebiet der Rosenfedervögel eingefallen sind und maulweise Steine ins Wasser geschleppt haben, in der Hoffnung, es möge ein Ei dazwischen sein."

„Haben die Rosenfedervögel ihre Eier denn nicht verteidigt?", fragte Morikoko und musste an die Kobelelfen denken, die den Moosifanten und ihn mit Steinen beworfen hatten. Wobei die Vögel gegen Heerscharen ausgehungerter Tiere vermutlich vollkommen hilflos gewesen waren. Ein grausiges Bild, das sich Morikoko aufdrängte: ausgemergelte Körper, Rippen die sich durch stumpfes Fell hindurch abzeichneten, Augen, die verzweifelt den Boden nach Nahrung absuchten. Er mochte gar nicht darüber nachdenken, was geschah, wenn eines der Tiere tatsächlich am Fluss feststellte, dass es ein Ei erwischt hatte.

Nalani schüttelte den Kopf. „Die Vögel halten Winterschlaf in den Höhlen der Blubbergrashügel. Noch ein, zwei Wochen, dann sind sie alle dort, eng aneinander gedrängt, und schlafen, bis der Frühling kommt. Sie kehren erst im März zu ihrem Nistplatz zurück und kümmern sich um die Aufzucht der Jungvögel." Sie senkte den Blick, während sie weiter über die Steine lief. „Hier lag kein einziger Stein mehr, als der Frühling kam. Die Vögel kehrten zurück, aber alle Steine lagen im Fluss, alle Eier waren verschlungen. Nichts war mehr übrig."

Morikoko schauderte. Eine Gänsehaut tanzte über seinen ganzen Körper.

„Die Schreie der Vögel, die nach ihren Jungtieren suchten, waren im ganzen Wald zu hören. Tagelang haben sie ununterbrochen geschrien. Zuerst flogen sie nur über ihrem Nistplatz, dann in immer größeren Kreisen über den gesamten Wald. Vater sagt, sein Vater hat nach diesem Tag nie wieder ein Vogelei gegessen und auch seinen Kindern nie eines als Futter gebracht."

Ein dicker Kloß bildete sich im Hals des kleinen Fuchses. Er dachte an die Eier des Eierschwurblers, die er gefressen hatte. Die Eier stammten aus keinem Nest und sie hatten den Vogel nur ein klein wenig kitzeln müssen, damit er ein neues Ei legte. Immerhin würde er nicht nach Jungtieren suchen, dachte Morikoko in dem Versuch, sein schlechtes Gewissen zu beruhigen. „Dass es da überhaupt noch Rosenfedervögel gibt … wenn der Nachwuchs eines ganzes Jahres vernichtet wurde", murmelte Morikoko, mehr zu sich selbst als zu Nalani. Aber das Fuchsmädchen hatte ihn gehört und erwiderte: „Sie haben die Steine zurückgebracht. Jeden einzelnen. Und noch viele mehr. Der Vater meines Vaters erzählte, nachdem die Vögel aufgehört hatten zu schreien, vergingen ein paar Tage, ohne dass etwas geschah. Dann brach ein Wiesel auf und als es gefragt wurde, wohin es ging, antwortete es: *Ich bringe die Steine zurück, die ich gestohlen habe. Begangenes Unrecht kann nicht ungeschehen gemacht werden, aber ich werde mir die allergrößte Mühe geben, Buße zu tun.* Und jedes Tier, das das Wiesel sah und hörte und auch über den Nistplatz hergefallen war, folgte dem Wiesel, um seine Schuld zu begleichen. Nach nur einem Tag lagen mehr Steine dort, als je zuvor. Der Vater meines Vaters sagte, er sei nie erleichterter und trauriger zugleich gewesen, als an dem Tag, als er die ersten neu geschlüpften Rosenfedervogeljungen im Wald nach ihren Eltern schreien hörte."

Morikoko biss die Zähne zusammen, als sie ihren Weg über die Steine fortsetzten. Er hatte das seltsame Gefühl, als sollte er nicht hier sein. Als sollte er nicht mit seinen Pfoten über diese Steine laufen. *Wie bei einem Friedhof,* dachte er bei sich. Ja, genau. Es fühlte sich an, als würde er über Gräber laufen. Obwohl das albern war. Die Eier waren am Fluss gefressen worden, nicht hier. Hier wurden jedes Jahr Jungvögel geboren, schlüpften aus ihren Eiern, riefen nach ihren Eltern, wuchsen und gediehen. Dennoch wurde Morikoko das mulmige Gefühl im Magen nicht los. Und so war er sehr froh, als seine Pfoten wieder moosigen Waldboden berührten. Aus den Augenwinkeln sah er, wie auch Nalani erleichtert aufatmete.

Ihr Weg führte sie von dort aus bergab, zwischen Sträuchern und hohen, sehr alten Bäumen hindurch. Während sie in Schlangenlinien den Hang hinunterliefen, hielt Morikoko nach einem Baum Ausschau, der ihn ansah, ihm vielleicht zuzwinkerte oder ihn gar begrüßte. Aber all diese hohen, riesigen Bäume, die in den Himmel ragten, viele ob des fortgeschrittenen Herbstes ohne Blattwerk, ebenso viele aber auch mit zahllosen Nadeln bestückt, die auch den Boden bedeckten und die an den Pfoten piksten, sie alle waren wohl noch im Zustand des Trauerns und des Kummers. Kein einziger zeigte Anzeichen davon, schon ein Alter Weiser zu sein.

Am Fuße des Hügels schließlich breitete sich eine große, helle Lichtung vor ihnen aus. Rehe weideten dort, standen im noch hohen Gras, kauten und schmatzten. Ein paar Vögel flogen zwitschernd über die Wiesen hinweg und Morikoko glaubte, eine Kobelelfe zu sehen, doch sie war zu weit entfernt, um es mit Sicherheit sagen zu können. Ein paar Hasen hüpften über die Wiese und brachten das Gras zum Wackeln. Eine große, schwarze Bärendame mit hellem Kragen schubberte sich ihren Rücken an einem Baum, während zwei Jungtiere um sie herumtollten, sich gegenseitig neckten, ins Fell zwickten, umstießen und einander fingen.

Morikoko bestaunte die vielen Tiere, die großen und die kleinen, die sich über die Wiese bewegten, fraßen oder nach Futter suchten und immer wieder den Kopf hoben, um nach Gefahren Ausschau zu halten. Da zwei kleine Fuchswelpen für nichts eine Gefahr darstellten, das größer war als eine Maus, konnten die beiden über die Wiese laufen, ohne jemanden aufzuschrecken. Die meisten Tiere nahmen sie nur aus den Augenwinkeln und eher gelangweilt oder mit vollständigem Desinteresse zur Kenntnis.

Die Wiese selbst bestand aus hohem, grünem Gras, das von noch höheren, blaublättrigen Pflanzen durchzogen war. Morikoko erinnerte sich daran, dass Nalani die Blaublattwiese erwähnt hatte. Zu dem Zeitpunkt war sie ihr zu weit entfernt gewesen, um dorthin zu gehen und nach Eierschwurblern Ausschau zu halten – und jetzt waren sie hier, um noch einen viel weiteren Weg zurückzulegen. *Schon seltsam*, dachte Morikoko, während er stehen blieb und an einer der blauen Pflanzen schnupperte, *wie schnell sich die Ansichten ändern können.*

„Die Rehe lieben die blauen Blätter. Schmecken angeblich salzig und sind gut für die Verdauung. Du solltest sie aber nicht fressen. Füchse bekommen davon Blähungen. Und ich meine keine kleinen, witzigen Pupse, sondern echt üble Fürze", erklärte Nalani, während sie selbst stehenblieb und ihren Blick über die Wiese schweifen ließ. „Hinter der Wiese kommt wieder dichter Wald und danach moosiges Gras mit vielen kleinen Bächen. Dort können wir Pause machen und etwas zu fressen suchen. Ich finde mir dort sicher eine Maus oder auch zwei. Und für dich wächst dort Kuschelgrün."

Morikoko setzte sich wieder in Bewegung. „Ich hoffe, es ist nicht kuschelig, weil es aus Fell besteht", entgegnete er. Kuschelgrün klang ja irgendwie niedlich, aber nicht sonderlich schmackhaft. Er konnte sich nicht recht vorstellen, etwas davon zu fressen. Aber gut, in der Not würde er auch an Wurzeln nagen, um seinen Hunger zu stillen, also warum nicht einmal Kuschelgrün versuchen?

Nalani lachte. „Kuschelgrün hat doch kein Fell. Das wäre auch zu albern, wenn Pflanzen ein Fell wachsen würde." Sie schnappte nach einem kleinen, graugrünen Falter, der zwar auswich, vor lauter Aufregung jedoch sowohl seinen Hut als auch einen seiner Schuhe verlor. Nalani kicherte. „Ideen hast du." Sie schüttelte den Kopf. „Es ist gar nicht mal so übel. Schmeckt sogar ein ganz klein wenig nach Maus. Vielleicht wie eine Maus, die in Laub eingewickelt war, als man sie gefressen hat. Ja, genau so schmeckt es."

Morikoko war sich nicht ganz sicher, ob diese Information nun dazu beitrug, dass er mehr Lust verspürte, die Pflanze zu kosten. Er atmete tief durch und dachte kurz nach, bevor er antwortete: „Das klingt gut. Und sollte ich kein Kuschelgrün finden, grabe ich eben nach ein paar Nüssen, bis mich eine Kobelelfe mit Steinen bewirft."

Wieder lachte Nalani. „Das wird nicht nötig sein. Zwischen den Bächen wächst Kuschelgrün wie Unkraut. Es schmeckt dir ganz bestimmt, du wirst schon sehen", versprach sie und hüpfte über einen umgefallenen Baumstamm hinweg. Dann rannte sie wie von der Hummel gebissen davon und rief: „Wer Erster am anderen Ende der Wiese ist!"

„He! Warte!", rief Morikoko und lief ebenfalls los. Über Äste und Zweige hinweg, über die Löcher von Hasen und Kaninchen, unter den Bäuchen von Rehen hindurch und vorbei an wilden Schafen, die dicht aneinandergedrängt standen und fraßen und blökten. Die Welt jagte an ihm vorbei, der Wind pfiff durch sein Fell, seine Nase roch tausende Gerüche und seine Pfoten liefen immer schneller und schneller, bis er Nalani erreichte und neben ihr bis zum Rand der Wiese um die Wette lief.

Nalani stolperte, purzelte über ihre eigenen Beine, riss Morikoko mit sich und schlitterte mit ihm gemeinsam über die letzten Meter Wiese, bevor der dichte Wald sie wieder in Empfang nahm. Beide prusteten los, lachten laut, während sie auf dem Rücken lagen und nach Atem rangen, Gras und Zweige im Fell.

Das Leben ist schön, dachte Morikoko. So schön wie nie zuvor. Mit Nalani gemeinsam konnte er jedes Abenteuer meistern, konnte er den ganzen Wald entdecken, konnte er lachen und toben und frei sein, frei wie nie zuvor.

Liebe hin oder her – er würde den Wald nicht verlassen.

Er würde Nalani nicht verlassen.

Nie und nimmer, schwor er sich, während er sich lachend auf die Pfoten rappelte und noch immer keuchend Nalani ins Fell zwickte. Nie und nimmer.

Als sie die Bäche erreichten, blieb Morikoko mit staunenden Augen und aufgeklapptem Maul stehen. Zwar wuchsen auch hier große und kleine Bäume, aber deutlich lichter als in dem Waldstück, aus dem sie gerade herausgetreten waren. Hier herrschte Moos vor. Helles, dunkles, mattes, nasses, trockenes, rötliches, grünes, gelbliches, braunes, sogar bläuliches und violettes Moos, durch das sich dutzende, gar hunderte kleine Bäche schlängelten, fröhlich glucksend und blubbernd, über Steine hüpften, in der Herbstsonne glitzerten und funkelten und einer schier unendlichen Anzahl an kleinen Vögeln als Tränke, Badestelle und Futterplatz dienten.

Morikoko ließ seinen Blick über das atemberaubende Schauspiel gleiten, wusste gar nicht, wohin er zuerst sehen sollte und versuchte, wenigstens ein paar der Vögel zu benennen. Recht einfach zu erkennen waren Blau- und Kohlmeisen. Ein paar Bachstelzen sah er ebenfalls. Dann noch braune und schwarze Amseln, Buchfinken mit ihrem graublauen Köpfchen, gelbe Erlenzeisige, rotbauchige Dompfaffen, Haubenmeisen mit ihren ungewöhnlichen Kopffedern, die keck in die Luft ragten, Spatzen und Kleiber, Kernbeißer und Schwanzmeisen, Wacholderdrosseln und Zaunkönige. Und das waren nur die, die er in unmittelbarer Nähe sehen konnte.

Morikoko starrte auf die vielen Vögel, die sich ihr Gefieder putzten, durch die Bäche hüpften, Wasser von den Flügeln schüttelten, mit dem Schnabel im Boden nach Würmern gruben oder Kerne pickten, miteinander sangen oder sich um Futter zankten. Aus den Augenwinkeln sah er, wie Nalani ein paar Schritte entfernt in Lauerhaltung saß, plötzlich hinter einen Busch sprang und wenige Sekunden später mit einer toten Maus im Maul zurückkam.

Während Nalani ihre Maus verspeiste, konnte Morikoko kaum den Blick von den Vögeln abwenden. „Das müssen ja … das sind sicher an die …", setzte er an, schüttelte dann aber den Kopf. „Ich glaube nicht, dass ich eine Zahl kenne, die auch nur

annähernd groß genug wäre, um diese Menge zu beschreiben."
„Ja, sind ziemlich viele", stimmte Nalani zu, während sie noch auf ihrer Maus herumkaute. „Aber das ist nichts im Vergleich zum Sommer, wenn die Zugvögel noch hier und alle Jungtiere bereits flügge sind. Da machst du besser einen großen Bogen um die Bäche. Von dem Lärm kannst du taub werden."
„Bleiben die Vögel den ganzen Winter hier auf der Wiese?", fragte Morikoko und musterte einen Vogel mit grellgelben Flügeln, blauschwarzer Brust und Bauch, violettem Kopf und einem riesigen, gekrümmten Schnabel. Der Vogel war damit beschäftigt, große, kugelrunde Blütenköpfe von Blumenstängeln zu zupfen und in seinen Schnabel zu saugen, um sie dann im Stück hinunter zu schlucken.
Nalani schluckte die letzten Reste ihrer Mahlzeit hinunter, leckte sich über die Lippen und erwiderte: „Nein, sobald der erste Schnee kommt, sind die Vögel auch tagsüber im Dickicht des Waldes. Es ist ihnen sonst zu kalt. Außerdem wären sie hier leichte Beute für jeden Fleischfresser, der zu faul ist, sich eine Maus aus dem Schnee zu graben." Sie sah sich suchend um, grinste dann und nickte in Richtung eines dunkelroten Strauchs mit kleinen, hellblauen Früchten. „Das da drüben ist Kuschelgrün. Du kannst die Blätter fressen und die Früchte. Die Früchte sind etwas süßer, aber dafür bekommst du von ihnen mehr Durst. Die Blätter machen länger satt."
Morikoko musterte den Strauch, der weder grün war, noch kuschelig aussah. Manchmal fragte er sich, wie Pflanzen, Tiere oder Dinge zu ihren Namen kamen. Hier hatte jemand definitiv schlechte Arbeit geleistet. Aber immerhin wuchs nirgends an der Pflanze etwas, das nach Fell oder anderen Unappetitlichkeiten aussah, weshalb Morikoko sich in Bewegung setzte und zu dem Strauch trottete. Skeptisch pflückte er mit der Zunge eine kleine Beere vom Strauch, ließ sie über seine Zunge kullern und kaute schließlich.
Sie schmeckte leicht süßlich, fast wie eine Himbeere, aber auch nach Moos und Laub. Morikoko knabberte alle Beeren

vom Strauch, die er finden konnte. Dann biss er nach kurzem Zögern von einem der Blätter ab. Sie schmeckten tatsächlich deutlich herber und leicht fleischig, eher nach Hühnchen, aber vielleicht schmeckte ja Hühnchen wie Maus. Darüber wollte der kleine Fuchs sich kein Urteil erlauben. Zufrieden knabberte er an den Blättern, bis sein Bauch so voll war, dass kein einziges Blättchen mehr hinein gepasst hätte. Dann trabte er an den nächsten Bach, beugte sich vor und trank. Nalani setzte sich kauend neben ihn, vermutlich hatte sie sich eine weitere Maus gefangen. „Na, was meinst du? Habe ich dir zu viel versprochen?", fragte sie mit vollem Mund.

„Nein, hast du nicht", erwiderte Morikoko und leckte sich Wasser von den Lippen. „Wächst Kuschelgrün auch ein wenig näher bei meiner Höhle? Für ein Frühstück hierher zu laufen ist mir ein klein wenig zu weit."

„Tut mir Leid, die kenne ich nur hier vom Bach", entgegnete Nalani. Sie legte den Kopf leicht schief und sah zum Himmel hinauf, während sie überlegte. „Du könntest versuchen, einen Strauch auszugraben und bei unserem Bach einzugraben. Vielleicht wurzelt er dort an und trägt Früchte."

Morikoko musterte sie kritisch.

„Was guckst du so?"

„Ich bin mir nicht sicher, ob du mich bloß necken willst."

Nalani lachte. „Glaub mir, wenn ich dich necke, dann weißt du das auch." Ihr Blick schweifte über das Labyrinth aus Bächen und Vögeln. Ihr Blick wurde ernster. „Wir werden eine ganze Weile brauchen, bis wir die Bachwiesen durchquert haben. Dann wird es schon dämmern und Zeit werden, einen Schlafplatz zu suchen. Vielleicht finden wir dort einen verlassenen Bau oder eine Höhle, die niemand beansprucht."

„Dann sollten wir wohl keine Zeit vertrödeln", meinte Morikoko und wollte sich gerade in Bewegung setzen, als etwas nur wenige Millimeter von ihm entfernt direkt an seiner Nase vorbei flog und dabei wild mit den Flügeln schlug. „Oh, ein Eierschwurbler", sagte Morikoko und schwupps – schon rannte er dem kitzeligen Vogel hinterher.

Nalani seufzte. „Rüden ...", murmelte sie, während sie Morikoko hinterher sah, der dem Eierschwurbler hinter herjagte. In dem Moment sauste ein weiterer Eierschwurbler direkt an ihrer Nase vorbei. „Oh! Noch einer!", rief sie aufgeregt und sauste ebenfalls los.

Durch die Jagd nach den Eierschwurblern und die darauffolgende Mahlzeit – ein jeder der kleinen Füchse verspeiste fünf Eier, sicherheitshalber, falls sie abends nichts mehr fanden – setzten sie ihren Weg später fort als geplant und als sie endlich das Ende der Bachwiesen erreichten, dämmerte es nicht, es war bereits stockfinstere Nacht. Zwar konnten die Fuchswelpen problemlos weitergehen, genügte ihnen ja das spärliche Licht, um ihre Umwelt klar und deutlich mit ihren scharfen Augen zu sehen, aber der lange Marsch hatte sie müde gemacht.

In dem dichten Wald mit seinem felsigen Boden, der sie nach den Bachwiesen in Empfang nahm, entdeckten sie immer wieder Höhlen, die jedoch allesamt bewohnt waren. Mal war es ein Dachs, der missmutig aus dem Tunnel heraus brummelte, mal sahen Wolfswelpen oder andere Füchse zu den Höhleneingängen heraus, bei einem Bau handelte es sich um die Behausung einer Kaninchenfamilie und bei einer anderen schnarchte darin ein Bär, der wohl verfrüht mit dem Winterschlaf begonnen hatte.

Je länger die beiden Füchse suchten, umso erschöpfter wurden sie. Ihre Pfoten brannten vom weiten Weg, den sie zurückgelegt hatten, die Muskeln ihrer Beine weigerten sich, noch allzu viele Schritte zu tun, ihre Knie zitterten und ihre Augen konnten sie kaum noch offen halten. Als sie daher eine weitere Höhle mit einem sehr großen Eingang entdeckte, murmelte Morikoko: „Mir egal, wer darin schläft oder wohnt oder gerade jemanden zu Gast hat. Ich werde in dieser Höhle schlafen, und wenn es das Letzte ist, das ich tue."

Nalani nickte, gähnte und folgte Morikoko in die Höhle hinein. Sie hatte ebenso wenig Lust wie er, noch länger zu suchen. Der Gang war sehr groß und vielleicht würde es die erste Höhle ebenfalls sein, so dass sie ausreichend Platz hatten, selbst, wenn noch andere Tiere dort lagen und schliefen. Sie tapsten müde und mit hängenden Köpfen den Tunnel entlang, in dem sie spielend leicht nebeneinander gehen konnten. Immer wieder bogen sie um eine Ecke, hinter der sie einen Höhlenraum vermuteten, jedoch nur ein weiterer Gang lag.

Irgendwann hörte Nalani leise Atemgeräusche. Sie gingen unbeirrt weiter, fest davon überzeugt, sich ihren Schlafplatz schon erkämpfen zu können. Das Geräusch kam immer näher und näher und langsam, aber sicher wurde den beiden Füchsen bewusst, dass es sich um ein recht großes Tier handeln musste, nach den Geräuschen zu urteilen. Größer als ein Rosenfedervogel, auf jeden Fall auch noch größer als ein Reh und sogar noch viel größer als ein Bär.

Schließlich breitete sich vor ihnen eine Höhle aus, größer, als sie je eine gesehen hatten. Selbst, wenn Nalanis Geschwister sich alle aufeinander gestellt hätten, wären sie nicht an die hohen Höhlendecken gelangt. Von der Decke und vom Boden wuchsen Steinformationen, in die entweder Wasser hinein- oder von der Wasser heruntertropfte.

Die Höhle alleine wäre schon beeindruckend gewesen, aber dann hob auch noch der Bewohner den großen, fellbedeckten Kopf und öffnete schwer blinzelnd zwei Augen groß wie Fuchswelpen. „Guten Morgen", sagte das Wesen, gähnte herzhaft mit weit aufgerissenem Maul und versuchte, durch wiederholtes Blinzeln den Schlafsand aus seinen Augen zu vertreiben.

„Es ist schon Abend", entgegnete Morikoko und rief gleich darauf laut: „Aua!" Er fuhr sich mit der Pfote über seine Schulter, genau dort, wo Nalani ihn recht fest gestoßen hatte.

„Wenn das große, fellige Wesen mit den vielen, großen Zähnen sagt, dass Morgen ist, dann ist Morgen", zischte Nalani ganze nahe bei ihm in Morikokos Ohr.

Bevor Morikoko darauf etwas erwidern konnte, dröhnte lautes Lachen durch die Höhle. Der Kopf des Wesens wandte sich ihnen direkt zu. Der Mund grinste amüsiert. „Das große, fellige Wesen mit den vielen, großen Zähnen hat übrigens ziemlich große, gute Ohren", sagte er belustigt.

„Wir wollten Euch nicht stören", entschuldigte sich Nalani, zupfte Morikoko am Fell und machte ein, zwei Schritte rückwärts, ohne das Wesen dabei aus den Augen zu lassen. „Es tut uns sehr leid. Wir bitten vielmals um Entschuldigung."

Verwirrt sah Morikoko zwischen Nalani und dem großen Wesen hin und her. Der Fuchs in ihm schien das große Ungetüm nicht als Gefahr einzustufen, Nalani jedoch sehr wohl. Das Ungetüm selbst wirkte auf ihn eher friedlich, besonders, als es den riesigen Kopf wieder auf die Pranken sinken ließ.

Auf dem Kopf saßen zwei große Hörner, die auf dem Fell auflagen und geradewegs nach hinten gerichtet waren. Der ganze Körper war von dichtem, langem Fell bedeckt, dessen Farbe Morikoko aufgrund der Dunkelheit nicht erkennen konnte, doch er konnte sagen, dass es hell und gleichmäßig gefärbt war, bis auf ein paar dunklere Flecken am Rücken. Die Schnauze war nass und dunkel und erinnerte ihn an die eines Hundes, nur mit dem Unterschied, dass sie in etwa so groß war wie ein ausgewachsener Hütehund.

„Ich bin übrigens ein Rangikoar, ein großer Felldrache, junge Dame", entgegnete das Ungetüm und gähnte erneut. „Und ich fresse viele leckere Dinge, aber Füchse gehören nicht dazu." Er kratzte sich mit der Pfote hinter dem linken Ohr. „Überhaupt fresse ich nichts, das atmet oder über ein paar Augen verfügt. Keine Vögel, keine Fische und auch ganz sicher keine Jungfrauen."

Morikoko kniff die Zähne zusammen. „Ist eine Jungfrau so etwas wie eine Meerjungfrau, nur ohne Meer?", fragte er neugierig.

Der Drache prustete los, so laut und unvermittelt, dass es den Fuchswelpen das Fell zerzauste. „Ja", sagte er schließlich und wischte sich mit der Pfote ein paar Tränen aus dem Augenwinkel, „ja, das ist so ähnlich. Ein klein wenig anders. Aber das erklärt dir besser jemand, wenn du etwas älter bist. Eines steht jedenfalls fest: Ich fresse kein Fleisch und wer etwas anderes sagt, der kennt mich nicht."

„Das ist überaus löblich, aber ...", setzte Nalani an, wurde jedoch von Morikoko unterbrochen.

„Das versuche ich auch, aber es ist gar nicht so leicht. Pinnerienchen schmecken furchtbar fischig und haben stachelige, dornige Wurzeln. Eierschwurbler findet man nicht überall. Und Kuschelgrün muss ich erst in der Nähe meiner Höhle anbauen, wenn ich es jeden Tag fressen will", erzählte er im Plauderton.

„Pinnerienchen." Der Drache leckte sich über die Zähne. „Hatte ich schon lange nicht mehr. Ich mag den fischigen Geschmack. Das erinnert mich an die Höhle an dem See, in der ich geboren wurde. Meine Mutter hat uns jeden Tag Pinnerienchen gebracht, solange wir noch nicht selbst nach draußen gehen konnten."

Nalani bemühte sich um ein Lächeln, schüttelte den Kopf, als würde sie eine freundliche Einladung ablehnen. „Wir gehen und stören Sie nicht weiter", sagte sie und machte noch zwei Schritte rückwärts.

Morikoko zögerte einen Moment, schließlich hätte es gravierende Folgen, wenn er sich täuschte, der Drache doch gefährlich war und sie beide auffraß. Aber dann atmete er tief durch, marschierte zielstrebig auf den Drachen zu, kletterte auf dessen Rücken und kuschelte sich in das warme, weiche Fell, das nach einer Blumenwiese roch. „Ich gehe nicht weiter", sagte er und gähnte. „Keinen Schritt."

„Hast du vollkommen den Verstand verloren?", rief Nalani in einer Mischung aus Panik und Wut aus und vergaß darüber beinahe den Drachen. „Komm sofort da herunter! Oder ich

111

zerre dich an deinen Ohren aus der Höhle heraus!"

„Nur zu. Versuch's doch."

Der Drache legte den Kopf leicht schief. „Nicht streiten. Das ist wirklich nicht notwendig. Junge Dame – Nalani, ja? - ich werde euch ganz sicher nicht fressen. Ihr könnt hier ganz beruhigt schlafen, das stört mich nicht im Geringsten. Ganz im Gegenteil. Es ist schön, wieder einmal Gesellschaft zu haben. Es verirrt sich nur sehr selten jemand zu mir." Er lächelte. „Ich heiße übrigens Addanal."

„Nalani, wir haben schon in hunderte Höhlen hineingesehen und in keiner konnten wir bleiben. Ich bin müde. Meine Pfoten tun weh. Meine Augen fallen mir dauernd zu. Das hier ist der kuscheligste, bestduftendste Platz außerhalb meiner Wurzelhöhle und ich werde heute Nacht hier schlafen." Er gähnte erneut. „Wenn ich mich geirrt habe, darfst du mir das morgen gerne unter die Nase reiben."

„Wenn du dich geirrt hast, wirst du morgen keine Nase mehr haben", entgegnete Nalani wütend, „und ich auch nicht." Sie schnaubte und musste selber gähnen. Ihr Blick fiel auf Morikoko, der zusammengerollt im weichen Fell lag. Der Drache hatte seinen Kopf nicht mehr von den Pfoten genommen und schien jeden Moment wieder einzuschlafen.

Nalani stieß einen kurzen Unmutsschrei aus, der sowohl Morikoko, als auch den Drachen zusammenzucken ließ. Dann jedoch stapfte sie zu dem riesigen Wesen, erklomm seinen Rücken und kuschelte sich ganz nah an Morikoko. „Darüber werden wir uns noch unterhalten", knurrte sie, während ihr Körper in die Wärme des Drachenfells gehüllt wurde.

„Mhm", murmelte Morikoko, schon mehr im Schlaf als wach.

Ein letztes Mal gähnte das schläfrige Trio, dann fielen ihnen die Augen zu und Stille kehrte wieder in die Höhle ein. Stille, einzig durchbrochen von schweren, langen Drachenatemzügen und kleinen, hellen Fuchswelpenschnarchern.

10

Etwas Kleines, Feuchtes stupste gegen Morikokos Fell. Seine müden Beine und seine schweren Augenlider sagten ihm, dass es noch nicht an der Zeit war aufzustehen, doch sein Kopf meldete wieder und wieder dieses leichte Stupsen und riet ihm, die Augen zu öffnen und nachzusehen, was los war. Eine Weile versuchte er seinen Kopf zu ignorieren, gemeinsam mit dem Stupsen, doch als es dann immer penetranter und fester wurde, öffnete Morikoko schließlich ein Auge. Nun – zur Hälfte jedenfalls.

„Bist du auch schon wach?", fragte Nalani und sah ihn aus bereits sehr wachen Augen an. Sie sprach leise, flüsterte ihm beinahe direkt ins Ohr. Sie sagte das ganz so, als sei es nicht ihre Nase gewesen, die ihn da angestupst hatte.

„Was?", entgegnete Morikoko und gähnte. Durch seinen Kopf hüpften Bilder eines weißen Ponys, das Kirchenlieder sang und immer wieder sagte: „Salat. Wir brauchen mehr Salat!" Das war nicht gerade hilfreich bei dem Versuch, sich auf die Worte seines Gesprächspartners zu konzentrieren. Vor allem, weil das Pony dauernd Schubladen öffnete, um seinen Hut zu finden, den es doch eigentlich auf dem Kopf trug.

„Ich konnte auch nicht mehr schlafen", fuhr Nalani fort und setzte sich auf. Sie legte den Kopf leicht schief und lächelte. „Da wir beide nun wach sind, sollten wir weitergehen. Der Weg ist noch weit."

Morikoko schüttelte den Kopf, um das Pony daraus zu vertreiben. Das weigerte sich jedoch und blieb hartnäckig hängen und öffnete unter noch mehr Gesang die nächste Schublade: „All Morgen ist ganz frisch und neu des Herren Gnad und große Treu; sie hat kein End den langen Tag, drauf jeder sich verlassen mag."

„Warum denn nicht?", fragte Nalani und klang leicht gereizt. Sie musterte Morikoko mit einem Blick, der eine sofortige Auskunft verlangte.

Den Blick kannte Morikoko nur zu gut von seiner Mutter, was ihn ein klein wenig irritierte. „Du warst nicht gemeint", murmelte er und gab es auf, den Kopf zu schütteln. Stattdessen bemühte er sich darum, an etwas anderes zu denken als an weiße, singende Ponys. Aber das war schwieriger als gedacht. Er fragte sich, wie Velunika und Tumandril es anstellten, all die vielen Träume voneinander zu unterscheiden, sie lange genug im wachen Zustand zu halten, um ihre Vorhersagen zu machen und dann wieder loszulassen, um den nächsten Traum zu träumen. Das musste wahnsinnig anstrengend sein.

Oder aber es war wie mit den Handwerken: Wer Talent besaß, um Eisen zu schmieden, dem ging es leicht von der Hand und er musste sich nicht allzu viel anstrengen. Wer jedoch zum Sänger geboren war, der würde sich am Amboss vergebens abmühen. Kaum, dass er das Wort Sänger gedacht hatte, kehrte das singende Pony zurück. Morikoko schnaubte und schüttelte erneut den Kopf, als wolle er eine lästige Fliege loswerden.

Nalani wirkte verwirrt. „Wer denn sonst?"

„Wie spät ist es denn? Ist es wirklich schon Morgen?", fragte Morikoko statt einer Antwort und hoffte, das Fuchsmädchen damit ablenken zu können. Wieder gähnte er. Vielleicht war er gestern einfach zu weit gelaufen, um beim Morgengrauen ausgeschlafen zu sein. Aber irgendwie hatte er das Gefühl, dass es eher mitten in der Nacht als früher Morgen war.

„Ja, ist es. Ganz bestimmt. Ich wache immer am frühen Morgen auf", beteuerte Nalani und nickte dabei eifrig mit dem Kopf.

Morikoko seufzte. Dann war daran wohl nichts zu ändern. Aber trotzdem … „Ich bin noch so müde."

Nalani zwickte ihn ins Fell und sagte: „An der frischen Luft wirst du ganz schnell wach. Na los, lass uns gehen." Sie erhob sich und sah ihn erwartungsvoll an.

„Bloß noch ein ganz kleines kurzes bisschen", brummte Morikoko, ließ seinen Kopf wieder auf seine Pfoten sinken und schloss das eine, halb geöffnete Auge wieder zur Gänze.

Der Duft von frischen Wiesenblumen umhüllte ihn. „Einmal umdrehen. Höchstens zweimal."

„Gar kein Mal", sagte Nalani entschlossen. Ihre Stimme klang ein klein wenig wütend, aber vielleicht bildete sich Morikoko das auch nur ein. Sie schnaubte entnervt und verlagerte ihr Gewicht von der einen auf die andere Seite. „Komm schon, wir vertrödeln wertvolle Zeit. Kalender zählt auf uns."

„Wer?"

„Kellerine."

„Ich habe keine Ahnung, von was ..."

„Diese Katze."

„Kalandria." Es war zu früh für eine solche Unterhaltung. Viel zu früh. Sein Körper und sein Kopf brauchten noch ein wenig Schlaf, das musste Nalani doch einsehen. Je ausgeschlafener er war, umso besser und schneller würden sie nachher vorankommen. Wenn er schon müde los marschierte, kam er sicher nicht weit.

„Ja, meine ich doch. Kalandria wäre sicher enttäuscht, wenn sie wüsste, dass wir es uns hier gemütlich machen, während sie Schmerzen hat und nichts tun kann, als auf unsere Rückkehr zu warten."

Die Worte trafen Morikoko vollkommen unvorbereitet und mitten ins Gewissen. Der Gedanke, dass Kalandria in seiner Höhle lag, schluchzte und weinte vor Schmerzen in ihrer Pfote und aus Angst, dass ihre Herrin nicht kommen würde, weckte sofort erhebliche Schuldgefühle. Wie konnte er da nur derart egoistisch sein und weiterschlafen wollen? Nalani hatte absolut Recht damit, dass sie ihn ... Morikoko kniff die Brauen zusammen. Er räusperte sich. „Du glaubst immer noch, dass er uns fressen wird."

Nalani zuckte die Achseln. „Vielleicht war er am Abend einfach schon satt."

„Und deswegen weckst du mich auf?"

„Ich kann nicht weiter schlafen. Vorhin war ich zu erschöpft, aber jetzt ... bitte lass uns gehen."

Morikoko seufzte. Gegen ein „Bitte" aus Nalanis Mund, vor allem, wenn sie ihn dazu durch und durch verzweifelt ansah, konnte er sich nicht wehren. „Na schön …" Er stand auf, streckte seine Beine durch und gähnte herzhaft.

Doch als sich bereit machten, um vom Rücken des Drachen herunter zu klettern, hob dieser träge den Kopf und gähnte mit weit geöffnetem Maul. Er sah zu ihnen herüber, blinzelte müde und sagte: „Ist mein „Guten Morgen" nun angebracht?"

„Das versuchen wir gerade herauszufinden. Wir schauen nach draußen, wie weit der Tag schon vorangeschritten ist", erwiderte Nalani schnell und sprang zu Boden. Sie sah zu Morikoko hinauf und nickte Richtung Tunnelausgang. Ihr ganzer Körper stand unter Spannung, war auf Kampf oder Flucht geeicht.

Morikoko folgte ihr. Er hatte noch immer kein ungutes Gefühl, wenn er Addanal musterte oder direkt neben ihm stand. Aber weder wollte er Nalani wieder verärgern, noch ihre Angst ignorieren. Sie fürchtete sich und das war ein grässliches Gefühl, das er nur zu gut kannte. Nalani hatte sich bereit erklärt, ihn zu begleiten, ohne Wenn und Aber, da war er ihr das schuldig.

„Das ist eine sehr gute Idee", befand der Drache und streckte und reckte seine Glieder. Dann erhob er sich unter Ächzen und Stöhnen.

„Was … ähm … was haben Sie denn vor?", fragte Nalani, die sich kaum merklich, aber dennoch sehr viel dichter an Morikoko drängte.

„Na, nach draußen gehen. Ich begleite euch", antwortete er und seine Stimme hallte donnernd von den Wänden wider.

Nalani erstarrte für einen Moment. Dann sagte sie höflich: „Oh, das ist nicht nötig. Wir sehen nach und kommen dann wieder herein, um Ihnen Mitteilung zu geben. Dann brauchen Sie sich nicht nach draußen zu bemühen."

Fasziniert beobachtete Morikoko, wie geschickt Nalani sich aus der Situation zu winden versuchte. Ihm wäre in dem kurzen Augenblick keine Lösung eingefallen und schon gar keine, die nett klang.

Der Drache aber schüttelte den Kopf und lächelte. „Die frische Luft, der Sonnenschein, der Duft des Waldes – das wird mir gut tun."

Morikoko sah Nalani an, wie sie nach einer weiteren Alternative suchte, aber keine fand.

„Also dann: Wollen wir?", fragte der Drache munter.

Morikoko warf einen Blick zu Nalani, die sehr blass wirkte.

„Sehr gerne", erwiderte sie und folgte dem Drachen in den Tunnel hinein. Als sie zu ihm herübersah, funkelten ihre Augen jedoch wieder vor Wut und ihr Blick sagte eindeutig: „Wenn wir gefressen werden, ist das ganz alleine deine Schuld!"

Der Weg durch den Tunnel hinaus schien Morikoko sehr viel länger zu dauern als am gestrigen Abend in die Höhle hinein. Trotz ihres wütenden Blicks wich Nalani nicht von Morikokos Seite. Der war mittlerweile ganz aufgewacht und mit ihm sein Magen, der hungrig knurrte.

„Du hast Glück, mich getroffen zu haben, kleiner Fuchs", sagte Addanal und klang überaus vergnügt. „Ich kann dir Raurichwurzeln zeigen, die schmecken fantastisch! Und Lalewagblümchen, die sind zuckersüß, süßer als Honig. Oh, und wenn ich nur an Knibbelnüsse denke, läuft mir schon das Wasser im Maul zusammen! Ein Gaumenschmaus allererster Güte!"

„Klingt gut", entgegnete Morikoko, der noch von keiner dieser Pflanzen gehört hatte. Allerdings hatte er bis vor einigen Tagen auch noch nichts von Rötliwinterbeeren, Pinnerienchen und Eierschwurblern gewusst, also hatte das nicht viel zu bedeuten. „Aber wir haben nicht viel Zeit, wir müssen eine Laubweberin finden, um einer Freundin zu helfen."

„Eine holde Maid in Nöten? Warum habt ihr das nicht gleich gesagt? Vielleicht kann ich behilflich sein. Ich habe schon

Prinzessinnen aus Türmen befreit, vor bösen Rittern gerettet und aus dem Schlaf wachgeküsst." Der Drache hüpfte auf den linken, dann auf den rechten Beinen und rief dazu: „Nimm dies! Nimm das! Mit solch üblen Tricks kämpft Ihr und wollt Euch Ehrenmann nennen? Ich werde Euch die Ohren langziehen, dass Ihr mit den beschuhten Füßen darauf tretet!" Morikoko musste unwillkürlich grinsen. Nalani neben ihm fand das Schauspiel weniger unterhaltsam. Sie sah stur geradeaus und schien darüber nachzudenken, wie sie aus dieser gefährlichen Situation entkommen konnten.

Addanal lachte lautstark. „Das waren Abenteuer, das sage ich euch … Was die leckeren Pflanzen betrifft: Sie wachsen direkt vor meiner Höhle, deshalb habe ich sie mit all ihren Kammern ja überhaupt erst in diesen Hügel gegraben", erklärte er und begann plötzlich aus vollem Hals zu singen. „Morgensonne, welche Wonne! Scheint mir auf mein Fell schön warm, vertreibt aus meinen Herzen Kummer und Gram. Lässt mich lachen, lässt mich singen, mich zu dir in die Lüfte schwingen! Oh liebste Herzensblume mein, dir gilt mein Liebeslied allein!" Es war das Lauteste, das Morikoko jemals gehört hatte. Die pure Lautstärke dröhnte schmerzhaft in seinen Ohren, ließ seine Muskeln und Knochen zittern und machte es fast unmöglich, sich weiter vorwärts zu bewegen; abgesehen davon war Addanal zwar offensichtlich ein begeisterter, jedoch leider kein begnadeter Sänger. Umso erleichterter waren die beiden Fuchskinder, als der Tunnel trotz des großen Drachen vor ihnen heller und heller wurde. Kurz darauf erreichten sie den Eingang.

„Herzlich Willkommen in meiner Speisekammer!", verkündete Addanal feierlich, als er zur Seite trat und ihnen Platz machte. „Lasst uns schmausen und dann die holde Maid erretten, in welcher misslichen Lage sie sich auch befinden mag."

Immerhin hatte Nalani nicht geschwindelt: Die Sonne war gerade dabei, aufzugehen. Im rötlichen Licht konnte Morikoko den Drachen nun in allen Einzelheiten erkennen: Sein Fell war hellbraun, am Rücken jedoch deutlich dunkler, und seidig wie das einer gut genährten und gepflegten langhaarigen Ziege. Die beiden Hörner, die am Kopf anlagen, glänzten wie frisch poliertes Rotbuchenholz. Aus seinen Schulterblättern ragten große, von dunkelbraunem Fell bedeckte Flügel, die er eng an den Körper angelegt hatte. Die dunkelbraune Fellfarbe zog sich weiter bis zum langen Drachenschwanz, der in einer schmalen, hellbraunen Spitze endete. Nirgends an dem Drachen befanden sich Krallen oder Klauen, die ihn hätten gefährlich aussehen lassen. Genau genommen wirkte er wie ein zu groß geratenes Kuscheltier.

Morikoko löste seinen Blick von Addanal und ließ ihn schweifen, um zu sehen, was ihm bei der nächtlichen Wanderung an wunderbaren Sträuchern und Bäumen entgangen war. Sein kleiner Magen knurrte recht penetrant vor sich her und er hätte sich sehr über etwas gefreut, das fantastisch schmeckte. Oder sehr gut. Nun – ehrlich gesagt hätte er sich bereits mit genießbar zufrieden gegeben. Doch so weit Morikokos Augen reichten, sah er nichts, das ihm neu oder fremd gewesen wäre.

Nalani schubste Morikoko und nickte nach oben. Addanal stand noch immer neben ihnen; den Kopf gen Himmel gereckt, blähte er die großen Nasenflügel und genoss die frische Luft mit geschlossenen Augen. Nalani wollte wohl die Gelegenheit nutzen, mit Morikoko die Flucht zu ergreifen, aber er schätzte ihre Chancen als recht gering ein. Der Drache musste nicht einmal ein schneller Läufer sein, um sie mit wenigen Schritten wieder eingeholt zu haben, seine schiere Größe genügte.

„Ich hätte schon viel früher wieder aus meiner Höhle herausgehen sollen. Die Luft – die Sonne – all die Geräusche und Düfte … das hat mir gefehlt", sagte der Drache und seufzte laut. „Aber wenn ich einmal eingeschlafen bin, wache ich ungern wieder auf. Ich drehe mich dann noch an die fünfzig Mal von einer auf die andere Seite und mache doch wieder die Augen zu."

Einen Moment lang tauschten die beiden Fuchskinder Blicke aus, kniffen die Augen zusammen, schüttelten die Köpfe, nickten in verschiedene Richtungen und versuchten den jeweils anderen davon zu überzeugen, dass er Recht hatte, bis – bis ein sehr lautes, bedrohliches Knurren sie erstarren ließ. Sie wagten nicht, sich auch nur einen Millimeter zu bewegen, während sie derart angespannt waren, dass sie sogar das Atmen kurzzeitig vergaßen.

„Oh", sagte der Drache peinlich berührt. „Ich habe wohl selbst auch ein kleines Hüngerchen. Was ich mich auf all die Leckereien freue!"

Morikoko schluckte und versuchte, seine Glieder wieder zu lockern. „Ich möchte nicht unhöflich sein und vielleicht entgeht mir etwas, bestimmt sogar, aber ich sehe nur ganz normale Büsche und Bäume", sagte er daraufhin, anstatt mit Nalani davonzulaufen. Der Drache faszinierte ihn. Nicht nur wegen seiner Größe und weil er nicht gedacht hätte, dass richtige Drachen wirklich existierten, sondern ... etwas an der Art, in der Addanal sprach und sich bewegte und lächelte. Da lag eine Freundlichkeit und Fröhlichkeit in dem Drachen, die Morikoko sehr sympathisch fand.

„Wie?" Addanal öffnete abrupt die Augen. „Sei nicht albern, kleiner Fuchs, hier wächst doch überall ... oh ... wie ..." Er sah sich um, kniff die Brauen zusammen, legte die Stirn in Falten und drehte sich um seine eigene Achse. Beinahe hätte er dabei mit seinem großen Schwanz die Fuchskinder von den Beinen gefegt. „Wo sind denn all meine bunt gekringelten Raurichsträucher? Und wo ist meine blütenweiße Lalewagblümchenwiese? Die gezwirbelten, dunkelblauen Knibbelbäume, die habe ich extra gepflanzt, weil ..." Er schüttelte den Kopf, während er sich wieder und wieder umdrehte, mal einen Schritt hierhin, mal einen Schritt dorthin machte. „Das kann doch gar nicht ... das ... das muss ein Scherz sein, und der ist gar nicht ... überhaupt nicht ..."

Die Freude und Aufregung fiel aus dem Gesicht des Drachen,

zurück blieben Verwirrung und Trauer. Plötzlich lachte er jedoch laut. „Das ist es! Ein Scherz! Ein alberner Scherz! Das sieht dir ähnlich, Hanodrim, du altes Schlitzohr!", rief er und rannte los. Der Boden bebte unter seinen schweren, schnellen Schritten. „Hanodrim!", rief er wieder, rannte durch einen anderen Eingang in einen weiteren Tunnel wieder in den Hügel hinein. „Ich weiß, dass du hier bist! Das war deine Idee, nicht wahr? Hanodrim! Sitzt da irgendwo und lachst dir ins Fäustchen!" Je weiter der Drache in den Tunnel vordrang, desto leiser wurde seine Stimme.

Nalani zwickte Morikoko ins Ohr, der fasziniert auf den Eingang starrte. „Jetzt!", raunte sie und jagte davon.

Morikoko zögerte kurz, doch dann lief er ihr hinterher. Zwar kam es ihm falsch vor, den Drachen einfach alleine zu lassen, ohne sich zu verabschieden, aber das war vermutlich ihre beste Chance. Sobald sie wieder im Dickicht waren, konnten sie sich zwischen den vielen Bäumen und Büschen sicherlich schneller fortbewegen als der große Drache. Addanal war bestimmt stark, aber Morikoko glaubte nicht, dass er einfach zwischen den Bäumen hindurchlaufen und sich seinen eigenen Weg bahnen konnte. Nein, wahrscheinlich musste er sich hindurchzwängen oder nach breiteren Stellen suchen. Da waren zwei kleine Füchse klar im Vorteil.

Allerdings kam er nicht allzu weit, denn als er laut und deutlich Schniefen und Schluchzen hörte, hielt Morikoko Inne.

„Was machst du denn da! Morikoko! Komm jetzt!", rief Nalani verständnislos, wurde zuerst langsamer und blieb dann ebenfalls stehen. „Spinnst du? Komm her!"

Aber der kleine Fuchs hatte bereits umgedreht und kehrte zu Addanal zurück, der weinend vor dem Eingang saß. Große Tränen kullerten aus seinen Augen und fielen zu Boden. Morikoko nahm an einer Stelle Platz, an der ihn die Tränen nicht trafen. Er hatte keine sonderlich große Lust darauf, klitschnass zu werden. „Was ist passiert? Kann ich dir helfen?"

Addanal schniefte, schüttelte den Kopf. „Er ist weg. Er ist einfach weg. Er ist weg und die Raurichsträucher sind weg und die Lalewagblümchen und die Knibbelbäume und das Zissegras und mein ganzes, kuschelig weiches Bibbermoos. Und er ist einfach gegangen."

„Ein Freund von dir?", fragte Morikoko.

„Mein Partner. Mein Seelenverwandter. Mein allerallerallerliebster Schatz Hanodrim." Er schluchzte und wischte sich mit einer großen Pranke über das Gesicht. „Ich liebe ihn mehr als alles andere in diesem Wald und der Luft darüber."

Morikoko kniff die Brauen zusammen. „Und trotzdem schlaft ihr in getrennten Höhlen? Ich dachte immer, wenn man verheiratet ist, schläft man in der gleichen Kammer."

Addanal schniefte, bevor er antwortete: „Hanodrim schnarcht fürchterlich. Da kann ich nicht einschlafen. Selbst mehrere Tunnel entfernt kann ich ihn noch laut und deutlich hören, aber direkt neben ihm klingt es, als würde ein Gebirge einstürzen." Er kniff die Brauen zusammen und sah zu Morikoko hinunter: „Glaubst du, deswegen ist er gegangen? Weil ich nicht in der gleichen Höhle mit ihm schlafen wollte? Wo er doch so gerne kuschelt ..." Und schon brach der Drache wieder in Tränen aus. „Warum habe ich es nicht einfach für mich behalten? Jetzt ist er weg und ich bin allein und wenn ich ihn doch nur noch ein einziges Mal schnarchen hören könnte ..."

Morikoko legte den Kopf leicht schief. „Ich glaube nicht, dass er gegangen ist, weil du ihm gesagt hast, dass er schnarcht. Vielleicht musste er ja dringend weg. Wie lange hast du denn geschlafen?"

Addanal schniefte, kratzte sich hinter den großen Schlappohren und sagte: „So lange habe ich gar nicht geschlafen, nur einhundert, vielleicht zweihundert Jahre, allerhöchstens." Er schüttelte nachdenklich den Kopf. „Und wenn er dringend weggemusst hätte, hätte er mich doch einfach wecken können."

„Hm, das stimmt." Morikoko versuchte, nachzudenken, doch das war mit knurrendem Magen und weinendem Drachen gar nicht einfach. Und immer, wenn er glaubte, einen hilfreichen Gedanken gefasst zu haben, trabte wieder das singende Pony durch seinen Kopf. Morikoko wünschte, es wären noch ein paar Knibbelnussbäume da, dann hätte er wenigstens ein Problem lösen können. „Bist du denn leicht zu wecken?", fragte er schließlich, weil ihm nichts Besseres einfiel.

„Wie meinst du das?"

„Also, wenn ich tief und fest schlafe, dann kann man mich fast nicht aufwecken. Und wenn es doch jemand schafft, schlafe ich normalerweise gleich wieder ein. Meine Schwestern können dir ein Lied davon singen." Morikoko sah zu Nalani hinüber, die zwar nicht weiter davongelaufen, aber auch nicht näher gekommen war. Leider. Nalani hätte das sicherlich besser gemacht und die richtigen Fragen gestellt. Da sie aber zu viel Angst hatte, um sich mit Addanal zu unterhalten, musste eben weiterhin Morikoko versuchen, dem Drachen zu helfen. „Wachst du denn schnell auf und bist dann gleich hellwach?"

Einen Moment lang überlegte Addanal, dann schüttelte er den Kopf. „Nein, ich habe einen ziemlich tiefen Schlaf." Er kaute auf seiner Unterlippe. „Außerdem bin ich immer übel gelaunt, wenn mich jemand aufweckt, wenn ich noch nicht ausgeschlafen habe. Das sollte man eigentlich nicht riskieren. Kann passieren, dass ich da ein klein wenig Feuer spucke." Er riss erschrocken die Augen auf. „Oh Winde der Lüfte – glaubst du, ich habe Feuer gespuckt und ihn in Asche verwandelt?"

Seine Unterlippe begann zu beben und nur Sekunden später brach der Drache in erneutes Schluchzen und Weinen aus.

„Mein armer Hanodrim ... mein armer, armer Hanodrim."

Gerade, als Morikoko zu einer Erwiderung ansetzen wollte, trat Nalani an seine Seite. „Gut gemacht, Dummkopf", sagte sie zu Morikoko, bevor sie sich neben ihn setzte, den Kopf hob und zu Addanal hinauf sah. „Ich bin mir ziemlich sicher, dass du deinen Liebsten nicht geröstet hast", sagte sie mit entschlossener Stimme und fuhr dann ebenso fort: „Hör auf zu weinen und denk nach: Hat er dich nicht vielleicht doch zu wecken versucht, aber du bist wieder eingeschlafen? Vielleicht hat er dir sogar gesagt, wohin er musste."

Tatsächlich hörte Addanal auf zu weinen. Er schniefte ein letztes Mal, kniff dann die großen, dunkelbraunen Brauen zusammen und dachte nach. Dann schüttelte er traurig den Kopf. „Es ist ja nicht so, als ob wir Rangikoar irgendetwas müssten. Wir sind schließlich keine Frösche, die in der Paarungszeit immer zu dem Gewässer zurückkehren, in dem sie selbst geschlüpft sind. Wir ..." Addanal stutzte. „Eier ... er wird doch nicht ... es wird doch nicht schon ... Oh Wind in den Wolken! Die Eier!" Plötzlich sprang der Drache auf die Füße und breitete seine Schwingen aus.

Nalani und Morikoko sprangen beiseite, um nicht umgeworfen zu werden. „Eier?", hakte Nalani nach und Morikoko fragte beinahe gleichzeitig: „Welche Eier?"

„Unsere Eier!", rief Addanal und schlug mit seinen Flügeln. Einmal, zweimal, dreimal. Dann erhob er sich bereits in die Luft. „Sie sind geschlüpft! Sie sind endlich geschlüpft!" Er flog immer höher und höher, bis er weit über den Baumwipfeln angekommen war. „Vielen Dank! Und viel Glück!", rief er ihnen noch von dort oben zu, bevor er zwischen den Wolken verschwand.

Fasziniert sah ihm Morikoko hinterher.

Nalani seufzte. „Können wir jetzt endlich gehen?"

Morikoko nickte langsam. Er hoffte, den Drachen irgendwann noch einmal wiederzusehen. Aber das behielt er lieber für sich.

Nalani fing sich wenig später eine Maus, die sie recht freudlos verschlang. Morikoko knabberte versuchsweise an ein paar Wurzeln und Zweigen, entdeckte allerdings nichts, das auch nur annähernd schmeckte. Sein Magen knurrte und protestierte, aber dem kleinen Fuchs blieb nichts anderes übrig, als weiterzugehen und nach Futter Ausschau zu halten. Als er an einem Busch drei letzte, rote Beeren fand, leckte er sie im Vorbeigehen von den Zweigen und lutschte auf ihnen, so lange er nur konnte. Sättigend war das leider ganz und gar nicht.

„Woher kennst du eigentlich den Weg?", fragte Morikoko schließlich, um sich von seinem Hunger abzulenken. Außerdem war er sich nicht ganz sicher, wie wütend Nalani noch auf ihn war und ihre Antwort auf seine Frage würde ein gutes Barometer sein.

„Onkel Paaron hat uns zu den Laubweberinnen gebracht, kaum, dass wir laufen konnten. Er hat uns den ganzen Weg über auf seinem Rücken getragen", erwiderte Nalani.

Morikoko überlegte, wie er seine Frage möglichst geschickt stellen konnte, aber da ihm nichts einfallen wollte, begnügte er sich letztlich mit einem schlichten: „Warum?"

Nalani zuckte die Achseln. „Die Familie hatte Angst, wir könnten verflucht sein, weil wir viel zu spät geboren wurden. Sie haben gesagt: mit dem Wurf stimmt etwas nicht, das geht nicht mit rechten Dingen zu." Sie hüpfte über eine kleine Grube und landete elegant auf ihren vier Pfoten.

„Und?", hakte Morikoko nach.

„Und was?"

„Na – seid ihr verflucht?"

„Ja, leider", erwiderte Nalani und seufzte. „Immer bei Vollmond verwandeln wir uns in giftige Schlangen und beißen jeden, der uns über den Weg läuft. Aber das ist eigentlich nicht weiter schlimm. Nun … zumindest nicht für uns."

Morikoko blieb abrupt stehen und musterte sie ungläubig. „Eine Schlange? Eine echte, richtige Schlange?" Er schluckte nervös. Wenn es Tiere gab, die er nicht leiden mochte, dann waren es Schlangen. Morikoko war schon einmal von einer Kreuzotter gebissen worden und legte keinen Wert darauf, dass ihn nun auch noch eine des Nachts zur Schlange verwandelte Nalani biss.

Nalani schaffte es ganze drei Herzschläge lang weiter zu gehen und eine ernste Miene zu ziehen, bevor sie laut prustend zusammenbrach. „Wie du schaust! Wenn du nur sehen könntest, wie du gerade schaust!", rief sie aus und wälzte sich auf dem Boden.

„Kein Fluch?"

„Kein Fluch." Nalani lachte und kicherte noch immer, wischte sich aber mit der Pfote über das Gesicht und versuchte, sich wieder zu beruhigen. „Alle Tiere des Waldes werden nach ihrer Geburt zu den Laubweberinnen gebracht. Sie verweben dann ein Haar oder ein Stück Kralle mit dem Laub ihres Teppichs und somit das Schicksal des Waldes mit dem des neugeborenen Tiers."

„Oh. Das heißt, alle Tiere sind mit dem Teppich verbunden?"

„Ja. Alle Waldbewohner, ausnahmslos."

„Bis auf mich."

Nalanis Gesicht wurde wieder ernster. „Da hast du Recht. Bisher noch nicht." Sie zuckte wieder die Achseln. „Aber das können wir ändern, wenn wir ohnehin bei einer Laubweberin sind. Lass ihr einfach ein Haar von dir in der Hütte und bitte sie darum, es mit dem Teppich zu verweben."

Morikoko legte den Kopf schief und dachte nach. „Werde ich dann auch Moosifanten verstehen?"

Wieder lachte Nalani. „Einen Moosifanten? Warum bei all den Wesen im Wald solltest du ausgerechnet einen Moosifanten verstehen wollen? Sie sind schrecklich albern. Laufen dauernd durch den Wald und erschrecken jeden mit ihrem nervigen Tröten."

„Nun ja, ich ..."

„Egal", unterbrach ihn Nalani, die keine tatsächliche Antwort erwartet hatte. „Niemand kann diese Tiere verstehen. Sie weigern sich zu sprechen. Daran ändert auch ein wenig von deinem Fell im Laubteppich nicht das Geringste."

Morikoko zuckte die Achseln. „Hätte ja sein können",

murmelte er geknickt.

„Entschuldige, ich wollte dich nicht ...", setzte Nalani an.

„Schon gut", erwiderte Morikoko und setzte sich in Bewegung. „Gehen wir weiter. Wir haben noch einen langen Weg vor uns, nicht wahr?" Er zog mit hängendem Kopf los, machte einen Schritt nach dem anderen, ohne zu wissen, ob die Richtung überhaupt stimmte. Doch da Nalani ihn nicht korrigierte, musste er wohl richtig liegen.

„Woher hast du gewusst, dass Addanal uns nicht fressen will?", fragte Nalani unvermittelt.

Morikoko zog die Brauen zusammen. Er musterte seine Freundin von der Seite, während er über eine Antwort nachdachte. „Ich weiß nicht", erwiderte er nach einer Weile. „Ich hatte nicht das Gefühl, dass er gefährlich ist." Er zuckte die Achseln. „Warum warst du dir sicher, dass er uns fressen würde?"

Nalani blickte beschämt zu Boden, zögerte. Dann sagte sie langsam: „Wenn Onkel Paaron zu Besuch kommt, erzählt er abends immer Schauergeschichten. Das macht mir eigentlich nichts aus. Aber eine davon handelt von einem Drachen und die ist ... na ja ... schauderhaft." Sie kaute auf ihrer Unterlippe, bevor sie fortfuhr: „Ich weiß, dass Addanal nicht gefährlich ausgesehen hat. Aber ich musste immer an diese Geschichte denken. Sie hat mich einfach nicht mehr losgelassen, war die ganze Zeit in meinem Kopf. Ich hatte die ganze Zeit über Angst, dass er uns jede Sekunde fressen wird."

„Würde mein Pony nicht singen, sondern dauernd die Zähne fletschen und mich jagen, wäre ich bei einer Begegnung sicher auch sehr vorsichtig", entgegnete Morikoko und lächelte schelmisch. Er konnte Nalani nicht lange böse sein.

„Ein singendes Pony?", fragte das Fuchsmädchen mit hochgezogenen Brauen.

Morikoko nickte. „Ich hoffe, es findet bald den dämlichen Hut, den es am Kopf trägt."

„Und ich hoffe, wir finden bald etwas zu essen für dich. Du

redest schon wirr." Sie sah sich um und entdeckte eine kleine Maus, die im Gebüsch saß und sich mit den Pfoten das Gesicht putzte. „Vielleicht solltest du doch einmal eine Maus versuchen. Schmeckt hervorragend. Wirklich."

„Danke, aber nein", sagte Morikoko, obwohl der Fuchs in ihm am liebsten der Maus hinterher gehüpft wäre. Es kostete ihn einige Mühe, neben Nalani weiter dem Weg zu folgen. „Weißt du, ob hier in der Nähe irgendetwas wächst, das ich fressen kann?"

Nalani presste die Lippen fest aufeinander, dachte nach. Plötzlich machte sie einen kleinen Freudensprung. „Ich hab es! Ich hab es!", rief sie aufgeregt. „Bist du bereit?"

„Ich ... äh ... ja?"

„Dann los!", erwiderte Nalani und sauste los.

Morikoko rannte ihr hinterher, so schnell ihn seine Beine trugen. „Nalani! Halt! Was wird das denn? Wo willst du denn hin?", brüllte er, doch von dem Fuchskind war immer nur die Schwanzspitze zu sehen. „Nalani? Was suchst du denn?"

Nalani jauchzte vor Freude, als sie antwortete: „Kanderbüschelkrimselrenner!"

Sie ist eine Dryade, hatte Nalani ehrfurchtsvoll geflüstert, als sie in gebührendem Abstand stehengeblieben waren. *Sie hegt und pflegt den Baum, in dem sie lebt, aber sie ist ein gefühlloses Wesen. Sie empfindet weder Freude, noch Leid, noch Angst oder Wut, lebt einzig und alleine für den Baum, in den sie geboren wurde und den sie mit ihrem eigenen Leben verteidigen würde.*

Beinahe hätte man die schlanke, groß gewachsene Frau für einen Menschen halten können, mit langen, wohlgeformten Armen und Beinen, zierlichen Fingern und einem ebenmäßigen, markanten Antlitz, eine wahre Schönheit, die sämtlichen Männern den Kopf verdrehte.

Doch in ihr schwarzes, glattes Haar, das ihr bis an die schmalen Schultern reichte, waren Zweige und Blätter geflochten, die rot und gelb im Herbstlicht leuchteten. Ihre mandelförmigen, hölzern glänzenden Augen sahen wie im Traum in weite Ferne und waren doch ganz und gar auf den Baum gerichtet, der der Mittelpunkt ihrer Aufmerksamkeit war. Unter dem Kleid aus rötlichen Buchenblättern lugte bräunlich-graue Haut hervor, die weich und zugleich hart wirkte.

Morikoko hatte mit offenem Maul dagestanden und den Blick nicht von ihr lösen können, während die Dryade um die dicke, alte Buche herum tanzte, in fließenden, immer gleichen Bewegungen, sich um sich selbst drehte und ihren Kopf wiegte im Takt eines Liedes, das nur sie selbst zu hören schien. Ihre Hände strichen wieder und wieder in kurzen, sanften Berührungen über die Rinde des Baumes. Dann öffnete sie den Mund und begann zu singen.

Sie singt ihren Baum in den Winterschlaf und lässt dabei seine Lebensenergie versiegen. Im Frühling wird sie ihn wieder wecken und neue Lebensenergie in ihn fließen lassen, wisperte Nalani leise in sein Ohr.

Doch Morikoko nahm ihre Stimme kaum wahr. Das Lied des Baumgeistes erreichte nicht bloß seine Ohren, sondern strich über sein Fell, kitzelte seine Haut und drang darunter, bis in die Muskeln, bis in die Knochen und bis in sein Herz. Er spürte, wie Tränen sich in seinen Augen bildeten und über seine Wangen kullerten, während sein Blick mehr und mehr verschwamm.

„Gehen wir lieber", sagte Nalani und wandte sich ab.

Seine Beine fühlten sich schwer an und er war müde, schrecklich müde. Schlafen. Ja, Morikoko musste noch ein klein wenig schlafen, sich ausruhen, von den Anstrengungen erholen, schlafen, nur ein bisschen die Augen schließen.

Als Nalani bemerkte, dass Morikoko ihr nicht folgte, drehte sie sich wieder um. Sie sah ihn an und öffnete erschrocken das Maul. „Morikoko, wir müssen gehen. Jetzt. Sofort", sagte sie und schob und schubste ihn.

Morikoko aber rührte sich nicht vom Fleck. Er stand da, die Augen auf die Dryade gerichtet, den Kopf leicht schief gelegt, während seine Augen müde blinzelten und er wieder und wieder gähnte.

„Los! Los! Los!", brüllte Nalani direkte in sein rechtes Ohr, aber auch das führte zu keinerlei Reaktion. Sie schnaubte, schob den Unterkiefer kampflustig vor und biss Morikoko dann beherzt in den Po.

Erschrocken fuhr Morikoko zusammen. Diesen Moment nutzte Nalani, um ihn wieder zu stupsen, zu schubsen und zu schieben und tatsächlich: Morikoko bewegte sich mit ihr Schritt für Schritt weiter von der Dryade weg.

Erst als sie außer Hörweite waren, schüttelte Morikoko verwirrt den Kopf, sah sich um, blinzelte und sagte: „Was?" Er warf einen Blick auf sein Hinterteil, wo der Abdruck der Zähne deutlich zu spüren, aber nicht zu sehen war.

„Alles in Ordnung?", fragte Nalani und musterte ihn besorgt von Kopf bis Fuß. „Wie fühlst du dich? Tut dir etwas weh? Hast du Durst? Wie viele Mäuse hast du heute schon gefressen?"

Morikoko gähnte. „Müde. Und verwirrt. Nein. Ein wenig. Gar keine." Er warf einen Blick in die Richtung, aus der sie gekommen waren. „Was war das?"

Nalani atmete erleichtert auf. „Der Gesang der Dryade sollte eigentlich nur ihren eigenen Baum beeinflussen. Aber manchmal geraten auch andere Wesen in ihren Sog und wenn es sich um ein Herbstlied handelt, entzieht die Dryade dabei auch dem Zuhörer Lebensenergie."

„Oh." Morikoko schüttelte sich, um die dämmerige Schläfrigkeit abzuschütteln. „Lass uns schnell weitergehen." Er setzte sich in Bewegung und trabte einige Schritte davon.

Nalani folgte ihm und blieb dann an seiner Seite. „Tut mir leid, ich hätte dich warnen sollen. Ich weiß nicht, warum sie Einfluss auf dich hatte."

„Vielleicht … weil der Baum mir das Fell geschenkt hat",

überlegte Morikoko laut. Erneut gähnte er. Die Müdigkeit war ihm lästig, aber immerhin war sein Bauch voll gestopft mit zehn, fünfzehn Kanderbüschelkrimselrennern. Sie waren flink gewesen, die großen Nüsse mit der puscheligen Schale, aber zu zweit war es ein Leichtes gewesen, sie zu fangen. Morikokos Bedenken, was sich bewegende Nahrung betraf, hatte Nalani schnell beseitigt: Die Nüsse rannten nur durch den Wald, weil eine Dryade für ihren Baum sang und dabei Lebensenergie in den Boden geleitet wurde. Lagen dort Kanderbüschelkrimsel oder Kastanien, dann wuchsen den Nüssen hölzerne Beine und sie rannten los. Ziellos und blind, aber mit wilder Entschlossenheit.

Wäre Morikoko nicht furchtbar hungrig gewesen, hätte er vielleicht länger gezögert oder in Ruhe darüber nachgedacht, aber mit einem seit dem Aufstehen knurrenden Magen waren die Nüsse sehr schnell in seinem Maul verschwunden. Selbst Nalani hatte sich diese fleischlosen Leckerbissen nicht entgehen lassen.

„Oder", setzte Nalani nachdenklich an, „oder es liegt daran, dass du so viele Pflanzen frisst." Sie grinste frech. „Du solltest doch lieber ein paar ordentliche Mäuse verdrücken."

„Hm – ich werde darüber nachdenken, wenn mich die nächste Dryade in den Winterschlaf singen will", erwiderte Morikoko und grinste ebenfalls. Er hob den Kopf und betrachtete den von Tannen dominierten Waldabschnitt, der vor ihnen lag. „Und was erwartet uns dort? Fliegende Hasen? Fleischfressende Rehe? Zwerge? Oder vielleicht Riesen?"

Nalani lachte bei den Hasen und den Rehen, der Gedanke war einfach zu albern, doch dann wurde ihr Blick ernster. „Also, wo du gerade ohnehin schon Riesen erwähnt hast ..."

In diesem Teil des Waldes schaffte es das Herbstlicht kaum, bis zum Boden hinunter vorzudringen. Zwischen eng beieinander stehenden Tannen, deren Äste ineinanderwuchsen wie gewoben und von unten nicht zu erkennen war, wo ein Baum aufhörte und der nächste anfing, herrschte selbst mitten am Tage eine dunkelgrüne Düsternis. Auch war es hier sehr leise. Ein jedes Geräusch, das sich zwischen die Nadeln verirrte, wirkte deplatziert, viel zu laut und schauderhaft. Der Waldboden war von dunklem, feuchtem Moos bedeckt, in dem große und kleine Pilze sprossen.

Ein bedrückendes, beklemmendes Gefühl ergriff Morikoko, das ihn wünschen ließ, sie mochten bald diesen schaurigen Tannenwald hinter sich lassen. Bisher hatte er geglaubt, auf dem richtigen Weg zu sein, obwohl er doch überhaupt nicht wusste, wo sie langgehen mussten. Jetzt aber ließ ihn das mulmige Gefühl nicht mehr los, sie hätten sich verirrt und würden nie wieder nach Hause finden.

Morikoko schluckte mehrmals gegen den Kloß in seinem Hals an, aber das half nicht im Geringsten. Seine Muskeln versteiften sich und er spürte, wie die Angst in jede Zelle seines Körpers eindrang. Da öffnete Morikoko das Maul und begann laut zu singen: „Öffnet die Herzen – für alle auf Erden – öffnet die Herzen – für Gottes geliebte Herden." Die Worte kamen ihm nur langsam über seine Lippen, stockend und unsicher. Aber je länger und weiter er sang, umso entschlossener und lauter wurde er. „Lasset die Liebe überall walten, lasset die Liebe euer Handeln gestalten. Denn wo die Liebe herrscht über Angst und über Wut, dort geht es Menschen und Tieren allesamt gut."

Den Text kannte Nalani natürlich nicht, aber da die Melodie sehr eingängig war, summte sie bereits aber ab der zweiten Strophe mit. Ab der vierten Strophe reihte sie willkürlich Silben aneinander und sangt lauthals mit: „Lala-le-la-la-le lilelalalile. Dadadadaaaadaddadadaaaadada."

Auf diese Weise durchschritten beide Fuchskinder mit lautem Gesang den düsteren Tannenwald, stumm beobachtet von einer Vielzahl neugieriger Augen, die zu aufrichtig irritierten Tieren gehörten, denen eine solche Lärmerei vollkommen fremd war. So etwas Seltsames hatten sie noch nie gesehen.

Selbst die Zwerge, die in den Hügeln weit unter den Tannenwurzeln ihre Tunnel gruben und nach Erzen suchten, vernahmen den ungewöhnlichen Gesang. Sie sahen einander kurz an, mit erhobenen Augenbrauen und von Falten gerunzelten Stirnen, dann zuckten sie die Achseln und setzten ihre Arbeit fort. Doch das Lied der Füchse blieb nicht ohne Wirkung: Nur wenig später begann der erste Zwerg, die Melodie zur monotonen Arbeit zu brummen und steckte innerhalb weniger Strophen die Zwerge in dem Seitenarm des Tunnels an, in dem sie gerade miteinander arbeiteten. Die Melodie fand ihre Wege durch alle Gänge und Korridore und hing den Zwergen tagelang als einer der hartnäckigsten Ohrwürmer nach, den es je bei ihrer Sippe gegeben hatte.

Nalani und Morikoko ahnten nicht, was sie mit ihrem Gesang angestellt hatten, und waren schlicht froh, als sie den Nadelwald verließen und sich eine große, mit Blumen übersäte Lichtung vor ihnen ausbreitete. Sie atmeten auf und beschleunigten ihre Schritte in der Überzeugung, wieder in Sicherheit zu sein.

Dann entdeckte sie der Riese. „Na sieh mal einer an … zwei Fuchskinder."

Nalani und Morikoko erstarrten. Ohne ihre Lippen zu bewegen, leise wie ein Mäuschen, flüsterte Nalani: „Bitte sag mir, dass du bei ihm ein gutes Gefühl hast."

Morikoko biss die Zähne in seinem kleinen Maul fest aufeinander. Er wagte es kaum, zu atmen, was das Sprechen erheblich erschwerte. „Ganz mieses Gefühl", erwiderte er zögerlich.

Und das war noch untertrieben: Seine Nackenhaare standen ihm zu Berge, seine Krallen gruben sich in den Waldboden und seine Ohren lauschten derart angestrengt auf jedes Geräusch, dass sie selbst Tannennadeln fallen hörten. Das mulmige Gefühl und der Fluchtinstinkt, die ihn überrollten wie eine Schneelawine, waren noch stärker als bei der Urtiefe. Vielleicht, weil diese an den See gebunden und ihr Handeln dadurch ein wenig eingeschränkt war. Der Riese konnte sich leider völlig frei bewegen – und das tat er auch. Wie bei einem gemütlichen Spaziergang schlenderte er auf die Fuchskinder zu. Als er sie fast schon erreicht hatte, ging er in die Knie und beugte sich zu ihnen herunter. „Was fällt euch ein, über meine schöne Lichtung zu laufen, als würde euch der Wald gehören? Aber was wundert es mich, von arroganten Rotfüchsen war das nicht anders zu erwarten." Morikoko nahm seinen ganzen Mut zusammen und erwiderte: „Entschuldigen Sie, wir wussten nicht, dass Sie diese Lichtung bewohnen. Wir sind auf den Weg zu einer Laubweberin. Bitte verzeihen Sie vielmals. Wir werden um Ihre Lichtung herumgehen und Sie nicht weiter behelligen." Das kleine Herz pochte in seiner Brust wild und laut und Übelkeit kroch von seinem Magen herauf. Er versuchte sich verzweifelt daran zu erinnern, wie David den Riesen in der Geschichte des Pfarrers besiegt hatte, aber es wollte ihm einfach nicht einfallen. Der Riese schüttelte in scheinbarem Bedauern den Kopf. „Dafür ist es zu spät. Ihr werdet die Konsequenzen eurer Handlung tragen müssen. Schließlich wurde mein Recht verletzt. Das muss bestraft werden. Das versteht ihr doch sicherlich."

„Wir wussten nicht, dass diese Lichtung Ihr Zuhause ist", versuchte Morikoko es erneut, doch er wusste bereits, dass ihm das nicht weiterhelfen würde. Fieberhaft dachte er über einen Ausweg nach, aber sein ganzer Körper war lahmgelegt, nichts reagierte, nichts funktionierte. Er konnte kaum Mund und Zunge zu einer Bewegung überreden, geschweige denn seine Beine oder Pfoten. Wie sollten sie fliehen, wenn er sich nicht rühren konnte? Wenn Addanal doch bloß hier wäre ...

„Unwissenheit schützt vor Strafe nicht", entgegnete der Riese. „Da könnte ja jeder über meine schöne Lichtung laufen und behaupten, er hätte es nicht besser gewusst. Nein, wer meine Lichtung betritt, der wird gefressen. Ganz einfach."

„Aber ..."

„Lass es sein, Morikoko", entgegnete Nalani. „Er will die Entschuldigung nicht annehmen, also können wir ihm nicht helfen. Schicksal ist Schicksal. Gegen Velunikas Traumworte kann niemand etwas tun." Sie seufzte und zuckte wie entschuldigend die Achseln.

Morikoko hatte große Mühe, doch er schaffte es, ebenfalls mit den Achseln zu zucken. „Ich wollte es wenigstens versuchen", sagte er. Mehr traute er sich nicht auszusprechen, um Nalanis Plan nicht zu gefährden. Was auch immer sie sich ausgedacht hatte, war vermutlich ihre einzige Chance, lebend von der Lichtung zu entkommen, also musste er damit wie mit einem rohen Ei hantieren.

„Ich weiß, weil du ein gutes Herz hast. Aber der Riese hat keines. Er will sich nicht helfen lassen und somit ist er des Todes. Daran können wir nichts ändern", entgegnete Nalani und entspannte sich mit jedem Wort, das sie aussprach. Muskeln, Krallen, Ohren – das Fuchsmädchen wirkte mit einem Mal vollkommen gelassen.

Der Riese kniff die Brauen zusammen. „Was faselt ihr da, dumme Füchse. Ich des Todes? Dass ich nicht lache." Er lachte demonstrativ, aber in seiner Stimme schwangen erste, feine Zweifel.

„Siehst du? Er glaubt uns ohnehin nicht. Da brauchen wir uns nicht die Mühe machen, ihm von den Worten der Plappernden Steine zu erzählen." Nalani sah zu Morikoko hinüber. „Warum sollten wir ihn auch warnen, wo er uns ja doch auffrisst? Von mir aus können ihn die Drachen holen kommen und ihn auffressen. Ich hoffe, sie kauen recht lange auf ihm herum."

Beinahe wäre Morikoko der Unterkiefer herunter gefallen. Hätte er es nicht besser gewusst, er hätte geschworen, dass Nalani die Wahrheit sprach. Sie log mit einer solch selbstverständlichen Beiläufigkeit, dass es ihm die Sprache verschlug. Er versuchte heimlich, tief durchzuatmen und zog seine Krallen aus dem Waldboden. *Es ist ein Spiel,* sagte er sich, *bloß ein Spiel*. „Wenn ich mich nicht irre, sagte Velunika etwas von mehreren Tagen und es klang nicht allzu appetitlich", erwiderte Morikoko und war überrascht, wie ruhig er dabei klang. Falls es ihnen tatsächlich gelang, einen Handel mit dem Riesen einzugehen ... vielleicht hatten sie dann eine Chance, die Lichtung lebend zu verlassen.

„Drachen fressen keine Riesen, ihr dummen Fuchskinder! Drachen fressen Pflanzen! Beeren! Das weiß doch jeder! Ich kenne Drachen: Mäuler voller scharfer Zähne, mit denen sie nie etwas zerfleischen, und Pranken mit langen Krallen, die sie nie ausfahren! Eine Verschwendung!", widersprach der Riese wütend. „Und wenn ihr nicht gleich ..."

„Wie hieß er noch gleich? Wie ein Fisch, oder?", unterbrach Nalani ihn und drehte sich nun direkt zu Morikoko um, als wäre der Riese überhaupt nicht mehr anwesend.

Morikoko nickte und ließ sich auf den Hintern fallen. Er legte den Kopf leicht schief, als müsse er nachdenken, und sagte dann: „Aal. Irgendetwas mit einem Aal."

Nalani lachte auf. „Allalaal oder so. Alladalal. Addalalaal?"

„Addanal?", mischte sich der Riese in das Gespräch ein, die Stirn plötzlich vor Überraschung gerunzelt.

„Ja, genau!", riefen die beiden Fuchskinder freudig im Chor.

„Von einem Addanal habe ich gehört. Er soll unweit in einer Höhle schlafen, gemeinsam mit einem anderen Drachen." Er kratzte sich zuerst an der Stirn, dann am Kinn und schließlich hinter dem rechten Ohr. „Aber Drachen sind harmlos."

Nalani zuckte mit den Achseln. „Ich weiß nur, was Velunika uns erzählt hat: dass wir von einem Riesen gefressen werden, der jedoch wenig später selbst den Tod findet, weil zwei wütende Drachen über ihn herfallen. Tagelang kauen sie an ihm herum, bis sie endlich von ihm ablassen. Das waren ihre Worte."

„Aber das ist unmöglich!", brüllte der Riese aufgebracht und fuchtelte wild mit den langen Armen durch die Luft. Er traf dabei einen Baum, der aufgrund der enormen Wucht des

Aufpralls laut knackte. „Warum sollte er auf mich denn …"
„Flügelschlagen, breite Schwingen, in der Lüfte Höhe klingen, stürzen sich, gen ihr' Natur, auf die riesig' Kreatur, reißen, beißen, Zähne, Klauen, ihn vor Wut in Stücke hauen. Leise Schritte sollst du machen, wed' Tier noch Wesen je verlachen, denn zürnet dir ein Drachenherz, bezahlst du Leid mit gleichem Schmerz. Zu Richtern sind sie auserkoren, mit Zähnen, Krallen dazu geboren, Aug um Aug und Zahn um Zahn!, kräht dir der Todesrabe dann." Morikoko schloss den Mund. Er war sich nicht sicher, wie seine Reime bei den anderen beiden ankamen. Er wusste auch gar nicht richtig, warum er das alles gesagt hatte. Die Worte waren einfach aus seinem Mund herausgefallen und er hatte sie nicht davon abhalten können.

Aus den Augenwinkeln sah er eine überraschte Nalani, die sich jedoch binnen weniger Herzschläge wieder fasste und dann traurig nickte. „Alle Tiere waren mucksmäuschenstill, als Tumandril mit seiner Weissagung geendet hatte", wisperte sie.

Der Riese machte es Morikoko gleich und fiel vor lauter Fassungslosigkeit auf seinen Hintern. Da saß er nun, mit großen Augen und offenem Mund und sah von einem Fuchs zum anderen. „Aber … aber … ich …", stammelte er und schluckte mehrmals. „Das klingt ja fürchterlich … Was soll das denn bedeuten?"

„Die Drachen finden es wohl nicht gut, wenn jemand ohne vernünftigen Grund andere auffrisst. Es ist eine Sache, wenn man Hunger hat, aber eine ganz andere, wenn man es aus reinem Vergnügen macht." Nalani zuckte die Achseln. „Aber wie gesagt: Wer sich nicht helfen lassen will, dem kann auch nicht geholfen werden. Also: Friss uns ruhig, wir wissen ja wenigstens, was dich erwartet. Das macht es ein wenig leichter." Sie trat einen Schritt auf den Riesen zu.

Der sprang erschrocken auf seine großen Beine und wich zurück, wobei er beinahe nach hinten umgefallen wäre. Er ruderte mit den Armen, um sein Gleichgewicht wiederzufinden, und stand dann hastig auf. „Was redest du denn da, dummes Fuchskind!", sagte er laut, hob beschwichtigend die Hände und sah sich nervös um. „Ich habe doch nur gescherzt. Wer würde denn einen anderen fressen, nur weil er über eine Lichtung geht? Nein, das wäre nicht rechtens." Er machte noch einen Schritt rückwärts und lächelte aufgesetzt. „Geht ruhig über meine Lichtung, ihr beiden, ich wünsche euch eine gute Reise. Und falls ihr auf dem Rückweg wieder bei mir vorbeikommt, seid ihr selbstverständlich meine Gäste."

„Oh, darüber würden wir uns sehr freuen", entgegnete Nalani und fügte hinzu: „Vielleicht können wir dir sogar etwas mitbringen. Wir wünschen noch einen schönen Tag!"

„Siehst du", sagte Morikoko und lächelte: „Ich habe dir doch gesagt, man sollte immer versuchen, anderen zu helfen. Man muss jedem eine Chance geben."

Langsam spazierten die beiden Fuchskinder los, unterhielten sich über Tumandril und Velunika, über zweite Chancen und Hilfsbereitschaft, zwangen ihre Beine, ruhige, kleine Schritte zu machen, setzten eine Pfote vor die andere und schafften es, auf diese Weise nicht nur die Lichtung zu überqueren, sondern noch einige hundert Meter weit durch den darauffolgenden Laubwald zu marschieren. Dann rannten sie wie auf ein geheimes Zeichen hin los, rannten so schnell ihre Pfoten sie trugen zwischen Sträuchern und Bäumen hindurch, achteten nicht auf ihre schmerzenden Lungen und ihre brennenden Beine, rannten, bis sie vollkommen erschöpft waren und einfach umfielen, der eine neben dem anderen, und schwer atmend, mit Tränen in den Augen, auf dunkelblauem Laub zum Liegen kamen.

Lange lagen die beiden Fuchskinder auf dem weichen Laub, lauschten, wie der eigene Atem und der des anderen wieder langsamer und leiser wurden, spürten, wie ihre verkrampften Muskeln nach und nach entspannten und das Brennen in ihren

Pfoten nachließ. Tränen liefen aus ihren Augen und über ihre Wangen, tropften vom Fell auf das Laub. Platsch – platsch – platsch. Ein steter Strom salziger Tropfen, der selbst dann noch nicht versiegte, als ihre Herzen wieder ruhiger schlugen und Angst und Übelkeit von ihnen abließen.

Erst als ein neugieriger Hase zu ihnen hüpfte und an ihren Gesichtern schnupperte, wobei seine Schurrhaare sie kitzelten, mussten beide unwillkürlich lächeln. Nalani atmete erleichtert auf und Morikoko stupste den kleinen Hasen neckend in die Flanke, woraufhin dieser hastig Haken schlug und davonhoppelte.

„Ich glaube, ich habe noch nie jemanden derart lügen gehört", sagte Morikoko und schüttelte den Kopf. „Nein, ich bin mir sogar sicher, dass ich noch nie jemanden derart lügen gehört habe. Wie bist du nur darauf gekommen?" Er setzte sich auf und musterte seine Pfoten, die an einigen Stellen wund waren. Auf der Flucht hatte er nicht auf den Boden geachtet und sich an scharfen Steinen und spitzen Stöcken verletzt. Nun begann er damit, sie sorgfältig zu lecken.

„Ich muss mir nur vorstellen, dass meine Geschichten wahr sind, dann fällt mir das Lügen ganz leicht. Papa sagt, das habe ich von der Mutter seiner Mutter geerbt. Sie hat wohl den Bäumen das Laub von den Ästen gelogen." Nalani setzte sich ebenfalls auf, aber nur kurz, dann rollte sie sich zusammen und legte den Kopf auf die Pfoten. „An dir ist ein Plappernder Stein verloren gegangen", erwiderte sie und schloss die Augen. „Wie sind dir nur all die Worte eingefallen?"

Morikoko überlegte, aber er konnte ihr keine richtige Antwort geben. Er wusste es nicht. Irgendwie waren die Worte da gewesen, hatten sich aneinandergereiht, ohne dass er sich hatte anstrengen müssen. „Sie waren in meinem Mund und sind dort herausgefallen und erst, als meine Ohren sie gehört haben, waren sie in meinem Kopf. Glaube ich." Er dachte noch einen Moment länger darüber nach, dann sagte er: „Das ergibt keinen Sinn. Denke ich."

„Mir egal", entgegnete Nalani. „Solange wir nur von dieser Lichtung heil weggekommen sind. Dabei hatte ich mich darauf gefreut. Mit Onkel Paaron haben wir dort Rast gemacht und er hat uns Zirbenmäuse gefangen. Sie wohnen in Höhlen in den Stämmen der Zirben, die auf der Lichtung wachsen. Sie schmecken fast ebenso gut wie Duckdichmäuse. Außerdem hätte es dort auch ein paar Beeren für dich gegeben."

Morikoko umfasste einen Dorn mit den Zähnen und zog ihn aus seiner Pfote. Der Schmerz ließ Tränen in seine Augen schießen, verebbte jedoch schnell, als er an der Wunde leckte. „Ich hoffe nur, der Riese erfährt nie, was für eine Lüge wir ihm aufgetischt haben."

„Hm. Besser nicht. Riesen sind ziemlich nachtragend. Und verflixt groß und schwer." Nalani seufzte müde. Sie hob den Kopf, musterte Morikokos Pfoten und fragte: „Kannst du weiterlaufen? Wir sollten nicht zu lange hier bleiben."

„Je weiter wir von der Lichtung entfernt sind, desto wohler wird mir sein", entgegnete Morikoko und erhob sich. Kurz verzog er das Gesicht, als er seine Pfote belastete, aber dann lächelte er. „Und? Was erwartet uns als nächstes? Ich hoffe doch, Riesen leben nicht in Herden."

„Der Fluss", erwiderte Nalani und lächelte ebenfalls. „Und an Flüssen gibt es vieles, aber definitiv keine Riesen."

Sie mussten nicht lange laufen, bis der Wald lichter wurde, Gras das Moos verdrängte und sie das Gluckern und Glucksen eines Baches hören konnten. Morikoko musterte das Bächlein, das keinen Meter breit und nur wenige Zentimeter tief war.
„Also ... als Fluss würde ich das nicht bezeichnen", sagte Morikoko, während sie den Bach entlang aufwärts liefen.
Nalani lachte. „Das ist nicht der Fluss."
Gemeinsam mit Nalani erklomm Morikoko einen sanften Hügel, der von jungen, kräftigen Bäumen zusammengehalten wurde, die allesamt rotes Blattwerk und rosarote, nach Erdbeeren duftende Blüten trugen. Morikoko fragte sich, was

daraus wohl für Früchte wachsen mochten und ob sie einem kleinen Fuchs wie ihm schmecken würden – oder für Bauchschmerzen sorgten. Gerade als er sich umdrehte, um Nalani danach zu fragen, lief er in sie hinein. Nicht allzu fest, da er nur langsam gegangen war, den Blick nach oben zu den Bäumen gerichtet, aber dennoch genügte es, um seine Aufmerksamkeit nach vorne zu lenken.

Nalani stand mit einem breiten Grinsen neben ihm an der höchsten Stelle des Hügels und verkündete: „Das ist der Fluss." Und tatsächlich, dort lag ein breiter, mächtiger Fluss einige hundert Meter entfernt vor ihnen in dem kleinen Tal, glitzerte in der Sonne, floss träge, aber beständig vorwärts und spiegelte auf seiner glatten Oberfläche alles wieder, das sich über ihm befand: den blauen Himmel mit den weißen Wolken, die von Schnee kündeten; die Vögel, die kreischend über ihn hinwegflogen und nach Fischen Ausschau hielten, die zu weit nach oben schwammen; die Äste und Blätter der großen, alten Bäume, die am Ufer standen und deren Zweige ins Wasser hingen, als wollten sie es streicheln. An einigen Stellen war das Ufer sandig und nass, an anderen lagen große Steine, die beinahe schon Felsbrocken waren, wieder andernorts war der Fluss von kleinen, winzigen Steinen und Muscheln eingesäumt.

Morikoko stand da und staunte. Er hatte schon Flüsse gesehen, viele Flüsse, hatte auch schon mit einem Fährmann einen breiten Fluss überquert, als sein Vater ihn zu einem Scheffler brachte, in der Hoffnung, dieser würde ihn als Lehrling behalten. Aber dieser Fluss wirkte anders ... irgendwie ... lebendiger. Als wäre er wie der alte Baum, mit dem er sprechen konnte. *Ob Flüsse wohl auch sprechen können?*, fragte sich Morikoko, während ihm wieder einmal der Mund offen stand. Und: Würde er diesen Wald jemals einen ganzen Tag lang durchschreiten, ohne sich über etwas zu wundern, von etwas überrascht zu werden oder zu staunen?

„Siehst du den großen Baum dort drüben?", fragte Nalani und

wies mit der Nasenspitze nach links. Dort stand ein Baum, groß und breit wie der Turm einer Kirche oder einer Burg. Es war der größte Baum, den Morikoko jemals gesehen hatte. Seine Äste reichten bis über den ganzen Fluss hinüber, wo ein anderer, wenn auch nicht ganz so gigantischer Baum stand, mit dessen Ästen die des Turmbaums zu verwachsen schienen.

„Bis heute Abend erreichen wir den Baum. Seine Wurzeln bilden viele große und kleine Höhlen, in denen Tiere auf Wanderschaft schlafen können."

Das klang nach einer gemütlichen, ruhigen Nacht, fand Morikoko. Es war beruhigend, nicht wieder nach einem geeigneten Schlafplatz suchen und von teilweise sehr wütenden Tieren verscheucht zu werden. Und ganz allzu weit sah es gar nicht mehr aus. Gut – da täuschte er sich bestimmt, das war ihm klar, aber trotzdem motivierte es ihn, dass die Aussicht auf eine erholsame Nacht in einer Wurzelhöhle bestand.

Seine Pfoten waren an einigen Stellen geschwollen und auch Nalani hatte den Sprint durch den Wald nicht schadlos überstanden. Sie hinkte ein klein wenig auf der rechten hinteren Pfote, auch wenn sie es nicht zugab. Es graute Morikoko vor dem Gedanken, den Weg wieder komplett zurücklaufen zu müssen, sobald sie bei der Laubweberin angekommen waren. Doch dann sah er die schniefende Kalandria vor sich, mit ihrer dicken, geschwollenen Pfote, und reckte den Kopf in die Höhe. „Also geht's da lang?", fragte er.

Nalani nickte und setzte sich in Bewegung. Sie trabten den Hügel hinunter, Seite an Seite, durch kurzes, weiches Gras hindurch. Als sie unten ankamen, liefen sie eine ganze Weile über Moos und Steine am Fluss entlang. An einer seichten Stelle machten sie kurz Halt, um zu trinken, bevor sie ihren Weg fortsetzten.

Als der Riese in Morikokos Gedanken zurückkehren wollte, begann er Nalani Fragen zu stellen, sobald er etwas entdeckte, dass er noch nicht kannte. Auf diese Weise erfuhr er von den in kleinen Rudeln herumlaufenden Stachelsteinlindwürmchen, die nur am Ufer dieses Flusses lebten, blitzschnell übers Wasser flitzen konnten und dabei winzige Fische mit ihrer spitzen Zunge aufspießten; wieder an Land legten sie ihren Fang auf einen Stein und rösteten ihn mit einer kurzen Stichflamme aus ihrem Mäulchen. Während sie auf dem Wasser flink und wendig waren, lagen sie an Land meist dösend in der Sonne und ließen sich ihre blau und grün schimmernden Schuppen wärmen.

Aus dem Wasser beobachteten sie zwei große, glubschige Augenpaare, die zu einem Flussschnapper gehörten: einem großen, viereckigen, flachen Wesen mit winzig kleinen, kurzen Beinchen, aber einem großen, mit Barten besetzten Maul. Barten kannte Morikoko nicht, aber Nalani wusste, dass es eine Art Zahn war, nur viel dünner und länglicher, fast wie Fäden. In ihnen blieb sein Futter hängen, das der Flussschnapper dann mit der Zunge von den Barten herunter leckte: Wasserblumen, Algen und Laub. Auf Flussschnappern konnte man sogar einen Fluss überqueren, wenn man ihnen ein Bündel Blumen mitbrachte, denn Blumen waren die absolute Leibspeise dieser besonderen Tiere.

Ein lustiges Gespann bildeten ein Walzigel und ein Gemeiner Wanderdrache: Der Igel stieß mit der Schnauze größere Steine um und wälzte sich dann in der Kuhle, in der allerhand Insekten und Schnecken herumsausten. Wenn er genügend davon aufgespießt hatte, stellte er sich wieder auf die kleinen Beine und der Gemeine Wanderdrache röstete die Stachelspitzen, an denen die Tiere festhingen. Anschließend pflückte er die Beute von den Stacheln und teilte sie mit dem Igel. Nalani sagte, Walzigel und Gemeine Wanderdrachen bildeten lebenslange Gemeinschaften. Die Männchen trafen sich auf ihrem Weg zu den Balzplätzen, an denen die Weibchen warteten. Hatten beide ein Weibchen gefunden, zog das Quartett los, um gemeinsam einen guten Platz für eine Laubhütte zu suchen, in der sie ihre Jungtiere aufzogen.

Woher sie das alles eigentlich wusste, fragte Morikoko sie zwischen den Erläuterungen zu den Walzigeln und Gemeinen Wanderdrachen und einer kurzen Einführung in die Lebensweise von Wasserhasen, die mit ihren Ohren nach Algen und Seerosen fischten, selbst jedoch nicht schwimmen konnten. Nalani zuckte die Achseln. Ihre Eltern hatten ihr einiges beigebracht, außerdem hatte Onkel Paaron auf dem ganzen Weg zu den Laubweberinnen von den Tieren oder sonderlichen Wesen des Waldes erzählt und dann war da noch der alte Baum, den sie auf Wunsch der Eltern immer wieder besuchten und der ihnen lange Vorträge hielt – wobei Wunsch vielleicht das falsche Wort dafür war, dass ihre Mutter mit Bauarrest drohte, wenn sie nicht mindestens einmal in der Woche zum Baum gingen, um sich unterrichten zu lassen.

„Oh – was war das denn?", fragte Morikoko, als etwas in einer Wahnsinnsgeschwindigkeit an ihnen vorbeiflog. Er hatte nur einen verschwommenen, blauen Blitz wahrgenommen, der sich über irgendwas zu ärgern schien und laut schimpfte.

Nalani grinste. „Kann ich dir erst sagen, wenn er weit genug weg ist. Wenn ich jetzt sage, was er ist, fühlt er sich angesprochen und kommt und setzt sich auf deine oder meine Nase und klagt uns die nächsten Stunden sein schreckliches Leid. Sie sind sehr schnell, geschickte Fischer und ihre Muschelhäuser sind wunderschön – aber sie jammern und winseln den ganzen Tag. Sie sind mit nichts zufrieden und sind keine Sekunde lang glücklich."

„Hm." Morikoko kaute auf seiner Unterlippe. „Das tut mir Leid. Wenn man sich nie über etwas freuen kann, überhaupt nie über nichts, das ist doch furchtbar."

Vorsichtig sah Nalani sich um. Von dem kleinen, blauen Flitzewesen war keine Spur mehr zu sehen. „So sind Zauberelfen nun mal. Aber ich glaube, die mögen das gar nicht anders. Das ist eben ihre Art. Und wenn abends im Mondenschein alle Angehörigen des Clans beieinandersitzen und sich gegenseitig ihr Leid klagen und jammern, dann fühlen sie sich glaube ich dabei wohl, auch wenn sie sich eigentlich nicht wohl fühlen." Nalani legte den Kopf leicht schief. „Das klingt falsch. Aber besser kann ich es leider nicht beschreiben. Du solltest jedenfalls unter gar keinen Umständen versuchen, einer Zauderelfe zu helfen, sie aufzumuntern oder glauben, durch verständnisvolles Zuhören könntest du irgendetwas ändern. Die sind wie sie sind."

„Keine Gespräche mit Zauderelfen anfangen. Verstanden", erwiderte Morikoko und hüpfte von einem Felsbrocken zum nächsten. „Kümmern sie sich denn auch um etwas? Wie die Kobelelfen?"

„Nein. Ich glaube auch nicht, dass das irgendein Tier aushalten würde, ständig eine Zauderelfe um sich zu haben. Ich würde durchdrehen." Nalani blieb stehen. „Essen fassen. Dort drüben sind Haudichsträucher, die haben richtig leckere Wurzeln. Allerdings musst du vorsichtig sein, die patschen dich mit den Zweigen aufs Fell, wenn du nicht schnell genug bist. Ich werd mir ein paar Fische fangen." Und schon stieg sie ein paar Schritte weit ins seichte Wasser. Selbst nach zehn Schritten reichte es ihr kaum bis an den Bauch.

Morikoko trat indes an die Sträucher heran, sehr skeptisch und vorsichtig. Und tatsächlich: Als er sich bückte, um die Wurzeln freizugraben, patschte ihm der Strauch auf das Fell. Morikoko sprang einen Schritt zurück, duckte sich dann und versuchte es erneut. Wieder landete der Strauch mit seinen Ästen auf Morikokos Rücken. „Aua!", rief der Fuchs empört und wich erneut zurück. Egal, von welcher Seite er es versuchte, ob geduckt, blitzschnell aus der Deckung heraus oder langsam anpirschend – der Strauch entdeckte und erwischte ihn jedes Mal.

In der Zwischenzeit hatte Nalani zwei Fische gefangen und gefressen und kam zu Morikoko herüber. Als er ihr schelmisches Grinsen sah, kniff er zuerst die Brauen zusammen und seufzte dann. „Die kann man gar nicht fressen, oder?", fragte er.

Nalani schüttelte den Kopf. „Nein. Aber deine Versuche waren extrem unterhaltsam." Sie lachte laut, dann stupste sie Morikoko in die Flanke und zwickte ihn ins Fell. „Da vorne hinter der nächsten Biegung müssten ein paar Pinnerienchen kommen. Na los, du Held der Sträucher und Büsche", sagte sie und lief lachend los.

Die letzten hundert Meter zum Baum waren eine Qual. Beiden Fuchskindern brannten die Pfoten, ihre Beine waren schwer und sperrten sich gegen jeden weiteren Schritt, ihre Augen konnten sie kaum mehr geöffnet halten. Sie blinzelten und gähnten und hätten sich am liebsten mitten am Weg neben dem Fluss zusammengerollt. Aber Nalani hatte gesagt, das wäre zu gefährlich, denn nachts waren am Fluss Raubtiere unterwegs, die sich über zwei schlafende Fuchskinder als Mitternachtsimbiss sicherlich gefreut hätten. Im Baum hingegen waren sie sicher, er beschützte alle Tiere, die in seinen Wurzeln, in seinem Stamm und in seinen Ästen Zuflucht suchten. Also schleppten sie sich schwerfällig weiter voran, bis sie endlich das mächtige Wurzelwerk erreichten.

Wäre Morikoko nicht derart müde gewesen, er wäre wieder einmal nicht aus dem Staunen herausgekommen ob der vielen Tiere, die bereits in den Höhlen und Nestern schlummerten und der Vielzahl anderer, die noch wach waren und die Neuankömmlinge beobachteten: Eine braun getupfte Eule saß so gut getarnt in einer Nische des Baums, dass sie kaum zu sehen war, während sie selbst mit ihren scharfen Augen alles und jeden im Blick hatte; drei Waschbären steckten ihre Köpfe aus einem abgebrochenen, ausgehöhlten Ast, wackelten mit den Ohren, schnüffelten neugierig mit den kleinen, schwarzen Nasen und wären vermutlich aus der Höhle geklettert, um mit den Fuchskindern zu spielen, hätte sie nicht ihre Mutter an den Ohren gezwackt und zurück ins Bett gebracht.

Vögel schlummerten dicht an dicht auf den breiten Ästen, während einige noch ein wenig ihr Gefieder zupften und rupften, bevor auch sie die Augen schlossen; Baummarder lagen eng zusammengekuschelt in einer Höhle und schnarchten leise; Fledermäuse hingen mit dem Kopf nach unten von einigen Zweigen, die schwarzen Flügel fest um den Körper geschlungen; aus einem kleinen Loch steckten winzige Haselmäuse ihre hellbraunen Köpfchen mit den schwarzen Knopfaugen und schnupperten noch einmal die Nachtluft, bevor sie wieder ins Innere der Höhle zurückkehrten.

Salamander, Bären, kleine Drachen, Adler, Füchse, Wölfe, Rehe – sie alle hatten sich bereits einen Platz im Baum gesucht und schliefen dort dicht an dicht, ohne einander als Jäger zu fürchten oder als Beute zu jagen, ein jeder froh, die müden Glieder ausstrecken und sich sorglosen Schlaf gönnen zu können.

Doch von alledem nahmen Morikoko und Nalani nichts mehr wahr. Sie liefen mit hängenden Köpfen auf den Baum zu, dann ein paar Meter an den Wurzeln entlang, bis sie eine leere Höhle entdeckten, die groß genug schien, um sie beide aufzunehmen, krochen hinein und legten sich so eng aneinander, dass man hätte meinen können, sie seien ein Fuchs mit zwei Köpfen. Sie brummelten und knurrten noch kurz, stupsten einander zum Gute Nacht sagen mit der Schnauze ins Fell und sanken binnen weniger Augenblicke ins Reich der Träume.

Morikoko fand sich in einer großen Höhle aus Wurzeln und Laub wieder, in der es nach Äpfeln roch. Er öffnete die Augen und sah sich verwirrt um. Von Nalani fehlte jede Spur. Erschrocken fuhr er hoch, sah sich um. Er schnupperte nervös, drehte seine Ohren, lauschte. Nichts. Es roch nicht einmal nach Nalani. Wie konnte das sein, wo sie doch direkt neben ihm eingeschlafen war?

„Es ist eine Zumutung", hörte er jemanden sagen, irgendwo draußen, vor der Höhle.

Kurz zögerte er, doch dann trat Morikoko vor und streckte

seinen Kopf aus der Höhle. Und da stand es: weiß, mit einer zotteligen Mähne, einem blauen und einem grauen Auge, einem Strohhut auf dem Kopf und einem Gesichtsausdruck, der sagte: Alles bescheuert.

Morikoko schüttelte entnervt den Kopf. Nein, nicht schon wieder dieses blöde Pony. Was suchte es denn dauernd in seinem Kopf? Konnte er nicht von etwas anderem träumen? Einer Gemüsesuppe zum Beispiel oder einer Schneeballschlacht oder dem guten Kuchen seiner Tante?

„Du schon wieder", schnaubte das Pony und kniff die Brauen zusammen. „Warum kann ich nicht von etwas anderem träumen, als einem dämlichen Fuchs? Ich kann Füchse nicht ausstehen. Sie stinken. Und fressen Mäuse. Und überhaupt, wo ist mein ..."

„Hut?", fragte Morikoko und kam aus der Höhle heraus. „Der dämliche Fuchs kann dir sagen: auf deinem bescheuerten Kopf. Und mit Verlaub: Er sieht dort absolut albern aus."

Das Pony kniff die großen Lippen zusammen und verdrehte die Augen nach oben, bis es den Rand der Hutkrempe sah. Dann schnaubte es erneut, schüttelte den Hut vom Kopf herunter und begann mit großem Vergnügen darauf herumzutrampeln. Erst als der der Hut vollkommen platt und von Staub bedeckt war, einige Löcher aufwies und definitiv nicht mehr auf einem Kopf halten würde – außer vielleicht auf dem eines Flussschnappers – ließ das Pony von der Kopfbedeckung ab und nickte zufrieden. Dann sah es zu Morikoko und sagte: „Du stinkst trotzdem."

Morikoko zuckte die Achseln. „Ich brauche nur im Fluss zu baden, dann rieche ich wieder frisch. Deine Unhöflichkeit verschwindet davon sicherlich nicht."

„Das wird ja immer besser", meckerte das Pony. „Da muss ich mich in meinem eigenen Traum von einem besserwisserischen Fuchs blöd anreden lassen. Hallo? Kann ich bitte aufwachen? Was soll dieser Mist? Ich – will – aufwachen!"

„Deinem Traum? Das ist mein Traum. Denke ich zumindest.

Also … wenigstens bin ich gerade eingeschlafen, glaube ich", entgegnete Morikoko und überlegte, woran er sich erinnern konnte. Der Riese tauchte sofort in seinen Erinnerungen auf, die Flucht, der Fluss, der lange Marsch, der Baum. „Ich glaube, ich schlafe in einer Wurzelhöhle. Wir sind auf dem Weg zu einer Laubweberin."

„Laubweberin? Ach du meine Güte. Ein Waldbewohner. Das hat mir gerade noch gefehlt." Das Pony fluchte lautstark, dann rannte es plötzlich auf Morikoko zu und stieß ihn mit dem Kopf in die Flanken. „Raus aus meinem Kopf!", brüllte das Pony. Dann war es weg.

Morikoko sprang auf die Beine und mit ihm Nalani, die sofort die Zähne fletschte und die Krallen in den Boden jagte. „Was ist los?", fragte sie und sah sich gehetzt um.

„Tut mir Leid", erwiderte Morikoko. „Schlecht geträumt."

Nalani seufzte, fuhr die Krallen wieder ein und legte sich nieder. „Auch der Riese?", fragte sie, während Morikoko es ihr gleich tat.

„Gemeines Pony", erwiderte er und schloss die Augen.

Nalani lachte kurz. „Wir werden fast von einem Riesen gefressen und du träumst von einem gemeinen Pony?"

Morikoko gähnte und legte den schweren Kopf auf die Pfoten.

„Böses, böses Pony", murmelte er, bevor er erneut einschlief und in einen tiefen, traumlosen Schlaf sank.

11

Als die beiden Fuchskinder am nächsten Morgen erwachten, duftete es nach Harz, Holz und Moos. Im ganzen Baum herrschte ein Gähnen, Zwitschern, Wispern, Fiepsen und Piepsen, ein Scharren, Gurren und Glucksen. Sie streckten ihre Beine, gähnten herzhaft, leckten sich gegenseitig über das Gesicht und traten dann vor ihre kleine Höhle hinaus. Dort herrschte ein reges Durcheinander, denn überall standen und saßen und lagen Tiere, die soeben erwacht waren und ihre Höhlen und Nester verlassen hatten, um nun nach einem Frühstück zu suchen.

Es war dermaßen laut, dass Nalani beinahe schreien musste, damit Morikoko sie verstand. „Wir müssen auf den Baum klettern! Dort oben sind die Brückenäste, die über den Fluss reichen! Auf ihnen können wir ihn überqueren!"

Morikoko legte den Kopf in den Nacken und sah nach oben. Gestern, vom Hügel aus, hatte das alles nicht sonderlich hoch ausgesehen. Das war nun definitv nicht mehr der Fall. Aber da es anscheinend keinen anderen Weg über den Fluss gab, würde er sich darauf einlassen müssen. Immerhin entdeckte er, dass am Baumstamm entlang zu den langen Ästen hinauf Pilze wuchsen, die von einigen Tieren bereits als Stufen genutzt wurden: ein paar Hasen hoppelten hinauf, gefolgt von einem Dachs und einer Wildsau. Die Pilze trugen das Gewicht der Tiere, ohne abzubrechen oder auch nur zu wackeln.

„Wenn wir oben sind, ist es wieder leiser!", brüllte Nalani ihm ins Ohr und hüpfte auf den ersten Pilzschwamm. Hastig erklomm sie die natürlich gewachsene Treppe und stieg weiter und weiter hinauf, ohne sich umzudrehen.

Morikoko schluckte hart. Er musste an das Dach des Dachdeckers denken, das nicht annähernd so hoch gewesen war wie dieser Baum. Aber dann sagte er sich, damals war er auch kein Fuchs gewesen, und ein Dach war schließlich etwas völlig anderes als ein Baum. Also nahm er Anlauf, hüpfte ebenfalls auf die erste Stufe und lachte. Der Pilz kitzelte an seinen Pfoten. Stufe für Stufe stieg er dann weiter hinauf, folgte Nalani nach oben. Nicht ganz so schnell wie das furchtlose Fuchsmädchen, aber doch schnell genug, um den grauhaarigen Wolf nicht aufzuhalten, der sich schwer schnaufend hinter ihm an den Aufstieg machte. Je höher sie kamen, desto weiter konnte Morikoko über den Fluss sehen und je höher sie über den erwachenden Tieren waren, desto leiser wurde es.

Die Sonne ging gerade als großer Ball über dem Fluss auf und ihr rötliches Licht schimmerte auf dem Wasser. Es sah aus, als würde sie ein morgendliches Bad im Fluss nehmen, um sich für den Tag zu erfrischen und zu stärken. Morikoko sah noch viele andere große Bäume den Fluss hinauf und hinunter, aber keiner war auch nur halb so groß wie der, den er gerade erklomm. Ob es sich dabei auch um einen Alten Weisen handelte? Und falls ja, warum hatte er dann kein Gesicht? Warum hatte er nicht gesprochen? Aber vielleicht waren manche Bäume auch einfach gesprächiger als andere. Oder der Baum war vor lauter tierischem Lärm taub geworden. Wie hörten die Bäume eigentlich? Hatten sie richtige Ohren? Morikoko musste sich diese Fragen unbedingt merken und sie seinem alten Baum stellen, sobald sie wieder zu Hause waren.

Ein kalter Wind wehte ihm um die Nase, je höher er stieg, zupfte an seinem Fell und kitzelte auf seiner Haut. Einmal mehr war er froh um sein warmes Fellkleid, das ihn vor Wind und Wetter schützte. Dabei fiel ihm auf, dass er sich noch immer nicht im Wasser betrachtet hatte. Beim Trinken vermied er es, ins Wasser zu sehen, schloss die Augen und tat, als wolle er die Erfrischung genießen. Dabei fürchtete er in Wahrheit, dass er aufwachte, sobald er sein eigenes Spiegelbild sah. Irgendwann, da würde seine Neugier schon noch über seine Angst siegen, dachte Morikoko bei sich.

Oben angekommen war der Ast, der über den Fluss ragte, erfreulicherweise viel breiter, als er von unten ausgesehen hatte. Nalani und Morikoko konnten zwar nicht nebeneinander, aber bequem und problemlos hintereinander drein gehen. Trotzdem breitete sich ein mulmiges Gefühl in Morikokos Magen aus, als er einen Blick nach unten auf das glitzernde Wasser des Flusses wagte. Es war wunderschön – aber verflixt weit unten.

Außerdem ging es nur sehr langsam voran, weil viele andere Tiere vor ihnen über den Brückenast marschierten und die Langsamsten das Tempo für alle hinter ihnen vorgaben. Soweit Morikoko erkennen konnte, handelte es sich dabei um eine Schildkröte. Ihm wäre es lieber gewesen, so schnell wie möglich über den Ast zu laufen, aber nun saß er zwischen Nalani und dem alten Wolf fest und musste wohl oder übel im Schneckentempo über den Fluss schlendern.

„Wie weit ist es noch zu den Laubweberinnen, wenn wir am anderen Ufer angekommen sind?", fragte Morikoko seine Freundin, um sich von der Höhe abzulenken.

„Nicht mehr weit. Bis zum Mittag müssten wir bei den Hütten ankommen. Selbst, wenn wir jetzt noch frühstücken", erwiderte Nalani. „Auf der anderen Seite gibt es für mich noch einmal Fisch und für dich Janderzuddeln."

„Jananderwas?", fragte Morikoko und schüttelte den Kopf. Zuddeln klangen irgendwie wie Kutteln und auf Innereien hatte er absolut rein überhaupt gar keine Lust.

„Janderzuddeln. Das sind … also … ähm … es ist so, dass … also …", setzte Nalani an, unterbrach sich dann jedoch selbst und sagte: „Schwierig zu erklären. Ich zeig sie dir, wenn wir drüben sind. Aber es schmeckt dir. Bestimmt." Sie dachte kurz nach. „Na ja, ziemlich wahrscheinlich. Vielleicht. Vielleicht auch nicht. Wer weiß. Aber man kann sie fressen. Schmecken ein wenig nach Maulwurf."

„Das klingt … ähm … gut?", entgegnete Morikoko und fragte sich, ob Nalani ihn gerade wieder auf den Arm nahm. „Wie viele Laubweberinnen gibt es eigentlich? Und wohnen sie alle beieinander? Werden sie als Laubweberinnen geboren? Und was machen sie, wenn ihnen das Laub im Winter ausgeht?"

„Ihr geht zu den Laubweberinnen?", fragte der alte Wolf hinter ihm und brummelte. „Ist schon lange, lange her, dass ich dort war. Mindestens … also … sieben Winter. Und das waren noch Winter, das sage ich euch, dagegen sind die Winter heute etwas kühlere Frühlinge. Wir hatten Schnee, der ging uns bis an die Nasenspitze, und wenn wir morgens aus unserem Versteck kriechen wollten, mussten wir uns erst einmal durch den Schnee graben, um überhaupt Tageslicht und den Himmel zu sehen. Geschneit hat es, jeden Tag und jede Nacht, für Futter mussten wir meilenweit laufen, bis unsere Pfoten ganz taub waren vor Kälte, und die Winter waren lang, schrecklich lang. So etwas könnt ihr euch heute gar nicht mehr vorstellen. Ich sage es schon immer zu den Kindern meiner Kinder: Ihr wisst gar nicht zu schätzen, wie gut ihr es habt. Für euch ist immer Frühling, immer Sommer, richtig harte Zeiten, die kennt ihr ja gar nicht mehr. Der erste Winter, der, in dem ich geboren wurde, war so hart, dass drei meiner Geschwister nicht überlebten. Nur meine Schwester und ich schafften es, völlig abgemagert und mit stumpfem Fell. Unsere Mutter, ja, die hat für uns gekämpft, hat uns verteidigt, uns nachts gewärmt, und um jeden Brocken Fleisch für uns geknurrt. Hunger hatten wir. Immer, immer Hunger. Ja ja, ja ja, so war das."

Morikoko lauschte den Worten, weil er es unhöflich fand, den Wolf zu ignorieren. Eigentlich wollte er viel lieber mit Nalani über die Laubweberinnen sprechen, aber da der Wolf nicht zu reden aufhörte, schwieg er und nickte nur hin und wieder, auch, wenn der Wolf das gar nicht sehen konnte. Selbst Nalani schwieg, solange der Wolf sprach. Erst als er seinen Vortrag beendet hatte, sagte sie: „Ich weiß nicht genau, wie viele Laubweberinnen es gibt. Sie wohnen in einem kleinen Dorf, eine jede in ihrer Weidenlaube. Dort schlafen und arbeiten sie, gemeinsam mit ihren Rotkatzen und den Schnadderwutzen."

„Schadderwutzen?", hakte Morikoko nach und hoffte, der

Wolf würde sich nicht mehr einmischen.

„Das sind ihre Helfer, sie tragen das Laub herbei, in ihren großen Beuteln. Sie laufen durch den ganzen Wald und heben alle Blätter auf, die noch nicht verwelkt sind. Dann kehren sie zu den Laubweberinnen zurück und bringen ihnen das Laub, das diese dann zu ihrem Teppich verarbeiten. Jede Laubweberin webt an einem einzigen Teppich, ihr Leben lang", antwortete Nalani hastig, damit niemand anders ihr ins Wort fallen konnte.

Darüber musste Morikoko erst einmal nachdenken. Wie ein Laubteppich wohl aussah? Und wie lang er war, wenn eine Laubweberin immer nur an dem einen Teppich webte? Seine Mutter konnte einen Pullover an nur drei Abenden stricken oder eine große Decke an fünf Tagen häkeln. Die Teppiche mussten unvorstellbar lang sein. „Was passiert mit den Teppichen, wenn eine Laubweberin stirbt?"

„Ihre Nachfolgerin webt an demselben Teppich weiter. Die Teppiche werden gewebt, solange der Wald lebt. Und die Linnearen, die Teppichschwestern, nähen die Teppiche der Laubweberinnen aneinander zu einem einzigen, großen Teppich. Damit ist alles im Wald miteinander verbunden, ein jedes Tier, ein jeder Strauch, ein jeder Baum, eine jede Blume."

Nalani erzählte auch noch mehr von den Schadderwutzen, diesen seltsamen, vierbeinigen Wesen mit den zu großen Ohren und zwei Saugrüsseln, mit denen sie ganz behutsam Blätter ansaugen und in ihren Beutel stecken konnten. Einmal im Beutel eines Schnadderwutzes, blieb das Blatt, wie es war, welkte und verdarb nicht, egal wie weit der Weg zurück zu den Laubweberinnen war.

„Du wirst sie bald sehen, sie wuseln überall um die Hütten herum, grunzen einander zu und laufen dann wieder davon, um den nächsten Beutel voll Blätter zu sammeln", fuhr Nalani fort, als sie beinahe schon auf der anderen Seite des Flusses ankamen. „Sie machen keinen einzigen Tag Rast, schlafen nur sehr wenig, und weil einige Bäume im Winter blühen und erst im Sommer ihr Laub verlieren, haben die Schnadderwutze das ganze Jahr über zu tun."

Sie erreichten das Ende der Astbrücke, an der sich jedoch alles staute. Die Schildkröte hatte gewaltige Probleme damit, von Baumpilz zu Baumpilz bergab zu klettern. Der Wolf nutzte die Gelegenheit, wieder auf die beiden Fuchskinder einzureden, allerdings fiel es Morikoko dieses Mal sehr schwer, sich auf seine Worte zu konzentrieren. Er konnte es kaum mehr erwarten, endlich die Laubweberin zu erreichen und ihr von Kalandria zu erzählen. Er warf einen kurzen Blick auf das Blatt, das mit den Zweigen des alten Baums noch immer um seine Schwanzspitze gewickelt war. *Bald*, dachte er, *bald haben wir es geschafft.*

Vor lauter Aufregung konnte er nicht mehr stillsitzen. Er zwängte sich an Nalani vorbei, hüpfte über die Wildsau, stob an den Hasen, an Wieseln, einem Marder und zwei Fröschen vorbei, überholte etwas, das entfernt an einen Fisch mit Beinen erinnerte und erreichte schließlich die kleine Schildkröte. „Keine Angst", sagte er, schnappte sie vorsichtig mit seinen Zähnen und hüpfte mit ihr im Maul von Baumpilz zu Baumpilz. Dabei vergaß er beim rasanten Abstieg sogar, dass er eigentlich Angst vor der Höhe hatte, und in Windeseile saßen sie miteinander am Fuße des Baums und die Schildkröte streckte Beine und Kopf wieder aus dem Panzer.

„Vielen Dank, kleiner Fuchs", nuschelte sie, bevor sie sich wieder in Bewegung setzte.

Kurz darauf landete Nalani neben ihm. „Du hast es ja auf einmal eilig. Du freust dich wohl schon aufs Frühstück?", fragte sie und schlenderte mit ihm zum Flussufer, um sich einen Fisch zu fangen.

Morikoko schüttelte den Kopf, doch sein Magen knurrte laut. „Ich bin schon so gespannt auf die Laubweberinnen. Am liebsten würde ich sofort weiterlaufen."

„Ich glaube, dein Magen hat da etwas dagegen", entgegnete Nalani und lachte, als Morikokos Magen wie zur Bestätigung noch lauter grummelte. „Dort drüben, die gelben Früchte am braunen Strauch, das sind Janderzuddeln. Wenn wir satt sind, gehen wir schnurstracks zu den Laubweberinnen. Keine Umwege mehr und keine bösen Überraschungen."

„Versprochen?", fragte Morikoko mit erhobenen Augenbrauen.

„Fähenehrenwort", erwiderte Nalani und grinste verschmitzt.

Immer wieder beschleunigte Morikoko seine Schritte und immer wieder bremste Nalani ihn aus, ermahnte ihn, dass es noch zu weit war, um den Rest des Weges im Laufschritt zurückzulegen. Und dann, als die Sonne ihren Mittagsstand erreichte, konnte er endlich die Weidenlauben der Weberinnen sehen. Von weitem sah es aus, als seien dutzende Eichhörnchenkobel zu Boden geplumpst, doch je näher die beiden Fuchskinder kamen, desto größer wurden die Lauben. Die Wände bestanden aus dünnen Weidenästen, die aus dem Boden und im Halbkreis nach oben sprossen, wo sie aufeinandertrafen und sich ineinander verflochten. Trotz der herbstlichen Jahreszeit waren die Blätter an den Weidenästen saftig grün und dicht.

Zwischen den Lauben liefen Wesen herum, die etwa so groß waren wie ein Hütehund und genauso wuschelig und zottelig, aber einen großen Beutel am Bauch und zwei Rüssel im Gesicht hatten und sich mit Grunzlauten untereinander verständigten. Morikoko musterte die Schnadderwutze, während sie sich den Hütten näherten. Es herrschte ein reges Kommen und Gehen, nur hie und da hörte man ein Schnarchen aus einer der Hütten, das vermutlich von einem Laubsammler stammte, der gerade Pause machte.

Beeindruckender als die Schnadderwutze waren allerdings die Rotkatzen, die um die Lauben schlichen, lauerten und Mäuse fingen. Sie waren noch größer als die Laubsammler, hatten das gleiche rubinrote Fell wie Kalandria, lange, weiße, scharfe Zähne und Klauen und Krallen. Morikoko entschied in diesem Moment, sich besser mit keiner Rotkatze anzulegen oder auch nur ein Missverständnis zu riskieren. Die muskulösen Tiere wirkten, als verspeisten sie kleine Füchse wie ihn als Appetitanreger zum Frühstück.

Deutlich langsamer als zuvor bewegten sich Nalani und Morikoko zwischen den Hütten hindurch, sahen sich einmal links um, einmal rechts um, aber nirgends schien eine Laubweberin aufgeregt nach ihrem Kätzchen zu suchen und hin und her zu laufen. „Woher sollen wir wissen, in welcher dieser Hütten Kalandrias Herrin schlummert?"

Nalani zuckte die Achseln und hob kurz die Pfote, als eine Rotkatze an ihr vorbei stolzierte. „Entschuldigt, wir sind auf der Suche nach Kalandrias Herrin", sagte sie zu der Rotkatze in überaus höflichem Tonfall. „Kalandria hat sich verletzt und kann nicht mehr alleine nach Hause kommen."

Die Rotkatze setzte sich vor die beiden Fuchskinder und musterte sie eingehend. „Wir haben uns schon gefragt, wo die kleine Unglückskatze steckt. Vier linke Pfoten, das dumme Ding. Und ihre Herrin ist derart in Sorge, dass sie sich kaum auf das Weben konzentrieren kann." Sie schüttelte mit erhobener Nase den Kopf. „So etwas Tollpatschiges sollte nicht in die Nähe eines Laubteppichs gelassen werden. Der Schaden, den sie angerichtet hat, ist nicht wiedergutzumachen. Man sollte sie aus dem Dorf verbannen und ... aua!"

„Hamanelliandris, dass du dich nicht schämst! Böse Katze! Pfui!", schimpfte jemand, der die Rotkatze an einem der buschigen Ohren zog. „Ich kann mich noch sehr gut an den Unfug erinnern, den du als Kätzchen angestellt hast. Du vergisst wohl, dass auch du einmal jung warst. Na los, geh Mäuse fangen!"

Die Rotkatze zog tatsächlich das Genick ein und schlich kleinlaut von dannen.

Morikoko und Nalani betrachteten den jungen Mann, der sie mit einem freundlichen Lächeln bedachte. Er war schmächtig, hatte lange, zierliche Finger, eine blasse, beinahe weiße Haut und moosig grüne Augen. Seine schmalen Lippen lächelten herzlich und seine Augen strahlten die gleiche Wärme aus. Auf dem Kopf hatte er einen wilden Haarzopf, den er notdürftig mit einem groben, dünnen Strick zusammenhielt. Sein Körper war in einen braunen Wollkittel gewickelt, während er barfuß im Gras stand.

„Entschuldigt bitte, einige der älteren Rotkatzen nehmen sich eindeutig zu wichtig. Versteht mich nicht falsch, ohne die Rotkatzen wäre unsere Arbeit nicht zu erfüllen, aber ein klein wenig Demut würde diesen alten Damen nicht schaden." Er deutete eine Verbeugung an und fügte hinzu: „Ich bin Larmatix, einer der Laubspinner des Dorfes. Meine Herrin ist auch die Herrin von Kalandria. Kommt mit mir, ich bringe euch zu ihr."

Die beiden Fuchskinder folgten ihm zwischen einigen Weidenlauben hindurch und warteten, als er sich vor einer der Lauben räusperte. „Herrin Favonya, entschuldigt bitte die Störung, hier sind zwei kleine Füchse, die etwas über Kalandria zu berichten haben."

„Gute Neuigkeiten, hoffe ich doch. Tretet ein", erwiderte eine zarte Frauenstimme.

Larmatix ging voraus, setzte sich dann sogleich hinter sein Spinnrad und begann damit, das Laub, das in einem großen Korb neben ihm lag, zu dünnen Fäden zu verarbeiten, die er auf eine Spule spann.

Morikoko zögerte kurz, aber dann betrat er nach Nalani die Hütte. An einem Webrahmen, der auf einem großen Tisch lag, saß die Laubweberin Favonya. Sie war ebenfalls sehr zierlich, aber deutlich größer als Larmatix. Ihre langen, schlanken Arme glitten über den Rahmen, in ihren Händen hielt sie zwei hölzerne, fein mit Intarsien verzierte Kämme, mit denen sie den dünnen, rötlich-gelben Faden webte. Im Gegensatz zu dem groben, wenig eleganten Schurz von Larmatix trug die Weberin eine lilafarbene Bluse mit breiten Ärmeln am vorderen Ende. Ein langer, dunkelvioletter Rock war mit einer goldgelben Schärpe um ihren flachen Bauch gebunden und glänzte seidig.

Aber auch wenn die Laubweberin selbst recht hübsch war, wie Morikoko durchaus sehen konnte – am beeindruckendsten war ihr Haar: ebenso dunkelviolett wie ihr Rock, sehr kräftig und dick und zu einem Pferdeschwanz gebunden, der mehrere Meter lang war. Etwas mehr als drei Ellen Haar am Stück, schätzte Morikoko. In das Haar waren goldener, filigraner Schmuck und Blätter eingeflochten.

„Ihr wisst etwas über meine kleine Kalandria?", fragte die Laubweberin mit weicher Stimme, ohne von ihrer Arbeit aufzusehen.

Nalani nickte, sagte jedoch nichts. Also antwortete Morikoko: „Sie hat sich an der Pfote verletzt und kann nicht nach Hause kommen. Sie schläft jetzt in meiner Wurzelhöhle und der alte Baum gibt auf sie Acht. Er hat uns dieses Blatt hier mitgegeben, damit ihr ihn finden könnt."

Nun drehte sich die Laubweberin doch zu ihnen um, während ihre Hände wie von selbst weiter den Faden webten. Ein Lächeln erhellte ihr Gesicht, in dem zwei blaue, rot geweinte, aufgequollene Augen saßen. „Ich dachte schon, ich würde sie nie wiedersehen." Sie erhob sich von ihrem Stuhl, streckte Arme und Beine durch und trat dann auf die Fuchskinder zu. Ihr langer Haarzopf schwebte wenige Zentimeter über dem Boden hinter ihr her.

Sie kniete sich vor Morikoko und Nalani, zupfte behutsam die Zweige und das Blatt von Morikokos Fuchsschwanz und roch dann daran. Das Lächeln auf ihrem Gesicht wurde noch breiter. „Naokitam, mein alter Freund", murmelte Favonya, während sie zärtlich über das Blatt strich. Sie zwinkerte den beiden Füchsen zu und sagte: „Einen Augenblick." Sie griff nach ihrem langen Haar, flocht das Blatt des alten Baumes hinein und flüsterte und wisperte einige Worte in einer Sprache, welche die Fuchskinder nicht verstanden. Dann drehte sie sich um sich selbst – verschwand – und war nur einen Moment später wieder da. Dieses Mal hielt sie allerdings

Kalandria auf ihrem Arm und kraulte das Kätzchen hinter den Ohren.

„Dummes, kleines Kätzchen", tadelte die Laubweberin in liebevollem Tonfall, trug Kalandria zu einem langen Bett aus Laub und Zweigen und bettete sie darauf. „Warte hier, mein Kätzchen, ich bin gleich wieder bei dir." Sie küsste Kalandria auf den Kopf, die daraufhin zufrieden schnurrte und sich zusammenrollte.

Favonya kehrte zu den Füchsen zurück und kniete sich wieder auf den Boden. „Ihr zwei habt einen langen Weg auf euch genommen, um meiner kleinen Rotkatze zu helfen. Dafür bin ich euch überaus dankbar." Sie tätschelte Nalani am Kopf, was diese sich tatsächlich nicht nur gefallen ließ – sie schien es sogar zu genießen, wie Morikoko erstaunt feststellte. Dann wandte sich die Laubweberin ihm selbst zu und legte den Kopf leicht schief. „Du … du bist noch nicht mit dem Wald verwoben. Du wurdest außerhalb geboren, mein kleiner Freund." Sie streckte ihre Hand aus, zupfte ihm blitzschnell ein Haar aus und erhob sich, um es Larmatix zu überreichen. „Spinne mir das Haar bitte auf die nächste Spule. Er wurde zwar außerhalb geboren, doch sein Herz schlägt im Takt des Waldes."

Morikoko schluckte gegen seine Aufregung an. „Vielen Dank", brachte er sehr leise hervor. „Dann … dann machen wir uns besser auf den Rückweg, solange es noch hell ist." Er wandte sich Nalani zu. „Wenn wir sofort loslaufen, schaffen wir es zurück zum Fluss und zu den Baumhöhlen, bevor die Nacht einbricht."

„Das wird nicht notwendig sein, kleiner Fuchs. Solange ich Naokitams Blatt in meinem Haar trage, kann ich bei ihm sein, wann immer ich es wünsche. Ihr habt einen langen Weg hinter euch – und ich sehe euch eure Neugier an den niedlichen Nasenspitzen an. Schaut euch im Dorf um, erkundet unsere Hütten und schlagt euch den Bauch voll mit unserem Käse, der Milch und den Eiern. Das habt ihr euch

160

mehr als verdient. Und wenn ihr dann nach Hause möchtet, kommt nur zu mir und ich bringe euch sofort dorthin zurück, wo eure Reise begann. Was haltet ihr davon?", fragte Favonya und beugte sich zu den Fuchskindern hinunter.

Begeistert sprangen die Beiden auf die Pfoten, leckten Favonya zum Dank über das Gesicht und vergaßen vor lauter Freude und Aufregung darüber, das Dorf erkunden zu dürfen und nicht mehr zu Fuß den weiten Weg zurückgehen zu müssen, ihre müden Pfoten und schweren Beine.

Favonya sah ihnen mit einem Lächeln hinterher, bevor sie sich Kalandria zuwandte, um ihre Pfote zu verarzten. Das Kätzchen war mittlerweile eingeschlafen, überglücklich, nicht nur wieder zu Hause, sondern noch immer dort willkommen zu sein. Es träumte einen süßen Traum, während die Laubweberin Salbe auf die Pfote gab und in ein weiches Tuch einwickelte, bevor sie an ihren Webrahmen zurückkehrte.

„Ich dachte, nur im Wald geborene Tiere und Wesen dürfen mit dem Teppich verwoben werden, damit das Schicksal alleinig das des Waldes bleibt", sagte Larmatix, während er Morikokos Haar in das Laub einspann und gleichmäßig auf die Spule wickelte.

Die Laubweberin nahm ihre Kämme und machte sich wieder an die Arbeit. „Ohne den Wald wird sich das Schicksal dieses kleinen Fuchses nicht erfüllen, und ohne diesen kleinen Fuchs wird sich das Schicksal des Waldes nicht erfüllen. Ich habe es gesehen, ganz kurz, als ich über sein Fell strich. Es hat schon seine Richtigkeit", erwiderte die Laubweberin.

Ein Pony mit einem Hut, dachte sie und lächelte dabei.

Zuerst zögerten Nalani und Morikoko beim Betreten einer neuen Hütte, doch schon bald hatte sich überall herumgesprochen, dass zwei mutige kleine Fuchskinder die Retter in der Not für Kalandria waren, und somit wurde ihnen von allen Laubweberinnen und Laubspinnern ein freundliches Lächeln geschenkt, sobald sie über die Schwelle einer

Weidenlaube traten.

Dort stellten die Füchse fest, dass die Laubweberinnen zwar allesamt zierliche und große Geschöpfe waren, doch was ihre Haarpracht und ihre Kleidung betraf, unterschieden sie sich voneinander wie die Nacht vom Tag. Eine der Weberinnen, die sich als Natenju vorstellte und ihnen ein paar Kekse zuwarf, die in einer Schüssel auf dem Tisch neben ihrem Webrahmen lagen, war gänzlich in dunkelblaue, glatte Seide gekleidet, die eng am Körper anlag und wie eine zweite Haut wirkte. Ihr Haar war nur wenige Zentimeter lang und stand in strubbeligen Strähnen vom Kopf ab. An ihren Ohrläppchen hingen große, goldene Creolen, die wie ineinander verflochtene Laubblätter aussahen.

Eine andere Laubweberin, gleich in der nächsten Hütte, trug überhaupt keine Kleidung. Dafür war ihr Körper von unzähligen Tätowierungen bedeckt: Blumen rankten sich über ihre Waden hinauf, auf ihren Oberschenkeln drängten sich Tiere dicht an dicht in dunklem Laub, über ihre Lenden und den Rücken hinauf wucherten Sträucher, in denen sich Schmetterlinge und kleine Vögel tummelten, während ihr Bauch, ihre Brüste und ihr Dekolletee von mächtigen Bäumen bedeckt waren. Das Haar hing ihr in dunkelgrünen, üppigen Locken vom Kopf bis zum Gesäß und wippte im Rhythmus ihrer Bewegungen.

Sie trafen auch auf Danirthe, die Laubweberin, zu der Nalani gebracht worden war, als sie mit ihrem Onkel zum Dorf kam. Diese freute sich ganz besonders, das Fuchsmädchen wiederzusehen, hob es hoch, kraulte und streichelte es und ließ sich von Nalani das Gesicht lecken. Nachdem sie Nalani wieder am Boden abgesetzt hatte, wollte sie unbedingt von den Abenteuern der beiden Füchse hören, während sie wieder weiter an ihrem Laubteppich webte.

So verging der Nachmittag unbemerkt und alsbald dämmerte es. Müde und erschöpft, aber auch ausgiebig gekrault, liebkost und mit vollen Bäuchen, kehrten Nalani und Morikoko zu

Favonyas Laube zurück und sprachen noch kurz mit Kalandria, bis die Laubweberin sich erhob und zu ihnen herüberkam.

„Bevor ich euch nach Hause bringe, möchte ich euch beiden noch eine Kleinigkeit schenken", sagte sie und griff in eine Tasche in ihrem violetten Rock. Als ihre Hand wieder zum Vorschein kam, lagen darin wohl behütet zwei kleine Blätter, ein Ahornblatt und das Blatt einer Kastanie.

Favonya strich mit den Fingern über das Ahornblatt, das daraufhin zu glühen begann, nahm es vorsichtig hoch und drückte es sanft gegen Nalanis Brust. „So wild dein kleines Herz auch pocht, so sehr sehnt es sich doch nach Frieden. Du wirst den Frieden finden, Nalani, und der Frieden wird dich finden." Das Blatt glühte noch heller, dann versank es in Nalanis Fell und in ihrer Brust.

„Oh." Das Fuchsmädchen öffnete erstaunt den Mund. „Warm", sagte Nalani dann und lächelte. „Danke, Herrin Favonya."

Dann wandte sich die Laubweberin Morikoko zu, strich mit den Fingern über das Kastanienblatt und brachte auch dieses zum Glühen. „Dein Herz sehnt sich nach Abenteuer und hüpft vor Neugier und Aufregung, doch es sucht auch nach Liebe und Geborgenheit. Möge das Glück dir auf deinen Abenteuern hold sein und du aus jeder Gefahr entkommen und die Liebe dich einfangen und umhüllen."

Als das Blatt in seiner Brust versank, erfüllte Morikoko Wärme und Zufriedenheit. Für einen Moment war er derart glücklich, dass er hätte weinen können. Dann ließ die Wärme nach und er atmete auf. „Vielen Dank, Herrin Favonya", erwiderte er und stupste sie mit seiner Nase an der Hand.

„Gern geschehen. Und nun lasst mich euch nach Hause bringen. Es wird Zeit, euch von eurem Abenteuer auszuruhen", entgegnete die Laubweberin. Sie hob die beiden Fuchskinder hoch, ein jedes mit einer Hand, und drückte sie eng an sich. Dann flüsterte und wisperte sie wieder die Worte ihrer Muttersprache – und im nächsten Augenblick setzte sie Nalani und Morikoko bereits vor dem alten Baum ab. „Ich wünsche euch alles Gute!", sagte sie, winkte zum Abschied und verschwand.

Ein wenig überrumpelt von der plötzlichen Heimkehr saßen Nalani und Morikoko einen Moment schweigend vor dem alten Baum. Dann sagte Nalani: „Ich werde nach Hause gehen. Meine Eltern sorgen sich sicherlich schon." „Soll ich dich noch begleiten?", fragte Morikoko und gähnte herzhaft.

Nalani schüttelte den Kopf. Sie stand auf, ging ein paar Schritte los und hielt dann inne. Sie drehte sich um und sagte: „Sehen wir uns morgen?"

Morikoko lächelte. „Jeden Morgen. Für immer."

„Versprochen?"

„Rüdenehrenwort", erwiderte er mit einem schelmischen Grinsen.

Erst als Nalani außer Sichtweite war, trottete der kleine Fuchs in seine Wurzelhöhle, ließ sich auf das Laub fallen, legte den Kopf auf die Pfoten und schloss die Augen.

Zuhause war es doch am Schönsten.

„Und jetzt?", murmelt Max mit heiserer Stimme, während er ein Lutschbonbon von einer Backe in die andere Backe schiebt. Alex gähnt. „Jetzt leben sie glücklich und zufrieden bis an ihr Lebensende. Nalani und Morikoko heiraten und bekommen ganz viele Welpen. Und ich werde schlafen, bis mir der Rücken vom Herumliegen weh tut." Er wirft einen kurzen Blick auf den Wecker, der auf seinem Nachtkästchen steht. „Es ist vier Uhr morgens. Genug Märchen für heute." Wieder gähnt er. Alex beugt sich zu Max hinüber, küsst ihn auf die warme Stirn und dreht sich dann auf die Seite. „Schlaf gut."

„Warte – wie soll ich denn jetzt schlafen? Ich weiß doch noch gar nicht, wie das Märchen ausgeht. Nalani und Morikoko? Das geht doch gar nicht. Er muss seine Liebe doch erst noch kennenlernen, haben die Plappernden Steine gesagt. Du kannst doch nicht einfach aufhören zu erzählen", protestiert Max, hustet hinter vorgehaltener Hand und nippt von seinem Tee.

„Mit dem blöden Husten bekomme ich heute Nacht eh kein Auge zu. Und du auch nicht, wenn du neben mir liegen bleibst."

Für einen kurzen Augenblick glaubt Alex, dies sei die Erlaubnis, seine Sachen zu nehmen und ins Wohnzimmer umzusiedeln, damit wenigstens er ein wenig Schlaf bekommt. Aber gerade noch rechtzeitig, bevor er sich aufsetzen und das Kissen unter den Arm klemmen will, wird ihm klar, dass da wieder sein innerer Mistkerl auf eine Gelegenheit gelauert hat, ihn in das nächste Fettnäpfchen zu schubsen. „Können wir nicht wenigstens versuchen zu schlafen?", fragt er vorsichtig.

„Erzählst du bitte noch ein kleines Stück weiter? Ich weiß doch noch gar nicht, was aus Nalani und Morikoko geworden ist. In wen sie sich verlieben. Ob Morikoko den Wald verlässt. Was ist mit den Plappernden Steinen und den Fuchsfamilien?" Wieder hustet Max und presst sich dabei die Unterarme gegen den Bauch. „Scheiße, tut das weh", flucht er, als der

Hustenreiz nachlässt.

Alex seufzt. Er schwingt die Beine aus dem Bett, steht auf und marschiert Richtung Tür. „Ich hole dir eine Schmerztablette und erzähle dann ein wenig weiter. Vielleicht schläfst du dabei ja ein", sagt er und verlässt das Schlafzimmer. Kurz darauf kehrt er mit einer Schachtel Tabletten zurück. „Aber nicht mehr lange, klar? Mein Mund ist schon ganz fusselig vom vielen Reden."

Max wirft die Tablette ein, spült sie mit Tee hinunter und lässt sich wieder in den Stapel großer Kissen sinken, die ihm Alex in den Rücken gestopft hat. „Danke. Nur noch ein bisschen. Dann gebe ich Ruhe. Versprochen."

„Ehrenwort?", hakt Alex nach und steigt wieder ins Bett.

„Rüdenehrenwort", erwidert Max mit einem Lächeln.

Da muss sogar Alex grinsen. „Na gut", setzt er an. „Die Tage vergingen, Schnee fiel und bedeckte den Wald, aus Herbst wurde Winter, aus Winter Frühling, der Sommer kam, der Sommer ging. Aus den kleinen Füchsen wurden große Füchse, und während Morikoko jeden Tag aufbrach, um neue Abenteuer zu erleben und den Wald zu entdecken, verliebte sich Nalani in einen Blütenfuchs. Das ungewöhnliche Paar sorgte zuerst für Aufsehen, für Streit und Unverständnis, doch als die Anführer der Familien im neuen Herbst zu den Plappernden Steinen aufbrachen, träumte Velunika von Nalani und Ankesh und ihren Welpen, die im Revier des Tippelblumensees aufwuchsen, gemeinsam mit den Welpen von Rotfüchsen, Blaufüchsen und Wasserfüchsen.

Und so kam es, dass die Fuchsfamilien nach all den Generationen der Uneinigkeit und der gegenseitigen Missgunst endlich einen ehrlichen und wahrhaftigen Frieden schlossen. Auch Nalanis Brüder fanden Gefährtinnen und zogen mit ihnen Welpen groß und Morikoko besuchte die Freunde, so oft ihn sein Weg in ihre Nähe führte. Doch wie viele Fähen auch versuchten, Morikoko zu begleiten und den hübschen, jungen Fuchs für sich zu begeistern, Morikoko stand der Sinn nach Entdeckungen und Wanderschaft und nicht nach Sesshaftigkeit und Nachwuchs. Sein Zuhause blieb die Wurzelhöhle des alten Baumes, mit dem er sich gerne und oft unterhielt, von seinen Streifzügen durch den Wald berichtete und von den sonderlichen Wesen erzählte, die er dabei traf. Die Jahre zogen ins Land, Sommer kamen, Sommer gingen, Nalanis Kinder wurden erwachsen und zogen eigene Welpen groß, und Nalanis Fell wurde grau und ihr Blick wurde trüber, während Morikokos Fell noch immer in jugendlichem Rot erstrahlte. Als seine Freundin verstarb, trauerte Morikoko um sie, beweinte sie und kam tagelang nicht aus seiner Höhle heraus. Auch ihre Brüder verstarben, einer nach dem anderen, und es fiel Morikoko schwer, darin einen rechten Sinn zu erkennen. Er haderte mit sich, mit seinem Fell, mit seiner Jugend, war wütend auf den Wald, dass er ihm seine Freunde genommen hatte und zugleich dankbar dafür, dass er sie überhaupt hatte kennenlernen dürfen.

Der Baum versuchte ihn zu trösten, doch es dauerte viele Frühlinge, Sommer, Herbste und Winter, bis Morikoko seine Freude am Wald und seine Neugier wieder zurückerlangte. Dann ging er wieder auf Streifzüge, jagte hinter Eierschwurblern her, lag mit Freude auf den schwarzen Felsen der Butterblumenwiese und brach immer wieder zu längeren Wanderschaften auf, um Teile des Waldes zu erkunden, die er trotz der vielen Zeit, die er nun schon dort verbracht hatte, noch immer nicht kannte.

Eines abends, als er von einer solchen Wanderschaft nach Hause zurückkehrte und voller Freude seinem alten Freund, dem Baum berichten wollte, spürte er, dass etwas anders war ..."

12

„Was ist? Du siehst du so bedrückt aus", bemerkte Morikoko, während er vor dem alten Baum Platz nahm. Er kratzte sich mit dem Hinterlauf hinter dem rechten Ohr. „Ist etwas passiert? Kann ich dir helfen? Soll ich dich aufmuntern? Ich kann dir von etwas sehr Lustigem erzählen, das mir vor zwei Tagen passiert ist, als ich ..."

„Wir müssen reden, mein kleiner Morikoko", unterbrach der alte Baum ihn und lächelte milde.

Morikoko legte den Kopf schief. „Das tun wir doch. Beinahe jeden Tag." Er dachte kurz nach. „Soll ich dir von den Bändchenzwitscherern erzählen, die sich um eine Blume gestritten haben, während eine Schleckermaulschildkröte anmarschiert kam und die Blume einfach gefressen hat? Das war zu komisch. Also ..."

Der Baum schüttelte langsam den Kopf. „Verstehe mich nicht falsch, mein kleiner Morikoko – ich liebe deine Geschichten. Vielleicht habe ich euch zu sehr geliebt, dich und deine Geschichten. Ich war egoistisch, wollte nicht, dass du mich verlässt, dass du aufbrichst. Es tut mir leid."

„Aber was redest du denn da. Ich bin doch aufgebrochen. Wieder und wieder. Im ganzen Wald bin ich herumgelaufen, meine Pfoten kennen beinahe jeden Millimeter des Bodens, meine Nase hat nahezu alles gerochen, was in diesem Wald wächst und blüht und gedeiht", erwiderte Morikoko und fügte hinzu: „Du scheinst einen melancholischen Tag zu haben. Was hältst du davon, wenn ich dir doch noch etwas Unterhaltsames erzähle? Ich kenne eine Geschichte, die bringt dich sicherlich auf andere Gedanken."

„Ich spreche nicht von den Abenteuern im Wald, mein Freund. Ich spreche von den Abenteuern, die außerhalb des Waldes auf dich warten", sagte der Baum geduldig. „Du weißt doch noch, dass es diese Welt gibt, die außerhalb unseres Waldes liegt. Du erinnerst dich daran, nicht wahr?"

Morikoko kniff die Brauen zusammen, schüttelte den Kopf. „Ich … das … das ist alte Vergangenheit." Er biss sich auf die Unterlippe, schluckte. „Ich gehöre dort schon lange nicht mehr hin. Das hier ist mein Zuhause, meine Welt. Ich gehe hier nicht fort. Ich bleibe bei dir. Für immer."

Der Baum seufzte tief und lange. „Siehst du? Das meine ich. Das allein ist meine Schuld. Ich hoffe, du wirst es mir verzeihen. Ich hätte dich schon viel früher gehen lassen sollen, aber es war eine solche Freude, dich um mich zu haben. Du hast mich daran erinnert, wie es ist, jung zu sein." Er schüttelte die alten Äste. „Und jetzt bin ich es, der dich verlassen muss."

„Aber … ich … verstehe nicht …", stammelte Morikoko.

„Weißt du noch, als du klein warst und wir über das Leben eines Baumes gesprochen haben? Dass wir schlafen, laufen, trauern, helfen und dann noch einmal laufen dürfen?"

Morikoko schluckte hart. Er wusste nicht, was vor sich ging, aber sein Herz wurde schwer und Tränen schossen ihm in die Augen. Er nickte hastig.

„Du hast damals gesagt, du würdest dann mit mir laufen. Und ich sagte, es wäre mir eine Ehre." Der Baum streckte seine Äste, alles knackste, knarzte und knatterte. „Heute Nacht ist es so weit. Ich darf noch ein letztes Mal laufen. Und es wäre mir eine Freude, wenn du mich begleiten würdest." Der Baum hob seine Wurzeln aus dem Boden. Mit einem lauten Knacken brachen die Wurzeln von der Höhle ab, die bestehen blieb, während der Rest zwei große, platte Füße ausbildete, mit dünnen, langen, knorrigen Zehen. Der Baum lächelte. „Ein gutes Gefühl, die Wurzeln mal wieder richtig durchzulüften."

Fasziniert und erschrocken zugleich beobachtete Morikoko, wie der Baum einige Schritte vor und zurück, nach links und nach rechts machte, dann seine Äste schüttelte und sagte: „Raus da, ihr Vögel und Eichhörnchen, ihr Elfen und Mäuse, ihr großen und kleinen Plagegeister. Sucht euch einen anderen Baum – denn ich marschiere jetzt los."

Tatsächlich stob eine nicht unerhebliche Anzahl an Tieren

davon, erhob sich in die Luft oder flitzte am Baumstamm entlang nach unten und suchte nach einem neuen Baum, auf dem sie die Nacht verbringen konnten. Der alte Baum sah ihnen mit einem Lächeln hinterher. „Ich wünsche euch alles Gute und viel Glück", sagte er und wandte sich dann Morikoko zu. „Wie sieht es aus? Kommst du mit mir? Ich möchte gerne zu den Wasserfällen gehen. Dort habe ich mit meinen Freunden zur Zeit des Laufens viel Schabernack getrieben. Und die Wasserfälle waren immer ein wunderschöner Anblick. Wenn ich etwas noch einmal sehen möchte, dann sie."

Morikoko schniefte kurz, wischte sich mit der Pfote die Tränen aus dem Gesicht und lächelte. Er hob den Kopf, sah zum Baum hinauf und sagte: „Lass uns gehen."

Also zogen sie miteinander los, der große, mächtige Baum, der alle anderen überragte, und doch mit seinen großen Füßen, die viel größer waren als der Fuchs neben ihm, leise, sanfte Schritte machte und keinem anderen Baum, keinem Strauch schadete – und der schlanke, wendige Fuchs, der sonst durch den Wald jagte und gar nicht schnell genug rennen konnte, der nun zum ersten Mal seit langem wieder mit einem Freund durch den Wald spazierte und alle Eindrücke, alle Gerüche und alle Entdeckungen alsgleich mit ihm teilen und bereden konnte.

Eine Zeitlang sprachen sie angeregt miteinander, plapperten fröhlich, scherzten und kicherten, dann wanderten sie schweigend nebeneinander her, die ganze Nacht hindurch, während der Mond und die Sterne über ihnen am Himmel funkelten, bis sie ein lautes Rauschen vernahmen und wenig später den See am Fuße der Wasserfälle erreichten.

Stumm standen sie am Ufer, betrachteten die ungeheure Menge Wasser, die in schwindelerregender Höhe über die Kante hinweg schoss und in einem riesigen, weiß schäumenden Schwall hinabstürzte bis in den See, um dort große, kreisrunde Wellen zu schlagen und das Wasser mit jeder Sekunde aufs Neue zu durchmischen.

„Ich wünschte, ich könnte noch sehen, was dich auf deinem weiteren Weg erwartet, mein kleiner Morikoko", sagte der Baum und klang dabei ein wenig traurig und müde. „Aber ich bin mir sicher, dich erwartet noch Großes." Er sah zum Himmel hinauf, an dem die meisten Sterne bereits verblasst waren. Er seufzte, machte ein paar schwerfällige Schritte in die Richtung der Wasserfälle, bevor seine Wurzeln nachgaben und er zu Boden sank. „Sie kommen, mein kleiner Morikoko. Ich kann sie schnauben und wiehern hören. Es wird Zeit. Es wird Zeit."

Morikoko kämpfte mit seinen Tränen, lief zum Gesicht des Baumes, der nun schon ganz am Boden lag, mit den Ästen im Wasser des Sees, die Augen geschlossen, das Gesicht kaum mehr zu erkennen. „Bitte nicht. Bitte geh nicht. Bitte – du kannst doch wieder anwurzeln und ..."

„Du warst ein Geschenk, mein kleiner Morikoko, eine Freude", sagte der Baum leise. „Ein Hut. Na so was ...", murmelte er und lächelte zum letzten Mal, bevor seine Lebensenergie erlosch und sein Gesicht endgültig aus dem Stamm verschwand.

Morikoko legte sich neben den Baum, rollte sich zusammen, weinte und weinte und weinte. Er weinte selbst dann noch, als bereits keine Tränen mehr kamen, bebte und zitterte und konnte sich nicht mehr beruhigen. Immer wieder hob er den Kopf, sah zum Baumstamm, starrte ihn an in der Hoffnung, das Gesicht würde sich doch wieder zeigen, würde ihm zuzwinkern, lächeln, ihn tadeln, ganz gleich – Hauptsache, sein Freund erwachte wieder und kehrte zu ihm zurück. Doch auch nach mehreren Tagen blieb das Gesicht verschwunden. Der Baum rührte und regte sich nicht mehr. Seine Äste hingen leblos ins Wasser des Sees, seine Wurzeln ragten in die Luft. Morikoko vertrieb ein paar Tiere, die ihre Höhlen in den Stamm nagen wollten, aber irgendwann wurde ihm bewusst, dass er diesen Kampf nicht gewinnen konnte. Er musste essen, er musste trinken, er musste den Baum verlassen und konnte somit nicht verhindern, dass die Tiere des Waldes ihn erneut zu ihrem Zuhause machten.

Ausgehungert, durstig und erschöpft schleppte Morikoko sich durch den Wald. Er wusste nicht, wohin. Zum erste Mal seit langer, langer Zeit, fühlte er sich vollkommen alleine und verlassen auf der Welt. Da war nichts und niemand, der ihm Halt gab, nichts passte mehr zusammen, da war kein Sinn mehr, kein Weg, kein Ziel. Zwar trugen ihn seine Pfoten nach einer Weile zur Wurzelhöhle, doch auch diese erschien ihm nun kalt und trist. Der Baum hätte sie genauso gut mit sich nehmen können.

Anstatt sich in die Höhle zu legen, rollte sich Morikoko dort zusammen, wo der Baum aus der Erde gestiegen war, legte den Kopf auf die Pfoten und wünschte sich, er möge nicht mehr sein. Er dachte an all die vielen Füchse, die nach Nalani geboren worden waren, versuchte sich zu erinnern, wie viele Winter er bereits in diesem Wald erlebt hatte, aber es waren einfach zu viele, als dass er sie hätte benennen können. Nur eines wurde ihm schmerzlich bewusst: Er war alt – viel älter als die meisten Bewohner des Waldes.

Sein Magen hatte aufgegeben zu knurren.

Den Durst spürte er zwar noch, aber nur noch als kleines, hintergründiges Verlangen, das es kaum schaffte, in sein abgestumpftes Bewusstsein durchzudringen.

Hätte Morikoko noch ein paar Stunden dort gelegen, vielleicht bis zum Abend oder die Nacht hindurch, er wäre vermutlich seinem alten Freund in den Tod gefolgt. Doch stattdessen vernahmen seine Ohren plötzlich Getrampel von Hufen, ein Wiehern, ein lautes, dumpfes Wumps – und jede Menge äußerst unsittliche Flüche.

Erschöpft hob er den Kopf, sah verschwommen etwas vor sich, das vier lange, dünne Beine hatte, auf die es sich gerade wieder hochrappelte, während es weiterhin fluchte und schimpfte und sich zu ihm umdrehte. Und jetzt konnte Morikoko auch erkennen, was das Tier auf dem Kopf trug. „Oh nein … das Pony mit dem Hut …", krächzte er heiser, bevor sein Kopf zurück auf die Pfoten fiel und er das Bewusstsein verlor.

Das Wasser schmerzte in seinem Rachen, und doch drängte sein ganzer Körper danach, mehr davon zu bekommen. Er schluckte hastig, verschluckte sich, hustete.

„Sachte, ganz sachte", sagte jemand, der Morikokos Kopf behutsam in Händen hielt und ihm weiterhin langsam Wasser einflößte.

Morikoko versuchte, ruhig zu trinken, doch es kostete ihn viel Mühe, nicht gierig und hastig einen jeden Tropfen hinunterzuschlucken. Seine Ohren drehten sich in verschiedene Richtungen und nahmen das Gluckern und Rauschen eines kleinen Baches wahr, das seinen Durst nur noch verstärkte. Sein Magen hatte außerdem wieder zu knurren begonnen und verlangte lautstark nach Aufmerksamkeit.

Jemand öffnete ihm das Maul noch etwas weiter, schob ein paar Beeren und Blätter hinein und schloss es wieder. „Du musst etwas essen, wenn du nicht verhungern willst", sagte die Stimme, die noch vor kurzem wilde Flüche ausgespuckt hatte. „Ich kann dir nur Beeren und Wurzeln bringen. Mäuse musst du dir später selber fangen."

Morikoko schluckte die Beeren und Blätter hinunter und sagte leise: „Keine … Mäuse …"

„Nein, tut mir leid. Damit kann ich nicht dienen. Aber wenn du erst einmal ein paar Beeren und vielleicht ein paar Pinnerienchen im Magen hast, dann kannst du dir auch wieder Mäuse fangen", erwiderte der andere und strich ihm über den Kopf. „Ich bringe dich zu den anderen Rotfüchsen, dann kann sich deine Familie um dich kümmern."

„Nein!" Morikoko hob den Kopf, versuchte, sich auf die Pfoten zu stemmen, fiel jedoch wieder um. Er schnaubte wütend, knurrte und stieß einen Fluch aus.

„Schon gut. Ich wollte dir ja nur helfen", erwiderte der andere beschwichtigend. „Hier kannst du jedenfalls nicht liegen bleiben. Weißt du was? Ich habe eine Wurzelhöhle gesehen, gleich neben der Stelle, an der ich dich gefunden habe. Dort kannst du sicherlich gut schlafen, dich erholen und bist schnell wieder auf den Beinen."

„Nein … nicht … ich …", setzte Morikoko an. „Nein … bitte …" Dann wurde alles wieder schwarz und er sank zurück in einen tiefen, traumlosen Schlaf.

Als Morikoko das nächste Mal die Augen schwer blinzelnd öffnete, hatte er zwar noch immer Hunger und Durst, aber er fühlte sich nicht mehr dem Tode nahe. Seine Erschöpfung hatte sich in Müdigkeit gewandelt, der zornige Wunsch, nie wieder durch den Wald zu wandeln, nichts mehr von seinen Bewohnern zu sehen oder zu hören und riechen und wissen zu wollen, war verebbt, schwelte nur noch im Hintergrund seines Kopfes – sein Überlebensinstinkt war wieder erwacht.

Seine Augen lieferten zuerst nur ein verschwommenes Bild seiner Umgebung, grünliche Büsche und Sträucher und davor ein breiter, weißer Fleck. Morikoko blinzelte noch zwei, drei Mal, dann kniff er die Augen zusammen und fokussierte auf das sich bewegende Weiß. Nach und nach wurde sein Blick klarer, die Sträucher und Büsche nahmen Konturen an und der weiße Fleck erhielt zuerst Beine, dann einen Hals samt wuscheliger, zotteliger Mähne, einen schlanken Bauch und schließlich einen Schweif, der bis zum Boden reichte.

„Oh nein …", murmelte Morikoko und ließ seinen Kopf wieder auf das sinken, was er nun als weiches Graslager erkannte. „Bitte nicht das Pony." Er schloss die Augen, hustete und verzog das Gesicht. In seinem Kopf dröhnte und wummerte es und sein Magen knurrte laut und fordernd. Er brauchte dringend ein paar Pinnerienchen oder ein, zwei Maul voller Janderzuddeln, die er vor seiner Wurzelhöhle gepflanzt hatte. Der Baum würde sicher …

Beim Gedanken an den alten Baum und daran, was mit ihm geschehen war, schossen Morikoko erneut Tränen in die Augen. Er schniefte, drehte sich auf die Seite und wischte sich mit der Pfote übers Gesicht. Dann rappelte er sich schwerfällig auf die Beine. Er wollte hier weg, irgendwo anders hin, vielleicht zur Butterblumenwiese oder zum Tippelblumensee. Vielleicht aber machte er sich auch auf den Weg zu Velunika und Tumandril, um ihnen gehörig die Meinung zu sagen. Wieso hatten sie ihn nicht gewarnt? Warum waren sie nicht ein klein wenig deutlicher gewesen? Wieso hatten sie nichts von dem Schmerz und dem Leid erzählt, das ihn erwartete?

„Pony?", schnaubte das Pony verächtlich und hob missbilligend beide Augenbrauen. „Ich habe dir deinen verwurmten Hintern gerettet, dämlicher Fuchs." Es legte den Kopf schief und musterte ihn kritisch aus runden, grauen Augen. „Die Vögel haben mir berichtet, was vorgefallen ist. Törichter Reineke, alles lebt, alles stirbt, das ist nun einmal der Lauf des Waldes. Deswegen muss man nicht gleich ein solches Theater aufführen und sich selbst aufgeben. Als ob das irgendjemanden interessieren würde – und den Baum macht es sicher nicht mehr lebendig."

„Ich nicht. Alles um mich herum lebt und stirbt, wird geboren, wächst, gebiert und vergeht, aber ich, ich bleibe, immerzu, unverändert, und der Baum war der einzige Freund, den ich all die Zeit über hatte, mein Vertrauter, meine Familie", verteidigte sich Morikoko. Er wusste natürlich, dass der Tod zum Leben gehörte. Oder vielmehr: gehören sollte. Aber er hatte zahllose Sommer und Winter erlebt, ohne auch nur ein einziges graues Haar an sich zu finden – ebenso, wie er gedacht hatte, dass der alte Baum nicht mehr alterte.

Das Pony musterte ihn eingehend, schnupperte und schüttelte dann den Kopf. „Dann musst du der Draußengeborene sein. Ich habe von dir gehört. Seltsam. Du riechst nicht nach draußen. Du wirst dich entscheiden müssen, ob du bleibst oder gehst, jetzt, wo wir zurück sind. Der Tod des Baumes hatte weitreichende Konsequenzen. Mach dir lieber darüber Gedanken."

Morikoko knurrte. „Du weißt nicht, wovon du redest. Lass mich in Frieden." *Bescheuerte Vögel*, dachte der Fuchs bei sich, *verstanden nichts und redeten nur, weil sie ihre krächzenden Stimmen gerne hörten. Was wussten die schon davon, was wirklich vorgefallen war? Wie konnten sie sich anmaßen, seinen Schmerz, seine Trauer auch nur ansatzweise zu erfassen? Er hätte gute Lust gehabt, ihnen dafür das Gefieder zu rupfen.*

„Naokitam war auch einer meiner Freunde. Ich weiß um den Schmerz seines Verlustes", sagte das Pony gedehnt. „Glaubst du etwa, nur du wirst ihn vermissen? Außerdem hatte sein Tod weitreichende Konsequenzen. Viel größere als sein bloßes Fehlen als Freund und Ratgeber."

Da wurde es Morikoko zu bunt. Er fuhr die Krallen in den Waldboden und ließ die Zähne blitzen. „Ach ja? Wenn du so ein guter Freund warst, warum habe ich dich dann nie gesehen? Die letzten Jahre war immer ich es gewesen, der zu ihm zurückgekehrt ist, der ihm davon berichtet hat, was im Wald passierte und der ihm zuhörte, wenn er einen seiner Vorträge hielt! Ich war da, um ihn zu trösten und zu unterhalten, aufzumuntern und abzulenken, und ich war da, um seinen letzten Weg mit ihm zu gehen! Mit ihm habe ich mein Zuhause verloren, meine Zuflucht, den Mittelpunkt meines Lebens und den letzten wahren Freund, den ich noch hatte! Du glaubst, du kennst meinen Schmerz? Dann lass mich dir ein Bein ausreißen, damit du tatsächlich erfährst, was ich gerade erleiden muss! Wenn du dazu nicht bereit bist, dann geh mir aus dem Weg und halte dich von mir fern, lächerliches Pony!"

Das Pony schnaubte, öffnete das Maul, um etwas zu sagen, entschied sich dann jedoch dagegen und schloss das Maul weder. „Erstens", sagte es dann doch in ernstem, zornigem Tonfall: „mag es sein, dass ich die letzten Jahre nicht bei ihm war. Ich wohne außerhalb des inneren Waldes, wie alle meiner Art. Wir betreten den Wald nicht, solange wir nicht von ihm gerufen werden. Dies ist keineswegs freiwillig, sondern Teil des Großen Ganzen, das du nicht zu verstehen scheinst, dummer Fuchs."

Morikoko biss die Zähne zusammen und knurrte. Schwarze Punkte tanzten vor seinen Augen, Hunger und Durst bettelten mit allen Mitteln um Aufmerksamkeit, aber er war nicht gewillt, nachzugeben. Diesem arroganten Pony musste jemand eine ordentliche Tracht Demut einbläuen und außer ihm schien gerade niemand dafür zur Verfügung zu stehen. Kampflustig schob er den Kiefer vor. „Ach ja? Und was soll bitte so wahnsinnig wichtig sein, dass sich ein Pony unbedingt darum kümmern muss?"

Das Pony schnaubte und stürzte einen Satz nach vorne, senkte den Kopf und starrte aus wütenden Augen auf Morikoko herab, der trotzig und furchtlos keinen Millimeter zurück wich. Das Pony brüllte voller Zorn: „Der Wald muss erneuert werden und braucht eine neue Heimat und du spielst dich hier auf wegen eines einzigen Baumes! Jammerst herum, weil dir das Leben so übel mitgespielt hat! Weil du ach so ein armer, armer Fuchs bist! Wenn wir keine neue Heimat für den Wald finden, bevor der Schutzwall erlischt, werden alle in ihn eindringen können und ihn zerstören! Ein jedes Tier, ein jedes Wesen, ein jeder Baum und eine jede Blume wird sterben! Aber du bist der mit dem echten Problem? Ich hätte dich verrecken lassen sollen, undankbares Vieh!"

Morikokos Plan war es gewesen, das Pony in seine dämliche Nase zu beißen oder vielleicht auch in eines seiner Ohren – aber als er hörte, was das Pony da sagte, als die Worte in sein Gehirn vordrangen und sich dort entfalteten, kniff Morikoko die Brauen zusammen, setzte sich auf den Hintern und schüttelte langsam den Kopf. „Was? Aber wieso … was soll das … der Schutzwall ist doch … das verstehe ich nicht. Wieso jetzt?"

Das Pony trat ebenfalls einen Schritt zurück, ein wenig von seinem Zorn wich aus dem Gesicht. „Mit Naokitam ist der letzte Alte Weise gestorben. All die Baumsamen, die im Boden schlafen, müssen nun aufkeimen, um zu Laufenden heranzuwachsen. Unsere Aufgabe ist es, sie zu erwecken – und damit den Schutzwall zu erneuern. Der Schutzwall wird leben, solange die neue Generation an Bäumen lebt. Leider ist der äußere Wald erheblich geschrumpft, es wurden zu viele Bäume gefällt, zu viele Behausungen zu nahe an den Waldrand und in den Wald gebaut. Wir müssen den inneren Wald umsiedeln, in einen anderen äußeren Wald, der groß genug ist, um einen inneren Wald in sich zu tragen."

Morikoko nickte langsam. „Und wenn das nicht geschieht, fällt der Schutzwall und alles wird zerstört." Er schluckte schwer, senkte den Kopf. „Es tut mir leid, das wusste ich nicht. Ich höre heute zum ersten Mal davon."

Ein langer Seufzer glitt aus dem Maul des Ponys. „Naokitam hätte es dir sagen müssen, ich weiß nicht, warum er es dir verschwiegen hat. Ich nehme an, du weißt dann auch nicht, dass du dich nun dafür entscheiden musst, ob du im Wald für immer bleiben oder ihn verlassen willst."

Morikoko schüttelte den Kopf. „Nein. Aber das spielt keine Rolle. Ich werde den Wald nicht verlassen. Ich gehöre hierher."

„Nun, das ist deine Entscheidung. Aber mit der Erneuerung des Schutzwalls wirst du auf eine Art mit dem Wald verbunden, die sich nicht mehr lösen lässt. Du wirst dein Fell nicht mehr abstreifen, ihn nicht mehr verlassen können, wie alle anderen Wesen, die nicht in der Natur des äußeren Waldes vorgesehen sind."

„Ich bin ein Fuchs", entgegnete Morikoko. „Die gibt es auch im äußeren Wald."

Das Pony nickte. „Aber Füchse sterben, wie du sehr wohl weißt. Du bist mehr als ein bloßer Fuchs geworden. Der neue Schutzwall wird dich nicht mehr passieren lassen."

„Das ist mir gleich. Wie ich schon sagte: Ich werde den Wald nicht verlassen." Sein Magen knurrte so laut, dass er die Vibration im ganzen Körper spürte. „Und jetzt muss ich etwas trinken und fressen." Er erhob sich auf seine Beine. „Ich glaube, ich habe dir noch nicht für deine Hilfe gedankt."

„Nein, das hast du nicht", erwiderte das Pony.

„Ich werde dir aus dem Weg gehen. Viel Glück mit der Rettung des Waldes, Pony", erwiderte Morikoko und lief los.

„Ich bin kein …!", rief das Pony ihm noch hinterher, doch den Rest konnte der Fuchs nicht mehr hören.

Morikoko lief eine ganze Weile durch den Wald, bis er den Bach erreichte, der ihn zurück zur Wurzelhöhle führte. Immer wieder trank er auf dem Weg zurück dorthin von dem klaren, kalten Wasser des kleinen Bachs. Zwar war Morikoko hin- und hergerissen zwischen dem Gefühl, dass die Höhle ohne den Baum nicht mehr sein Zuhause sein konnte und dem Wunsch, weiterhin von dort aus zu Abenteuern aufzubrechen – aber sein Hunger trieb ihn zu der besten Futterquelle im Umkreis eines halben Tages. Denn dort, vor seiner Wurzelhöhle, hatte Morikoko viele leckere Sträucher gepflanzt, die er auf seinen Reisen durch den Wald entdeckt und mit zurück gebracht hatte.

Während er sich gierig über Beeren, Nüsse und Blüten hermachte, um seinen knurrenden und rumorenden Magen zu besänftigen, hörte er ein Rascheln im Gebüsch. Er knurrte, drehte und wendete die Ohren, schnupperte und drehte sich dabei blitzschnell um, während ihm Elammnybeeren auf der Zunge zergingen.

„Dachte mir schon, dass du hierher gehst", sagte das Pony und legte den Kopf leicht schief.

Morikoko schnaubte. „Angeblich hast du besseres zu tun, als mir hinterherzulaufen."

„Oh – du glaubst hoffentlich nicht, ich bin hier, weil dein bezaubernder Charme mich eingefangen hat. Dass wir uns nicht falsch verstehen: Mir geht es um den Wald und um nichts anderes", erwiderte das Pony mit hochgezogenen Augenbrauen. „Um eine neue Heimat für den Wald zu finden, müssen wir seine Bedürfnisse kennen. Das geht nur, wenn wir wissen, wie sich der Wald in den letzten eintausend Jahren verändert hat. Normalerweise erkunden wir dazu den Wald nach unserer Rückkehr ein paar Jahre, doch so viel Zeit bleibt uns nicht mehr. Mir wurde gesagt, niemand kennt den Wald so gut wie du. Also bin ich bedauerlicherweise auf dich angewiesen." Das Pony schnaubte und schüttelte die Mähne. „Wenigstens war es somit nicht vollkommen umsonst, dich gerettet zu haben."

Morikoko zog ebenfalls die Brauen hoch, als er fragte: „Und was genau lässt dich glauben, ich würde ausgerechnet dir helfen?"

„Du willst den Wald nicht verlassen, weil er deine Heimat ist, weil du ihn liebst. So wenig ich dich leiden kann, das muss ich dir zugute halten – so wie du mir zugestehen musst, dass ich nichts anderes will, als den Wald und seine Bewohner zu retten. Wir haben also ein gemeinsames Ziel. Das sollte für die Dauer des Unterfangens genügen", entgegnete das Pony.

„Hm." Morikoko leckte sich ein paar Beerenreste von den Lippen. „Von mir aus. Muss ich nur mit dir auskommen oder auch mit anderen deiner Sorte? Und seid ihr Ponys alle so schrecklich arrogant?"

„Ich bin kein …"

„Schon gut, schon gut. Ist auch egal. Sag mir, was du wissen musst. Bringen wir die Sache schnell hinter uns."

„… Pony. Mein Name ist Kirinian und ich bin ein Einhorn."

Morikoko lachte. „Du nimmst mich auf den Arm."

Das Pony wirkte irritiert. „Weißes Fell, vier Beine mit Hufen, ein einzelnes Horn auf der Stirn. Was soll ich denn bitteschön sonst sein? Was hast du denn gedacht, warum ich ein Horn auf meiner Stirn trage?"

Morikoko zuckte die Achseln. „Gibt ja die seltsamsten Moden.

Ein paar Kobelelfen sammeln seit letztem Sommer keine Moosdrachenperlen mehr, sondern ausschließlich die Schalen von Goldhamsterzeisen."

Kirinian öffnete das Maul, schloss es wieder und schüttelte dann langsam den Kopf. „Nun gut … dann lass uns mit der Arbeit beginnen. Bringe mich zu den Richtungssteinen, damit ich den Wald ausloten kann."

„Den was?"

„Den Rich-tungs-stei-nen", wiederholte Kirinian gedehnt.

Morikoko legte den Kopf schief. „Das ha-be ich durch-aus ver-stand-den. Aber egal, wie sehr du die Worte auch dehnst, wenn ich nicht weiß, was es ist, kann ich es dir auch nicht zeigen."

Kirinian seufzte geplagt. „Die Richtungssteine sind eine Art Kompass. Ohne sie können wir den Wald nicht umsiedeln. Sie liegen nebeneinander, sind aufeinander ausgerichtet, schwarz, mit goldenen und silbernen Symbolen umrandet, in der Alten Sprache in die Steine hineingesprochen."

Kurz dachte Morikoko nach. „Könnten die schwarzen Felsen der Butterblumenwiese sein. Sind wunderbar, um ein Nickerchen im Sonnenschein zu halten."

Kirinian schnappte nach Luft. „Nickerchen? Auf den Richtungssteinen? Hast du denn überhaupt keinen Respekt!"

Morikoko zuckte erneut die Achseln. „Ich hab ja nicht drauf gepinkelt. Also los, lass uns gehen. Ich hab nicht den ganzen Tag Zeit, Pony."

„Ich bin kein …!"

Aber da war Morikoko schon losgerannt und jagte zwischen den Sträuchern hindurch am Bach entlang Richtung Butterblumenwiese.

Kirinian schaffte es aufzuholen, doch obwohl er sich große Mühe gab, konnte er Morikoko nicht überholen. Der Fuchs war zu flink, zu wendig, duckte sich unter Baumstämmen und preschte zwischen Sträuchern hindurch und hielt erst an, als sie die Butterblumenwiese erreichten. Von den schwarzen Felsen war kaum etwas zu sehen, die Blumen und das Gras überragten sie beinahe gänzlich. Nur hie und da war eine kleine, schwarze Insel auszumachen in dem Meer aus Grün und Gelb. Morikoko schloss die Augen, schnupperte und sog die blütensüße Luft ein. „Traumhaft", murmelte er, während er erleichtert durchatmete.

Neben ihm sog Kirinian ebenfalls Luft ein, allerdings klang es eher nach Schnappatmung.

Morikoko öffnete die Augen und sah seitlich zu ihm hoch. Das Einhorn sah mit seinen großen, grauen Augen entsetzt über die Wiese, das Maul geöffnet.

„Was ... wieso ... warum hat denn niemand ...?", stammelte er, während sein Blick ungläubig über die Wiese huschte.

„Immer mit der Ruhe – was ist denn das Problem, Pony?"

„Alles verwildert! Zugewuchert! Wie soll man denn da ..." Kirinian unterbrach sich selbst. Er schluckte, schüttelte den Kopf und schloss dann das Maul. „Da werde ich die Unterstützung meiner Brüder und Schwestern brauchen." Er kniff die Brauen zusammen und stierte in einem Ausdruck vollster Konzentration in die Mitte der Wiese.

Morikoko hob eine Augenbraue an. „Äppelst du jetzt?", fragte er und machte einen großen Schritt zur Seite. „Wenn das so ist, sollten wir ein paar Regeln für die Zeit unserer Zusammenarbeit aufstellen."

„Klappe, Flohteppich. Ich muss mich konzentrieren."

„Also, wenn du dich zu sehr dabei verkrampfst, dann geht gar nichts. Du solltest dich lieber entspannen, sonst fallen dir die Augäpfel raus statt der Kotäpfel."

Kirinian schnaubte und entspannte sich. „Ich habe meine Brüder und Schwestern gerufen, damit sie mir hier helfen. Das hier – das ist eine Zumutung."

Morikoko legte den Kopf leicht schief und nickte. „Ja, ja. Stimmt schon. Eine unglaubliche Zumutung. Wachsen da einfach die Blumen. Auf einer Wiese. Und das Gras erst. Eine

Frechheit ist das."

„Der Wächter der Richtungssteine hätte sich darum kümmern müssen. Eine solche Schlamperei habe ich noch nie erlebt. Wo ist er, dieser nutzlose Kerl?"

„Von einem Wächter weiß ich nichts. Aber ich hab ja auch die schicken Steine zum Schlafen hergenommen."

Das Einhorn schnaubte erneut, bevor es sich auf den Weg machte und die Wiese betrat. Das hohe Gras reichte ihm bis an die schlanken Knie. „Das verlässt man sich einmal auf einen Riesen – ich hätte es besser wissen müssen ..."

„Ziemlich groß, ziemlich hässlich, rotes Haar, Narbe unter dem linken Auge?", hakte Morikoko nach.

„Dann kennst du Palpatrix wohl doch", erwiderte Kirinian.

Morikoko knurrte. „Hatte mal das Vergnügen. Lange her. Ist vor ein paar Wintern vor Zorn tot umgefallen, nachdem er bei den Plappernden Steinen war."

„Sein Glück."

„Eher meines."

„Wie bitte?"

„Nicht so wichtig", erwiderte Morikoko und winkte ab. „Was ist denn nun so schlimm an den paar Blümchen? Stören sie die Schwingungen der Steine oder warum dürfen die hier nicht wachsen?"

„Wenn sich ein Hindernis zwischen den Steinen befindet, können sich die Symbole darauf nicht verbinden und weder ausloten, wo sich der Wald gerade befindet, noch, wohin er umgesiedelt werden soll", entgegnete Kirinian.

„Oh. Das ist tatsächlich ein Problem. Und was jetzt?"

Getrappel und Wiehern hallte durch die Luft.

„Jetzt?" Kirinian hob stolz den Kopf. „Jetzt kommt die Kavallerie."

Es war ein beeindruckender Anblick, das musste sich Morikoko eingestehen. Kirinian gegenüber zugegeben hätte er das trotzdem nicht, eher hätte er sich die Zunge abgebissen.

Aber an die einhundert Einhörner, die wie eine weiße Welle angerauscht kamen, schnaubend, wiehernd, trabend, die Köpfe stolz erhoben, die Hörner blitzend und funkelnd im Sonnenlicht, das war gewaltig. Sie bewegten sich mit einer Eleganz und Grazie, dass Morikoko vor Staunen beinahe der Unterkiefer heruntergeklappt wäre. Als er sich dessen bewusst wurde, räusperte er sich und schaut bewusst gelangweilt drein, spielte mit der Pfote mit einem Stein und stocherte mit einer Kralle im Waldboden.

Was danach kam, war zum Glück weniger elegant. Denn nachdem alle Einhörner auf die Wiese gerannt waren und sich gleichmäßig verteilt hatten, begannen sie zu fressen. Nicht zu grasen, mal hier ein Halm, mal dort eine Blume, sondern so, als wäre es die letzte Mahlzeit für das nächste Jahr. Sie fielen über die Wiese in einer Geschwindigkeit her, die Morikoko in einer Mischung aus Faszination und Ekel beobachtete.

Kirinian hingegen schien zufrieden mit der Gefräßigkeit seiner Brüder und Schwestern und ließ langsam nickend den Blick über die Wiese schweifen, die in kürzester Zeit von eineinhalb Meter hoch auf wenige Zentimeter zurückgestutzt wurde. Als die Einhörner fertig waren, hatten sie der Butterblumenwiese einen Stoppelhaarschnitt verpasst, ihre Bäuche waren rund und prall und von überall her ertönte Rülpsen. Deutlich langsamer und schwerfälliger als bei ihrer Ankunft verließen sie die Wiese wieder und schlurften in den Wald zurück. Noch eine Weile waren vereinzelt ihre Rülpser zu hören, bevor auch diese verstummten.

Morikoko betrachtete derweil die schwarzen, nun vollkommen freiliegenden Felsen. Zwar kannte er theoretisch ihre Größe, schließlich war er oft genug um sie herumgerannt, hatte ihre Position auf der Wiese, ihren Umfang und ihre Höhe auf einer Karte in seinem Kopf vermerkt, doch jetzt, wo sie so vollkommen bloß vor ihm lagen, wirkten sie verflixt groß und beeindruckend.

Die silbernen und goldenen Symbole, die zuvor nicht sichtbar gewesen waren, waren nun rund um die Felsen in den Stein eingelassen. Dabei wirkten sie nicht wie nachträglich hinzugefügte Ornamente, sondern eher, als wären sie als natürlicher Teil des Gesteins gewachsen.

Neugierig machte Morikoko ein paar Schritte auf den am nächsten gelegenen Felsen zu, um ihn genauer zu betrachten, doch Hals, Kopf und Brust des Einhorns versperrten ihm plötzlich den Weg. „Darf ich erfahren, was du vorhast?", fragte Kirinian und klang nicht danach, als ob es eine Rolle spielte, was Morikoko zur Antwort gab. Er schien nicht zu wollen, dass der Fuchs die Wiese betrat und den Steinen zu nahe kam. Morikoko setzte sich auf seinen Hintern, hob den Blick und sah zu dem Einhorn hinauf. An sich war es ihm egal, ob er die Steine jetzt gleich untersuchte oder erst später, wenn der ganze Spuk vorbei war, aber es machte ihm zu viel Spaß, das Einhorn zu ärgern. „Wo ist jetzt schon wieder das Problem, Pony? Ich habe bereits auf den Steinen geschlafen, da werde ich sie mir ja wohl noch etwas genauer ansehen dürfen."

Kirinian schnaubte. „Ich kann keine Hindernisse zwischen den Steinen gebrauchen. Warte hier gefälligst, wurmstichiger Waldköter", entgegnete er barsch. Er wandte sich den Felsen zu und setzte wieder seinen konzentrierten Blick auf.

„Wurmstichiger Waldköter. Hm. Das muss ich mir merken", entgegnete Morikoko im Plauderton, bevor er an Kirinian gewandt hinzufügte: „Dann mal los. Hokuspokus, abrakadabra, simsalabim. Bin gespannt, was du hier zaubern willst." Er zwinkerte dem Einhorn aufmunternd zu.

„Ich bin ein Einhorn, ich brauche keine ...", setzte Kirinian mit einer gewissen Empörung in der Stimme an, doch dann unterbrach er sich selbst. Er schloss die Augen, atmete tief ein und aus, ein und aus, ein und aus.

Morikoko legte den Kopf zur Seite und musterte ihn scheinbar interessiert. „Und was wird das jetzt? Aktivierst du auf diese Weise die Steine? Ganz leise? Das ist aber nicht sehr spektakulär. Da habe ich mehr erwartet."

„Nein", quetschte der andere Buchstaben und Silben zwischen den Zähnen hindurch, während er die Augen fest geschlossen hielt: „Ich zähle rückwärts bis zehn und atme dabei tief durch, um mich zu entspannen."

„Ach. Und das hilft?"

„Für gewöhnlich." Kirinian öffnete die Augen, musterte Morikoko und verzog das Gesicht. „Ausnahmen bestätigen die Regel."

„Vielleicht solltest du eine Pause machen, die Steine sind wirklich wahnsinnig bequem und warm, wenn man ..."

„Schluss jetzt mit dem Unfug. Wenn ich dich nichts frage, hältst du von jetzt an die Klappe, sonst verliere ich noch die Beherrschung und spieße dich auf. Das wäre für uns beide wenig zielführend."

Morikoko zuckte die Achseln. „Du müsstest mit den Konsequenzen leben, nicht ich."

Kirinian richtete den Blick in den Himmel und sagte: „Naokitam, warum ausgerechnet ihn? Was hast du dir dabei nur gedacht?" Er schüttelte seufzend den Kopf. „Er ist eben auch sonderlich geworden, auf seine ältesten Tage."

Ein Knurren jagte durch Morikokos Körper, vibrierte in seinem Bauch und seinen Beinen. „Lass den alten Baum aus dem Spiel, oder ich beiße dir doch noch ein Bein ab", sagte er sehr leise, aber ausgesprochen deutlich und scharf, ein jedes Wort ein Messerschnitt in der dicken Luft, die zwischen den beiden Wesen lag.

„Sei jetzt endlich still, die Zeit drängt und ich muss mich konzentrieren", entgegnete das Einhorn unbeeindruckt und nahm den am nächsten gelegenen Richtungsstein ins Visier. Er fixierte ihn mit zusammengekniffenen, starrenden Augen. Eine Weile passierte nichts. Dann geriet Kirinians Körper in Bewegung: Sämtliche Muskeln spannten sich an, er senkte Hals und Kopf, legte die Ohren nach hinten und stierte den Richtungsstein mit einer solchen Konzentration an, dass Morikoko davon überzeugt war, dass es in wenigen

Augenblicken einen der beiden zerreißen würde.

Stattdessen aber geschah ernüchternd wenig. Kirinian sackte plötzlich ein klein wenig in sich zusammen, ließ den Kopf hängen, schnaufte laut und schloss die Augen, während er verständnislos den Kopf schüttelte. „Das kann nicht sein ... warum ... wieso ...", murmelte er verwirrt, öffnete die Augen, hob den Kopf wieder an und richtete seinen Körper zur vollen Größe auf. Er nahm einen anderen Richtungsstein ins Visier und begann den Prozess von vorne.

Morikoko setzte sich ein paar Meter weit vom Einhorn entfernt ins Gras – nur für den Fall, dass es doch noch zerplatzte – und betrachtete es bei seinen Bemühungen, die Richtungssteine zu aktivieren. Wieder und wieder strengte Kirinian sich an, etwas in Bewegung zu setzen, aber was auch immer passieren sollte, blieb aus. Obwohl es eine Weile ganz unterhaltsam war, dem Einhorn dabei zuzusehen, wie es ein ums andere Mal seine Versuche erfolglos abbrechen musste, wurde es dann irgendwann doch langweilig.

„Entschuldige bitte, dass ich meine Klappe nicht mehr halte. Aber wie lange dauert das, nur so ungefähr? Mir knurrt schon wieder der Magen und wenn du eh noch länger brauchst, fang ich mir kurz etwas", sagte er im Tonfall absoluter Höflichkeit, als Kirinian wieder einmal aufhörte, um Luft zu holen.

Kirinian aber ignorierte den Fuchs, wieherte frustriert, blähte die Nüstern und betrat schließlich mit energischen Schritten die Wiese. Er ging schnurstracks auf den ersten Stein zu, umrundete ihn und schnupperte mit der großen Nase an den Symbolen. Er marschierte von Stein zu Stein, musterte einen jeden eingehend und murmelte dabei grummelnd vor sich hin.

Morikoko trat ebenfalls auf die Wiese, setzte sich zuerst neben seinen Lieblingsstein und wartete. Doch da das Einhorn immer wieder und wieder einen jeden Stein umrundete und der Fuchs das Gefühl bekam, in einer Endlosschleife zu stecken, hüpfte er auf den Felsen, rollte sich zusammen, legte den Kopf auf die Pfoten und ließ sich von der Sonne das Fell wärmen. Er gähnte noch kurz, dann schlief er bereits ein.

Morikoko drehte seine Ohren nach allen Richtungen, als sie wütendes Gebrüll vernahmen. Es kam von hinter seinem Rücken und wurde von empörtem Schnauben begleitet. Morikoko schnupperte träge und roch Kirinians Duft nach Pferd und etwas anderem, das er bisher noch nicht identifizieren konnte. Gemächlich öffnete er die Augen und hob den Kopf, gähnte und betrachtete das Einhorn, das ihn mit zornigen Blicken durchlöcherte.

„Hm?", fragte Morikoko, der zwar sah, dass sich das Maul des Einhorns bewegte, aber die Wörter noch nicht verstand. Sein Gehirn war noch nicht so weit, befand sich noch im Halbschlaf und war damit beschäftigt, Traum und Realität voneinander zu trennen.

„RUNTER von dem RICHTUNGSSTEIN!", brüllte ihm Kirinian direkt ins rechte Ohr.

Das war eindeutig zu laut und schmerzte in den Ohren, doch Morikoko konnte nicht widerstehen: Er blinzelte müde und leckte mit der Zunge über die Pferdeschnauze. „Immer mit der Ruhe, Pony. Wir deichseln das schon."

„Deichseln? Deichseln? Sag mal – hast du den Verstand verloren! Der Wald mit all seinen Bewohnern steht auf dem Spiel und du pennst auf einem der wichtigsten Komponenten, um alle zu retten! Wenn sich die Steine nicht verbinden, ist alles verloren!", brüllte Kirinian wütend. Er drehte sich um, sah von Stein zu Stein und brüllte in ihre Richtung: „Warum funktioniert ihr nicht! Das Gras ist weg! Und ich habe die verdammten Worte gesprochen! Macht! Endlich! Was!"

Als Morikoko sah, wie verzweifelt das Einhorn auf die Steine einschrie, regte sich sein schlechtes Gewissen. Ein klein wenig hatte Kirinian Recht, Morikoko war nicht gerade hilfreich. Andererseits wusste er aber auch nicht, wie er helfen sollte. Wenn schon das Einhorn nicht wusste, wie es die Steine zum Laufen bringen sollte, was konnte er denn dann schon ausrichten?

Trotzdem sprang er vom Stein herunter und zog sich zurück.

„In Ordnung. Ich bin wieder aus dem Weg. Warum kommst du nicht zu mir her und du sprichst die Worte noch einmal. Vielleicht … ich weiß auch nicht. Vielleicht waren die Steine einfach noch nicht so weit", sagte er und bemühte sich dabei, weder abfällig, noch sarkastisch zu klingen. „Ich kann auch noch etwas weiter zurückgehen, falls es hilft."

Kirinian drehte sich zu ihm um. Sein Blick war weder wütend, noch abschätzig – nein, das Einhorn blickte ihn aus traurigen, verzweifelten Augen an. „Die Steine lehnen mich ab. Ich bin nicht der Richtige", sagte er mit mutloser Stimme. Er ließ den Kopf hängen.

„Was redest du denn da? Du bist ein Einhorn! Und du sprichst diese komische Sprache und du hast die Symbole gekannt. Vielleicht hat der Riese ja etwas kaputt gemacht. Ein Sprung in einem der Steine oder er hat ein Symbol beschädigt. Wenn wir das wieder reparieren, dann …"

„Das wird nichts nützen. Die Steine wollen mich nicht. Ich bin nicht der, der hier sein sollte", erwiderte Kirinian und legte sich ins kurze Gras, den Kopf noch immer gesenkt, gegen einen der warmen, schwarzen Felsen gelehnt.

„Mein Bruder wurde ausgewählt, den nächsten Schutzwall zu errichten. Die Steine haben ihn erwählt, hier auf der Lichtung, nach der letzten Umsiedlung. Aber mein Bruder ist gestorben. Er hatte einen schweren Autounfall, seine Frau, seine Kinder … alle tot. Meine Schwester ist schwanger, sie konnte nicht mit uns in den Wald zurückkehren, als der Ruf uns erreichte. Also haben sie entschieden, dass mir die Aufgabe zufällt, die Steine zu erwecken und die Umsiedlung zu organisieren. Aber ich kann es nicht tun. Ich bin zu nichts zu gebrauchen. Es war ein Fehler … und jetzt ist alles verloren …"

Große, runde Tränen kullerten aus den hübschen, grauen Pferdeaugen, als Kirinian leise weinte. Morikoko spürte einen Stich im Herzen. Ihm wurde es eng in der Brust und er ärgerte sich darüber, seine gemeinen Scherze mit dem Einhorn getrieben zu haben. Unentschlossen erhob er sich, setzte sich wieder und stand dann doch auf. Langsam, zögerlich trat er an Kirinian heran. Er wusste nicht, wie man ein Einhorn tröstete. Wenn überhaupt, kannte er sich nur mit Füchsen aus. Und vielleicht mit alten, manchmal ein wenig brummeligen Bäumen.

Er kaute einen Moment auf seiner Unterlippe herum, dann gab er sich einen Ruck und stupste Kirinian mit der Schnauze in die Flanke. „Du bekommst das schon hin. Das mit den Steinen, das liegt sicher nicht an dir. Das muss einen anderen Grund haben. Vielleicht musst du ihnen nur erklären, weshalb dein Bruder nicht kommen kann, damit sie nicht länger auf ihn warten?"

Kirinian seufzte leise, ohne den Kopf zu heben. „Danke, aber die Steine wissen, dass er nicht mehr ist. Sie waren mit ihm verbunden, seit die Wahl auf ihn fiel. Ich weiß nicht, was ich noch machen soll. Es tut mir leid. Ich hatte solche Angst, dass es nicht funktioniert, und so sehr gehofft, dass es trotzdem klappt … ich wollte es erzwingen, aber das ist unmöglich. Es tut mir leid. Es tut mir so leid …"

Morikoko überlegte, was er noch tun konnte, aber ihm fiel nichts anderes ein, als sich neben Kirinian ins Gras zu legen und an ihn zu kuscheln. Er rollte sich zusammen und erzählte leise: „Ich habe auch versucht, Dinge zu erzwingen. Wieder und wieder. Wollte unbedingt, dass ich einen schweren Hammer schwingen kann, aber ich konnte ich nicht einmal vom Boden aufheben. Wollte unbedingt, dass ich Mehlsäcke tragen kann, den ganzen Tag lang, aber ich habe nicht einmal einen einzigen geschafft. Wollte unbedingt, dass ich endlich etwas richtig mache, dass er endlich stolz auf mich ist, dass er mich liebt. Aber ich bin, wie ich bin. Anders gibt es mich nicht. Und dich auch nicht. Das werden die Steine einsehen müssen, falls ihnen etwas am Wald liegt. Wenn nicht, ist es allein ihre Schuld und sie sollen sich zum Teufel scheren."

Kirinian hatte wortlos gelauscht, beim letzten Satz aber musste er dann doch lächeln. Er stupste Morikoko behutsam mit der Nase am Hinterkopf und schnaubte ihm pustend über das Fell zwischen den Ohren. „Danke", murmelte er leise und legte seinen Kopf wieder im Gras ab. Er schloss die Augen, atmete tief durch – und schlief ein.

Morikoko erwachte, weil er umgeworfen wurde. Er überschlug sich und blieb dann für eine Sekunde auf dem Bauch liegen, bevor er auf die Beine sprang und sich erschrocken nach allen Richtungen umsah. Aber anstatt einer Bedrohung entdeckte er zu seiner Überraschung einen Kirinian, der mit seinen langen, dünnen Pferdebeinen zwischen den Steinen herum hüpfte wie ein junges Reh, das von einer Hummel gebissen wurde, wieherte, lachte und immer wieder „Es geht! Sie verbinden sich! Schau doch! Wie sie hüpfen!", rief.

Zuerst verstand Morikoko nicht, wovon das Einhorn sprach, aber dann sah er es: Wenige Zentimeter über den Grasspitzen hüpften und tanzten seltsame goldene und silberne Zeichen, die einen in einem Reigen aus vor und zurück wie Blätter im Wind, andere hakenschlagend wie die flinken Waldhasen, wieder andere gemächlich kriechend wie große Weinbergschnecken. Überall, zwischen allen Felsen, waren die Symbole in Bewegung und auf Wanderschaft, ein jeder schickte seine Zeichen zu jedem anderen Stein aus.

Dass Kirinian zwischen ihnen hersprang und dabei aufgeregt lachte und aufgeregt rief, schien die Symbole nicht weiter zu stören. Sie setzten ihren Weg fort, ein jedes auf seine eigene Art, und nach und nach erreichten sie alle ihren Zielort. Als dies geschah, begann ein Felsen nach dem anderen zu schimmern und zu leuchten, goldenes Licht umgab die schwarzen Felsen wie den Mond bei einer Sonnenfinsternis.

Erst jetzt verließ Kirinian die Felsen und stellte sich neben Morikoko, der mit offenem Maul dastand und die leuchtenden Steine betrachtete. „Es hat funktioniert. Es hat wirklich funktioniert", sagte er glücklich und dann stupste er Morikoko mit der Schnauze in die Flanke – so fest, dass der Fuchs drei Schritte weit nach links stolperte, bevor er sich wieder fing. „Ich habe es doch gewusst. Die Steine – die Worte – alles hat seine Richtigkeit."

Das Einhorn hob den Kopf und blickte erhaben über die Wiese. „Jetzt können die Steine unseren aktuellen Standort ausloten. Wir sammeln in der Zwischenzeit Informationen zu den Bedürfnissen des Waldes." Er sah zu Morikoko herab und sagte: „Nun denn. Zeige mir den Weg zur Urtiefe."

Morikoko hob beide Augenbrauen. „Todessehnsucht, Pony? Läuft doch gerade ganz gut."

Kirinian schnaubte abfällig. „Stelle meine Anweisungen nicht in Frage. Ich weiß, was ich tue", sagte er mit neu gefundener Selbstsicherheit.

„Das bezweifle ich. Die Urtiefe ist so ziemlich das Übelste, das es in diesem Wald gibt. Sie ist chronisch schlecht gelaunt und wartet nur darauf, dass ihr jemand zu nahe kommt, damit sie ihn mit sich an den Grund ihres Sees ziehen kann. Dort sieht sie einem dann dabei zu, wie man sich zappelt und windet und langsam erstickt." Morikoko hatte viele Gerüchte und Erzählungen über Tamidiä gehört und viele davon als Schauermärchen abgestempelt. Aber was ihm der alte Baum berichtet hatte … sie war ein grausames, launisches Wesen und empfand Freude und Genugtuung dabei, andere leiden zu sehen. Niemand wusste, woher sie kam und weshalb sie sich derart abscheulich verhielt. Sie war einfach da, Teil des Waldes, wie die Bäume, der Boden und die Luft, aber mit ihr stimmte etwas ganz und gar nicht.

Das schien Kirinian nicht zu interessieren. Sein Blick wurde ungeduldig, als er wiederholte: „Zur Urtiefe. Jetzt sofort."

Ein Seufzen glitt über Morikokos Lippen. Sein Vorsatz, nett zu dem Einhorn zu sein, das für einen kurzen Moment beinahe liebenswert gewirkt hatte, schmolz wie Schnee in der Frühlingssonne. Aber immerhin ging es um die Rettung seines geliebten Waldes. Er wusste zwar noch nicht, wie er sich trotz des Verlusts des alten Baumes hier wieder richtig glücklich fühlen konnte, aber eine andere Heimat hatte er nicht mehr – und wollte er auch gar nicht. Also gab er sich geschlagen. „Wie du meinst. Aber wenn du gefressen wirst, beschwer dich bloß nicht bei mir. Und erwarte nicht, dass ich nah rangehe. Ich hänge an meinem Fell." Dann setzte er sich in Bewegung und lief Richtung Bach zurück.

Darauf, die Urtiefe wiederzusehen, hatte Morikoko nun wirklich keine Lust. Zwar war es lange, lange her, dass er ihr unfreiwillig über den Weg gelaufen war, aber die Begegnung hatte sich in sein Gedächtnis gefressen. Nie wieder war er an den Stillen See gegangen, nie wieder hatte er seine Instinkte derart eklatant ignoriert. Aber auch, wenn er nicht verstand, weshalb Kirinian ausgerechnet dieses ungemütliche Wesen besuchen wollte, blieb ihm wohl nichts anderes übrig, als zu helfen. Und zu verhindern, dass die Urtiefe das Einhorn fraß, bevor der Wald umgesiedelt und der Schutzwall erneuert war. Danach … nun, das war dann nicht mehr Morikokos Problem.

Es dauerte nicht lange und sein Fell stellte sich auf. Nicht nur im Nacken, sondern am ganzen Körper. Seine Haut kribbelte und juckte und er musste sich anstrengen, nicht zu knurren und sich weiter fortzubewegen, aber als sie nur noch etwa zehn Schritte vom Ufer entfernt waren, blieb er stehen. „Das reicht. Näher gehen wir nicht heran. Außer, du willst gefressen werden."

„Sei nicht albern", entgegnete Kirinian und ging noch weiter an das Ufer heran. „Die Urtiefe frisst keine Füchse und sicherlich keine Einhörner, dummer Fuchs."

Bevor Morikoko etwas erwidern konnte, tauchte der schuppige Kopf aus dem Wasser auf, weit schneller, als er es in Erinnerung hatte. Die Urtiefe beschränkte sich auch nicht auf Kopf und Hals. Sie kam schneller ans Ufer heran, bis nur noch ihre Knöchel und Füße vom Wasser bedeckt waren. Ihr Körper erinnerte an den einer dürren, abgemagerten Frau, war aber von bläulich schimmernden Schuppen bedeckt. Zwischen den sieben Fingern zeigten sich Schwimmhäute und an ihrem Hals befanden sich Schlitze, die sich hastig hoben und senkten wie die Kiemen von Fischen an Land. Sie sah die beiden Besucher aus großen, runden Augen an, legte den haarlosen Kopf leicht schief und sagte: „Ein Einhorn und ein Fuchs. Das habe ich nicht erwartet."

Als Kirinian noch näher an das Wasser herantreten wollte, ignorierte Morikoko seine Instinkte, preschte zu ihm vor. „Nicht weiter", knurrte er und stellte sich dem Einhorn in den Weg.

Kirinian bedachte ihn mit einem Kopfschütteln, blieb jedoch stehen, wo er war. „Ich bin gekommen, um dich zu bitten, die Gewässer des Waldes auf die Umsiedlung vorzubereiten", entgegnete er mit erhobener Stimme. „Ich möchte dich bitten, die alten Worte zu sprechen, um die Bäume und das Wasser miteinander zu vereinen."

„Mir bleibt wohl kaum etwas anderes übrig, wenn ich nicht aus dem Wald gerissen werden will. Zieh weiter, Einhorn, ich mag es nicht leiden, wenn jemand in mein Reich eindringt, ohne dann auch mein zu sein", erwiderte Tamidiä und sah von Kirinian zu Morikoko. „Du jedoch gehörst nun mir, mein Fuchs." Sie machte noch einen weiteren Schritt auf das Ufer zu. Erst da war zu erkennen, dass sie gar keine Füße hatte – ihre Knöchel verliefen sich im Wasser.

Morikoko schauderte. Er wich einen Schritt zurück, wodurch er sich noch mehr gegen Kirinian drückte, fletschte die Zähne und knurrte leise. Er hatte gewusst, dass es eine miese Idee gewesen war, hierher zu kommen.

Kirinian kniff die Brauen zusammen. „Der Fuchs ist auf mein Geheiß hier. Er wird benötigt, um die Umsiedlung des Waldes durchzuführen. Er wird benötigt."

Die Urtiefe zuckte die Achseln. „Finde jemand anderen, der dir dabei hilft, Einhorn. Dieser Fuchs ist mein. Ich habe ihn bereits einmal verschont, ein zweites Mal wird er mir nicht entkommen."

„Wir gehen nun. Kümmere du dich um deinen Teil der Aufgabe, ich mich um den meinen. Gehab dich wohl", entgegnete Kirinian im Tonfall erzwungener Höflichkeit. Er wandte sich um und setzte sich in Bewegung. Morikoko tat es ihm gleich, allerdings mit weit weniger Selbstbewusstsein und Selbstverständlichkeit. Es kostete ihn viel Kraft, der Urtiefe den Rücken zuzudrehen, und noch viel mehr Mühe bereitete es ihm, nicht wie damals loszulaufen, um sich irgendwo zu verstecken. Als die Urtiefe erzürnt rief, sie werde sich nicht ihr Anrecht auf den Fuchs entziehen lassen, spürte Morikoko plötzlich ein schmerzhaftes Stechen in der Brust und seine Lungen begannen zu brennen. Ihm wurde schlagartig kalt, als wäre er in eisiges Wasser gefallen. Seine Beine verharrten, erstarrten, so sehr er sich auch bemühte, vorwärts zu kommen, zu fliehen. Er schnappte nach Luft, aber es war, als hätte man ihr den gesamten Sauerstoff entzogen. Panisch keuchend brach er zusammen, während sein Herz derart raste, dass er fürchtete, es würde jede Sekunde seinen Brustkorb durchstoßen. Er ertrank, im Gras, neben Kirinian, mehrere Meter vom See entfernt, seine Lungen füllten sich mit dem eklig modrigen Wasser des Stillen Sees, während seine Lungen in Flammen aufzugehen schienen, wurden seine Beine und Pfoten kalt und immer kälter, stumpf und taub.

Dann hörte er ein lautes Knurren.

Neben ihm senkte Kirinian den Kopf und richtete sein Horn auf die Urtiefe. Dunkelblaue Blitze zuckten um das weiße, kristallene Horn. „Wage es nicht, dich gegen mich zu stellen", donnerte das Einhorn ihr entgegen. „Ich bin Kirinian, Sohn von Baldeam dem Einzigartigen, Erbe des Geschlechts der Qilin, rechtmäßiger Hüter dieses Waldes. Falls du diesem Fuchs auch nur den geringsten Schaden zufügst, wird mein Zorn dich vernichten."

Genauso plötzlich, wie der Sauerstoff verschwunden war, war er auch wieder da. Morikoko hustete, schnappte in Todesangst nach Luft, spürte, wie sie schneidend scharf in seine brennenden Lungen eindrang und sie nach und nach wieder auffüllte.

„Einmal wirst du doch mir gehören, Fuchs", zischte Tamidiä, bevor sie rückwärts ins Wasser glitt und verschwand.

Kirinian wandte sich Morikoko zu und half ihm mit seiner Schnauze auf die Beine. „Lass uns gehen", sagte er deutlich ruhiger und freundlicher, beinahe schon besorgt. Langsam und mit stetem Blick auf den Fuchs marschierte Kirinian neben ihm her, bis sie zurück zur Wurzelhöhle kamen. Dort ließ Morikoko sich auf den erdigen Boden fallen und ergab sich dem Nachhall seiner Panik. Alles an ihm zitterte, bibberte, seine Zähne klapperten und sein Fell stand ihm zu Berge.

„Du hättest mir sagen müssen, dass du schon einmal bei ihr warst, dummer Fuchs", tadelte das Einhorn und ließ sich auf dem Flecken Erde nieder, wo früher der Baum verwurzelt gewesen war. „Ich bin auf ihre Mithilfe angewiesen, wenn ich will, dass die Umsiedlung reibungslos vonstatten geht. Nun ist sie wütend auf mich. Keine gute Basis für eine Zusammenarbeit."

Hätte Morikoko genug Energie sammeln können, um zu antworten, hätte er darauf hingewiesen, dass ihre eigene Zusammenarbeit auch nicht gerade auf Rosenblätter gebettet war, aber dazu fehlte ihm schlichtweg die Kraft. Er blieb liegen, die Augen geschlossen, und konzentrierte sich aufs Atmen und aufs nicht Ersticken. Damit war er schon vollkommen ausgelastet.

Die Nachmittagssonne wurde bereits schwächer, ihre Wärme verlor sich schneller und schneller, als Morikokos Körper wieder anfing, sich zu sammeln und zu erholen. Das Zittern verebbte, das Zähneklappern wurde zuerst leiser, dann langsamer, bis es ganz verschwand, und dafür setzte das Knurren seines Magens wieder ein. Er öffnete die Augen und erhob sich ungelenk.

„Gut. Dann können wir unseren Weg ja jetzt fortsetzen",

bemerkte Kirinian und erhob sich ebenfalls.

Morikoko schüttelte den Kopf. „Mir egal, was du machst. Ich fresse jetzt Beeren und Wurzeln, bis ich satt bin, und dann suche ich mir einen Eierschwurbler und fresse, bis mir schlecht ist."

„Nenn mich verrückt, aber ich habe so ein seltsames Gefühl, dass du wegen irgendetwas verstimmt bist", brach Kirinian die Stille, als sie schon eine ganze Weile schweigend durch den Wald marschiert waren. Er trottete neben Morikoko her, der stur geradeaus sah und keinen Mucks von sich gab. Dem Einhorn schien dieses wütende Schweigen ganz und gar nicht zu behagen. Es hatte zuerst begonnen, mit den Beinen zu schlackern, dann mit den Ohren zu wackeln und schließlich von je zwei Beinen auf die anderen beiden Beine zu hüpfen. Nichts von alledem erzeugte auch nur die geringste Reaktion oder gar einen Kommentar.

„Sind dir einige der Beeren nicht bekommen? Vielleicht ernährst du dich auch falsch. Soweit ich weiß, fressen Füchse vor allem Mäuse und manchmal auch Hühner und Gänse", riet Kirinian und begann dann, eine Melodie zu summen.

„Was soll das für ein schreckliches Lied sein?", fragte Morikoko genervt.

„Fuchs, du hast die Gans gestohlen", entgegnete Kirinian kleinlaut. „Du weißt schon: Fuchs, du hast die Gans gestohlen, gib sie wieder her, gib sie wieder her, sonst wird dich der Jäger holen mit dem ..."

„Lass das", knurrte Morikoko barsch und beschleunigte seine Schritte, wobei er: „Schwachsinniges Lied", brummelte. Kirinian lag vollkommen daneben mit seiner Einschätzung. Morikoko war nicht verstimmt. Er war stinksauer. In ihm brodelte die Wut darüber, dass das Einhorn ihn der Urtiefe ausgesetzt hatte, dass dieses bescheuerte Pony nicht auf ihn hören wollte, wenn er vor etwas warnte und ihn allgemein nicht ernst nahm, obwohl Morikoko es war, der den Wald kannte wie die Unterseite seiner Pfoten, und vor allem darüber, dass das Einhorn sich mit keinem Wort auch nur annähernd für das beinahe Ableben des Fuchses entschuldigt hatte.

Er würde Kirinian helfen, damit der Wald weiter bestehen konnte, aber diese Hilfe würde weder von freundlicher Konversation, noch von anderen Höflichkeiten begleitet werden. Morikoko hatte die Schnauze gehörig voll und wollte nichts mehr wissen von Einhörnern oder Urtiefen oder anderen egoistisch veranlagten Wesen, die es nur darauf abgesehen zu haben schienen, ihm auf die Nerven zu gehen und das Leben schwer zu machen. Aber er hatte nicht vor, sich noch länger herumschubsen zu lassen. Nein, ganz bestimmt nicht.

„Ich … also, du … wir könnten ja … vielleicht hättest du … oder ich sollte, ja, besser, wenn …", setzte Kirinian an, aber bei jedem erneuten Knurren Morikokos unterbrach er sich selbst, bis er schließlich aufgab. Er seufzte leise, ließ den Kopf ein klein wenig hängen und sah zu Boden, während er neben dem Fuchs herlief.

Gut so, dachte Morikoko bei sich. Geschah ihm ganz recht. Sollte er doch mit hängendem Kopf neben ihm herlaufen und ein schlechtes Gewissen haben und sich unwohl fühlen, und zwar so richtig. Egal was auch geschah, Morikoko würde sicherlich kein Mitleid mehr mit ihm haben, mit diesem arroganten, weinerlichen, überheblichen, durch und durch …

Ein Schmerzensschrei schoss an seinen Ohren vorbei quer durch den Wald. Morikoko drehte sich blitzschnell um, um nach Angreifern Ausschau zu halten, die Ohren gespitzt, die Zähne gebleckt, Krallen ausgefahren. Aber er sah nichts als Kirinian, der einige Meter weit entfernt stand, mit schmerzverzerrtem Gesicht, den Blick auf den Boden gerichtet – oder vielmehr auf das rechte, hintere Bein, das in einer Metallklammer hing und blutete.

Morikoko kannte diese Art von Falle, aber er hatte sie hier im

Wald noch nie gesehen. Es gab Gerüchte, der Riese hätte sie früher rund um seine Lichtung herum aufgestellt, um ahnungslose Tiere und Wesen darin zu fangen und elendig zugrunde gehen zu lassen, und nach seiner Wandlung zum Guten nicht mehr alle finden können. Doch die Lichtung lag in einer anderen Richtung, wenigstens einen halben Tag weit weg von dem Ort, an dem sie sich nun befanden.

Hastig sprang Morikoko zu Kirinian zurück, schnupperte an der Falle und am Bein des Einhorns. Der Duft war eindeutig, auch, wenn er ihn schon lange nicht mehr gerochen hatte: Riese. „Also doch", murmelte Morikoko und verfluchte den Giganten, der ihm selbst noch nach seinem Tod zur Gefahr wurde.

„Verdammt", quetschte Kirinian durch die Zähne hindurch, während er sich bemühte, sich keinen Millimeter zu bewegen.

Morikoko musterte die Falle ganz genau. Er wusste, wie man sie öffnen konnte, doch brauchte man dazu zwei Hände und damit konnte er nun einmal nicht dienen. Außer ... Er schluckte. Das Fell beschützte ihn, solange er es tragen wollte. Er konnte es abstreifen, hatte der Baum gesagt. Nur außerhalb des inneren Waldes? Oder auch hier drinnen? Er hatte nie gefragt, schlicht, weil es ihn nicht interessiert hatte. Jetzt wünschte er sich, der Baum hätte ihm erklärt, was genau er denn tun musste, um sein Fell wieder abzustreifen. Musste er etwas sagen oder vielleicht tun? War eine symbolische Handlung notwendig?

„Mensch", murmelte er versuchsweise mit trockenem Mund. „Ich muss wieder Mensch sein."

Er zog ein wenig das Genick ein in der Befürchtung, es könnte ihn ein Blitz treffen oder die Verwandlung wahnsinnig schmerzhaft sein. Doch nichts geschah. „Ich ... ich will wieder ein Mensch sein", versuchte er es erneut. Erfolglos.

Was, wenn ich meinen Namen dazu brauche?, schoss es ihm plötzlich durch den Kopf. Panik wallte auf. Sein alter, sein Menschenname, den hatte er so lange nicht mehr gebraucht, dass er sich nicht mehr an ihn erinnern konnte. Abgestreift hatte er ihn damals mitsamt seinen Händen und der blassen Haut, hatte ihn eingetauscht gegen den wohlklingenden Namen, den der Baum ihm gegeben hatte. Falls er seinen Taufnamen brauchte, war Kirinian verloren.

„Nein, verdammt nochmal", knurrte er und grub die Krallen seiner Pfoten tiefer in das Erdreich. *Konzentriere dich! Du brauchst Hände, verdammt nochmal! Hände! Hände! Hände!* Morikoko schluckte gegen seine Nervosität an, während er versuchte, sich daran zu erinnern, Hände zu haben. Er schloss die Augen und rief sich das Bild in seine Erinnerung. Wie hatten sie ausgesehen? Waren sie lang und dünn gewesen? Kurz und knubbelig? Und wie hatte es sich angefühlt, sie zu bewegen. Mit ihnen ein Stück Holz zu halten oder eine Laterne? Sie für das Baby über der Wiege zappeln zu lassen? Hände. Und Arme. Beine, die in der Luft baumeln, von Ästen herunter und von Stegen und vom Dach des kleinen Schuppens. Und Füße. Finger und Zehen. Aufrecht zu stehen und zu gehen.

Und dann stand er so plötzlich auf seinen zwei Beinen, dass er beinahe vornüber kippte, wedelte erschrocken mit den langen Armen und versuchte, sein Gleichgewicht zu finden. Durch seinen Magen wirbelte Übelkeit empört herum, während ihm sein Herz laut in den Ohren dröhnte. Die Büsche und Bäume sahen mit einem Mal vollkommen anders aus, die Farben hatten sich verändert, ebenso das Sonnenlicht, das vom Himmel herabfiel.

Morikoko schüttelte sich und zitterte, so ganz ohne Fell und Kleidung war es verflixt kalt im Wald. Kirinian reichte er nun nicht mehr bis knapp an die Knie, sondern bis an die Schultern, und er von sehr viel weiter oben auf die Falle herab, sah seine eigenen Füße, seine Zehen, seine Waden. Nachdem er einen Moment gebraucht hatte, sich an den neuen Körper zu gewöhnen und die Gliedmaßen zu sortieren, kniete er sich vor das Einhorn und fasste an den Scheren der Falle an, um sie

auseinanderzudrücken. „Be-weg dich du Mist-stück!",
quetschte er zwischen den knirschenden Zähnen hindurch.
Doch das Metall bewegte sich nicht.
Kein noch so kleines Stück.
„Nein!"
Morikoko sprang auf die Beine, fluchte und sah sich um. Er lief
ein paar Meter weit, wobei er mehrmals mit seinen nur zwei
Beinen stolperte und beinahe gestürzt wäre, schnappte sich
einen dicken Ast und lief damit zu Kirinian. Vorsichtig
spreizte er den Ast zwischen den beiden Metallscheren ein
und begann, mit aller Kraft zu drücken. Tatsächlich bewegten
sich die Hälften ein klein wenig auseinander, was Kirinian mit
einem schmerzerfüllten Schnauben quittierte – doch dann
brach der Ast und die Falle schnappte wieder zu.
Kirinian schrie auf vor Schmerz und stampfte mit den freien
Hufen wild auf den Waldboden ein.
„Verdammt!", brüllte Morikoko zornig und ballte die Hände zu
Fäusten. Wäre es ein kleineres Eisen gewesen, wie es für
Füchse und wilde Hunde verwendet wurde, hätte er es mit
einiger Anstrengung mit bloßen Händen öffnen können. Aber
eine Bärenfalle? Keine Chance.
„Ich brauche ein zweites Paar Hände, sonst geht es nicht",
murmelte er verzweifelt und sah sich hilfesuchend im Wald
um. Nichts, aber auch gar nichts, das um ihn herum verstreut
lag, war auch nur annähernd zu gebrauchen. Sein Vater, ja, der
hatte Fuchseisen mit seinen großen Pranken wieder geöffnet,
aber auch er wäre an einer Bärenfalle gescheitert. Bei Eisen
half nur Eisen. Mit einer Eisenstange konnte er es schaffen,
aber außer dieser verdammten Falle war im Wald nichts
anderes aus diesem Metall.
Kirinian stöhnte vor Schmerz. „Sicher?", fragte er gequält.
„Was?" Verbluten. Kirinian würde hier verbluten, weil es
keinen Weg aus dieser Falle heraus gab. Die Klammer fraß sich
mit jedem Moment tiefer und tiefer in das Fleisch hinein,
schlitzte hier eine Vene auf, dort eine Ader, und schabte Stück

für Stück die Haut vom Bein. Nein. Nein, nein, nein. NEIN! Eine Lösung. Es musste eine andere Lösung geben. Vielleicht - „Sicher, dass es nicht anders geht."

„Es tut mir leid, ich weiß keinen anderen Weg", erwiderte Morikoko und kämpfte gegen Tränen an, die in seine Augen quollen. „Alles andere bricht, weil es die Spannung nicht aushält. Es wirkt zu viel Kraft darauf ein. Es tut mir leid. Es tut mir so unendlich leid."

„Verdammt", knurrte Kirinian und senkte die Lider.

Morikoko dachte zuerst, seine Augen spielten ihm einen Streich.

Er blinzelte mehrmals, verwirrt, irritiert, aber auch vollkommen fasziniert. Morikoko kniete da, mit offenem Mund und weit aufgerissenen Augen, und starrte in das Pferdegesicht, das in Wallung geriet. Als schwappten kleine, kreisförmige Wellen über Kirinians Kopf, die das Fell und die Nüstern und die Mähne mit sich nahmen, verwandelte sich das Einhorn mit jedem Atemzug mehr und mehr in einen Menschen. Einen Menschen mit grauen Augen, einer weich geschwungenen Nase, schmalen Lippen und kantigen Wangenknochen.

Die gerade noch großen, spitz zulaufenden Ohren verschwanden nun als kleine, rundliche Erhebungen fast vollständig unter den dicken, kleinen, schwarzen Locken. Da waren kräftige Schultern und lange Arme mit schlanken Händen und feingliedrigen Fingern, und all das Fell, es war verschwunden und durch dunkelbraune, ebenmäßige Haut ersetzt worden. Erst als Morikokos Blick das verletzte, noch immer in der Falle gefangene Bein streifte, kam er wieder zu sich und konnte das Gefühl der Überraschung abschütteln.

„Also dann, du fasst an dieser Seite an, ich hier. Zum Glück ist es kein Eisen mit Zähnen", sagte Morikoko nach lautem Räuspern. „Auf drei. Und bloß nicht loslassen, bis ich es sage, oder wir brechen uns sämtliche Finger. Wir müssen das Eisen ganz aufdrücken, bis es einrastet. Das Schnappen kann man deutlich hören. Verstanden?"

Kirinian nickte wortlos, mit seinem ungewohnt kleinen, blassen Gesicht, die Zähne fest zusammengebissen.

„Eins – zwei – und drei!", zählte Morikoko und drückte dann mit aller Kraft gegen das Metall. Im ersten Moment fürchtete er schon, es würde wieder nicht reichen – aber dann begannen die Scheren, sich unter der enormen Anstrengung der beiden Männer zu öffnen. Langsam, quälend langsam, zogen sie die Hälften auseinander. Das letzte Stück ging deutlich schneller und leichter. Sie drückten die Falle vollständig auf, bis das erlösende Klacken erklang. Trotzdem ließ keiner von beiden los, bis Morikoko schließlich nickte.

„Zieh dein Bein raus, aber vorsichtig. Berühre die Falle nicht, damit sie nicht wieder zuschnappt." Morikoko rutschte neben Kirinian, um ihm unter die Arme zu greifen, während dieser sein verletztes Bein mit seinen Händen leise stöhnend aus der Falle hob. Vorsichtig zog Morikoko den Verletzten zu sich hoch, und legte sich Kirinians Arm über die Schulter, während er ihm seinen eigenen Arm um die Hüfte legte, um ihn zu stützen. „Zur Hütte der Windschwester ist es nicht weit. Dort können wir dein Bein verarzten. Aber gib Acht, wohin du trittst – wo eine Falle ist, dort sind auch noch mehr."

Kirinian nickte nur, die Zähne zusammengebissen, das Gesicht blass, die Hände zu Fäusten geballt. So gingen sie weiter durch den Wald, den Blick auf den Boden gesenkt, sehr langsam und vorsichtig, Schritt für Schritt, bis der Wald sich lichtete und den Blick auf einen See, einen großen Baum und eine Holzhütte freigab. An einem dicken Ast des Baumes hing eine Schaukel, auf der eine scheinbar junge Frau saß, die Hände an den Seilen, und vergnügt jauchzte, während sie immer höher und höher schaukelte.

Als sie den Kopf drehte und die beiden Besucher sah, winkte sie zuerst erfreut, bevor ihr die Hand in der Bewegung gefror und dann sie in einem großen Satz von der Schaukel sprang. Morikoko spürte plötzlich den sanften Druck des Windes in seinem Rücken, wofür er sehr dankbar war, und überwand die letzten Meter mit Kirinian, der immer schwerer und träger wurde. Endlich erreichten sie die Hütte, in der die Windschwester bereits herumsauste und alles für die Versorgung des Verwundeten vorbereitete: Über der Feuerstelle hing ein Kessel mit Wasser, auf dem Bett lagen saubere Tücher bereit und die Windschwester selbst stand vor einem großen Schrank mit vielerlei kleinen Türchen, aus dem sie Kräuter und Salben fischte.

Morikoko trug Kirinian die letzten Meter bis zum Bett, legte ihn auf die Matratze und trat beiseite, während die Windschwester sich auf einen Schemel neben dem Bett setzte. „Den Besuch des Einhorns hatte ich mir irgendwie romantischer vorgestellt." Ihre Finger glitten geschickt über das Bein, tasteten, drückten, strichen über die Wunde und das umliegende Gewebe und erweckten den Eindruck, sie würde Tag und Nacht nichts anderes tun.

Morikoko setzte sich in Ermangelung eines weiteren Schemels oder Stuhls am Kopfende des Bettes auf den Boden der Hütte und lehnte sich mit dem Rücken an das Bett, um einen Moment auszuruhen und zu verschnaufen. Da spürte er auf einmal Kirinians Hand, die seine Haare streifte. Morikoko drehte seinen Kopf zur Seite, damit er nach ihm sehen konnte, doch in diesem Moment legte Kirinian seine Hand an Morikokos Wange. „Danke", murmelte das Einhorn erschöpft, bevor es das Bewusstsein verlor.

Nachdem sie Kirinians Wunden versorgt und ihn zugedeckt hatte, wandte sie sich an Morikoko. „Hast du vor, die ganze Zeit über nackt zu bleiben? Ich hätte da noch ein paar alte Kleidungsstücke meiner Brüder, die könnte ich dir leihen", sagte sie leise.

Morikoko schüttelte den Kopf. Er wollte keine Kleidung. Er wollte sein Fell zurück. Wenn er es einfach abstreifen konnte, vielleicht kam es auch genauso leicht wieder zu ihm zurück?

Er schloss die Augen, atmete tief durch und dachte an seine Ohren, mit denen er das leiseste Piepsen der Mäuse unter der Erde zu hören vermochte, an seine Pfoten, mit denen er federleicht über den Waldboden lief, an sein Fell, das von der Sonne gewärmt, vom Wind zerzaust wurde, und spürte, wie der Fuchs zurückkehrte. Als er die Augen wieder öffnete, sah er seine Pfoten und sprang auf, um seinen Fuchsschwanz zu jagen. Freudig hüpfte er durch die Hütte, bis er Hakanumis tadelnden Blick bemerkte.

Sofort blieb er stehen und wartete, bis sie seufzte und Richtung Tür nickte. Gemeinsam verließen sie die Hütte und traten nach draußen an den See. Die Windschwester schlenderte auf den Steg zu, bis an sein Ende und setzte sich, um die Füße herunterbaumeln und ins Wasser hängen zu lassen. Morikoko setzte sich neben sie und betrachtete die glatte, türkisfarbene Oberfläche des Sees, auf dem sich allerlei Enten, Schwäne und andere Wasservögel vergnügten, deren Schnattern und Quaken leise zu ihnen herüberschwappte.

„Das ist nicht gut. Die Zeit ist knapp", sagte sie deutlich ernster, als Morikoko es von ihr gewohnt war. Normalerweise hüpfte, tanzte und wirbelte Hakanumi am See und durch ihre Hütte wie ein vergnügtes, sorgenloses Kind. Ihr Tag bestand daraus, die Hütte sauber zu halten, die Kleider ihrer Brüder zu flicken und für sie Essen zu kochen, wenn die Windbrüder heimkehrten – was oft Tage oder Wochen nicht der Fall war. Hakanumi kümmerte sich deshalb sehr liebevoll um ihren See, dessen Wasser deutlich wärmer war als das der anderen Gewässer des Waldes, weshalb es selbst im Winter nicht gefror.

Morikoko hatte die Windschwester zum ersten Mal besucht, als ihn mitten im Winter ein Stinktier erwischte. Nalani schlug damals vor, in dem warmen See zu baden, um den Gestank loszuwerden. Sie hatte dabei mehrere Meter entfernt entgegen der Windrichtung gestanden und trotzdem eine Pfote auf ihre Nase gedrückt. Auf dem Weg zum See hatte sie darauf bestanden, voranzulaufen. Sehr, sehr weit vor ihm.

„Ich verstehe nicht wirklich, was vor sich geht. Kirinian sagt mir nur die Hälfte, wenn überhaupt, aber selbst das ist schon deutlich mehr, als mir der alte Baum jemals darüber gesagt hat. Warum hat er es mir verschwiegen?", entgegnete Morikoko und beobachtete ein paar Entenküken, die einander über den See jagten und dabei aufgeregt schnatterten.

Hakanumi zuckte die Achseln. „Der Wald ruft die Einhörner immer erst nach dem Tod des letzten Alten Baumes. Ich kann mir nicht erklären, weshalb der Schutzwall dieses Mal kaum noch vorhanden ist, das war bisher noch nie der Fall. Vielleicht liegt es aber nicht an dem inneren Wald, sondern an all den Dingen außerhalb. Die Welt wandelt sich, das hat sie immer schon getan. Ob das der Grund ist, vermag ich nicht zu sagen. Ich weiß nur, dass Veränderung in der Luft liegt. Meine Brüder sorgen gerade dafür, sie überall im Wald zu verbreiten."

„Warum wollte Kirinian zu dir? Um dich zu bitten, die alten Worte zu sprechen, wie er auch die Urtiefe gebeten hat?", fragte Morikoko, während ihn eine melancholische Stimmung überfiel. Was, wenn sie es nicht rechtzeitig schafften, den Schutzwall zu erneuern? Alle schutzlos, alle verloren. Der ganze Wald dem Untergang geweiht. Morikoko musste unwillkürlich an den Priester in der Kirche denken, der aus der Offenbarung vorgelesen hatte. Von Tod und Unheil hatte er gesprochen, von Verdammnis und Hölle und dem Jüngsten Gericht. An die genauen Worte konnte er sich nicht mehr erinnern, aber er hatte sich so sehr gefürchtet, dass er nachts nicht schlafen konnte und nächtelang wach im Bett gelegen hatte, seine Geschwister eng an ihn gedrängt.

„Er muss das Wasser, die Luft, den Boden und das Holz bitten, so schreibt es die Tradition vor. Ich lege darauf nicht unbedingt Wert, mir genügt es zu wissen, dass es losgeht. Was bringt es denn, sich zu weigern? Davon hat niemand etwas. Die Plappernden Steine sehen das ähnlich, außerdem wissen sie sicherlich längst, dass das Einhorn verletzt ist. Wenn du zu ihnen läufst und sie bittest, die Worte zu sprechen, werden sie einverstanden sein", antwortete Hakanumi nachdenklich. Sie schüttelte den Kopf. „Aber das Holz wird ein Problem. Es klammert an die Traditionen mit der gleichen Unnachgiebigkeit wie die Urtiefe, obwohl es sonst sehr liebevoll und fürsorglich ist. Ich bin mir nicht sicher, ob du ihr genügen würdest."

„Von wem sprichst du? Wer ist sie? Vielleicht kann ich sie ja vom Gegenteil überzeugen."

Hakanumi schüttelte erneut den Kopf. „Das glaube ich kaum. Aber ich verstehe, dass du es versuchen musst. Ich spreche von Padmua, der Königin aller Besonderen Bäume."

„Eine Baumkönigin? Davon habe ich noch nie gehört."

„Wenn der Schutzwall erneuert wird und die Besonderen Samen im Boden erwachen, ist unter ihnen ein einziger weiblicher Baum. Sobald die Bäume umherlaufen, sammelt dieser weibliche Baum von allen anderen Samen ein und macht sich dann auf den Weg zur Mitte. Dort wurzelt der Baum und wächst und bildet Früchte aus, die dann von Tuttutrillertippelhörnchen im ganzen Wald verteilt eingegraben werden."

Morikoko hob eine Augenbraue. „Tuttu-was?"

„Tuttutrillertippelhörnchen", wiederholte Hakanumi. Sie legte den Kopf schief und dachte einen Moment lang nach. „Besonders puschelige Eichhörnchen mit einem lilafarbenen Fell, die sehr laut pfeifen und sehr weit hüpfen können."

„Und wo finde ich die Mitte?"

„Geh zu dem Wasserfall, an dem Naokitam seine letzte Ruhe fand. Durchschreite den Wasserfall und folge dem Tunnel. An seinem Ende befindet sich die Mitte. Aber ..."

„Aber was?"

„Sie wird nicht erfreut sein, dich zu sehen."

„Weil sie ein edles Einhorn erwartet und nicht einen verlausten Fuchs? Diese Arroganz geht mir unglaublich auf die

Nerven. Sie soll sich nicht so anstellen. Einhorn gibt es gerade nicht. Sie wird sich mit einem Fuchs arrangieren müssen. Ich habe auch vier Beine und Fell und einen Schwanz. Das muss reichen."

„Du verstehst nicht", entgegnete Hakanumi. „Die Worte auszusprechen ist ihr Tod. Sie stirbt, sobald der Wald sich in seiner neuen Heimat befindet, und macht der nächsten Königin Platz."

„Oh." Morikoko schwieg eine Weile, dann fragte er: „Ist er wegen ihr zum Wasserfall gegangen?"

Hakanumi zuckte die Achseln. „Ich denke schon. Er hat ihr versprochen, zu ihr zurückzukehren und dort auf sie zu warten."

Morikoko nickte langsam, dann erhob er sich.

„Willst du schon los? Du solltest dich noch ein wenig ausruhen. Bleibe hier, für eine Nacht, morgen kannst du dann aufbrechen."

„Nein, du hast es selbst gesagt: Die Zeit drängt. Ich sehe nur noch kurz nach Kirinian, dann gehe ich los", entgegnete Morikoko und trottete den Steg entlang zum Ufer. Zuerst würde er zu Tumandril und Velunika laufen. Er war fest davon überzeugt, dass die beiden mit sich reden ließen und vielleicht hatten sie ja auch einen Rat für ihn, wie er Padmua umstimmen konnte.

Leise schlich er in die Hütte und an das Bett heran. Er betrachtete Kirinian, der unter der wollenen Decke lag und zitterte. Im Halbschlaf murmelte er Worte in verschiedenen Sprachen und sagte Dinge, die für Morikoko keinerlei Sinn ergaben. Das Herz wurde ihm schwer, als er sich von Kirinian abwandte. Er lief zur Tür, die einen Spalt breit offenstand.

„Wenn ich schon deine verdammte Arbeit mache, dann werde du wenigstens gefälligst gesund, Pony", sagte er und verschwand nach draußen.

Es war ein seltsames Gefühl, zu Tumandril und Velunika zu

laufen, wenn nicht der Winterschlaf der beiden Plappernden Steine bevorstand. Die breite Schneise, die tausend und abertausend Waldbewohner auf dem Weg zu ihnen in den Boden getrampelt hatten, lag vollkommen leer und verlassen vor Morikoko. Überhaupt war er schon sehr lange nicht mehr dort gewesen. Nalani hatte ihn Jahr für Jahr gedrängt, sie dorthin zu begleiten, und er hatte ihr nie eine Bitte abschlagen können. Doch nach ihrem Tod hatte es ihn nicht mehr dorthin gezogen. Im Gegenteil, für eine ganze Weile hatte er alle Plätze zu meiden versucht, die ihn zu sehr an seine alte Freundin erinnerten.

Morikoko versuchte, nicht an sie zu denken, sondern sich auf seine Aufgabe zu konzentrieren. Das war nicht leicht, denn je näher er den Steinen kam, desto mehr Bilder von Nalani drängten sich ihm auf, zogen vor seinen Augen vorbei und ließen ihn beinahe glauben, sie liefe neben ihm her. Er konnte sie sehen, ihr rotes, glattes Fell, die dunklen Augen, das verschmitzte Grinsen, wie sie ihm zunickte und plötzlich davonrannte, immer schneller und schneller, erster sein wollte. Wütend schüttelte Morikoko den Kopf. Dafür hatte er keine Zeit. Wollte er auch gar nicht haben. Diese Erinnerungen schmerzten und stimmten ihn missmutig und traurig. Darauf konnte er gut verzichten, er war ohnehin schon nicht allzu guter Laune. Seit Naokitam am See gestorben war, lief irgendwie alles schief. Und zwar gewaltig. Als hätte das Pech nur darauf gewartet, dass der alte Baum aus dem Weg war, um sich auf Morikoko stürzen zu können.

Als er bei Velunika und Tumandril ankam, war er so sehr damit beschäftigt, nicht an Nalani zu denken, dass er vollkommen übersah, dass die beiden Plappernden Steine nicht schliefen. Er war noch gar nicht richtig dazu gekommen, sich seine Worte zurechtzulegen, begrüßte Velunika ihn bereits: „Wen sehe ich denn da? Tumandril, mein Liebster, träume ich, oder steht dort unten Morikoko vor uns?" Sie blinzelte mit ihren tiefblauen Augen, als könnte sie ihnen nicht trauen.

„Wahrlich, dort steht er, der Fuchs, der uns so lange nicht mehr besucht hat. Wäre er kein alter Freund, man müsste ihn für einen Fremden halten, nach all den vielen Jahren", entgegnete Tumandril, während er Morikoko mit zusammengekniffenen Augen musterte.

Velunika schüttelte den großen Kopf, wobei einige kleine Büschel Moos zusammen mit Steinen so groß wie Morikokos Kopf zu Boden fielen. „Jahre, sagst du, mein Liebster? Jahrhunderte. Nahezu vierhundert Winter ist es her, dass uns dieser Fuchs zuletzt besuchte." Ihre Worte klangen ein wenig tadelnd und vorwurfsvoll, aber ihre Lippen lächelten freundlich und ihre Augen strahlten vor liebevoller Wärme.

Morikoko hingegen machte die Situation verlegen. Er war früher sehr gerne hier gewesen, hatte manchmal noch, wenn alle anderen längst nach Hause gegangen waren, mit Nalani bei den Steinen gesessen und hatte mit ihnen gesprochen. Von der Alten Zeit hatten die beiden Steine erzählt, vom Ursprung des inneren Waldes, davon, wie sie selbst einmal durch den Wald gewandert waren, auf Füßen aus Felsen so groß, dass ein Drache in den Fußabdrücken hätte schlafen können. Obwohl die Fuchskinder neugierig gewesen waren, hatten sie sich nie zu fragen getraut, wie es dazu kam, dass nur noch ihre Köpfe übrig geblieben waren und nun auf der Lichtung im Gras lagen.

Damals hatte er mit kindlicher Selbstverständlichkeit mit den beiden alten, weisen Steinen gesprochen – jetzt fehlten ihm die Worte. Sie waren irgendwo in seinem Kopf, gingen aber auf dem Weg zur Zunge ein ums andere Mal verloren. Immer wieder öffnete er den Mund, um etwas zu sagen, schloss ihn aber wieder, ohne einen Ton von sich zu geben.

Schließlich hatte Velunika Mitleid und sagte: „Wir freuen uns über deinen Besuch, Morikoko. Ich kann mich nicht mehr allzu genau an meinen Traum von damals erinnern, aber kann es sein, dass dein Auftauchen bei uns mit dem Pony zu tun hat?" Sie zog die Brauen zusammen und kräuselte ihre steinere Stirn. „Einem Pony mit Hut?"

Erleichtert nickte Morikoko. „Ja. Genau. Also, nein. Eigentlich ... der Hut, ja, den hatte er – jetzt, wo du es sagst – warum hatte er überhaupt einen Hut? Ich weiß gar nicht, warum er ...", setzte Morikoko an, verlor jedoch den Faden und unterbrach sich dann selbst. Er sammelte seine Gedanken, konzentrierte sich auf seine Aufgabe und versuchte sich daran zu erinnern, was Kirinian zu der Urtiefe gesagt hatte. Dann holte er tief Luft. „Ich bin gekommen, um dich, also euch eigentlich, ja, um euch beide zu bitten, den Boden des Waldes auf die Umsiedlung vorzubereiten. Bitte sprecht die alten Worte, um den Boden mit dem Wald zu verbinden."

Etwas unsicher sah er zu den beiden Gesichtern hinauf und versuchte an ihnen abzulesen, was sie von seiner Bitte hielten. Tumandril und Velunika schienen noch auf etwas zu warten. Vielleicht eine Erklärung, weshalb er darum bat und nicht ein Pony mit Horn und Hut? „Kirinian, also das Einhorn, das euch darum bitten wollte, ist verletzt. Er liegt in der Hütte der Windschwester und kann nicht zu euch kommen. Es tut mir leid, aber ich möchte euch in seinem Namen darum bitten, uns zu helfen, den Wald umzusiedeln und den Schutzwall zu erneuern. Mir wurde gesagt, die Tradition verlangt ein Einhorn, aber die Zeit drängt und ihr wisst, wie viel mir dieser Wald bedeutet."

Hätte Morikoko Hosen getragen, sein kleines Herz wäre beim Anblick der Plappernden Steine dort hineingerutscht. Ihre Gesichter blickten derart ernst auf ihn herab, dass es sich anfühlte, als läge ihr gesamtes Gewicht auf seinen Schultern und seinem Rücken. In seinem Hals bildete sich ein großer Kloß. Morikoko schluckte dagegen an, doch es half nichts. Wenn er nicht einmal Velunika und Tumandril überzeugen konnte, die ihm stets wohlgesonnen waren, ihn gar einen alten Freund nannten, wie sollte er dann die Baumkönigin dazu bewegen, einzuwilligen?

„Ich wünschte, ich hätte davon geträumt", brach Velunika die

Stille. „Und könnte dir die Worte mitgeben, die sie milde stimmen und die Traditionen vergessen lassen. Aber ich fürchte, du bist auf dich allein gestellt, wenn du mit Padmua sprichst." Sie seufzte tief und laut. „Du hast das Herz am rechten Fleck und es schlägt in Liebe für diesen Wald und seine Bewohner. Vergiss das nicht, wenn du mit ihr sprichst. Es wird dir leider nichts helfen zu sagen, dass wir beide eingewilligt haben, entgegen der Tradition. Sie wird nur erwidern, dass unser Wort billig ist, schließlich ist nicht unser Leben daran gebunden. Es tut mir leid. Ich wünschte, ich könnte dir helfen."

Morikoko hob den Kopf und sah sie hoffnungsvoll an. „Dann willigt ihr beide ein?", fragte er und sah zwischen haselnussbraunen und dunkelblauen Augen hin und her.

Tumandril lächelte milde. „Wir sind einverstanden. Wir werden die alten Worte sprechen, um den Boden mit dem Wald zu einen." Er blinzelte. „Kirinian … er ist nicht derjenige, den die Richtungssteine auserwählt hatten."

„Nein", entgegnete Morikoko zögerlich. „Das … das war sein Bruder. Er ist verstorben."

„Oh." Die Plappernden Steine wirkten betroffen.

Wieder wusste der Fuchs nicht, was er sagen sollte. Irgendwie hatte er angenommen, die Plappernden Steine wüssten Bescheid. Er setzte sich, zuckte die Achseln, schüttelte den Kopf. „Ich weiß nur, was mir Kirinian erzählt hat: dass es ein Unfall war."

„Sein Bruder war bei uns, nach der Erwählung", sagte Velunika ungewöhnlich leise. „Ich träumte von ihm, von einem Schuppen voller Holz, von Werkzeug und Schwielen an den Händen. Ich sah ihn dort sitzen, mit grauem Haar und kleinen, alten Augen. Ein kleines Mädchen kam zu ihm gerannt, mit dunklen Locken und blauen Augen und einem fröhlichen Lächeln auf dem Gesicht. Großvater nannte sie ihn und bat ihn um ein kleines Pferd aus Holz. Davon habe ich ihm nichts erzählt, sondern gesagt, er habe ein langes Leben vor sich. Ich lag falsch. Und nun ist ein anderes Einhorn statt seiner unterwegs, um den Auftrag zu erfüllen."

„Wir waren bereits auf der Butterblumenwiese und die Richtungssteine haben sich miteinander verbunden. Und ich werde Padmua davon überzeugen, die Worte zu sprechen. Keine Sorge, ihr könnt euch auf mich verlassen", entgegnete Morikoko und sprang auf die Beine, ein entschlossenes Lächeln auf dem Gesicht. Obwohl er es nur tat, um Tumandril und Velunika aufzumuntern, fühlte er sich dabei plötzlich wieder voller Energie. Er wandte sich um, lief los und rief über seine Schulter hinweg: „Danke für alles! Padmua wird zustimmen! Versprochen!"

„Viel Glück!", riefen die Plappernden Steine ihm hinterher, dass es wie Donner grollte.

Über ihm am Himmel blinkten und blitzten die Sterne.

Morikoko rannte, so schnell ihn seine Pfoten trugen.

Er würde es schaffen.

Irgendwie.

Es dämmerte bereits, als Morikoko den See am Wasserfall erreichte. Er konnte den Stamm und die Wurzeln des alten Baumes schon von Weitem sehen. Der Anblick des gefallenen Baumes versetzte ihm einen Stich. Kurz wurden seine Schritte langsamer und er zögerte, doch dann trat er an ihn heran und setzte sich. „Ich habe nicht viel Zeit", sagte er leise. Es war albern, mit ihm zu sprechen, aber er hatte es so viele Jahre getan, ihm von all seinen Reisen und seinen Abenteuern erzählt, dass es sich falsch angefühlt hätte, nicht kurz zu halten und ihm zu berichten, was alles geschehen war.

Er räusperte sich. „Da hast du mir ordentlich was eingebrockt. Die Sache mit dem Schutzwall hast du mir verschwiegen. Der ganze Wald wird umgesiedelt und deswegen habe ich jetzt ein Pony an der Backe, das so arrogant ist, dass es vor lauter erhobenem Kopf kaum geradeaus laufen kann, ohne gegen den nächsten Baum zu rennen. Es hört mir nicht zu und weiß immer alles besser. Sogar zur Urtiefe hat es mich gescheucht und ich kann nicht aus, weil sonst alles verloren ist. Und jetzt muss ich zu Padmua, die mich gar nicht sehen will, weil sie auf ein Einhorn wartet, das längst verstorben ist, und das Ersatz-Einhorn liegt bei der Windschwester und kuriert seinen kaputten Fuß aus und ich habe das Gefühl, dass alles den Bach runtergeht, seit du dich aus dem Staub gemacht hast. Du hättest mich ruhig vorwarnen können. Oder hattest du Angst, dass ich dann aus dem Wald verschwinde, mein Fell abstreife und einem anderen das Chaos überlasse? Ich hätte gute Lust, alles hinzuwerfen. Meine Pfoten brennen, mein Magen knurrt und vor Durst ist mir ganz übel. Ich wäre beinahe an Land ertrunken und musste mich in einen Menschen verwandeln, um das Pony aus der Falle des Riesen zu befreien. Der übrigens die Butterblumenwiese und die Richtungssteine darauf hätte in Schuss halten sollen, anstatt Tiere zu fressen, die ungefragt über seine Lichtung laufen. Aber was übertragen sie eine solche Aufgabe auch ausgerechnet einem Riesen."

Morikoko verlor seinen roten Faden. Normalerweise erzählte er dem alten Baum von seinen Erlebnissen recht geordnet, von vorne an, eins nach dem anderen, aber dafür fehlte ihm heute die Zeit. Vielleicht würde er später einmal zurückkehren, um ihm ausführlich zu berichten. Wenn alles überstanden war und der Wald eine neue Heimat gefunden hatte. Ja, das würde er. Vielleicht grub er sogar einen Fuchsbau, direkt unter dem alten Baum. Dann konnte er wieder bei ihm sein und nach seinen Abenteuern zu ihm zurückkehren.

„Ich muss weiter. Aber ich komme zurück. Versprochen", sagte er, stand auf, stupste den Stamm mit der Nasenspitze und lief los zum Wasserfall. Der rauschte mit aller Gewalt und ohrenbetäubendem Lärm in den See hinein. Morikoko schluckte. „Durchschreiten. Du hast gut reden, Hakanumi. Sollte das ein Scherz sein?", murmelte er beim Anblick der Wassermassen. Nie im Leben konnte er einfach durch den Wasserfall hindurchgehen wie durch einen Vorhang. Das

Wasser würde ihn erdrücken, erschlagen oder zerquetschen, da war er sich nicht ganz sicher - aber jedenfalls durch und durch unangenehme Dinge mit ihm anstellen.

Und wie sollte er überhaupt zum Wasserfall gelangen, um ihn in der Mitte zu durchschreiten? Dazu müsste er ja erst einmal in den See steigen und zum Wasserfall schwimmen. Bei dem Gegentrieb, den der Wasserfall erzeugte, ein Ding der Unmöglichkeit. Morikoko sah hinauf zu der Klippe, über die sich das Wasser in die Tiefe stürzte. Vielleicht, wenn er mit dem Wasser herabfiel und dann durch den Wasserfall hindurch sprang … aber vermutlich würde das nur wieder mit erdrücken, erschlagen oder zerquetschen enden.

Morikokos Augen schweiften suchend über den See. Wie um alles im Wald sollte er denn nur in den verflixten Tunnel kommen? Da sah er einen Wasserhasen, der sich an ein Stück Holz klammerte und damit über den See trieb, während er seine langen Ohren durchs Wasser zwirbelte, um Tang und andere Wasserpflanzen damit zu fangen. Ein großes Stück Holz, an das er sich klammern konnte, würde ihn sehr nahe an den Wasserfall heranbringen. Und dann würde er schon einen Weg hindurch finden.

Morikoko gab sich einen Ruck und lief am Ufer entlang. Beim alten Baum fand er viele Äste und Zweige, die Tiere abgenagt und liegen gelassen hatten. Er zögerte einen Moment, bevor er einen dicken Ast schnappte und mit dem Kopf zum Wasser rollte. Dort angekommen schubste er zuerst den Ast hinein und sprang dann hinterher. Er klammerte sich mit den Vorderbeinen an den Ast und paddelte mit den Hinterbeinen.

Zuerst ging es ganz leicht und er wähnte sich schon schnell am Ziel, aber je näher er dem Wasserfall und dem weißen Rauschen kam, desto anstrengender wurde es, gegen die Strömung anzutreten. Zudem dröhnte das Rauschen immer lauter und lauter in seinen Ohren. Und dann kam auch noch der Wasserhase angeflitzt und packte Morikoko mit den langen Ohren an den Beinen, vermutlich, um ihn zu retten.

Morikoko fluchte und knurrte, bis der Hase von ihm abließ und wieder Richtung Ufer paddelte.

Es kostete Morikoko seinen letzten Rest Kraft, bis zum Wasserfall vorzudringen. Er hatte überhaupt keine Zeit, sich Gedanken darüber zu machen, was er anstellte, wenn er dort war. Bevor er sich dessen bewusst wurde, zog ihn etwas durch das herabstürzende Wasser hindurch und auf der anderen, dunkleren Seite bis an das sandige Ufer. Morikoko blieb einen Moment lang liegen, mit brennenden Lungen und schmerzenden Beinen.

Während er dort lag, die Augen geschlossen, das Herz wild pochend, und dem lauten Knurren seines Magens lauschte, hörte er ein leises Piepsen und Pfeifen, weit entfernt, das jedoch schnell näher kam und deutlich lauter wurde. Er öffnete die Augen gerade noch rechtzeitig, um den Kopf anzuheben und zu verhindern, dass ein lilafarbenes Eichhörnchen gegen ihn knallte. Es rannte an ihm vorbei, eine Frucht in den kleinen Pfoten, die größer war als der Kopf des Tieres, und pfiff dabei aufgeregt. Dann nahm es Anlauf und hüpfte mit Schwung durch den Wasserfall hindurch nach draußen.

Das hieß wohl, dass er richtig war.

Langsam rappelte Morikoko sich auf und sah sich um. Der große, breite Tunnel bog sich nur wenige Meter entfernt um eine Kurve, weshalb er nicht sehen konnte, wohin er führte. Doch es war ihm egal. Kurzerhand marschierte er los, fest entschlossen, die Baumkönigin nicht nur zu finden, sondern auch sie dazu zu überreden, die alten Worte zu sprechen. Wenn Naokitam sie so sehr gemocht hatte, dass ihn seine letzte Reise zu ihr führte, musste sie doch wenigstens ein klein wenig nett sein.

Meter um Meter kämpfte er sich weiter den Tunnel entlang, einen Schritt nach dem anderen, sein Ziel fest im Blick, die Zähne zusammengebissen, während seine Gedanken immer wieder zu Kirinian abschweiften. Blass hatte er ausgesehen.

Blass und fiebrig. Hakanumi kannte sich zwar aus mit der Versorgung von Wunden, aber sie war keine Heilerin. Ein Einhorn war eben nicht einer ihrer Windbrüder. Gut möglich, dass die Salbe überhaupt nicht half. Vermutlich war es besser, die anderen Einhörner zu informieren. Sie wussten sicherlich, was zu tun war.

Und vielleicht konnten sie ja auch …

Morikoko blieb so abrupt stehen, dass er beinahe vorhüber gefallen wäre.

Vor ihm lag das Ende des Tunnels: eine Höhle, so hoch, dass der alte Baum leicht hinein gepasst hätte und mit seinen Ästen dennoch nicht an die Decke gestoßen wäre – eine Höhlendecke, so dünn, dass die Morgensonne durch sie hindurch und auf das Gras und die Blumen schien. Und auf den gewaltigen Baum, der in der Mitte der Höhle stand, mit einer mächtigen Krone, vollem, lilafarbenem Blattwerk und gelben, runden Früchten, die überall im Baum hingen. Kleine, lilafarbene Wesen hüpften den Stamm hinauf und hinab, kletterten mit leeren Pfoten hinauf und kehrten mit je einer der Früchte wieder nach unten zurück. Dann begannen sie zu pfeifen und rannten in Windeseile los.

„Ein Fuchs", sagte eine alte Frauenstimme überrascht. „Wie ungewöhnlich. Sonst verlaufen sich nur Wasserhasen hierher, die mit ihrem Holz zu nahe an den Wasserfall geraten." Sie öffnete die Augen und zeigte damit ihr Gesicht im breiten Baumstamm. „Du siehst erschöpft aus. Wenn du möchtest, sei mein Gast, ruhe dich hier aus. Du kannst von meinen Früchten essen und das Wasser des Bachs trinken – aber halte dich von den Tuttutrillertippelhörnchen fern. Sie stehen unter meinem Schutz."

„Ich fresse nichts, das atmet", erwiderte Morikoko und biss sich im nächsten Augenblick auf die Zunge. Er schluckte, räusperte sich und fügte hinzu: „Ich meine – vielen Dank. Das ist sehr freundlich, wirklich. Aber ich bin nicht zufällig hier. Ich komme, um Euch zu bitten, die alten Worte zu sprechen, um die Bäume mit dem Wald zu einen und auf die Umsiedlung des Waldes vorzubereiten. Ich weiß, ich bin nicht der, den Ihr erwartet habt. Der, den die Richtungssteine erwählten, verstarb, bevor er seine Aufgabe erfüllen konnte. Sein Bruder, der sie an seiner Stelle übernahm, wurde schwer verletzt und liegt in der Hütte der Windschwester. Ich komme in seinem Namen, um Euch zu bitten ..."

„Nein."

Morikoko kniff die Brauen zusammen. „Aber ich ..."

„Nein", unterbrach ihn Padmua erneut, sehr bestimmt und in einem Tonfall, der keine Widerworte duldete. „Ganz sicher nicht. Die Tradition verlangt, dass ein Einhorn die Elemente besucht und diese Bitte vorträgt. Kein Fuchs. Kein Bär. Keine Ente. Ein Einhorn und nichts als ein Einhorn."

Zwar hatten die anderen ihn davor gewarnt, dass es schwierig werden würde, aber irgendwie hatte Morikoko gehofft, dass sie sich in der Baumkönigin täuschten. Diese Hoffnung hatte nun einen erheblichen Dämpfer erhalten, aber so schnell gab er sich nicht geschlagen. Wenn er ihr nur erklärte, was vorgefallen war, würde sie ihn vielleicht verstehen. Also räusperte Morikoko sich und setzte erneut an: „Er ist schwer verletzt, er kann nicht zu Euch kommen. Der Riese hatte Fallen ausgelegt und ..."

Die Äste der gewaltigen Baumkrone knarzten, das Laub raschelte. „Dann werde ich warten, bis er genesen ist. Und nun störe mich nicht weiter."

„Nun ja, das, also … der Schutzwall ist schon sehr schwach. Die Zeit drängt. Es eilt", versuchte Morikoko es noch einmal.

„Und ich bin mir sicher, Kirinians Heilung wird eine ganze Weile dauern."

„Es ist mein Tod, den du verlangst. Du bist hierher gekommen, um mich zu bitten, zu sterben. Und ich soll mich mit dir begnügen, weil die Zeit drängt? Beeile dich gefälligst mit dem Sterben, Padmua, die Uhr tickt? Los, mach schon, steh auf und stirb?" Ihre Augen und ihre Stimme wurden zornig, Äste und

218

Laub bebten vor Wut – so sehr, dass einige der lilafarbenen Hörnchen zu Boden plumpsten und sich, mit einer Frucht in den Pfoten, im Gras wiederfanden. Sie blinzelten verdutzt, hoben dann den Blick zu der Stelle, an der sie gerade noch gesessen hatten, und hüpften dann auch schon auf die Beine, um mit der Frucht durch den Wald zu laufen.

Padmua jedoch wurde mit jedem Wort zorniger. „Schon allein dieser Respektlosigkeit wegen lautet meine Antwort unwiderruflich: Nein! Dir gegenüber werde ich sicher kein Versprechen geben, keiner Bitte nachkommen, nichts! Verschwinde aus meiner Höhle und lass dich hier nie wieder blicken, Unwürdiger!"

Ein leises Knurren kam über Morikokos Lippen. „Nein", sagte er, mühevoll gedämpft. Er musste sich anstrengen, nicht zu brüllen.

„Was? Du wagst es, dich mir zu widersetzen? Raus hier!"

„Nein."

„Du wirst sofort meine Höhle verlassen, oder ..."

„Nein. Ich gehe nicht fort. Ich habe einige Mühen auf mich genommen, um hierher zu gelangen. Ich habe versprochen, Euch davon zu überzeugen, einzuwilligen. Ich werde nicht gehen, ehe Ihr mir Euer Wort gegeben habt."

„Ist es denn nun auf einmal auch noch meine Schuld, wenn du falsche Versprechen gibst? Lass mich in Frieden! Du hast in dieser meiner stillen Oase nichts verloren!"

„Nein. Denn wenn Ihr nicht über Euren Schatten springt und einwilligt, wird der Wald außerhalb Eurer stillen Oase sterben. Ein jedes Tier, eine jede Pflanze, ein jedes Wesen. Dann kommen nicht einmal mehr die lilafarbenen Hörnchen zu Euch. Kein einziger der zahllosen Besonderen Samen, die diese Hörnchen im Wald vergraben haben, wird jemals zum Leben erwachen. Alles wird verloren gehen, alles wird sterben, unwiederbringlich. Ich kann nicht einfach gehen und den Wald diesem grausamen Schicksal überlassen. Ich bleibe."

„Anstatt zu bleiben, hole mir gefälligst ein Einhorn! Es ist mir vollkommen gleich, welches Einhorn zu mir kommt! Aber ich willige nicht ein, ehe eines bei mir war", entgegnete Padmua trotzig.

Morikoko schüttelte fassungslos den Kopf. Der Tonfall erinnerte ihn an … Elisabeth. Plötzlich sah er seine kleine Schwester vor sich, wie sie in Unterwäsche in der Stube stand, ihre Stoffpuppe fest an sich gedrückt, mit verweinten Augen, Rotz, der aus ihrer kleinen Nase lief. Immer wieder schrie sie auf, wenn seine Mutter versuchte, ihr das Festtagsgewand anzuziehen. Selbst die Schläge, die der Vater zuerst androhte und dann auch austeilte, änderten nichts daran, dass sie sich weigerte, das schöne Gewand anzuziehen.

Das Drama endete erst, als seine Großmutter hereinkam und Elisabeth fragte, warum sie das Gewand denn nicht anziehen wollte. Die Antwort überraschte alle: Die beiden Söhne des Holzfällers Korbinian hatten behauptet, als Festtagsbraten gebe es die kleinen Kätzchen, mit denen Elisabeth die ganze Woche über gespielt hatte. Während seine Mutter und Großmutter Elisabeth trösteten, brüllte sein Vater zuerst wütend, solch ein Theater wegen ein paar Drecksviechern zu veranstalten, und das an einem heiligen Tag, sei eine Sünde und eine Verschwendung obendrein. Dann marschierte er zur Tür hinaus, zu Korbinian hinüber, und weil er die Söhne des Holzfällers nicht einfach übers Knie legen konnte, verpasste er dem Vater stattdessen eine Ohrfeige, dass dieser eine Woche lang auf dem rechten Ohr nichts hören konnte.

Verwirrt schüttelte Morikoko den Kopf, um die Erinnerung aus seinen Gedanken zu vertreiben. Er wusste gar nicht, wie lange er schon nicht mehr an seine Geschwister und seine Eltern gedacht hatte. Die kleine Elisabeth musste wohl eine erwachsene Frau sein. Verheiratet, bestimmt. Vielleicht selbst schon Kinder. Oder gar Enkelkinder?

Morikoko schloss die Augen und atmete tief durch. „Warum muss es unbedingt ein Einhorn sein?", fragte er schließlich.

„Die Tradition verlangt, dass ..."

„Nein", unterbrach Morikoko sie sanft. „Traditionen können verändert, ignoriert, sogar gebrochen werden. Der Windschwester war die Tradition vollkommen gleich und auch die Plappernden Steine konnten darüber hinwegsehen. Dir geht es nicht um die Tradition. Dir geht es einzig um das Einhorn. Warum muss es für dich unbedingt ein Einhorn sein?" Morikoko war auf Padmua zugegangen und setzte sich vor die Baumkönigin.

Der zornig-trotzige Gesichtsausdruck verschwand mit einem Mal, wich zurück vor der Traurigkeit und der Scham, die sich die ganze Zeit dahinter verborgen hatten – und der Angst, die ihr nun in den dunkelbraunen Augen stand. „Ich fürchte mich", flüsterte sie und ihre Blätter raschelten leise. „Einhörner können dir deine Angst nehmen. Wenn sie dich mit ihrem Horn berühren, fließt deine Angst einfach aus dir heraus. Ich habe immer gewusst, wie ich sterben werde, aber der Gedanke, dabei keinerlei Furcht zu empfinden, spendete mir Trost. Ich dachte, ich könnte unbeschwert und sorglos die Höhle verlassen, durch den Wasserfall hinaustreten und guten Mutes ein letztes Mal durch den Wald wandern."

Zum ersten Mal wünschte sich Morikoko, ein verdammtes Einhorn zu sein. „Ich kann kein Einhorn zu dir bringen. Der Hin- und Rückweg würde zu lange dauern. Es tut mir leid, ich wünschte, ich könnte es ändern."

Ihr Blick haftete an einem der Hörnchen, das, anstatt sich eine Frucht zu holen, über ein Büschel gelber Blüten herfiel und genüsslich schmatzend mampfte. „Danke", sagte sie abwesend, „das ist sehr nett von dir."

„Wenn du möchtest, begleite ich dich, wie ich auch Naokitam durch den Wald begleitete", bot Morikoko ihr an, während auch er das mampfende Hörnchen beobachtete. Gerade hatte es zwei Blumen mitsamt Stängeln und Blättern in den Mund geschoben.

Padmua kniff die Augen zusammen und sah zu Morikoko hinunter. „Du warst bei ihm, als er zum letzten Mal durch den

Wald lief?"

Morikoko nickte. „Wir sind die ganze Nacht durch den Wald spaziert, bis wir zum Wasserfall gelangten. Dort liegt er noch immer." Er spürte, wie Tränen in seine Augen stiegen und sein Hals enger wurde. „Er war mir ein guter Freund. Er fehlt mir." Padmuas Augen begannen zu leuchten. „Er ist wirklich zum Wasserfall gekommen? Ich hätte nicht gedacht, dass er … nach all den langen Jahren … so viel Zeit, so schrecklich viel Zeit …" Ihr Blick wanderte wieder zu dem Hörnchen, das auf dem Rücken lag, den Bauch kugelrund vor Blume, und leise rülpste, während es sich zufrieden am Baum kratzte.

Eine Weile war nichts anderes in der Höhle zu hören, als das zarte Rascheln von Padmuas Blättern, das entfernte Grollen des Wasserfalls und hin und wieder ein winziger Rülpser. Dann knarzten Padmuas Äste, als sie ihre Baumkrone schüttelte, um die verbliebenen Hörnchen ins Gras plumpsen zu lassen. Als alle am Boden angekommen waren, sagte sie leise: „Ich habe immer noch Angst."

„Das müsst Ihr nicht, Padmua, Königin der Besonderen Bäume, Mutter der nächsten Generation. Ich bin bei Euch und werde nicht von Eurer Seite weichen."

Verwundert hoben Morikoko und Padmua den Blick und sahen einen jungen, in Gewänder aus dunkelblauem Leinen gekleideten Mann, der sich auf eine Krücke stützte und vollkommen durchnässt war.

„Bitte entschuldigt mein Äußeres, doch nur in menschlicher Gestalt vermochte ich eine Krücke zu nutzen", fuhr er fort und hinkte langsam auf sie zu. „Ich bin nicht der, den Ihr erwartet habt. Aber ich werde mein Bestes geben, die Tradition für Euch zu wahren." Als er die Baumkönigin erreichte, legte er seine flache Hand behutsam auf den Stamm. Seine Hand begann bläulich zu leuchten und zu schimmern. Als er nur wenige Atemzüge später zurücktrat, bedachte Padmua ihn mit einem fröhlichen Lächeln.

„Ich danke dir, Einhorn." Sie schloss die Augen und sprach die alten Worte, ein leise gemurmelter, melodischer Singsang. Dann sah sie zu Morikoko hinüber. „Ich danke dir, Fuchs. Es wäre mir sehr lieb, würdet ihr beide mich nach draußen begleiten, damit ich meinen Platz neben Naokitam einnehmen kann."

Morikoko nickte langsam. „Es wäre mir eine Ehre, Padmua", sagte er in ernstem Tonfall, während er darauf wartete, dass sie mit ihren Wurzeln aus der Erde stieg, wie sein alter Freund es getan hatte.

Padmua jedoch lächelte, schloss erneut die Augen – und schrumpfte. Aus dem gewaltigen, alten Baum mit der dicken Rinde wurde nach und nach eine kleine, rundliche Frau mit langem, geflochtenem Haar, das bis an den Boden reichte. Blätter wanden sich zu tausenden als Kleid um ihren Körper, das alles bis auf den Kopf, die Hände und die Füße bedeckte.

Mit offenem Maul staunte Morikoko über die Verwandlung des Baumes. Sie ging auf ihn zu, mit bloßen Füßen durch das saftig grüne Gras, und bückte sich, um das vollgefressene Tuttutrillertippelhörnchen aufzuheben. Vorsichtig legte sie den schlafenden Vielfraß in ihre Hände. „Die Höhle wird versiegelt, sobald ich sie verlasse", erklärte Padmua dem Fuchs. „Sie wird sich erst wieder öffnen, wenn die neue Königin um Einlass bittet." Padmua drehte sich einmal um sich selbst, betrachtete die Blumen, die Steine, die Höhlendecke, und seufzte dann. „Lasst uns gehen. Vor euch liegt noch viel Arbeit."

Und so verließen sie die Höhle, schritten nebeneinander durch den breiten Tunnel. Kirinian hatte damit zu kämpfen, nicht zurückzufallen, humpelte aber tapfer weiter voran und erreichte schließlich mit ihnen gemeinsam den Wasserfall. Dieser trennte sich wie ein Vorhang, als Padmua hindurchschritt. Überrascht folgten Morikoko und Kirinian ihr nach draußen, wo ein schmaler, trockener Weg zum Ufer führte.

Padmua legte das Hörnchen auf einen Hummelblattstrauch

und drehte sich dann zu ihren beiden Begleitern um. Sie trat auf Kirinian zu, umarmte ihn fest und sagte: „Danke, dass du doch noch gekommen bist. Mir ist das Herz so leicht wie seit tausend Sommern nicht mehr." Dann bückte sie sich, zerwuschelte das Fell zwischen Morikokos Ohren und küsste ihn dann auf den Nasenrücken. „Danke, dass du mich nicht aufgegeben hast. Ich bin mir sicher, du warst meinem Naokitam ein guter Freund." Sie richtete sich wieder auf, sog die frische Nachtluft ein und lachte. „Es riecht nach Veränderung. Das ist gut. Glaubt mir. Das ist gut."

Etwas verlegen sahen die beiden ihr dabei zu, wie sie sich schließlich neben Naokitam auf den Boden setzte, eine Hand auf den Stamm legte, behutsam über die abblätternde Rinde strich und lächelte. „Da bin ich wieder, du alter Narr", sagte sie und legte ihren Kopf wie zur Rast auf seinen breiten Stamm. Ihre geschmeidige Haut erstarrte, ihr Körper wurde wieder hölzern und verschmolz mit Naokitam. Die Blätter, die ihr Kleid gebildet hatten, verloren ihren Halt und wurden von einer sanften Brise davongetragen.

Morikoko schloss die Augen, atmete tief durch und betrachtete dann Naokitam und Padmua, die wie im Schlaf aneinander gekuschelt lagen, auch wenn ein Baum an sich nichts Kuscheliges an sich hatte. „Können wir den Rest der Aufgabe erledigen, ohne noch mehr Leute beim Sterben zu begleiten?", fragte Morikoko nach einer Weile, halb scherzend, halb flehend.

„Du wohl nicht", erwiderte Kirinian leise und kraftlos.

Bevor Morikoko etwas erwidern konnte, brach der andere bereits vor seinen Augen zusammen. Ohne darüber nachzudenken streifte Morikoko sein Fell binnen eines Atemzuges ab, tauschte es erneut gegen Beine und Hände, hastete zu Kirinian, kniete sich neben ihn und legte seine Hand auf dessen Brust. Die Haut war warm, das Herz schlug noch, aber Kirinians Gesicht war aschfahl und seine Stirn glänzte vor Fieberschweiß. Der Stoff seines Hosenbeins hatte sich mit Blut vollgesogen, das auf den Boden troff.

Hastig wickelte Morikoko den Schal von Kirinians Hals und band ihn um die Wunde am Bein, so fest er konnte. Er musste ihn schnell zu jemandem bringen, der helfen konnte. Hakanumi wäre seine erste Wahl gewesen, aber der Weg zu ihr war zu weit, als dass er Kirinian bis zu ihr hätte tragen können. Die Laubweberinnen waren ebenfalls geschickt mit Kräutern und Salben, aber noch weiter entfernt. Doch wer sollte ihm dann helfen? Elfen konnten allen möglichen Tieren helfen, Schmerzen lindern und Wunden heilen – die braune Brüllelfe sogar bei Schwarzbären – aber ihre Kräfte halfen nur bei gewöhnlichen Tieren und nicht bei anderen magischen Wesen.

Die Einhörner konnten vermutlich seine Wunden versorgen, aber Morikoko wusste weder, wo sie sich befanden, noch hatte er die Zeit, nach ihnen zu suchen. Es blieb also niemand übrig, der ihm …

„Verdammt!"

Aber dorthin konnte er Kirinian auch nicht mitnehmen, alleine war es schon anstrengend genug. Behutsam hob er ihn hoch und stand auf. Seine Beine zitterten kurz, dann setzte er sich in Bewegung. Der kalte Wind zupfte an seiner Haut und Steine und Zweige stachen an seinen bloßen Fußsohlen. Nach all der Zeit wünschte Morikoko sich zum ersten Mal wieder, er hätte Schuhwerk an seinen Füßen. Während er einen Schritt nach dem anderen tat, versuchte er sich gedanklich abzulenken.

Er würde Kirinian zur Wurzelhöhle bringen, dort ins Moos betten und dann weiter zur Knallnusshexe laufen. Naokitam hatte bis zuletzt gehofft, Morikoko treffe auf seinen Wanderungen eine Fähe, in die er sich verliebte und mit der er in die Höhle zog, um dort eine Familie zu gründen. Zu gerne wäre der alte Baum dabei gewesen, wenn kleine Fuchswelpen zum ersten Mal in ihrem Leben aus der Höhle spazierten und ihre Umgebung neugierig erkundeten.

Deshalb hatte der Naokitam die Höhle im Laufe der Zeit wieder und wieder vergrößert, was dazu führte, dass in einem Winter mehrere Moosifanten bei ihm Winterschlaf hielten, deren Baumhäuser bei schwerem Sturm eingestürzt waren. So gerne Morikoko die kleinen Kerlchen mochte – bis dahin hatte er nicht gewusst, dass sie im Schlaf tröteten, was es ihm beinahe unmöglich machte, in seiner eigenen Höhle Schlaf zu finden. Nie zuvor hatte er sich den Frühling so sehr herbeigesehnt und war vor Freude wie ein Floh herumgehüpft, als die ersten Blumen sprossen.

Jedenfalls war genug Platz in seiner Höhle, um Kirinian dort abzulegen und sich dann alleine auf den Weg zu machen. Also kämpfte Morikoko sich weiter zurück nach Hause durch, mit schmerzenden Armen und Beinen, Übelkeit vor Anstrengung und Hunger und derart müde, dass er mehrmals kurz davor war, dem Wunsch nach Schlaf nachzugeben und sich einfach dort, wo er gerade stand, auf den Boden zu legen. Nachdem er den halben Weg geschafft hatte und sich mehrmals gestoßen hatte und gestolpert war – seine menschlichen Augen waren haarsträubend unzuverlässig und bei nächtlichen Lichtverhältnissen nicht mehr zu gebrauchen – begannen seine Knie zu zittern und seine Arme und Schultern heiß zu brennen. Er glaubte schon, es wäre nicht mehr zu schaffen, als er ein vertrautes Geräusch im Gebüsch hörte.

Erleichtert atmete er auf. „Bitte hilf mir. Lass mich ihn auf deinen Rücken legen und trage ihn zu meiner Höhle. Er ist verletzt und ich schaffe es nicht mehr alleine", sagte Morikoko und wartete. Als nichts geschah, runzelte er die Stirn. Rehe waren nicht die hellsten Sterne am Himmel, aber für gewöhnlich äußerst hilfsbereit. Wenn man sie dann noch davon abhielt, alle paar Schritte etwas zu fressen, erwiesen sie sich als sehr nützlich.

Dann fiel Morikoko ein, wie sie beide gerade aussahen und fügte hinzu: „Ich bin es, Morikoko, der Fuchs vom alten Baum.

Und das hier ist Kirinian, das Einhorn, das den Wald umsiedeln wird. Wenn du uns nicht hilfst, sind wir alle verloren." Das lockte dann das Reh doch noch aus dem Gebüsch hervor. Rehe liebten alles Dramatische und Emotionale.

Als er Fofalia an ihrem vernarbten rechten Auge erkannte, fiel ihm ein Stein vom Herzen. Dieses Reh war definitiv die Erleuchtetste aller Geweihträger und nicht im Geringsten an ständiger Nahrungsaufnahme interessiert.

„Seltsam", sagte Fofalia und schnupperte auffällig mit ihrer Nase in der Luft. „Du riechst tatsächlich nach Fuchs und Moos. Aber wieso läufst du denn auf zwei Beinen herum? Wurdest du verflucht?"

Morikoko hob Kirinian mit letzter Kraft ein Stück an und legte ihn quer über den Rehrücken. Seine Arme und Finger zitterten, die Muskeln in diesen Gliedmaßen krampften schmerzhaft, dass es ihm die Tränen in die Augen trieb. „Noch nicht", murmelte Morikoko abwesend und setzte sich mit steifen Gliedern in Bewegung.

Fofalia hob eine Augenbraue an, marschierte dann jedoch los, ohne die Aussage zu kommentieren. Erst als Morikoko nach mehrmaligem Stolpern zu Boden ging und liegen blieb, senkte sie den Kopf zu ihm herab und sagte: „Du brauchst eine Pause. Klettere auf meinen Rücken, ich trage euch beide zur Wurzelhöhle. Dort könnt ihr schlafen."

„Ich kann nicht rasten", entgegnete Morikoko, während er sich wieder auf die Füße kämpfte. „Ich muss zur Knallnusshexe und sie um Salben für Kirinian bitten. Und dann müssen wir bestimmt noch ein Dutzend unsinniger Aufgaben erledigen, bevor der Wald eine neue Heimat findet. Ein Drachenei aus dem Grünen Trüben fischen und zur Mittagssonne an den obersten Ast einer Bommelbirke hängen, um danach auf dem linken Bein entgegen dem Uhrzeigersinn um den Baum zu hüpfen", knurrte Morikoko müde, ging aber weiter.

„Wozu sollte das denn … oh." Fofalia schüttelte den Kopf,

während sie neben ihm hertrottete. „Du weißt, dass du meinesgleichen gegenüber Sarkasmus und Ironie meiden solltest?" Sie warf einen Blick auf den Weg vor ihnen. „Du kannst dich jetzt schon kaum mehr auf den Beinen halten. Eher fällst du tot um, als dass du es zur Knallnusshexe und wieder zurück schaffst."

„Mir bleibt nichts anderes übrig. Oder denkst du, ich tue es, weil es mir so viel Spaß bereitet?"

„Ich denke, dir hat schon lange niemand mehr gesagt, dass du ein Dummkopf bist", entgegnete Fofalia in einem Tonfall zwischen Amüsement, Sorge und Zorn. „Es geht hier um das Schicksal des Waldes, das geht jeden einzelnen von uns an. Warum bittest du niemanden um Hilfe?"

„Habe ich doch", murrte Morikoko. „Außer dir ist keiner da."

„Du läufst als Zweibeiner durch den Wald, natürlich verstecken sich da alle. Sag ihnen, wer du bist und wer der schwere Brocken auf meinem Rücken ist und los geht's."

„Wie soll ich denn jemandem etwas erklären, wenn keiner in unserer Nähe ist? Soll ich vielleicht den ganzen Weg zur Höhle in den Wald hinein brüllen? Das ist doch albern!"

„Albern ist, es nicht zu versuchen – und ich mag vieles sein, aber sicher nicht albern", schnaubte Fofalia, holte tief Luft und brüllte: „Aufgepasst und hergehört! Das Zeremonieneinhorn ist verletzt! Wir brauchen Hilfe! Schwingt eure haarigen, fedrigen, schuppigen Hintern hierher! Aufgepasst und hergehört! Das Zeremonieneinhorn ist verletzt! Wir brauchen Hilfe! Kommt zu uns, sonst ist der Wald verloren!"

Morikoko stolperte erneut, fiel und landete auf nassem Gras. Erschöpft und frierend wünschte er sich sein Fell zurück, das ihn nur wenige Augenblicke später weich und warm umhüllte. Trotz seiner Müdigkeit seufzte er zufrieden, rappelte sich auf seine vier Beine, öffnete die Lider – und sah in ein Meer aufgerissener Augen.

Fofalia pfiff durch die Vorderzähne. „Das ist so ziemlich das Krasseste, das ich je gesehen habe."

Morikoko zögerte einen Moment, dann bemühte er sich um ein freundliches Lächeln und sagte: „Schön, dass ihr helfen wollt. Wir brauchen jemanden, der den Einhörnern Bescheid gibt, dass Kirinian verletzt ist und in meiner Wurzelhöhle liegt. Außerdem muss jemand bei der Knallnusshexe Salbe holen, möglichst jemand, der immun gegen ihre Flüche ist. Weiß irgendwer, was die Einhörner noch machen müssen, um den Wald umzusiedeln? Die Richtungssteine sind aktiviert und die vier Elemente haben die alten Worte gesprochen. Wie geht es nun weiter?"

Die Tiere standen schweigend und noch immer starr vor Staunen um ihn herum und betrachteten ihn, als könne er sich als nächstes in die Knallnusshexe selbst verwandeln.

„Keiner? Weiß niemand etwas? Gar nichts?"

Ein kleiner, weißbauchiger Wasserhase zwirbelte seine langen Ohren ineinander und sagte: „Also, du … du bist ein Fuchs, der sich in einen Menschen verwandeln kann? Und der Mensch, der über dem Reh baumelt, ist eigentlich ein Einhorn?"

Beinahe hätte Morikoko etwas Sarkastisches erwidert – doch dann traf ihn Fofalias scharfer Blick, gepaart mit einem warnenden Kopfschütteln. Also seufzte er nur leise und entgegnete: „Genau genommen bin ich ein Mensch, der schon sehr lange als Fuchs in diesem Wald lebt. Aber was das Einhorn betrifft, ist das korrekt, ja."

Einige Tiere drehten die Köpfe zur Seite und tauschten fragende oder verwirrte Blicke mit ihren Nachbarn aus. Dann hefteten sie ihre Augen wieder an Morikoko, der erneut gefragt hatte, ob nicht doch jemand wisse, was es nun weiter zu tun galt.

Wieder meldete sich der kleine Wasserhase zu Wort. „Also … ich habe ein paar Einhörner reden gehört, die über einem meiner Tunnel grasten. Sie … also ..."

Morikoko kniff die Brauen zusammen und sah ihn ungeduldig an. „Was? Spuck schon aus, was du weißt."

„Sie waren ziemliche Arschlöcher", gestand der kleine Hase.
Ein Raunen ging durch die versammelten Tiere, verurteilendes
Zischen, ungläubiges Kopfschütteln.

„Wenn ich es doch sage!", verteidigte sich der kleine Hase, nun
deutlich lauter. „Die wollen alle gar nicht hier im Wald sein,
die sind viel lieber draußen! Weil sie dort ein richtiges Leben
haben, haben sie gesagt. Einer hat geschimpft, dass er wegen
diesem alten Unsinn finanzielle Ausfälle hat, da muss er
nachher monatelang schuften, um das wieder reinzubringen.
Gemeine Sachen haben sie gesagt, über den Wald und uns und
über Kirinian. Dass er gar nicht weiß, was er tut, weil er nicht
darauf vorbereitet wurde. Dass er bestimmt alles falsch macht
und der Wald untergeht, aber wenigstens sind sie uns dann
endlich alle los."

Morikoko konnte kaum glauben, was er da hörte, ebenso
wenig wie die anderen Tiere. Doch im Gegensatz zu ihnen
wusste er, worum es sich bei finanziellen Ausfällen handelte
und auch, dass sich der kleine Hase das sicherlich nicht aus
den Löffeln gezogen hatte. Fassungslos starrte er den
Wasserhasen an, dessen Mimik und Gestik zwischen
Verlegenheit, Wut und Trotz wechselte.

Kirinian war arrogant, ja, aber er wollte definitiv den Wald
retten. Anscheinend sahen das ein paar der Einhörner anders.
Verdammt. Wie sollten sie dann unter den vielen weißen
Pferdehintern mit dem zu großen Ego die herauspicken, die
ihnen tatsächlich helfen und nicht hinterrücks sabotieren
wollten?

Die anderen Tiere waren zu beschäftigt damit, sich über die
Einhörner zu empören, zu schimpfen, zu fluchen und wüste
Drohungen auszusprechen, als dass sie sich auf die wichtigen
Fragen hätten konzentrieren können. Also fauchte Morikoko
so laut und bedrohlich, dass sie alle zusammenzuckten und
augenblicklich verstummten. „Vergesst die Einhörner. Wenn
wir Kirinian retten, wird er mit uns den Wald erneuern. Also:
Wer rennt zur Knallhexe?"

Ein Pfeifenflitzer trat auf langen, dürren Beinen hervor. „Ich bin schnell, kann schwer tragen und Flüche prallen an mir ab. Ich hole Salben für seine Wunden", meldete er sich und schon rannte er los, zuerst in gemächlichem Tempo, das er jedoch mit jedem Schritt zu einem irrwitzigen Sprint steigerte, bis nur noch Staub zu sehen war.

„Sehr gut. Ich brauche jemanden bei den Richtungssteinen. Die loten gerade etwas aus. Keine Ahnung, was passiert, wenn sie fertig sind, aber jemand sollte dort sein und sie im Auge behalten."

„Sie bündeln ihr Licht in der Mitte und manifestieren das Steuerrad und den Kompass", wusste der Wasserhase zu berichten.

Alle Blicke richteten sich auf ihn.

Der Hase zuckte wie zur Entschuldigung mit den Achseln. „Sie haben darüber gelästert, was er alles falsch machen wird. Und ich habe ein gutes Gedächtnis."

Morikoko lächelte. „Du bist uns eine große Hilfe. Also – wer überwacht die Steine und gibt Meldung, sobald etwas geschieht?"

Ein grauer Wolf machte kehrt, lief los und rief ihnen über die Schulter zu: „Schon unterwegs! Denen beiß ich in ihre aufgeblasenen Hintern, wenn sie den Steinen zu nahe kommen!"

„Was muss noch getan werden?", wandte sich Morikoko an den Hasen.

„Auf jeden der fünf Steine muss etwas aus dem Wald gelegt werden: eine Blume, eine Feder, ein Stück Fell oder Kralle, Äste, Beeren, ganz gleich. Aber die Sachen sollten von möglichst weit entfernten Plätzen stammten."

Morikoko dachte nach. „Das Dorf der Laubweberinnen, der Jindeljagelyokasee, die Hindrawiesen, der Kullewuppwald und die Tetrochahügel. Wer kann schnell dort und wieder zurück sein?"

Ein Schwarm zerrupfter Vögel meldete sich aus den Ästen

eines Baumes und flog dann so schnell die Flügel der gefiederten Tiere es zuließen in die verschiedenen Himmelsrichtungen davon.

„Jemand muss zu den Summenden Fischen gehen und das Lied vom Anfang und vom Ende anstimmen, damit sie es alle summen. Sobald die Fische dann in der Nacht leuchten, kann das Einhorn die Mitte betreten und den Wald zur neuen Heimat steuern."

„Sind schon unterwegs!", verkündeten zwei rote Blaubauchgänse und liefen los. Nach einigen behäbig zurückgelegten Metern begannen sie mit den Flügeln zu schlagen und hoben schließlich ab.

„Und das ist alles?"

Der Wasserhase überlegte einen Moment. „Er braucht das Herz des Waldes. Er muss es bei sich haben, um die Mitte betreten und den Wald an seine neue Heimat lenken zu können." Der Hase wirkte ein wenig verlegen, entzwirbelte seine Ohren, legte sie nach hinten und nestelte mit den Pfoten an seinem Bauchfell. „Sie haben gesagt, selbst wenn er alles andere schafft, das Herz findet er nie."

Morikoko schnaubte. „Von wegen. Kirinian ist trotz seiner Verletzung von Hakanumis Hütte bis zur Baumkönigin gegangen, um seine Pflicht zu erfüllen. Er wird auch das Herz finden. Begleitet Fofalia zur Wurzelhöhle und passt auf, dass ihm nichts passiert. Und ein paar von euch sollten noch zu den Richtungssteinen laufen und verhindern, dass die Einhörner etwas sabotieren. Bewacht auch die Summenden Fische."

Fofalia nahm ihn ins Visier. „Kommst du nicht mit uns? Du wolltest doch ausruhen."

Morikoko knurrte. „Ich werde mich mit ein paar Einhörnern unterhalten und ihnen erklären, wer sie alles fressen wird, wenn sie ihre arroganten Ärsche nicht in Bewegung setzen, um uns zu helfen." Er blickte in die Runde. „Also, los?"

„Also los!", brüllten ihm die Tiere entgegen und rannten davon.

Auch Morikoko lief los, den Waldboden unter den wieder zum Leben erwachten Pfoten, neue Energie in seinen Beinen. Seine Nase hatte den Geruch von Pferd und Kirschblüten in der Nase und er würde nicht stehen bleiben, bis er bei der Herde intriganter Mistkerle ankam, die sie alle im Stich lassen wollten: den Wald, die Tiere, die magischen Wesen, Padmua, die sich geopfert hatte und auch Kirinian, der noch das Letzte aus sich herausholte, um seine Pflicht zu erfüllen.

Er würde ihnen den Arsch aufreißen.

Wenn er mit ihnen fertig war, würden sie unter einen Fliegenpilz passen – mitsamt ihren dämlichen Ohren und Mähnen und Visagen ...

Als Morikoko die Einhörner auf der Lichtung grasen sah, holte er das letzte bisschen Kraft aus sich heraus und rannte auf sie zu, als wäre der Riese hinter ihm her. Auf den letzten Metern stolperte und stürzte er, schlug hart auf dem Boden auf und blieb liegen.

Einige der Pferde hoben den Kopf und sahen zu ihm herüber, während die anderen unbeeindruckt weiter an ihren Gräsern kauten. Als Morikoko voller Verzweiflung aufbrüllte und schrie, zuckten allerdings alle zusammen, wie Morikoko aus den Augenwinkeln beobachtete.

Eines der Einhörner kam langsam an ihn herangetreten und musterte ihn nervös. „Könntest du vielleicht woanders ...“, setzte es pikiert an, wich jedoch sofort erschrocken zurück, als Morikoko erneut aufschrie.

„Wir werden alle sterben!“, schrie er, heulte auf, wimmerte. „Alle tot! Alles verloren! Die Füchse! Die Bären! Die Fische! Die Vögel! Alles hin! Alles tot! So viele tote Tiere! Und Elfen! Und Gnome!“

Nun traten noch mehr Einhörner näher. Ein anderes kniff skeptisch die Brauen zusammen. „Was faselst du da, Fuchs? Wer ist tot?“

„Und ihr Einhörner! Alle tot! Alle am Boden! Aufgebläht und

aufgedunsen und die Zungen, wie sie aus dem Maul hängen, ganz blau! Und die Augen! Diese schrecklichen Augen!" Morikoko riss die eigenen Lider hoch und sah flehend zu ihnen auf. „Ihr müsst es verhindern! Bitte! Ich flehe euch an!"

„Was soll das Theater!", fauchte ein weiteres Einhorn. „Wovon redest du?"

„Der Wald! Die Hexe! Weil doch Kirinian! Und das Herz! Das Herz!"

Ein Einhorn mit grünen Augen senkte den Kopf und fragte besorgt: „Eines nach dem anderen, Fuchs. Was ist mit Kirinian? Ist ihm etwas zugestoßen?"

„Er ist verletzt, sein Bein, er ist in eine Bärenfalle getreten. Überall war Blut. So viel Blut! Ich bin zur Knallnusshexe, wollte Salben holen. Sie hat laut geschrien, als ich ihre Hütte betrat, und hat mich am Kopf gepackt. Und da hab ich es gesehen: Wenn Kirinian nicht das Herz des Waldes findet und ihn an einen neuen Platz lenkt, werden alle sterben!"

Einen Moment lang schwiegen die Huftiere. Dann schüttelte ein besonders großes Einhorn den Kopf und entgegnete: „Was ist das für ein Unfug? Was hat das denn mit den Einhörnern zu tun, wenn der Wald nicht umgesiedelt wird? Mag ja sein, dass der Wald dann ein unschönes Ende findet, aber wir Einhörner leben außerhalb des Waldes. Das betrifft uns nicht."

„Alle waren tot", wiederholte Morikoko krächzend und schluchzte. „Alle, alle waren tot … keiner war mehr übrig." Er vergrub die Schnauze in den Pfoten und heulte steinerweichend. „So ein Elend … so ein Graus … Ich sehe sie immer noch dort liegen ..."

„Die Hexe muss sich getäuscht haben. Ihre Vision war ein Albtraum, mehr nicht", entschied das große Einhorn, dessen Mähne im Sonnenlicht schimmerte. „Wer weiß, was für Kräuter und Pilze das alte Weib heute schon konsumiert hat."

Da trat ein anderes Einhorn hervor, deutlich kleiner, das Fell stumpf und irgendwie schmutzig grau. „Mein Großvater hat gesagt, wir leben durch den Wald", sagte sie leise.

Das große Einhorn schnaubte. „Sei still, Odara, was weißt du schon, Eselbrut!"

Das gräuliche Einhorn schnaubte und stampfte entschieden mit den Vorderhufen auf. „Ich weiß, dass wir nur leben, solange der Wald lebt! Wir sind mit dem Wald verbunden, in dem wir geboren wurden! Warum glaubt ihr, dass die letzten Jahrhunderte immer mehr Sippen verschwunden sind? Ihre inneren Wälder sind gestorben und die Einhörner mit ihnen! Wenn Kirinian stirbt oder das Herz nicht findet, ist das unser aller Ende."

Betretenes Schweigen trat zwischen die weißen Tiere. Sie sahen von Morikoko zu Odara zu dem prächtigen Einhorn und schienen sich nicht recht entscheiden zu können, wem sie denn nun Glauben schenken sollten. Schließlich trat ein dickliches Einhorn vor, dessen Maul rot und blau verfärbt war von all den Beeren, die es noch während des Streits gefressen hatte. „Selbst wenn es nicht stimmt, was Odaras Großvater erzählt hat, und selbst wenn die Vision falsch ist – es steht ja wohl außer Frage, dass wir Kirinian helfen müssen, sowohl, was seine Verletzung betrifft, als auch, was den Wald angeht. Das ist schließlich unsere Berufung, unser Daseinszweck."

„Berufung, Daseinszweck, wenn ich das schon höre! Dämliches Geschwafel der Alten und Greisen! Wenn wir weiter an den Traditionen festhalten, die uns zuwider sind, wird sich nie etwas ändern!"

„Also, bevor ich draufgehen muss ...", murmelte ein anderes Einhorn, das etwas weiter abseits stand.

„Ich habe definitiv nicht vor, als aufgedunsene Leiche zu enden, nur weil du neidisch auf Kirinian bist, Ifmanal."

„Neidisch? Auf die Witzfigur?"

„Zum Sterben bin ich zu jung. Da würde ich lieber jedes Tier, jede Pflanze und jedes magische Wesen einzeln in die neue Heimat tragen."

„Das nützt alles nichts, wenn das Herz des Waldes fehlt. Weiß jemand, wo Tonani steckt?", fragte ein Einhorn, aus dessen

Mähne Gänseblümchen wuchsen, in die Runde.

Niemand rührte sich.

„Nun denn", sagte Gänseblümchen-Mähne, „geht ihr und kümmert euch um Kirinians Wunden. Ich werde Tonani suchen und zu den Richtungssteinen bringen."

„Willst du alleine durch den Wald rennen? Du verläufst dich doch bloß, Ralligur."

Das Einhorn sah zu Morikoko. „Der da wird mir helfen."

Ein leises Murren ging durch die Herde, während Morikoko unmerklich zusammenzuckte. Dann setzten sich alle in Bewegung und trotteten Richtung Wurzelhöhle los. Nur Ifmanal schnaubte und rannte in die entgegengesetzte Richtung. Auch Morikoko und Blümchen-Mähne marschierten los.

Nach einer Weile sagte das Einhorn: „Erstaunlich, dass Odara den Mut dazu aufgebracht hat. Sie ist sonst sehr schüchtern und zurückhaltend."

Morikoko zögerte. „Es ist gut, dass sie sich zu Wort gemeldet hat. Mir wollten die Einhörner keinen Glauben schenken."

Ralligur nickte bedächtig. „Wohl wahr. Was beweist, dass Odara weit klüger ist, als alle anderen von ihr denken."

„Ich verstehe nicht ...", murmelte Morikoko, während ihm mit jedem Schritt unbehaglicher wurde.

„Oh, das bezweifle ich, mein Guter", erwiderte Ralligur und lächelte. „Aber euer beider Geheimnis ist bei mir gut aufgehoben. Ich konnte Ifmanal schon als Fohlen nicht leiden." Er blieb unvermittelt stehen, ging dann in die Knie und sagte: „Klettere auf meinen Rücken und ruhe dich aus. Es ist noch ein gutes Stück und du siehst aus, als könntest du ein paar Wochen Schlaf gebrauchen."

Kurz zögerte Morikoko, doch dann musste er an Fofalias Worte denken. Er seufzte leise, stieg auf Ralligurs breiten, flauschigen Rücken und rollte sich dort zusammen. Morikoko wollte noch eine Drohung oder zumindest eine Warnung aussprechen, falls das Einhorn ihn belog, aber Müdigkeit und

Erschöpfung überrollten ihn mit einer Geschwindigkeit, die keine Zeit mehr dafür ließ. Der Fuchs schlief, noch bevor Ralligur wieder vollständig aufgerichtet war und seinen Weg fortsetzte.

2. Zwischenspiel

„Hat dich Hugo mal wieder nicht aus seinen Fängen gelassen?", ruft Max von der Küche aus durch die Wohnung, als er Alex deutlich später als erwartet an der Haustür hört. „Weißt du, mir geht es zwar schon besser, aber ich hab mir gedacht … ich wüsste ja schon gerne, wie das Märchen ausgeht. Also hab ich uns Lasagne gemacht und im Wohnzimmer den Couchtisch gedeckt. Und dein Lieblingsbier besorgt. Und für später Chips und Flips und diese gewürzten Teignussdinger, die du so magst."

Max balanciert drei Schüsseln mit Snacks auf dem linken Arm, während er auf dem rechten zwei Schüsseln mit Dips trägt und zielstrebig ins Wohnzimmer marschiert. Zu irgendetwas müssen fünf Jahre allabendliches Kellnern ja gut sein. Geschickt stellt er alles auf dem ohnehin schon gut gefüllten Couchtisch ab. „Soll ich dir schon ein Bier einschenken?"

Anstatt einer Antwort fällt die Badezimmertür laut knallend ins Schloss.

Irritiert kneift Max die Brauen zusammen. Muss wohl Ärger gegeben haben. Vermutlich hat Hugo etwas verbockt und Alex darf es wieder geradebiegen, wie so oft. Wahrscheinlich ist es deswegen später geworden. Da der Chef aus einem allen anderen unerfindlichen Grund an Hugo einen Narren gefressen hat, ist leider immer alles Gold, was er auf Arbeit macht und auch, wenn Alex seinem Kollegen recht unverblümt sagt, was er von seiner Stümperei hält, auslöffeln muss er es trotzdem.

Kurz zögert Max, dann geht er zum Badezimmer und klopft an die Tür. „Was hat Hugo dieses Mal angestellt? Weißt du, ich glaub ja, er ist der uneheliche Sohn vom Chef. Ist einer von euch der Sache schon mal nachgegangen?", fragt er bemüht heiter. „Willst du erst noch duschen? Dann stell ich die Auflaufform nochmal in den Ofen."

„Keinen Hunger", knurrt Alex durch die Tür hindurch.

Der Wasserhahn vom Waschbecken läuft, aber irgendwie klingt es nicht nach Hände waschen. Max schüttelt den Kopf. „Sei nicht albern. Du hast heute bestimmt den ganzen Tag noch nichts gegessen. Was auch immer Hugo angestellt hat, wir können doch trotzdem ...“

„Fang bloß nicht mit dem bescheuerten Märchen an!“

Max schluckt. Das war jetzt unerwartet schroff und barsch.

„Ich dachte nur, dass wir ...“, setzt er erneut an, wird aber sofort wieder unterbrochen.

„Sie sind alle verreckt! Scheiß egal, ob sie es schaffen oder nicht! Weil der Wald gerodet wird oder irgendein Pisser macht Lagerfeuer und fackelt ihn ab oder jemand entscheidet, dass da dringend ein Hotel hin muss oder eine Autobahn und behauptet, überall Borkenkäfer! Scheiß drauf! Alles hin! Alles kaputt! Alles verreckt!“

Ungläubig steht Max vor der Badezimmertür und schüttelt den Kopf. Da muss auf Arbeit weit mehr vorgefallen sein als der übliche Hugo. Auch wenn der Tonfall und die Worte verletzend sind, Max ist darin geübt zu unterscheiden, ob Alex auf ihn oder auf andere wütend ist. Und gerade im Moment bekommt er zwar eine geballte Ladung Wut ab, aber ihm ist klar, dass er nicht die Ursache dafür ist. Weder Max, noch das Märchen oder die Lasagne.

Also streckt er seine Hand nach dem Türknauf aus und dreht ihn, um reinzugehen und nachzusehen, was denn nun tatsächlich los ist - aber es ist abgeschlossen. Für einen Atemzug erstarrt Max. Dann rüttelt er in einem plötzlichen Anfall von Panik am Knauf.

Sie schließen nie ab.

Er wusste gar nicht, dass da überhaupt der Schlüssel steckt.

„Alex? Alex, mach die Tür auf! Was soll das? Mach sofort auf! Alex? Alex!“ Er hält inne, lauscht. Nichts. Das komische Geräusch hat aufgehört, das Wasser läuft noch immer und ... weinen. Jemand weint.

Max tritt einen Schritt zurück und bevor er selbst weiß, was er tut, rennt er mit voller Wucht mit der Schulter gegen die Tür. Wieder und wieder. Die Tür war billig, 25 Euro im Baumarkt, weil Alex lieber mehr Geld für die Soundanlage im Wohnzimmer ausgeben wollte. Deshalb hält sie nicht allzu lange stand, knirscht und knarzt. Als sie mit einem lauten Knacksen endlich bricht, ragt Max' Schulter kurz durch die Tür ins Badezimmer. Dann dreht er sich um, greift mit der Hand durch den gesplitterten Spalt und schließt auf.

Alex sitzt am Boden, nur in blauen Socken und dunkelgrünen Shorts. Jeans und Pullover liegen im Waschbecken, in das noch immer Wasser läuft, das mittlerweile vom Becken heraus schwappt und auf die Fliesen tropft. Max dreht den Hahn ab, streift mit dem Blick das rötliche Wasser, das sich im Waschbecken gesammelt hat, schaut dann zu Alex, der stur geradeaus schaut. Seine Haut ist unversehrt, kein Kratzer, kein blauer Fleck, nichts.

Mit einem Kloß im Hals setzt Max sich vor ihn auf den Boden, greift in ein Regal und hängt Alex ein großes, flauschiges Saunahandtuch über die Schultern. „Was ist passiert?", fragt Max, so leise, dass er sich nicht sicher ist, ob Alex ihn überhaupt hören kann. Wohin seine Lautstärke verschwunden ist, kann Max sich nicht recht erklären. Sonst redet er immer eher laut und energisch.

Über Alex' Wangen laufen Tränen, sein Weinen ist verstummt. Er zuckt die Achseln, schüttelt den Kopf, noch mehr Tränen. „Dämlich", quetscht er mit brüchiger Stimme hervor. „So dämlich." Das ändert aber nichts daran, dass er weiter weint, dass seine Lippen weiter beben.

Also rutscht Max zu ihm hinüber und nimmt ihn in seinem Handtuch in den Arm, drückt ihn ganz fest und wartet. Es dauert lange, sehr, sehr lange, bis Alex aufhört zu weinen. Normalerweise hätte Max längst etwas gesagt, weil er die Stille nicht leiden mag, aber in diesem Moment weiß er einfach nicht, was er sagen könnte oder sollte.

„Da war einer mit Warnblinkanlage auf der anderen

Straßenseite. Er hat gewunken und ich bin rechts rangefahren. Ich bin über den Beifahrersitz geklettert und ausgestiegen, weil so viel Verkehr war und alle sind an uns vorbeigerast. Ich dachte … ich weiß nicht … Motorschaden oder … oder kein Benzin oder … ich …", setzt Alex an, unterbricht sich selbst, schluckt, wischt mit dem Handrücken über sein Gesicht. „Es ist so dämlich", sagt er noch einmal, als die Tränen erneut anfangen, aus seinen Augen zu laufen. „Aber ich hab einfach nicht damit gerechnet. Und dann stehe ich direkt davor und es hebt den Kopf und schaut mich an. So direkt vor mir. So. Und schaut mich an."

Langsam dämmert Max, was vorgefallen ist. Der Arbeitsweg seines Freundes führt immer wieder durch kleine Waldstücke und Unfälle dieser Art sind keine Seltenheit, vor allem zu dieser Jahreszeit und während der Dämmerung. Max schaudert. Ihm selbst sind schon ein Dachs und ein Fuchs vors Auto gelaufen. Allerdings, so schlimm das auch war, waren beide Tiere sofort tot. Ein schrecklicher Anblick und Max hat Wochen gebraucht, um auf der Strecke kein mulmiges Gefühl mehr zu haben, aber wenigstens hatten die beiden Tiere nicht mehr leiden müssen. Er konnte sich nicht vorstellen, wie es sein musste, wenn das nicht der Fall war.

„Und dann steht da so ein Kerl neben mir, einfach so und sagt, ich soll zur Seite gehen, und nimmt sein Gewehr von der Schulter. Einfach so. Weil er es erschießen muss. Und das Reh schaut mich noch immer an. Und ich steh da und kann mich nicht … ich kann doch nicht einfach … wenn ich weggehe, dann … und er hat gar nicht geschaut, ob man ihm helfen kann. Betäuben und dann … ich weiß nicht. Es gibt doch auch Tierärzte für Wildtiere. Es hat mich doch angeschaut. Direkt angeschaut …"

Max küsst Alex auf die Wange. „Es tut mir leid", sagt er, weil ihm nichts anderes einfällt.

„Ein Polizist hat mich zur Seite geschoben. Und dann hat der Kerl es einfach … einfach so …" In Alex' Augen schimmern so viele Tränen, dass er kaum noch etwas sehen kann. „Ich … ich hab es umarmt, weil … es tat mir so leid, dass es … und bloß, weil …" Er schluckt mehrmals, schüttelt den Kopf und wischt sich trotzig mit der Faust übers Gesicht. „Dämlich. Ich bin so dämlich. Lächerlich. Wegen eines Rehs …"

„Unsinn", sagt Max und für einen kurzen Augenblick kehrt die Entschlossenheit in seine Stimme zurück. Dann wird sie wieder weich und ein wenig verloren. „Es tut mir leid, Alex. Ich wünschte, ich könnte irgendetwas tun …"

Eine Weile sitzen sie im Badezimmer am Boden, Arm und Arm, während Alex leise weint und Max nicht weiß, was er noch sagen soll oder tun könnte. Dann murmelt Alex: „Erzählst du es mir?"

Max kneift die Brauen zusammen, legt die Stirn in Falten. „Was meinst du?"

„Das Märchen. Ich finde kein gutes Ende. In meinem Kopf, die Bilder … ich sehe immer nur das Reh …", erwidert Alex und senkt den Blick.

„Ich weiß aber doch gar nicht … also … ich …", setzt Max an, schluckt hart und steht auf. „Na gut. Aber zuerst ziehen wir dir was an. Und dann legen wir uns auf die Couch. Und dann … dann findet Morikoko für dich das Herz des Waldes."

13

„Wir sind da", verkündete Ralligur feierlich mit vor stolz geschwellter Brust, doch Morikoko entlockte er damit kaum mehr als ein unwilliges Murmeln und Grummeln, das er im Halbschlaf von sich gab. Erst, nachdem sich das Einhorn mehrmals demonstrativ geräuspert hatte, gähnte der Fuchs und reckte und streckte seine müden, schmerzenden Glieder.

Als er die Augen öffnete, sah er sie in majestätischer Anmut vor sich aus dem Boden wachsen: eine sanft orange glühende, riesige Knospe, die ihr weiches Licht und einen herrlich süßlichen Duft in den dunklen, moosigen Wald um sie herum verströmte. Morikoko blinzelte mehrmals, dann stand er auf und hüpfte vom Rücken des Einhorns herunter auf den Boden.

„Das ist das Herz des Waldes?", fragte er halb staunend, halb verzweifelt. „Wie sollen wir das denn zu den Richtungssteinen bringen?" Kein Wunder, dass die anderen Einhörner gesagt hatten, Kirinian würde das nicht schaffen. Falls es da nicht einen wahnsinnig tollen Trick gab, hatten sie beide keine Chance. Die Knospe war etwa so groß wie eine Hütte und Morikoko hatte so seine Zweifel, dass sie das Herz des Waldes einfach abschneiden und hinter ihnen her zu den Richtungssteinen zerren durften wie einen geschlagenen Baum.

Ralligur lachte herzhaft und schüttelte amüsiert den Kopf, bevor er mit einem breiten Grinsen auf dem Pferdemaul verkündete: „Nein. Das ist Tonanis Zuhause."

„Und Tonani ist dasHerz des Waldes?", fragte Morikoko ungeduldig.

Wieder schüttelte das Einhorn den Kopf, wobei die Gänseblümchen in seiner Mähne hin und her wackelten. „Nein. Tonani ist der Wächter des Herzens des Waldes. Er wird wissen, wo wir es finden."

„Hat er es denn nicht bei sich? Wie kann er etwas bewachen, das er nicht ständig im Auge behält?"

„Oh – diese Diskussion ist in etwa so alt wie Tonani und das Herz des Waldes selbst. Sprich ihn lieber nicht darauf an, so viel Zeit haben wir nicht", entgegnete Ralligur und setzte sich mit seinen langen Beinen in Bewegung. Er trottete auf die Knospe zu, ohne auf Morikoko zu warten.

Morikoko zögerte kurz, dann lief auch er los. Warum musste das alles so schrecklich kompliziert sein? Wo es doch dermaßen wichtig war, den Wald umzusiedeln und den Schutzwall zu erneuern, hätte man sich da nicht einen einfacheren Ablauf ausdenken können? Er seufzte und wollte sich eigentlich ein wenig darüber ärgern, doch der Duft der Knospe drang in seine Nase und breitete sich von dort als wohliges, warmes Gefühl in seinem ganzen Körper aus. Beschwingt und fröhlich setzte der Fuchs seinen Weg zur Knospe fort, lief beinahe hüpfend neben Ralligur her und blieb erst stehen, als sich ein Blatt der Blüte herabsenkte, um ihnen Eintritt zu gewähren.

Neugierig betrat Morikoko die Behausung des Wächters, ganz ohne die übliche Skepsis, die ihm sein Überlebensinstinkt für gewöhnlich vorschrieb; er konnte es gar nicht erwarten, die wunderbaren Herrlichkeiten zu betrachten, die dieser Blütenpalast enthalten musste: Lüster mit Kristallen, tausende von Kerzen, fein bemaltes Porzellan, Stühle und Tische mit Intarsien, so zierlich und winzig, dass sie mit bloßem Auge kaum zu erkennen waren; und schwere, purpurrote Vorhänge, lang und wallend, und … Bücherstapel.

Morikoko blieb stehen und kniff die Brauen zusammen.

Vor ihm, links und rechts neben ihm, wieder und wieder, einer an dem anderen, manche höher, manche niedriger, reckten sich schiefe Büchertürme gen hölzerne Zimmerdecke, die jemand in die Knospe gebaut haben musste. Von den breiten, langen Dielen, die den Fußboden bildeten, war kaum etwas zu erkennen. Bedeckte einmal kein Bücherstapel den Boden, dann doch wenigstens eine Kommode oder eine Vitrine, die Regalböden und Schubladen und Ablageflächen wiederum mit Büchern jeglicher Größe und Farbe und Dicke gefüllt. Auf manchen Stapeln hatte jemand etwas abgestellt: eine Büste von einem mürrisch dreinschauenden Mann mit scharfer, kantiger Nase und sehr markanten Wangenknochen, der Blätter auf dem Kopf trug; einen spitz zulaufenden Hut mit Sternen darauf, der irgendwann einmal blau oder bläulich gewesen sein mochte, nun jedoch, vom Licht ausgebleicht und von Spinnenweben umschlugen, grau und staubig war; auf einem Stapel thronte eine rot gefärbte Flasche mit großem Bauch, in der eine dunkle Flüssigkeit leise blubberte.

Mit weit aufgerissenen Augen, ungläubig und fassungslos, betrachtete Morikoko das Bücherchaos, in dem sich auch hin und wieder Uhren und Wecker zeigten, einige noch funktionstüchtig, andere mitten in ihrer Zeit festgefroren, erstarrt in dem Moment, in dem ihr Uhrwerk nicht mehr vorwärts wollte oder konnte, weil vergessen worden war, es wieder aufzuziehen. Ein leerer Vogelkäfig ragte zwischen zwei Bücherstapeln mit besonders großen Buchausgaben hervor, direkt daneben bedeckte ein staubiger Umhang, der vielleicht einmal rot gewesen war, einen weiteren, nicht allzu hohen Stapel Bücher. Das warme, weiche Licht der Knospe schien zwischen den Stapeln hindurch von den Wänden zur Mitte des Raumes, und in den Strahlen tanzte eine schier unendliche Menge kleiner und größerer Staubflöckchen.

„Faszinierend, nicht wahr?"

Morikoko erschrak derart, dass er einen halben Meter hoch hüpfte. Sein Herz schlug wie verrückt in seiner Brust und beinahe hätte er vor Schreck gequietscht. In seinem Staunen hatte er vollkommen vergessen, dass Ralligur hinter ihm die Knospe betreten hatte. Morikoko schluckte und überlegte einen Augenblick lang, wie er diesen peinlichen Moment vertuschen oder zumindest abschwächen konnte. Aber da ihm nichts einfiel, schüttelte er nur den Kopf und erwiderte: „Ich weiß nicht … so viele Bücher … die kann doch keiner alleine lesen? In unserem Dorf, da gab es außer der Bibel nur ein einziges Buch, und das gehörte dem Herrn Doktor. Da waren Bilder drin, von Knochen und Blutbahnen und Geschwüren." Er blinzelte. „Es ist ein wenig erschreckend, ehrlich gesagt. Das reinste Chaos. Hier drin ist irgendwo das Herz des Waldes? Das kann ja Jahre dauern, bis wir alles durchsucht und es gefunden haben. Wieso sind die Wächter in diesem Wald so schrecklich nutzlos? Einen solchen Saustall zu verursachen, das ist doch ..."

Das leise Klacken von zwei Hufen unterbrach Morikoko mitten im Satz. Seine Ohren drehten und wendeten sich nach allen Seiten, um die Quelle des Geräuschs zu orten. Dann legte Morikoko den Kopf leicht schief und fixierte zwei Bücherstapel mehrere Meter schräg links vor ihm, während seine Krallen sich in die Dielen bohrten. Er hatte keine Geduld mehr für schlechte Überraschungen. Genau genommen, für überhaupt keine Überraschungen mehr. Er wollte das bescheuerte Herz finden, mit zu den Richtungssteinen nehmen und endlich die Umsiedlung des Waldes hinter sich bringen. Dann würde wieder Ruhe herrschen und er konnte den Wald durchstreifen, ohne sich um irgendetwas oder irgendjemanden kümmern zu müssen.

Jemand steckte seinen Kopf zwischen den beiden Stapeln hindurch. Der Kopf hätte der eines jungen Mannes in seinen Zwanzigern sein können, mit großen, braunen Augen und langem, braunem, wallendem Haar – wären da nicht die zwei kurzen, braunen Hörner, die aus seiner Stirn wuchsen, und die großen Ohren gewesen, die seitlich aus dem Haar ragten und an die von Rehen erinnerten. Er wackelte mit den Ohren, als er Ralligur sah, lachte auf und trat hinter den Bücherstapeln hervor. Hastig kam er näher, auf langen, schlanken Beinen, die in ledernen Beinkleidern steckten und in zwei schwarzen, staubbedeckten Hufen endeten. Sein bloßer Oberkörper war von in die Haut tätowierten Texten bedeckt, Buchstaben, Wörtern, Sätzen, die sich über seine Arme bis zu den Fingerspitzen, die Wirbelsäule hinunter bis zum Po und die

Brust hinab bis zu den Lenden wanden.

„Ralligur, alter Knabe!", begrüßte das Wesen das Einhorn, fiel ihm um den Hals, umarmte und tätschelte es. „Was machst du hier? Mit einem Fuchs? Nicht, dass ich mich nicht freue, dich zu sehen, aber das ist doch ein wenig ungewöhnlich."

„Ich freue mich auch, dich zu sehen, Tonani. Wir sind hier, um das Herz des Waldes zu holen", erwiderte Ralligur freundlich, aber nicht so überschwänglich wie sein Gegenüber.

„Oh." Tonani legte die Stirn in Falten. „Ist es schon wieder soweit? Seltsam, es kommt mir vor, als seien noch keine hundert Jahre vergangen, seit du zuletzt bei mir warst." Er zuckte die Achseln, lächelte und entgegnete: „Sei's drum, das ist ja nun wirklich nicht deine Schuld. Aber wenn ihr wegen des Herzens hier seid, wundert mich deine Begleitung umso mehr. Wo ist denn das Einhorn, das die Zeremonie durchführen wird?"

Ralligurs Blick wurde noch ernster. „Verletzt. Wir hoffen, dass er sich erholt, bis die Vorbereitungen abgeschlossen sind. Wir sind an seiner Stelle hier, das Herz zu holen. Morikoko begleitet mich, damit ich ..."

„Morikoko?" Tonani zuckte zusammen.

„Das wäre dann ich", meldete sich Morikoko zu Wort. Er wollte gerade Tonani freundlich begrüßen, als dieser mit angewidertem Gesicht zu Ralligur sah und meinte: „Der Unfug ist auf Naokitams Mist gewachsen, nicht wahr?"

Ralligur legte den Kopf schief. „Es lässt sich nun einmal nicht mehr ändern. Er ist schon mehrere hundert Jahre hier. Du weißt, was das bedeutet." Das Einhorn wackelte mit der Blümchenmähne. „Und wer weiß: Vielleicht nimmt es dieses Mal ja ein gutes Ende."

„Das haben sie damals auch bei Kaitikiko gesagt und was ist aus ihr geworden? Der Schrecken des Waldes", murrte Tonani und begann, Bücher von einem Stapel auf einen anderen zu legen, ohne die Bücher selbst zu betrachten. Manchmal fuhr er abwesend über einen Einband und wischte etwas Staub davon ab oder schubste eine kleine Spinne herunter. „Auf eine männliche Version von Tamidiä kann ich gut und gerne verzichten." Er knallte ein Buch auf einen neuen Stapel und ballte die Hände zu Fäusten. „Was hat er sich dabei nur gedacht, der alte Narr?"

„Du kanntest ihn doch. Er dachte sicher, dass ..."

Ein lauter, langer, unartikulierter Schrei zerriss die Unterhaltung und hallte dumpf von den pflanzlichen Wänden wider.

Ralligur und Tonani drehten sich irritiert nach Morikoko um, der knurrend hinter ihnen stand. Sie kniffen die Brauen zusammen, legten die Stirn in Falten und fragten beinahe zeitgleich: „Wie meinen?"

„Ich hab die Schnauze gestrichen voll davon, dass dauernd über mich gesprochen wird, als wäre ich überhaupt nicht da, obwohl ich direkt daneben stehe!", platzte es aus Morikoko heraus. Er brüllte noch einmal, knurrte und fuhr fort: „Davon, dass über mich hinweg über mein Leben entschieden wird! Davon, dass alle zu wissen scheinen, was das Beste für mich ist! Davon, dass keiner mir etwas erzählt oder erklärt oder verdammt nochmal fragt, welche Meinung ich dazu habe oder was ich verdammt nochmal will!"

Kurz herrschte Stille zwischen den Dreien, dann nickte Tonani und gab unfreiwillig zu: „Nun gut, das war gerade ein wenig unhöflich. Dafür möchte ich mich entschuldigen. Aber du verstehst doch sicher, dass ich über eine solche Entwicklung alles andere als erfreut bin."

„Entwicklung? Ich bin verdammt nochmal keine Entwicklung! Und woher soll ich irgendetwas verstehen oder wissen, wenn mir niemand etwas sagt!"

Ralligur wieherte beruhigend. „Es tut mir leid. Ich hätte es dir schon auf dem Weg hierher sagen müssen. Aber du hast so friedlich auf meinem Rücken geschlummert." Er nickte mit seinem großen Pferdekopf in Richtung einer Vitrine, die vor Büchern überquoll. „Lass uns dort hinüber gehen. Soweit ich mich erinnern kann, befindet sich dort eine gemütliche Stube. So etwas sollte man nicht zwischen Tür und Angel besprechen."

Morikoko schnaubte, gab jedoch nach. Er folgte den beiden anderen an der Vitrine vorbei und um ein paar Ecken an Bücherstapeln vorbei, bis sie ein weiteres Zimmer betraten. Es war auffallend leer, beinhaltete nur einen großen Kamin, mehrere Sessel, schwere, große, runde Teppiche am Boden und ein paar wenige, niedrige Regale, die mit ebenso wenigen Büchern gefüllt waren. Tonani warf ein Stück Holz ins Feuer, ließ sich dann aber in einen lilafarbenen Sessel am anderen Ende des Zimmers fallen und legte die behuften Füße auf einem Schemel ab. Ralligur hingegen ging auf einem der Teppiche in die Knie, nahe dem Kamin, und blickte ins Feuer. Morikoko tat es ihm gleich, suchte sich einen Platz auf einem anderen Teppich und legte sich hin, auch, wenn ihm gerade mehr der Sinn nach Brüllen, Beißen und wütend durch die Gegend rennen stand.

„Es ist ein wenig … also … hm. Lass mich nachdenken. Also … nichts kann aus nichts entstehen. Es muss etwas da sein und das vermischt sich dann mit etwas anderem und dann wird daraus etwas Neues. Ja. Genau. So ist das mit Pflanzen, mit Tieren, mit allen magischen Wesen. Und auch mit den inneren Wäldern", setzte Ralligur an. „Wenn es nicht gelingt, einen inneren Wald umzusiedeln, dann verschwindet er, stirbt er, mit all seinen Bewohnern. Das passiert immer wieder, weshalb es immer weniger innere Wälder gibt. Denn damit ein innerer Wald entsteht, muss zuerst ein Herz des Waldes geboren werden. Und damit das geschieht – nun, das ist ziemlich kompliziert."

Morikoko schüttelte den Kopf. Er hatte keine Lust mehr auf kompliziert und auf schwierig. „Das alles interessiert mich nicht. Das hat doch nichts mit mir zu tun. Oder mit der Urtiefe."

„Mehr, als du glaubst. Die Urtiefe war früher einmal ein

Menschenkind, wie du eines warst. Ihre Eltern starben und ihr Onkel wollte sie im Wald im Fluss ertränken. Ein alter Weiser zog sie mit seinen Ästen aus dem Wasser und bot ihr ein neues Zuhause. Sie blieb und liebte den Wald mehr als alles andere. Als die Zeit der Umsiedlung kam, musste sie sich entscheiden: bleiben und Teil des Waldes werden oder wieder hinaus in die Welt der Menschen gehen. Nur wenige Tage davor hatte sie einen verletzten Mann aus dem Wasser geholt und ihn gepflegt, bis es ihm gut genug ging, wieder nach Hause zurückzukehren. Obwohl der Mann sie bat, ihn zu begleiten, obwohl sie sich in ihn verliebt hatte, entschied sie sich, im inneren Wald zu bleiben. Als das Einhorn mit dem Herzen die Mitte betrat und den Kurs setzte, entschied sie sich anders. Sie wollte hinaus, wollte zu ihm und lief los, doch es war bereits zu spät. Der Wald erreichte seine neue Heimat und sie, als Teil des Waldes, blieb in ihm gefangen. In ihrer Wut und Trauer, ihrer Verzweiflung und ihrem Zorn war sie während der Reise des inneren Waldes zu Tamidiä geworden, hatte sich in ein Wesen des Wassers verwandelt, ohne Haar, dafür mit Schuppen, mit Schwimmhäuten und einer grausigen Seele. Seitdem treibt sie im Stillen See ihr Unwesen."

Ein, zwei Mal hatte Morikoko das Einhorn unterbrechen wollen, doch die Worte blieben ihm im Halse stecken. Jetzt flüsterte er leise: „Das habe ich nicht gewusst." Er schloss die Augen, schüttelte den Kopf. „Gibt es denn nichts, das man für sie tun kann?"

Tonani sprang aus seinem Sessel. „Für sie kommt jede Hilfe zu spät! Sie muss mit uns leben und wir mit ihr! Aber du, du kannst gehen! Hau ab, solange es noch geht! Wer weiß, was sonst aus dir wird! Mir graut davor, auch nur daran zu denken!" Seine Hufe klackten unruhig auf den Dielen, während er in dem kleinen Zimmer hin- und hermarschierte, die Hände in wilden Gesten in die Luft gereckt. „Ein riesiger Fuchs, der durch den Wald rennt und alles frisst, das ihm vors Maul läuft! Wunderbar, genau das, was wir noch brauchen!"

Ralligur schnaubte und wieherte. „Setz dich, Tonani. Du bringst mich ganz durcheinander, wenn du dauernd hin- und herläufst." Er wartete, bis sich der andere wieder in seinen Sessel fallen ließ, und fuhr dann fort: „Also, wo war ich? Ach ja. Sie war die erste, bei der die Umwandlung eines Menschen in ein magisches Wesen des Waldes – nun, sagen wir einmal: schief gelaufen ist. Es ist auch später immer wieder geschehen, allerdings sind diese Wesen derart gefährlich gewesen, dass die Drachen sich ihrer angenommen haben. So sehr sich die Menschen auch eingeredet haben, im Wald bleiben zu wollen, letztlich sehnten sich ihre Herzen nach anderen Menschen. Das wird auch bei dir passieren."

„Nein." Morikoko schüttelte entschieden den Kopf. „Dieser Wald ist mein Zuhause. Ich will nicht nach draußen. Ich war nie wieder dort. Ich bin mehr Fuchs als Mensch. Ohne Fell bin ich nackt, ohne Fell bin ich unvollständig. Das hier – das bin ich."

„Und doch wird sich dein Herz nach ihm sehnen, sobald er den Wald wieder verlässt", entgegnete Ralligur sanft.

Morikoko hob beide Augenbrauen. „Sehnen? Mein Herz? Nach wem?"

„Kirinian."

Ein lautes Lachen entkam seiner Kehle, bevor Morikoko es zurückhalten konnte. „Kirinian? Pony ich weiß alles besser und bin so schrecklich schlau?" Er schüttelte den Kopf und schnaubte amüsiert. „Sicher nicht."

„Blaue Augen, im Mondenschein, am Tage grau wie samtener Stein, die Haare kurz, die Mähne lang, das Herz voll Mut, dann wieder bang, so nahe gleich und doch so fern, vor Liebe Sehnsucht sich verzehren", rezitierte Ralligur mit weicher Stimme.

„Woher weißt du … wieso hast du … was fällt dir ein, einfach …", stammelte Morikoko verwirrt.

„Ich war bei Tumandril und Velunika, nachdem ich von dir hörte. Sie haben mir im Vertrauen von ihrem Traum erzählt, von deiner Liebe zu Kirinian. Wenn du im Wald bleibst, wirst du wie Tamidiä enden", unterbrach ihn das Einhorn.

Wieder schüttelte Morikoko den Kopf. „Das hat doch nichts mit Kirinian zu tun. Der Spruch ist doch ... das hat doch nichts ... ich meine, es passt doch überhaupt nicht zu ...", setzte er an, unterbrach sich dann jedoch selbst. Graue Augen. Mähne. Mal mutig, mal unsicher. Das traf tatsächlich ... also, wenn man unbedingt wollte, dann konnte man schon auf die Idee kommen, dass es sich dabei um ein gewisses Einhorn ... Er schluckte hart. „Verdammt."

„Nun, die gute Nachricht ist: Wenn du den Wald jetzt verlässt und in der nächsten Stadt auf ihn wartest, kommt er in wenigen Tagen nach und ihr könnt viel Zeit miteinander verbringen", verkündete Ralligur mit einem Lächeln auf den Lippen. „Der innere Wald dürfte lange genug auf dich eingewirkt haben, um dein menschliches Leben deutlich zu verlängern."

Morikoko zog ein fragendes Gesicht. „Was soll das bedeuten? Dass ich älter als dreißig werde? Vierzig vielleicht?"

Jetzt war es Ralligur, der lachte. „Ich schätze eher zweihundert bis dreihundert Jahre. Natürlich vorausgesetzt, ihr verbindet euch erst nach der Umsiedlung."

„Verbindet?" Morikoko hatte das Gefühl, überhaupt nichts mehr zu verstehen. Das alles war zu viel, zu schnell, zu durcheinander.

„Ich ... also ... ähm ... wie soll ich sagen ..." Er räusperte sich und wirkte plötzlich recht verlegen. „Nun: Wenn ihr euch erst nach der Umsiedlung vereint."

„Vereint?"

„Du weißt doch sicherlich, wovon ich ... du ... also, wenn zwei Wesen, die sich lieben ..."

„Ich liebe ihn nicht."

„... wenn die sich, nun ja, also, wenn die ... wenn zwei Füchse sich gernhaben, dann ..."

„Er ist aber kein Fuchs."

„Herrje, das spielt doch keine Rolle, wenn ihr beide in Menschengestalt seid und miteinander verkehrt!", entfuhr es Ralligur ungehalten.

Morikoko zuckte kurz zusammen und fühlte sich an so manches frühe Gespräch mit dem alten Baum erinnert. Ein Lächeln huschte über seine Lippen. Dann aber schüttelte er den Kopf, um den Gedanken daraus zu vertreiben, und erwiderte: „Verbinden, vereinen, verkehren – ich weiß nicht, wovon du sprichst, aber das ist auch ganz gleich. Ich werde nichts davon mit Kirinian tun, ich bin froh, wenn er aus meinem Wald wieder verschwindet. Seit er hier ist, stellt er alles auf den Kopf und bringt alles durcheinander."

Tonani seufzte laut. „Da hätte sich Naokitam das Ganze auch gleich sparen können. Aus der Traum vom neuen inneren Wald."

„Was heißt das? Gibt es nur einen neuen inneren Wald, wenn Kirinian und ich noch eine andere seltsame Aufgabe erfüllen? Auf eine mehr würde es nicht mehr ankommen … wenn ich danach meine Ruhe habe, soll der alte Baum seinen Wunsch erfüllt bekommen."

Nun lachte Tonani laut auf, während Ralligur versuchte, sein Kichern zu verbergen.

„Was ist daran denn so lustig? Wenn immer mehr innere Wälder sterben und keine neuen Herzen des Waldes geboren werden, dann gibt es irgendwann keine inneren Wälder mehr! Wenn ich etwas dagegen tun kann, dann werde ich das auch tun! Das bin ich dem alten Baum schuldig!", polterte Morikoko ihnen entschlossen entgegen.

Die beiden bemühten sich um Fassung, was Ralligur etwas schneller gelang als seinem Freund Tonani. „Das ist eine edle Haltung, die du da hast, mein lieber Morikoko. Aber lass mich dir erst erklären, um welche – wie nanntest du es? - seltsame Aufgabe es sich handelt. Ein Herz des Waldes kann nur geboren werden, wenn ein Einhorn sich mit einem Menschen, der im inneren Wald gelebt hat, verbindet, bevor der Wald umgesiedelt wurde. Der Mensch muss mit dem Einhorn und dem Herz des Waldes die Mitte betreten und kann dann den Wald in der neuen Heimat in Begleitung des Einhorns mit einem neuen Herz des Waldes und einem neuen Wächter verlassen."

Morikoko zuckte die Achseln. „Klingt einfacher als alles, was wir bisher tun mussten. Also: Wie kann ich mich mit Kirinian verbinden? Gibt es Worte in der alten Sprache, die wir sprechen müssen? Eine Art Schwur? Etwas in der Art?"

Erneut räusperte sich das Einhorn. „Die Verbindung ist eher … körperlicher Art."

„Körperlich?" Morikoko verzog das Gesicht. „Willst du damit sagen, wir müssen uns aneinander binden? Die Hände? Oder die Füße?" Er schüttelte sich. „Aber gut. Wenn es sein muss. Für den alten Baum nehme ich das in Kauf."

„Das war nicht das, was ich meinte, als ich …", setzte Ralligur zu einer weiteren Erklärung an, wurde aber von Tonani unterbrochen. „Ihr müsst miteinander schlafen und ich meine nicht nebeneinander, sondern miteinander, Kirinian und du, euch miteinander paaren. Verstehst du jetzt, was ich meine?"

Morikoko riss die Augen auf, sah von Tonani zu Ralligur, schnappte dann nach Luft und fiel ungebremst zur Seite um. Ralligur seufzte leise. „Ich glaube, jetzt hat er es begriffen …"

Morikoko öffnete die Augen, blinzelte, räusperte sich und setzte sich auf seine vier Pfoten. „Also, das Herz des Waldes – wo ist es? Wir haben schon genügend Zeit vergeudet", sagte er bemüht ernst und entschlossen, mied es aber, einem der beiden anderen Anwesenden in die Augen zu sehen.

Tonani schnaubte. „Wenn ich das wüsste." Er wedelte mit der linken Hand unbestimmt durch die Luft. „Irgendwo in einem der eintausend Zimmer, vermutlich. Ganz sicher kann ich das nie sagen."

„Ein … ein … eintausend Zimmer?" Morikoko riss die Augen auf und starrte den Wächter ungläubig auf. „Eintausend Zimmer und du weißt nicht, in welchem es sich befindet? Wie sollen wir es dann jemals finden?"

„An einem Eck anfangen und dann systematisch Zimmer für Zimmer durchsuchen. Das mache ich immer so. Letztes Mal habe ich zwei Wochen gebraucht, das Mal davor fast einen Monat." Er zuckte die Achseln. „Letztlich finde ich es immer, es dauert nur ein wenig."

Bevor Morikoko etwas erwidern konnte, wandte Ralligur ein: „Aber bisher hattest du noch nie den feinen Geruchssinn und das exzellente Gehör eines Fuchses für die Suche zur Verfügung. Ich bin mir sicher, mit Morikokos Hilfe finden wir das Herz in Windeseile."

Für einen kurzen Moment hielt Morikokos Fassungslosigkeit an – dann beruhigten ihn die Worte des Einhorns; und sie schmeichelten ihm, wusste doch endlich einmal jemand seine Anwesenheit und Hilfe zu schätzen. Der Plan hatte leider nur einen Haken: „Ich kann nichts suchen, dessen Geruch ich nicht kenne. Wenn ihr also nichts habt, das nach dem Herzen riecht, nutzt meine Nase leider nichts."

Tonani sprang auf, rannte aus dem Zimmer und rief: „Nichts leichter als das!"

Ein wenig skeptisch folgte Morikoko dem Wächter und auch Ralligur erhob sich von seinem gemütlichen Platz am Kamin. Im anderen Zimmer rannte Tonani auf klackenden Hufen von Schrank zu Vitrine zu Regal, zog überall Schubläden auf und warf dutzende Gegenstände zu Boden, bevor er zum nächsten Möbelstück weiter hastete. Gerade, als Morikoko etwas sagen wollte, hielt Tonani triumphierend etwas mit beiden Hände in die Höhe, lachte voller Freude laut auf und wandte sich ihnen dann zu.

Es war eine etwa handgroße, runde Schatulle mit gläsernem Deckel, in der sich eine wunderschöne, weiße Blüte befand. Behutsam öffnete Tonani den Deckel und hielt sie Morikoko unter die Nase. Der kniff die Brauen zusammen. „Das Herz des Waldes riecht nach Lilien?", fragte er, doch im selben Moment seufzte er bereits resigniert und atmete den Duft tief ein.

Sofort schloss Tonani die Schatulle wieder und legte sie in die Schublade zurück, der er sie entnommen hatte.

„Also?", fragte der Wächter mit erwartungsvollem Blick.

Morikoko schloss die Augen, reckte die Nase in die Luft und schnupperte langsam und gründlich in alle Richtungen. Er machte ein paar Schritte nach links, dann nach rechts, vor und zurück, wobei sich seine Ohren drehten und wendeten und nach jedem noch so kleinen Geräusch lauschten. Dann trat ein Lächeln auf sein Maul. „Folgt mir", sagte er und lief los.

Zuerst war Morikoko zuversichtlich, das Herz schnell und leicht zu finden, doch nachdem sie durch das zwanzigste Zimmer gelaufen waren und der Geruch nach Lilien zwar nicht ab, aber auch nicht deutlich zugenommen hatte, schwante ihm, dass es sich doch länger ziehen könnte, als gedacht. Immer wieder blieb er stehen, schnupperte links herum, rechts herum, orientierte sich neu und lief wieder los, doch hinter jedem Zimmer kam ein weiteres Zimmer, manche waren mit Treppen miteinander verbunden, andere auf der gleichen Ebene, einige waren sehr klein und vollgestellt mit Büchern und anderem Krempel, anderen waren groß und auffallend leer. In einigen Zimmern lag der Staub derart hoch und unberührt auf den Bodendielen, dass Morikoko mit Sicherheit sagen konnte, dass die letzten Monate niemand hier gewesen war.

In jedem neuen Zimmer, das sie betraten, hoffte er, der Duft möge stärker, möge intensiver werden, doch die Spur blieb vage, neblig, ein Hauch von Lilie, der in der Luft hing. Was jedoch noch schlimmer war als die Zimmer für Zimmer, Stück für Stück zerstörte Hoffnung, waren die Bilder, die sich Morikoko in der Stille seiner Suche aufdrängten. Von keinerlei Geräusch begleitet oder umgeben als dem rhythmischen Klicken von Wächter- und Einhornhufen, kam er nicht umhin, an Ralligurs Worte zu denken. Und an Kirinian.

Das alles war schrecklich absurd. Er wollte den Wald retten und auch dem alten Baum gerne einen Gefallen tun, aber das –

nein, das ging schlichtweg zu weit. Es war eine Sache, darüber nachzudenken, den Wald vor der Umsiedlung zu verlassen, um nicht wie die Urtiefe zu enden. Oder die anderen, um die sich … wie hatte Tonani gesagt? Die Drachen gekümmert hatten … aber mit Kirinian mehr zu tun, als im Interesse des Waldes zusammenzuarbeiten, war absolut undenkbar. Sicherlich musste das eine Verwechslung sein. Ein Missverständnis. War es nicht vielleicht möglich, dass alle Einhörner tagsüber eine andere Augenfarbe hatten als nachts? Und sicher war Kirinian nicht der einzige, der graue Augen hatte. Genau. So musste es sein. Die Plappernden Steine hatten von einem Einhorn geträumt, aber es war nicht Kirinian. Wer konnte schon sagen, ob dieses bestimmte Einhorn überhaupt zu diesem Wald gehörte? Anscheinend hatte jeder Wald seine eigene Herde Einhörner. Gut möglich, dass das Einhorn aus dem Traum zu einem ganz anderen Wald gehörte.

Morikoko schloss die Augen und schnupperte erneut. Dabei sah er Kirinian vor sich, wie er blass und erschöpft in Hakanumis Bett lag. Das Bild wurde abgelöst von einem Kirinian, der neben Naokitam und Padmua zusammenbrach. Ein Stich durchfuhr sein Herz und sein Magen zog sich zusammen. Er schluckte, öffnete die Augen und ging weiter. Das hatte doch nichts mit Liebe zu tun, wenn man sich um jemanden sorgte, der verletzt war; der vielleicht starb; der … nun … mit dem man … also … der einem nun einmal nicht scheißegal war. Man konnte sich schließlich auch um jemanden sorgen, einfach nur, weil … also …

In seiner Nase juckte es und Bruchteile einer Sekunde später schoss die Erkenntnis in Morikokos Gehirn, dass es hier eindeutig intensiver nach Lilien roch. Hastig folgte er der Spur, zuerst in einem flotten Trab, dann in einem wahnsinnig schnellen Sprint, bei dem er über Bücherstapel sprang und mehrere Treppenstufen auf einmal hinaufhüpfte, scharf um Ecken bog und durch Türen jagte und so manche hohe Vase aus dem Gleichgewicht brachte und dann – dann stand sie vor ihm: den Kopf leicht schief gelegt, die Augen hellgrün schimmernd, die Brauen schmal und braun, Nase, Mund und Wangen eine anmutige, elegante Einheit, umrundet von ihrem Haar, im Ansatz hellbraun, ab den Ohren immer heller werdend und ab den Schultern weiß, das bis zu den Fersen ihrer zierlichen, bloßen Füße reichte. Sie trug ein enges, weiches, hellgrünes Kleid und ihre Haut war so weiß und rein wie die Blüte einer Lilie.

„Ein Fuchs", sagte sie, der Blick ernst und prüfend, bevor sie, ein klein wenig enttäuscht, hinzufügte: „Aber er trägt ja gar keinen Hut."

Morikoko blinzelte irritiert. „Das ist … was soll … ist sie …", murmelte er, ohne einen rechten zusammenhängenden Satz zustande zu bekommen.

Ralligur lächelte. „Morikoko, darf ich vorstellen? Yuriko, das Herz des Waldes, Tochter von Drenaja der Lieblichen, und Renkoko, der wandelnden Lilie." Er wandte sich der jungen Frau zu. „Yuriko? Das hier ist Morikoko, der … ähm … Stellvertreter Kirinians, dem Sohn von Baldeam dem Einzigartigen, Erbe des Geschlechts der Qilin und …"

„Hast du eine Ahnung, wie lange ich dich hätte suchen müssen, hätten wir nicht zufällig einen Fuchs zur Hand gehabt?", polterte Tonani los und unterbrach damit unwirsch die formelle Vorstellung. „Was tust du in diesem Zimmer? Wie oft habe ich dir schon gesagt, dass es hier drin viel zu gefährlich für dich ist? All die missglückten Tränke und Zauberstücke!" Er legte seine Hände auf Yurikos Rücken und schob die zierliche Frau zur Tür hinaus. „Man weiß nie, wann eines der Dinger explodiert, und du stehst hier herum, als wären wir auf einer Blumenwiese mit Schmetterlingen und Honigduft!" Er schob und schimpfte sie aus dem Zimmer, wobei er wild den Kopf schüttelte.

Ralligur setzte sich ebenfalls in Bewegung, drehte sich allerdings noch einmal um, als er bemerkte, dass Morikoko sich keinen Millimeter rührte. „Alles in Ordnung bei dir?"

„Sie ist … sie riecht … ihre Haut … hat sie? Ich meine … wandelnde Lilie?"

Das Einhorn lächelte. „Ihr Vater kam wie du als kleines Kind in den Wald. Er hatte nichts bei sich als eine Lilie, die er hütete und hegte wie einen Schatz. Der Wald machte ihn zu einer Laufpflanze, zur wandelnden Lilie. Yuriko vereint beide Eigenschaften ihrer Eltern in sich: Sie kann sich jederzeit in ein Einhorn verwandeln, ihre übliche Erscheinungsform ist allerdings die einer Lilie." Ralligur nickte Richtung Gang. „Komm mit, bevor noch etwas explodiert. Im Gegensatz zu Tonani habe ich die Hoffnung noch nicht aufgegeben, dass ein neuer magischer Wald entstehen könnte."

Morikoko atmete tief durch und folgte dann Ralligur, durchquerte mit ihm mehrere Zimmer, bis sie auf Tonani trafen, der mit dem Rücken zu Yuriko stand, die Arme vor dem Oberkörper verschränkt, strenger Blick, hoch konzentriert, und ihr in scharfem Tonfall eine Predigt hielt, die es in sich hatte. Das Herz des Waldes schienen die schroffen, tadelnden Worte jedoch nicht einmal ansatzweise zu interessieren. Die Lilie kletterte gerade über mehrere Bücherstapel hinauf Richtung Zimmerdecke, wo mehrere Kleidungsstücke von einer Stange baumelten. Sie musste mit den Zehenspitzen auf dem obersten Buch eines bereits bedenklich wackelnden Stapels balancieren und die Arme in voller Länge ausstrecken, um mit den Fingerspitzen den Stoff zu erreichen.

Ralligur räusperte sich, was dazu führte, dass Tonani sich ihm zuwandte und sein Blick auf Yuriko fiel, während Yuriko erschrocken zusammenzuckte, das Gleichgewicht verlor und vom Bücherstapel plumpste – direkt in Tonanis Arme. Morikoko hatte kaum gesehen, dass sich der Wächter bewegt hatte, binnen eines Augenzwinkerns befand er sich am rechten Platz und fing seinen Schützling auf. Behutsam setzte Tonani sie am Boden ab. Sein Blick war nunmehr besorgt, Zorn und Tadel waren daraus verschwunden. „Du wirst dir noch einmal alle Knochen brechen, meine Blume", sagte er mit einem erleichterten Seufzen, als ihm bewusst wurde, dass ihr nichts geschehen war.

Yuriko lächelte bezaubernd, küsste ihn auf die Nase und erwiderte: „Wie soll ich mir brechen, was ich nicht habe?" Dann wandte sie sich Ralligur und Morikoko zu. „Ich habe, was ich brauche. Lasst uns losgehen, mir scheint, der Wald hat es dieses Mal sehr eilig, eine neue Heimat zu finden. Ich hoffe nur, unser nächstes Zuhause wird ebenso hübsch wie diese Knospe. Ich habe mich so sehr an ihren Duft und ihr warmes Licht gewöhnt."

Auf dem Weg nach draußen legte Tonani ihr noch einen Mantel aus Blättern und Blüten um die Schultern, der beim Gehen leise und beruhigend raschelte wie der Frühlingswind in jungen Zweigen. Als sie die Knospe verließen, blieb Yuriko nach einigen Schritten stehen und warf einen letzten Blick zurück. Das Licht war erloschen, ihr Zuhause lag dunkel und verlassen vor ihr. Eine Träne kullerte über ihre Wange, rann zu ihrem Kinn hinab und tropfte auf den Waldboden. „Danke für deine Herberge, du warst ein wundervolles Zuhause", sagte sie, ein Lächeln auf dem traurigen Gesicht. Dann drehte sie sich wieder um, atmete tief durch und marschierte los.

Morikoko wollte zu ihr aufschließen und überlegte, was er sagen sollte, als plötzlich Ralligurs Kopf neben ihm auftauchte. „Lass sie. Die beiden brauchen ein wenig Ruhe, um sich verabschieden zu können."

„Verabschieden?", fragte Morikoko verwirrt und verlangsamte seine Schritte, um etwas Abstand zu Tonani und Yuriko zu gewinnen. Er passte seine Schritte dem schlendernden Trott des alten Einhorns an und ließ seinen Blick über den Boden schweifen, während er sich bemühte, den beiden nicht hinterherzusehen. „Müssen sie sich denn trennen? Ich dachte, sie gehören zusammen: Wächter und Herz."

Ralligur wieherte leise. Es klang seltsam traurig und schwer. „Yuriko wird die Mitte betreten - Tonani nicht. Das Herz des

Waldes wird nicht direkt neu geboren, aber … sie wird durch die Umsiedlung erneuert werden", versuchte er zu erklären.

Morikoko kniff die Brauen zusammen, die Augen stur nach unten gerichtet. „Und das bedeutet?"

„Das bedeutet, dass sie sich nicht mehr an Tonani erinnern wird", entgegnete Ralligur. Ein Gänseblümchen löste sich aus seiner Mähne und segelte langsam zu Boden. „Sie wird wieder zu dem Blumensamen, der sie einst bei ihrer Geburt war, so klein, dass er in deine Pfote passt. Tonani wird sie in der neuen Heimat in den Waldboden pflanzen, wird sie hegen und pflegen und bei ihr wachen, bis sie alt genug ist, sich vom Boden zu lösen und auf zwei Füßen zu laufen. Sie wird ein kleines Kind sein und er über jeden ihrer Schritte wachen. Sie wird zur jungen Frau heranwachsen, wird mit dem Wald langsam altern und Tonani immer und immer an ihrer Seite sein – bis es wieder an der Zeit ist, zu den Richtungssteinen zurückzukehren und sich erneut zu verabschieden."

Ein Kloß bildete sich in seinem Hals. „Das ist ja furchtbar", sagte er leise mit belegter Stimme.

„Es ist ein Kreislauf, der andauert, bis der Wald endet."

Morikoko schüttelte den Kopf. „Ich dachte, es sei etwas Gutes, die Umsiedlung des Waldes und die Erneuerung des Schutzwalls. Aber es bereitet so viel Leid, fordert ein Opfer nach dem anderen. Wozu das alles? Warum muss es mit dermaßen viel Schmerz verbunden sein? Das ist nicht gerecht. Das sollte anders sein. Schöner. Lustiger. Fröhlicher." Er dachte an Padmua und seinen alten Freund, den Baum; an Wächter und Herz; selbst an Einhörner, die irgendwie zum Wald gehörten, aber hier nicht leben durften oder konnten, sondern – wie hatte Kirinian es genannt? - im Exil, außerhalb, im fremden Draußen.

„Das Leben ist immer beides: Freude und Trauer. Was geboren wird, muss sterben. Um die Welt zu entdecken, muss man sich verabschieden können: von allem Gewohnten, von Freunden und von Familie. Das schmerzt und bekümmert das Herz, aber

es bringt auch immer wieder neue Freude und neues Glück."
Ralligur blieb unvermittelt stehen und legte den Kopf schief.
„Du hast dich von deiner Familie getrennt und bist im Wald geblieben. Das war sicherlich nicht leicht, aber nun liebst du den Wald so sehr, dass du dir kaum vorstellen kannst, ihn zu verlassen."

„Ich kann es mir nicht vorstellen. Allein der Gedanke daran bricht mir das Herz", erwiderte Morikoko, der langsam weiterging. Er wollte nicht stehen bleiben. Wollte nicht zu sehr darüber nachdenken, was getan werden musste. Er liebte diesen Wald mit ganzer Seele – er wollte ganz bestimmt nicht zur Gefahr für ihn werden, ganz gleich, wie gering das Risiko war. Er würde die Mitte betreten und den Wald nach der Umsiedlung mit Kirinian und den anderen Einhörnern verlassen.

Zum ersten Mal streifte seinen Kopf ein ganz anderer Gedanke. „Die Welt da draußen ... der alte Baum sagte, ich sei schon sehr lange hier. Auch die Plappernden Steine sprachen darüber. Ich weiß nicht, vielleicht ... war es wirklich so lange? Das Haus meiner Eltern, es stand am Waldesrand, eine Hütte, in der meine Geschwister und ich ..." Die Stimme versagte ihm, er brachte kein Wort mehr über die Lippen. Er schluckte mehrmals, räusperte sich. Tränen stiegen ihm in die Augen. „Sie sind alle längst tot, nicht wahr?"

Ralligur nickte stumm.

Morikoko schniefte, biss die Zähne im Maul fest zusammen und kämpfte gegen die Tränen an. Er hatte so lange nicht an sie gedacht, nicht begriffen, wie die Zeit vergangen war. Natürlich wusste er, dass er kein kleines Kind mehr war, er war älter, erwachsener geworden – aber nicht alt. Und die Erinnerung an seine Geschwister war ungetrübt und rein, als wäre er gestern erst von ihnen gegangen. Er konnte ein jedes ihrer Gesichter sofort herbeirufen, ihre Namen, ihre Eigenarten, ihr liebstes Spielzeug, ihren Geruch. In seinem Kopf waren sie alle noch kleine Kinder, sahen sie zu ihm auf, ihrem großen Bruder.

Nicht einmal sie erwarteten ihn mehr in der Welt da draußen. Seine Mutter … sein Vater … sie waren gestorben, ohne zu wissen, dass es ihm gut ging. Dass er sich nicht im Wald verirrt und erfroren war, sondern das Leben gefunden hatte, das zu ihm passte, das ihn jeden Tag aufs Neue glücklich machte und jeden Morgen mit Spannung erwarten ließ.

Er schluckte mehrmals, doch der Kloß blieb.

Eine Melodie kletterte aus den Tiefen seines Gedächtnisses an die Oberfläche, leises Summen, leises Murmeln. *Eins, zwei, drei geh'n vorbei, wissen nicht, wer das wohl sei.* Die Gesichter seiner Schwestern, wie sie aufs Wasser schauen, die kleinen Münder öffnen und schließen sich. *Schwester spricht: „Welch Gesicht?" Kennt den Bruder nicht.* Beine, die von einem kleinen, schmalen Steg herabbaumeln. Zehen, die durch das Wasser gleiten, kleine Wellen auf die Oberfläche zaubern. Die Stimme seiner Mutter, die nach einem jeden mit seinem Namen ruft, das Essen ist bereitet, kommt schnell herein, den letzten zwickt der Hund. *Kommt daher sein Mütterlein, schaut ihm kaum ins Aug hinein, ruft sie schon …*

„Hans mein Sohn, Grüß dich Gott mein Sohn", flüsterte Morikoko leise, während stumme Tränen über seine Wangen liefen. Er sah seine Schwestern und Brüder auf die kleinen, kurzen Beine springen, Wasser zwischen den Zehen, und über die Wiese zurück zur Hütte laufen, der Mutter und dem Essen entgegen, fröhlich singend, laut und kichernd, die Arme weit ausgebreitet, die Haare hinter ihnen her wehend.

Auf Wiedersehen, Elisabeth, Katharina und Maria mit euren Puppen und Kleidchen, eurem Tanzen und Lachen; auf Wiedersehen Jakob, Michael und Martin, mit euren Fäusten, eurem schelmischen Grinsen und euren Streichen; und auf Wiedersehen Jeremias, so klein in der Wiege, so eingewickelt in die Decken. Auf Wiedersehen Mutter und Vater. Auf Wiedersehen. Irgendwann. Ganz bestimmt, auf Wiedersehen.

„Morikoko! Da ist Morikoko!", rief eine Stimme von sehr weit oben.

„Er wurde von einem Einhorn gefangen genommen!", rief eine andere entsetzt.

Und eine dritte brüllte aus voller Kehle: „Rettungsaktion! Sturzflug! Vorbereiten zum Schnäbelrammen!"

Morikoko, der schon eine ganze Weile schweigend und in Gedanken versunken neben Ralligur her gelaufen war, brauchte einen Moment, um die Bedeutung der Worte zu erfassen. Blitzschnell sprang er über einen umgefallenen Baumstamm auf Ralligurs Rücken und brüllte: „Haaaaaaaaaaaalt!"

Beinahe wären die fünf Vögel gegen ihn gerammt. In letzter Sekunde rissen sie ihre Flügel herum und wichen dem Fuchs aus, der so plötzlich im Weg stand. Einer von ihnen bekam nicht vollends die Kurve und erwischte Morikoko mit den Krallen an der Wange, bevor er mit voller Wucht gegen einen Baumstamm knallte. Während die anderen Vögel sich allesamt schnell aus dem Gras und Moos aufrappelten, blieb der Unglücksrabe am Boden liegen.

Trotz seiner schmerzenden Wange hüpfte Morikoko von Ralligurs Rücken und lief zum Vogel. Bitte, bitte nicht noch jemand, der wegen dieser verdammten Umsiedlung sein Leben lassen musste! Er eilte zu dem Vogel, der regungslos am Boden lag. Vom Stamm rieselten Federn herab. Ein wenig zerrupft hatte das Tier schon zuvor ausgesehen, doch jetzt war er beinahe recht für den Suppentopf. Morikoko zögerte kurz, dann stupste er den Vogel vorsichtig an einem Flügel an.

„Aua", erwiderte der Vogel, wobei seine Stimme deutlich nasaler klang, als zuvor.

Erleichtert atmete Morikoko auf. „Alles in Ordnung?"

„Oh grausame Welt, oh schreckliches Schicksal! Mir ist, als seh' ich Muttern", stöhnte der Vogel mit geschlossenen Augen. „Mein Kopf! Mein Rücken! Mein armer Schnabel! Das Jenseits ruft mich mit lockender Stimme!"

„Soll ich dir aufhelfen?", entgegnete Morikoko besorgt, konnte zwar kein Blut sehen, aber wer konnte schon wissen, was sich der Vogel alles bei dem Zusammenprall gebrochen hatte? Jenseits … Jenseits klang so ganz und gar nicht gut. „Es tut mir leid, ich wollte nicht … ich kann dich den Weg zurücktragen. Ja? Sicher ist noch Salbe da, von der Knallnusshexe. Dann wirst du wieder gesund. Es tut mir leid. Es tut mir so schrecklich leid."

Die anderen Vögel kamen angewankt, etwas wackelig auf den Beinen, schüttelten ihre Köpfe und schlugen mit ihren Flügeln. Federn segelten durch die Luft. Auch Ralligur, Tonani und Yuriko eilten herbei, wie Morikoko aus den Augenwinkeln bemerkte. Das Einhorn schien alles andere als besorgt, eher verärgert. Kein Wunder, hatten ihn die Vögel doch aufspießen wollen.

„Das ist meine Schuld. Als wir gehört haben, dass einige Einhörner wollen, dass Kirinian scheitert und der Wald stirbt, da …", sagte er Richtung Ralligur, wandte sich dann wieder dem verletzten Tier zu. „Es tut mir leid. Bitte, bitte stirb nicht."

„Was soll der Unsinn?", schimpfte Ralligur, die Augen zornig zusammengekniffen. „Steh gefälligst auf, verlaustes Federvieh. Wir haben keine Zeit für dergleichen Theater."

Zu Morikokos Überraschung schnaubten auch die anderen Vögel verdrossen. „Tamrak, dass du immer gleich übertreiben musst", raunte einer von ihnen, was schließlich den verunglückten Vogel dazu bewog, zu seufzen, die Augen zu öffnen und aufzustehen. Er schüttelte sich, noch mehr Federn fielen zu Boden, und er bewegte Flügel und Kopf. Alles knackste, aber schien so weit funktionsfähig.

Irritiert starrte Morikoko von einem zum anderen. „Was … wie … aber er ist doch … mit voller Wucht!"

Yuriko streckte die Hand aus, hob Tamrak vorsichtig hoch, hielt ihn auf ihrer Handfläche und streichelte über seinen kleinen, federlosen Kopf – was Tamrak mit weichem,

zufriedenem Gurren quittierte. „Steinknochenschepperer sind
… wie war das Wort, das ich letztens gelesen habe?
Bruchpiloten." Sie lächelte. „Stürzen dauernd ab, fliegen gegen
Bäume, überschlagen sich beim Landen. Aber dabei verlieren
sie nur ein paar Federn. Sie sind ziemlich unverwüstlich."
Jetzt war es Morikoko, der schnaubte. „Was jagst du mir dann
einen solchen Schrecken ein? Wir haben keine Zeit für
Unsinn!"
Tamrak zuckte die Achseln. „Hab so selten Gelegenheit dazu",
erwiderte er in entschuldigendem Tonfall. Dann legte er den
Kopf leicht schief. „Was ist deine Ausrede dafür, mit einem
Einhorn gemeinsame Sache zu machen, während die Wölfe
den anderen in den Hintern beißen?"
Morikoko kniff die Brauen zusammen. „Haben die Einhörner
einen der bewachten Orte angegriffen? Oder sind die Wölfe
auf friedlich grasende Einhörner losgegangen?" Himmel, er
konnte nur hoffen, dass nicht alles vollkommen aus dem Ruder
lief. Wölfe, die über grasende Einhörner herfielen, nein, das
hatte er ganz sicher nicht gewollt. Wenn es ein Blutvergießen
gegeben hatte, dann war das ganz allein seine Schuld, seine
verdammte Schuld, weil er -
„Ein paar Einhörner haben versucht, sich an die Summenden
Fische heranzuschleichen. Die Wölfe haben sie ausdrücklich
davor gewarnt, umzudrehen. Die Einhörner haben wohl bloß
gelacht und sind weiter gegangen. Na ja, und dann ..." Der
Vogel zuckte die gefiederten Achseln. „Sie werden wohl eine
Weile nicht auf ihren Hintern sitzen können. Aber das tun
Einhörner ohnehin eher selten, denke ich."
„Gab es noch weitere Zwischenfälle?"
Tamrak nickte heftig. „Bei den Richtungssteinen. Aber das war
nur noch ein Einhorn. Hatte schon Bissspuren am Hintern. Die
anderen haben wohl aufgegeben, aber das Eine wollte nicht
locker lassen und hat sich eine zweite Ladung Wolfszähne
eingefangen."
Ralligur schüttelte den Kopf, wodurch seine Mähne samt

Gänseblümchen wackelten. „Ifmanal, dieser intrigante Hohlkopf."

„Hm – keiner deiner engsten Freunde?", mutmaßte Tamrak und neigte den Kopf leicht zur Seite, während er das Einhorn musterte.

„Sein Name ist Ralligur. Er hat mir geholfen, das Herz des Waldes zu finden."

Alle fünf Vögel horchten auf. Sie piepsten aufgeregt durcheinander, flatterten mit dem Flügeln, lachten und schnatterten. „Wo ist es?" „Darf ich es sehen?" „War es gut versteckt?" „Glänzt es?" „Funkelt es?" „Leuchtet es im Dunkeln?"

Tonani hob die Augenbrauen an, während Yuriko eine Hand vor den Mund hielt und kicherte. Selbst Ralligurs wütender Blick nahm deutlich freundlichere, amüsierte Züge an. Morikoko lächelte, wobei die Kratzer an seiner Wange spannten und brannten. Er bemühte sich, sie zu ignorieren. „Ich weiß nicht, Yuriko – leuchtest du im Dunkeln?", fragte er und sah zu der jungen Frau hinüber.

„Das wäre unglaublich praktisch, aber ich fürchte, nein. Ich funkele auch nicht. Oder glänze. Tut mir leid, euch da enttäuschen zu müssen", entgegnete sie gut gelaunt. Sie setzte Tamrak am Boden neben den anderen Steinknochenschepperern ab und erhob sich wieder. „Wir sollten unseren Weg fortsetzen. Der Wald wird ungeduldig."

„Habt ihr etwas von Kirinian gehört?", fragte Morikoko die Vögel, die neben ihm Anlauf nahmen, um sich wieder in die Luft zu erheben. Er trabte los und folgte Tonani und Yuriko, die wieder vorausgingen.

„Er ist in der Wurzelhöhle, die Windschwester ist bei ihm und die Salbe der Knallnusshexe scheint zu helfen. Aber es geht ihm schlecht, fürchte ich", antwortete einer der Vögel. „Wir fliegen zur Butterblumenwiese und geben Bescheid, dass ihr mit dem Herzen kommt!"

„Wartet!", rief Morikoko, so laut er konnte. „Sagt ihnen, ich komme nach. Ich hole Kirinian! Und erzählt ihnen von Ralligur! Einhörner mit Gänseblümchen in der Mähne dürfen auf keinen Fall angegriffen werden!"

„Wir fliegen!"

„Wir eilen!"

„Wir ..."

Und weg waren sie.

„Eine schräge Truppe", stellte Ralligur fest. Dann räusperte er sich. „Du willst also zu Kirinian."

Morikoko schnaubte. „Um ihm zur Butterblumenwiese zu helfen. Für mehr ist wohl auch kaum Zeit."

Ralligur zuckte die Achseln. „Nun, es ist nicht so, als ob es sehr viel Zeit beanspruchen würde. Genau genommen kann es sehr schnell gehen, wenn ..."

„Halt. Aus. Schluss", ging Morikoko dazwischen. Er beschleunigte seine Schritte, lief los, schneller und schneller. „Wir sehen uns auf der Wiese!"

Als Morikoko sich der Wurzelhöhle näherte, sah er schon von Weitem so viele Rehe beieinander stehen, er hätte meinen können, die Blaublattwiese läge direkt vor ihm. Dagegen sprach jedoch, dass sich zwischen den Rehen Wölfe und Füchse bewegten. Während die Paarhufer ein wenig verwirrt schienen, grasten, den Kopf hoben, sich mit huschenden Augen umsahen und dann langsam, aber verunsichert weiter fraßen, patrouillierten die Wölfe und Füchse in Kreisen und Schleifen, die Ohren aufmerksam erhoben, der Blick wachsam. Sie entdeckten Morikoko, musterten ihn kurz und entspannten sich ein wenig, als sie ihn erkannten.

Anscheinend hatten die anderen nach den Sabotageversuchen bei den Summenden Fischen und den Richtungssteinen entschieden, die Bewachung zu verstärken, eine durchaus nachvollziehbare Entscheidung. Mit einem solchen Aufgebot hatte Morikoko aber definitiv nicht gerechnet. Füchse und Wölfe dicht an dicht, friedlich beisammen, auf der gleichen

Seite … Rehe, die nicht aufbrüllten und losrannten, wenn sie einen Wolf sahen oder rochen, sondern ihre Stellung hielten, stehenblieben, obwohl sie sicherlich längst vergessen hatten, warum sie es eigentlich taten … das gab es sonst nur zur Traumzeit der Plappernden Steine.

Beeindruckt lief er weiter schnurstracks auf die Höhle zu, während die Wölfe und Füchse ihm auswichen und die Rehe verwirrt blinzelnd stehen blieben und ihm hinterhersahen. „Darf der da einfach durch?", hörte Morikoko eines der Rehe fragen. „Hätten wir ihn nicht aufhalten sollen?", fragte ein anderes nach.

„War er weiß? Hatte er einen Pferdekopf? Oder vielleicht ein Horn auf der Stirn? Nein? Dann wird er wohl auch kein Einhorn gewesen sein! Wieso könnt ihr euch das nicht endlich …", setzte einer der Wölfe an. Dann seufzte er resigniert. „Weiter fressen."

Und das Kauen und Schmatzen setzte wieder ein.

An der Höhle lag Fofalia vor dem Eingang. Sie hob den Kopf und schnupperte in der Luft, als Morikoko angerannt kam. Dann legte sie den Kopf zur Seite und lächelte schief. „Hätte nicht gedacht, dass du es lebendig zurück schaffst."

„Hatte Hilfe", erwiderte Morikoko knapp und blieb stehen, während er sich bemühte, wieder zu Atem zu kommen. „Wie geht es ihm? Kann er laufen?", fragte er in der irrsinnigen Hoffnung, es könnte Kirinian doch besser gehen, als die Vögel behauptet hatten. Vielleicht dauerte es ja nur eine Weile, bis die Salbe der Knallnusshexe ihre volle Wirkung entfaltete.

Fofalia nickte Richtung Eingang. „Hakanumi ist bei ihm. Es geht ihm nicht gut. Laufen? Nein, das glaube ich nicht – auch, wenn ihr beide euch an Dickschädeligkeit und Eigensinn nichts zu nehmen scheint." Sie musterte ihn aufmerksam. „Hast du das Herz des Waldes gefunden?"

Morikoko nickte abwesend. Yuriko würde jeden Moment an der Butterblumenwiese ankommen. Sie mussten sich auf den Weg dorthin machen. Sicherlich konnte Fofalia ihn zu den

Richtungssteinen tragen, aber dort würde Kirinian dann etwas tun müssen. Irgendwie das Ganze steuern oder führen. Und er konnte sich nicht vorstellen, dass das halb bewusstlos vom Rücken eines Rehs aus funktionieren würde. Ob Ralligur an Kirinians Stelle die Mitte betreten und sie alle in eine neue Heimat bringen konnte? Schließlich hatten die Steine bereits einen Ersatz akzeptiert und sie musste doch einsehen, dass ...

„Morikoko?"

„Hm?"

„Eine Unterhaltung macht nur Spaß, wenn sich mehr als einer daran beteiligt."

Morikoko schüttelte den Kopf, kniff die Brauen zusammen und fixierte Fofalia. „Was?"

„Vergiss es. Schon gut." Fofalia erhob sich, streckte ihre langen Beine und wackelte mit den Ohren.

„Ist er wach?"

„Er murmelt die ganze Zeit, aber bei dem hohen Fieber heißt das wohl nichts." Sie stupste Morikoko mit der Schnauze in die Flanke. „Nun geh schon zu ihm. Hakanumi erwartet dich." Sie wartete nur drei Atemzüge lang, bevor sie dem Fuchs einen weit stärkeren Stups verpasste und ihn damit in die Höhle hineinschubste.

Morikoko stolperte ungeschickt über seine vier Pfoten und benötigte in der Höhle ein paar Schritte, um sein Gleichgewicht wiederzuerlangen. Als er den Kopf hob, sah er Hakanumi, die im Schneidersitz auf dem weichen Moos saß und Kirinians linke Hand hielt. Sie drehte ihrerseits ihren Kopf nach dem Geräusch um, das Morikoko verursacht hatte. Auf ihr Gesicht trat ein kurzes Lächeln, das jedoch sogleich wieder von Sorge verdrängt wurde.

„Schön, dass du es zurück geschafft hast", flüsterte sie, ohne sich zu bewegen.

„Ich ... ich hatte Hilfe", entgegnete Morikoko. Seine Stimme klang unangenehm laut in der Stille der Höhle, die sich mit einem Mal fremd und ungewohnt anfühlte, ganz so, als betrete er zum ersten Mal den Bau eines anderen Fuchses. Er schluckte, versuchte sich zu konzentrieren. „Die Salbe – hilft sie?"

Hakanumi schüttelte den Kopf, zuckte die Achseln. „Ich dachte zuerst, es ginge ihm besser, nachdem ich die Salbe aufgetragen hatte. Aber das Fieber ist höher als zuvor. Und seine Gedanken verlieren sich in Träumen und Wahn."

Morikoko biss die Zähne zusammen. Es musste eine Lösung geben. Es musste Hilfe geben. Verdammt, warum hatte er Ralligur nicht mit hierher genommen? Dem alten Einhorn wäre sicher etwas eingefallen, er hätte helfen können. Wenn er jetzt einen der Wölfe oder Füchse entsandte, verloren sie wertvolle Zeit. „Ich kann ein anderes Einhorn kommen lassen. Es kann ihm bestimmt helfen."

„Das bezweifle ich. Einhörner tragen heilende Magie in sich, können diese aber auch nur an gewöhnliche Tiere weitergeben. Ein Einhorn kann ein anderes Einhorn nicht einfach heilen."

Kirinian verzog das Gesicht, drehte den Kopf zuerst zur einen, dann zur anderen Seite. Seine Lippen bewegten sich tonlos, während sich seine Hände zu Fäusten ballten. Hakanumi strich ihm übers Haar, legte eine Hand behutsam auf seine Schulter und redete ihm gut zu. Das schien Kirinian zu beruhigen. Seine Hände entspannten sich, ebenso seine Gesichtszüge.

„Das Herz ist auf dem Weg zur Wiese. Wir müssen ... er muss ... irgendwie, ich meine ..."

Hakanumi legte den Kopf schief. „Ich glaube, ihr beide müsst reden."

Morikoko kniff die Brauen zusammen. „Wie kommst du darauf?"

„Er murmelt dauernd deinen Namen. Zuvor hat er nach dir gefragt. Ich lasse euch einen Moment alleine."

„Dafür ist keine Zeit", erwiderte Morikoko. „Wir müssen ..."

„Für die Liebe ist immer Zeit", entgegnete Hakanumi sanft.

„Nun reicht es aber. Fang nicht du auch noch mit dem Unsinn

an. Wir haben wirklich Wichtigeres zu tun, als über nicht existierende Gefühle zu sprechen."

Hakanumi lächelte, schüttelte amüsiert den Kopf und legte Kirinians Hand behutsam auf den moosigen Boden. Sie erhob sich elegant. „Du vergisst, mit wem du sprichst, mein lieber Fuchs. Ich bin der Wind, der stumme Worte von Lippen pflückt, sehnsüchtige Blicke auffängt und hilflose Gesten verzweifelter Liebe umtanzt. Ich trage euer alle Geheimnisse auf meinen Schwingen, in sanften Brisen und tosenden Stürmen", flüsterte Hakanumi ihm zu, bevor sie leichten Schrittes die Höhle verließ.

Morikoko spürte, wie ihm die Schamesröte ins Gesicht stieg und fragte sich im gleichen Moment, weshalb. Er hatte doch gar nichts zu verbergen. Er hatte nichts geflüstert, da waren keine Blicke und keine Gesten, die Hakanumi hätte auffangen oder mitnehmen können. Und Kirinian würde ihm sicherlich viele Dinge an den Kopf werfen, aber niemals sehnsüchtige Blicke. Ganz bestimmt nicht. Vermutlich war Morikoko überhaupt nur rot geworden, weil es seltsam war, mit einer Frau über Liebe und Sehnsüchte zu sprechen. Bloß gut, dass sie das nicht hatte sehen können, unter seinem Fuchsfell. Ein Grund mehr, weshalb er es so sehr liebte.

Ein leises Murmeln riss Morikoko aus seinen Gedanken. Er drehte sich um und musterte Kirinian, der blass und kraftlos im Moos lag, fiebriger Schweiß auf der Stirn und zitternde Finger. Wenn er ihn so sah, konnte Morikoko sich kaum vorstellen, dass es sich dabei um das herablassende Einhorn handelte, das ihn zu einem bloßen Laufburschen degradiert und durch den Wald gescheucht hatte.

Fast sah es aus, als würde sein schlanker, schmaler Körper im Moos versinken, im Moos ertrinken, als ziehe ihn Tamidiä in das Erdreich hinab und immer tiefer bis hinunter zum Grundwasser oder einem unterirdischen Fluss, der zum Stillen See führte. Morikoko schüttelte den Kopf und versuchte, diesen unsinnigen Gedanken daraus zu vertreiben, aber er schlug hartnäckig Wurzeln und setzte sich fest. Sein Herz begann schneller zu schlagen, Unruhe und Nervosität schnappten nach seinen Pfoten. Einen Augenblick lang konnte er noch dem Drang widerstehen, Kirinian zu Hilfe zu eilen, konnte gegen das Gefühl ankämpfen, jede Sekunde passiere etwas ganz und gar Schreckliches – doch dann riss er sich los und landete mit einem kräftigen Sprung neben dem Verletzten.

Im selben Moment, in dem ihm bewusst wurde, wie verdammt albern diese Aktion gerade gewesen war, wurde ihm auch klar, dass Kirinian ihm alles andere als egal war. Trotz seiner arroganten Art. Trotz seiner Überheblichkeit und trotz aller herablassenden Worte. Wenn er ihn ansah, wie er dort lag, dann sah er das andere Einhorn: den Kirinian, der ganz leise gesprochen, der ihm von seinen Schwächen, seinen Zweifeln erzählt, der traurig und allein und verloren gewirkt hatte.

Ein tiefer Seufzer glitt über Morikokos Lippen, bevor er sich neben Kirinian zusammenrollte und seine feuchte Schnauze auf dessen linke Hand legte. Ob das schon Liebe war, konnte er beim besten Willen nicht sagen. Bisher hatte Morikoko sich noch nie in jemanden verliebt und auch, außer vor langer, langer Zeit einmal mit Nalani, noch nie mit jemandem über das Verliebtsein geredet. Und Nalani hatte diesen Blütenfuchs schon eine ganze Weile gekannt und sich recht häufig und lange mit ihm getroffen, bevor sie zu Morikoko sagte, sie glaube, sie habe sich in ihn verliebt.

Sollte es nicht auf diese Weise geschehen? Man traf jemanden, wieder und wieder, zuerst nur freundschaftlich, unterhielt sich, lernte sich kennen und dann, wenn man schon viel über den anderen wusste und man zusammen passte, dann verliebte man sich? Über Kirinian wusste er kaum etwas, die paar wenigen Dinge konnte er an einer Pfote abzählen. Er hatte keine Ahnung, was für eine Person Kirinian war, sobald dieser den Wald verließ. Arm oder reich, Handwerker oder vielleicht ein Kleriker oder ein Arzt? Lebte er auf dem Land oder in der

Stadt? Hatte er eine eigene kleine Hütte oder wohnte er vielleicht sogar in einem Haus? Wovon lebte er und noch viel wichtiger: Was aß er außerhalb des Waldes? Gras und Beeren, wie im inneren Wald? Gras und Heu und Spreu?

Morikoko schloss die Augen. Selbst wenn er auf all dies eine Antwort wüsste, was definitiv nicht der Fall war, stellte sich immer noch die Frage, was sie beide denn überhaupt verband? Hatten sie denn überhaupt irgendwelche Gemeinsamkeiten?

Den Wald, dachte Morikoko und lauschte dem leisen, schnellen Herzschlag Kirinians. *Wir lieben beiden diesen Wald. Und beide können wir nicht bleiben, müssen ins Exil.* Und dann war da noch die von Fofalia erwähnte Dickschädeligkeit.

Reichte das aus, um sich zu lieben? Zu verlieben? Oder war das nur ein Tropfen auf den heißen Stein und verpuffte, sobald etwas Unerwartetes sie wieder aus dem Gleichgewicht brachte? „Wenn du bloß andere Augen hättest, dann wüsste ich sicher, dass du es nicht bist", flüsterte Morikoko, der Kopf müde und schwer.

„Morikoko?" Kirinian blinzelte, drehte den Kopf und hob schwerfällig eine Hand. Er sah ihn aus müden, halb geöffneten Augen an.

Morikoko erhob sich und setzte sich auf seinen Hintern.

„Hast du das Herz gefunden?", fragte Kirinian leise, doch dann glitt ein erschöpftes Lächeln über seine Lippen. „Natürlich hast du. Dumme Frage. Du bist schließlich du."

„Was soll jetzt das schon wieder?", polterte Morikoko sofort los und ging in den Gegenangriff über, noch bevor sein Kopf die Worte vollständig ausgewertet hatte. Als ihm klar wurde, dass er es schlichtweg in den falschen Hals bekommen hatte, biss er die Zähne zusammen. „Oh. Das war … so etwas wie ein Kompliment, nicht wahr?"

„Etwas in der Art", erwiderte Kirinian, die Stimme etwas fester, die Augen ganz geöffnet.

„Hm."

„Ich kann es auch zurücknehmen."

„Was? Nein. Nein, ist schon in Ordnung. Kam nur überraschend." Morikoko legte den Kopf schief und musterte Kirinian, der zuerst seine Hand hob und sich damit durchs Haar fuhr und sich dann, wenn auch etwas ungelenk und mit schmerzverzerrtem Gesicht, auf die Seite rollte. „Dann geht es dir also doch besser? Hakanumi meinte ..."

„Hakanumi hat Recht", unterbrach Kirinian ihn leise. Er schloss die Augen, versuchte, ruhig zu atmen.

„Aber wenn die Salbe dir nicht hilft, was können wir dann tun?"

„Das meinte ich nicht", murmelte Kirinian und ballte die Hände zu Fäusten. „Die Salbe hilft für eine begrenzte Zeit, sobald ich es mir wünsche. Mein Fieber wird in wenigen Minuten verschwinden und für die nächste Stunde verschwunden bleiben. Das sollte ausreichen, um bis zur Wiese zu gelangen und den Wald umzusiedeln." Kirinian hustete, zog die Knie an und wirkte dabei ein wenig wie ein verletzter Kater, der sich zusammenrollte.

„Und dann?"

„Dann werden wir sehen."

„Das reicht nicht. Wir müssen ..."

„Reden", unterbrach ihn Kirinian, presste eine Faust gegen seine Stirn und stöhnte leise. „Es ist wichtig." Er hustete erneut, verzog das Gesicht, fluchte. „Ich ... ich kann erst zur Wiese gehen, wenn wir darüber gesprochen haben."

Morikoko hätte zu gerne etwas getan, um den Schmerz zu lindern, wusste aber beim besten Willen nicht, was. Also versuchte er sich auf das Gespräch zu konzentrieren und seine Gedanken darauf zu bündeln, in zusammenhängenden Sätzen zu antworten. „Worum geht es? Tonani und Yuriko sind sicher bereits dort. Es fehlt nichts mehr. Fofalia kann dich dorthin tragen, dann musst du den Weg nicht laufen. Du siedelst den Wald um und alles wird wieder gut. Nun ... fast alles. So gut, wie es eben wieder werden kann."

„Ich habe gehört, was Hakanumi zu dir sagte."

Verdammt. Wie peinlich. Morikoko spürte, wie er unter seinem Fell leicht errötete. „Ein unsinniges Gerücht, das durch den Wald geistert. Es braucht dich nicht zu beunruhigen."

„Du verstehst nicht. Sie hat nicht von dir gesprochen, von deinen Blicken, deiner Sehnsucht, deiner Verzweiflung. Sie ... es ist ...", setzte Kirinian an, bevor er sich auf die Unterlippe biss, die Ellenbogen ins Moos stemmte und sich unter schmerzlichem Stöhnen aufsetzte. „Einhörner haben zwei Herzen. Das eine Herz, das schlägt von Anfang an und ist auch nicht anders als das Herz irgendeines anderen Wesens. Unser zweites Herz, das beginnt zu schlagen, wenn wir demjenigen begegnen, der für uns bestimmt ist: unserer – nenne es, wie du willst – großen Liebe – anderen Hälfte – unserem Seelenverwandten."

Morikoko kniff die Brauen zusammen. „Das ist ein klein wenig gruselig, um ehrlich zu sein. Zwei Herzen? Und wo liegen die? Direkt nebeneinander? Oder hintereinander? Oder ist das zweite Herz ganz woanders, im Bauch vielleicht? Heißt es deshalb, wenn man sich verliebt, hat man Schmetterlinge im Bauch? Oder sind das echte Schmetterlinge, magische vielleicht, ganz klein und winzig? Und müsste man dann nicht ..."

„Du bist es."

„... Schmetterlinge pupsen, wenn man ..."

Morikoko stockte.

Er blinzelte.

Räusperte sich.

„Was?"

Kirinian holte tief Luft. „Als ich dich sah, begann mein zweites Herz zu schlagen. Versteh mich nicht falsch: Das freut mich genauso wenig wie dich. Vermutlich noch viel weniger. Ich hatte immer gehofft, es wäre eine prächtige Einhornstute, mit der ich jede Menge Fohlen in die Welt setze und ich den Fortbestand unserer Blutlinie sichere; dass eines meiner Kinder

Zeremonieneinhorn wird, oder eines meiner Kindeskinder. Vater hätte das überaus glücklich gemacht. Er wäre stolz gewesen. Und meine Mutter ..." Er seufzte, schüttelte den Kopf. „Du bist mein Sieg und meine Niederlage. Ohne dich würde ich nicht kurz davor stehen, den Wald umzusiedeln. Aber deinetwegen werde ich nie meine familiären Pflichten erfüllen können. Irgendwann werde ich sterben, und da meine Schwester sich mit einem gewöhnlichen Menschen gepaart hat und nur Mischblüter werfen wird, mit mir das letzte Einhorn meiner Blutlinie."

„Äh ... das ... also ... tut mir leid?", entgegnete Morikoko ein wenig verwirrt, während er sich bemühte, die neuen Informationen zu verarbeiten. „Dann willst du nicht mit mir schlafen?"

Nun war es Kirinian, dem die Schamesröte in rasender Geschwindigkeit ins Gesicht schoss und dabei die Fieberblässe vertrieb. „Wie kommst du denn darauf? Wir haben doch noch gar nicht ... wir wissen doch nicht ... wir kennen uns überhaupt nicht."

„Meine Rede. Schön, dass wir uns wenigstens darin einig sind", entgegnete Morikoko erleichtert. Er atmete auf, schüttelte den Kopf und lächelte dabei. Albern. Das Ganze war so schrecklich albern. „Scheinbar hatten einige die Hoffnung, wir würden, also ... du weißt schon. Das tun. Und damit einen neuen inneren Wald erschaffen."

„Einen neuen inneren Wald erschaffen?" Kirinian legte die Stirn in Falten, von der mittlerweile sämtlicher Fieberschweiß verschwunden war. „So funktioniert das also. Ich habe mich immer gefragt, wie es dazu kommt. Aber im Gegensatz zu meinem Bruder wurde ich nicht umfassend auf diese Aufgabe vorbereitet." Kirinian nickte verständig. „Dann sollten wir es möglichst schnell hinter uns bringen und dann zur Wiese laufen."

„Ja, genau, das ... was?" Morikoko schüttelte den Kopf, stand auf, wich einen Schritt zurück. „Das ist ein Scherz, ja? Du nimmst mich auf den Arm. Dem dummen Fuchs noch ein letztes Mal eins auswischen, hab ich Recht?"

Kirinian schlüpfte aus den Ärmeln des Hemdes, das Hakanumi ihm geliehen hatte, und zog es sich dann über den Kopf. „Wenn wir die Möglichkeit haben, einen neuen inneren Wald zu erschaffen, sind wir auch verpflichtet, diese Chance zu nutzen. Mit wem hast du darüber gesprochen? Müssen Worte der alten Sprache verwendet werden? Gibt es einen Anstoßzauber oder einen Bindespruch?"

„Nein … nur das Eine", murmelte Morikoko und sah dem anderen dabei zu, wie er auch noch aus der zerrissenen Hose schlüpfte, bis er nackt vor ihm stand. Er war so groß, dass sein Kopf bis an die Decke der Höhle ragte.

„Worauf wartest du dann? Nimm deine menschliche Gestalt an und lass es uns tun. Beeile dich."

„Dir brennt wohl der Pferdeschwanz!", entrüstete sich Morikoko. „Du kannst doch wohl nicht allen Ernstes glauben, dass ich das mache! Einfach so! Und mit den anderen draußen vor der Höhle noch dazu!"

„Ein Fuchs, der sich nach Privatsphäre sehnt? Paart ihr euch nicht für gewöhnlich mitten im Wald, wo euch jeder sehen kann?" Kirinian klang amüsiert. „Aber gut. Wenn es dir hilft, kann ich die Höhle aus der Zeit nehmen, bis wir fertig sind."

„Selbst wenn ich wüsste, was das heißt, würde es mir nicht helfen!"

„Stell dir vor, wir sitzen in einer Seifenblase. Egal, wie lange wir in der Blase sitzen und was wir auch tun, wenn wir die Blase verlassen, werden nur wenige Sekunden vergangen sein. Die anderen werden nichts merken." Und schon streckte Kirinian seine Hand aus, legte sie auf das Wurzelgeflecht, das das Dach der Höhle bildete, schloss die Augen und murmelte leise vor sich hin. Als er die Hand wegnahm, schimmerten die Wurzeln und das Moos bläulich. „Erledigt. Na los. Hopphopp, verwandle dich. In meinem geschwächten Zustand kann ich uns nicht allzu lange außerhalb der Zeit halten. Ach ja: oben oder unten?"

Morikoko klappte der Unterkiefer herunter.

Wie schaffte dieses verfluchte Einhorn es nur, innerhalb des Bruchteils einer Sekunde von nett und vielleicht sogar liebenswert zu Mistkerl zu wechseln? Wut brodelte in Morikokos Magen. Er war den ganzen Weg bis zum Knospenpalast gerannt – nun gut, bis auf das Stück, das Ralligur ihn getragen hatte - und hatte das Herz des Waldes gefunden und sich die ganze Zeit über Sorgen um diesen Vollidioten gemacht!

Hopphopp?

Hatte diese verdammten, heuchlerischen Einhörner, die sich Kirinians Versagen wünschten, im Stillen verflucht. Geschworen, dass sie dafür büßen würden.

Hopphopp!

Dem hatte wohl jemand die Mähne falsch gebürstet!

„Worauf wartest du? Wir …", setzte Kirinian an und machte einen Schritt auf Morikoko zu.

Morikoko – knurrte. Und nicht zum Spaß. Falls dieser Mistkerl ihm auch nur einen Schritt zu nahe kam, würde er ohne zu zögern zubeißen.

„Hoppla. Was soll das?", fragte Kirinian und wirkte aufrichtig irritiert. Er ließ die Arme sinken, blieb stehen. Er versuchte sich an einem Lächeln, doch sein Gesicht blieb ein Fragezeichen.

„Du glaubst doch wohl nicht allen Ernstes, dass ich jetzt hier einfach so mit dir schlafe!", bellte Morikoko ihm barsch entgegen.

„Nicht?" Kirinian hob beide Augenbrauen. „Aber warum denn nicht?"

„Wie wäre es mit: nicht der richtige Ort, nicht die richtige Zeit und ich kenne dich überhaupt nicht! Ganz zu schweigen davon, dass ich dich nicht ausstehen kann! Du bist das arroganteste, herablassendste Wesen, das ich kenne! Mit Ausnahme von Ifmanal vielleicht, aber selbst da bin ich mir nicht sicher! Du kommandierst mich herum und beleidigst mich bei jeder Gelegenheit! Du bist der allerletzte in diesem Wald, mit dem ich mich jemals paaren würde, du aufgeplustertes Pony!" Morikokos Stimme wurde mit jedem Wort ein wenig lauter, bis er aus voller Kehle brüllte. Seine Ohren glühten vor Zorn, seine Krallen gruben sich in den moosigen Untergrund.

„So ist das also", sagte Kirinian nachdenklich, ohne sich zu rühren. Sein Blick wurde ernst. „Es gibt nichts, das das Ansehen eines Einhorns mehr bereichert als die Schaffung eines inneren Waldes. Ich könnte dadurch den Ruf meiner Familie wiederherstellen", sagte er und sah dabei auf Morikoko herab.

„Wozu? Du wirst doch der Letzte deiner Linie sein! Was spielt es da für eine Rolle? Das ist doch Schwachsinn! Geht es dir wirklich nur darum? Die ganze Zeit über? Wolltest du nur deswegen den Wald retten? Damit du wieder einen höheren Rang unter den anderen Ponys einnimmst? War es das? Und der Wald ist dir vollkommen gleichgültig?" War alles nur Lüge gewesen? Bedeutete ihm der Wald überhaupt nichts, genauso wenig wie den anderen Einhörnern? War der Wald für ihn nur ein Mittel zum Zweck? Hatte er Morikoko derart an der Nase herumgeführt?

„Für dich würde es im Übrigen bedeuten, dass du ein neues Zuhause findest", fuhr Kirinian unbeeindruckt fort. Sein Tonfall hatte eine unverbindliche Sachlichkeit angenommen, kühl und glatt. „Während du nach der Umsiedlung diesen inneren Wald nie wieder betreten kannst, wird dich der neue innere Wald willkommen heißen. Du müsstest nicht in der Welt dort draußen leben. Könntest dein Fuchsfell wieder überstreifen und einen vollkommen neuen Wald entdecken. Ihm dabei zusehen, wie er entsteht, wie er wächst, sich entwickelt. Du würdest sogar auf laufende, sprechende Bäume treffen."

Kirinian legte den Kopf leicht schief. „Behaupte jetzt nicht, dass es das alles nicht wert ist, mit mir zu schlafen. Du willst den Wald nicht verlassen, das sehe ich dir an. Du hast dich zu dieser Entscheidung durchgerungen, dem Wald zuliebe, aber du hasst sie. Der neue Wald könnte deinen Schmerz lindern. Neue Abenteuer. Neue Freundschaften. Was erwartet dich schon in der Welt da draußen? Nichts. Niemand. Deine Familie lebt längst nicht mehr. Es gibt dort niemanden, der sich um dich sorgt, um dich kümmert. Im neuen Wald hingegen hättest du Familie: das Herz des Waldes und seinen Wächter."

Morikoko biss die Zähne zusammen, dass sie knirschten. „Nein."

„Aber ..."

„Nein. Löse diese Zeitblase. Wir gehen zur Wiese", entgegnete Morikoko entschlossen.

„Das ist dein Ernst."

Anstatt einer Antwort marschierte Morikoko zum Eingang. „Los jetzt. Und zieh dir was an. Nackt wirst du dem Ansehen deiner Familie sicher nichts Gutes tun." Er starrte stur auf den Eingang, der bläulich schimmerte. Sein Herz schlug ihm dermaßen fest gegen den Brustkorb, dass Morikoko befürchtete, es könnte ihn jeden Moment durchstoßen. Das Blut rauschte laut in seinen Ohren und seine Muskeln waren so sehr angespannt, dass ihm vor Anstrengung ganz übel wurde.

Dann erlosch der Schimmer.

Morikoko hörte das Rascheln von Kleidung, während Kirinian sich wortlos anzog. Er selbst trat mit steifen, ungelenken Beinen nach draußen an die frische Luft. Fofalia und Hakanumi blickten neugierig zu ihm herüber, einige Meter weit von der Höhle entfernt. Morikoko räusperte sich, sagte: „Er kann gehen", und stapfte auf und davon.

Sollten sie doch alle denken, was sie wollten.

Sie irrten sich.

Zu allem entschlossen lief Morikoko durch den Wald, den Bach entlang, über Wurzeln und Steine, vorbei an Bäumen, Büschen und Sträuchern, trugen seine Pfoten ihn wie von selbst Richtung Butterblumenwiese, ein Weg, den er mit geschlossenen Augen gefunden hätte. Er würde sich nicht mehr zum Narren halten lassen, von nichts und niemandem. Es war sein Leben und er konnte verdammt nochmal damit tun, was er wollte: diese elendige Umsiedlung endlich hinter sich bringen, den Wald verlassen und sich irgendwie durchschlagen.

Niemand würde sich um ihn kümmern? Auf ihn warten? Sich um ihn sorgen? Was war er, ein hilfloser Welpe? Er brauchte niemanden! Hunderte, ach was, tausende Abenteuer hatte er bestritten, ganz auf sich gestellt, hatte jede Herausforderung gemeistert, jedes Ziel erreicht! Er konnte alleine auf sich aufpassen und sich alleine zurechtfinden, egal, ob in einem magischen Wald oder der Welt da draußen! Ohne Riesen, ohne Fesl, ohne Rotfußrenner oder die Urtiefe, was konnte ihn dort schon Gefährliches erwarten? Die Welt außerhalb des Waldes war ein Witz gegen all die Gefahren, die er hier hatte bestreiten müssen!

Sollte er sich doch verpissen, dieser hochnäsige, eingebildete Vollidiot! Dem würde er es zeigen! Und wie er da draußen zurecht kommen würde! Mit links! Als ob er auf irgendjemanden angewiesen wäre! Vielleicht gar noch auf ein bescheuertes Pony mit Hut? „Dass ich nicht lache!", knurrte Morikoko zwischen den zusammengebissenen Zähnen hindurch, mit denen er schon den ganzen Weg lang knirschte, dass es im Umkreis mehrerer Meter zu hören war. „Ich lache! Hörst du?", brüllte er den Baumkronen entgegen. „Haha! Hahaha!"

Rüden sind dämlich.

Erschrocken zuckte Morikoko zusammen, blieb abrupt stehen und sah sich um, das unangenehme Gefühl im Nacken, bei etwas extrem Peinlichem ertappt worden zu sein. Gerade, als er schon glaubte, er habe sich nur eingebildet, etwas zu hören, traf sein Blick - „Nalani."

Sie legte den Kopf schief, lächelte und wackelte mit den Ohren. *Rüden sind dämlich. Sie sagen Dinge, die sie nicht so meinen.* Ihr Maul blieb geschlossen, während die Worte direkt in Morikokos Ohren summten. *Immer die gleiche Geschichte. Egal, ob Fuchs, ob Mensch, ob Einhorn.* Sie seufzte. Ihr Lächeln wurde breiter, ihr Blick liebevoll. *Läufst du noch einmal mit mir? Ein letztes Mal?*

„Du bist nicht ... du bist nur ...", setzte Morikoko an.

Wer erster an der Butterblumenwiese ist!, rief Nalani und rannte dabei bereits los. Ihre Pfoten jagten über den Waldboden und ihr roter Fuchsschwanz peitschte ihr scharf hinterher.

Morikoko rannte ihr los, bevor er sich dessen bewusst wurde, sich in Bewegung gesetzt zu haben. Er sah sie vor sich oder zumindest noch ihre weiße Schwanzspitze, das kleine Stückchen Fell – *wo bleibst du, du Schnecke? Streng dich an!* - jagte ihr hinterher, schneller und schneller – *du warst auch schon mal schneller, Morikoko!* - versuchte sie einzuholen, hörte sie lachen und kichern, fröhlich und ansteckend, sah, wie sie sich auf der Wiese auf den Boden fallen ließ – *Erster! Du schuldest mir drei Duckdichmäuse! Nein, fünf! Oder sieben!* - ließ sich neben sie fallen, lachend und keuchend und sagte: „Warum nicht gleich ein Dutzend?"

„Ein Dutzend was?", fragte ein Wolf, der plötzlich über Morikoko stand und ihn kritisch beäugte.

Morikoko kniff die Brauen zusammen, betrachtete verwirrt den Wolf, sah dann zu Nalani hinüber, die sich wieder aufgesetzt hatte. *Danke für das Rennen,* sagte sie und zwinkerte ihm zu. *Und vergiss nicht: Rüden sind dämlich. Alle. Jederzeit.*

„Warte, ich ...", rief Morikoko ihr hinterher, doch sie war bereits verschwunden. Er atmete tief durch, kämpfte gegen die Tränen an, die sich in seine Augen drängten, räusperte sich und stand auf. Er warf einen Blick auf den Wolf, sah aus den Augenwinkeln Fofalia, Hakanumi und Kirinian auftauchen, gefolgt von unzähligen Rehen, Füchsen und Wölfen, und erwiderte: „Es ist so weit." Dann marschierte er auf seinen vier Pfoten zu Yuriko, die sich gerade aus einer Umarmung mit Tonani gelöst hatte.

„Was muss ich tun?", fragte er sie, während Tonani sich von ihnen einige Meter entfernte.

Yuriko nickte in Richtung der Richtungssteine. „Du betrittst mit Kirinian und mir die Mitte und bleibst bei uns stehen, bis Kirinian das Steuerrad wieder loslässt. Tonani wird sich meiner annehmen und du gemeinsam mit Kirinian und den anderen Einhörnern den Wald verlassen."

„Ich muss nichts sagen oder tun? Keine seltsamen Aufgaben mehr? Nur dastehen und warten?", hakte er nach.

„Dastehen und warten wird bereits schwierig genug sein, glaube mir", entgegnete Yuriko und erst jetzt bemerkte er, dass ihr trotz des Lächelns, das sie ihm schenkte, Tränen über die Wangen liefen.

„Seid ihr bereit?", fragte Kirinian, als er sie erreichte.

Morikoko nickte stumm, ebenso Yuriko.

„Dann lasst uns gehen", sagte er und klang dabei müde und erschöpft. Er schritt neben den beiden her, den Blick auf die Mitte gerichtet, die von goldenen Symbolen umrahmt vor ihnen lag.

„Oh – halt, eines noch!", brach Yuriko die unangenehme Stille. Sie lachte, holte unter ihrem Umhang etwas hervor und setzte es Morikoko auf den Kopf.

„Ein Hut?", fragte Morikoko verwirrt. „Was soll ich denn mit einem Hut?"

„Es ist ein wunderbares Kleidungsstück. Und es steht dir hervorragend."

Kurz überlegte Morikoko, ob er sich dagegen wehren sollte. Schließlich war er keine Spielzeugpuppe, die man nach Belieben an- und ausziehen konnte. Aber … sie war immerhin das Herz des Waldes, der Hut eine Art Geschenk und in Anbetracht dessen, was ihr bevorstand … „Danke“, murmelte er knapp und durchschritt im selben Moment die Symbole. Sie kribbelten auf seinem Fell, kitzelten und neckten ihn, bis er ganz in die Mitte getreten war.

Verwundert stellte Morikoko fest, dass von hier drinnen die anderen außerhalb der Mitte nur sehr vage und verschwommen zu sehen waren, als würde man durch schimmerndes, glühendes Wasser sehen. Trotzdem entdeckte er Fofalia, Hakanumi und Tonani, die dicht beieinander standen.

Yuriko legte ihre rechte Hand auf Kirinians Schulter. „Nun denn: Bring uns nach Hause.“

Kirinian atmete tief durch und streckte die Hände nach dem hölzernen, mit goldenen Symbolen verzierten Steuerrad aus, das so groß war, dass es ihm bis ans Kinn reichte.

Dämlich!, schrie Nalani, die neben Tonani saß. *Alle, alle dämlich!*

Morikoko schloss die Augen, trat einen Schritt vor, öffnete die Augen wieder und legte seine Hand auf Kirinians andere Schulter. Dieser zuckte merklich zusammen und hielt in seiner Bewegung inne. Morikoko nutzte diesen Moment, um sich zu ihm hinüberzubeugen und sein Ohr zu flüstern: „Du bist ein dämlicher Mistkerl. Aber ich glaube, ich mag dich trotzdem.“ Dann richtete er sich wieder auf, atmete tief durch und sagte: „Und jetzt bring uns endlich hier weg.“

Kirinian legte seine Hände ans Steuerrad, umschlang sie so fest, dass seine Knöchel weiß hervortraten und fragte mich brüchiger Stimme: „Ist dir klar, dass du vollkommen nackt bist?“

Morikoko grinste. „Du irrst“, entgegnete er zufrieden. „Ich trage einen Hut.“

Zuerst war es, als fülle sich die Mitte mit dicker, fester Luft, die hin und her schwappte, sie umhüllte und bedeckte und dazu führte, dass Morikoko gegen die aufkeimende Panik ankämpfen musste, zu ersticken. Doch nach einigen Atemzügen bemerkte er, dass er noch immer genauso viel Luft bekam, wie zuvor. Erleichtert atmete er auf – und wurde im nächsten Augenblick mit Yuriko und Kirinian zusammengeworfen. Er hob panisch seine Arme, die plötzlich zierlich, weiß und feingliedrig wie die der wandernden Lilie waren, ließ einen spitzen Schrei entfahren, der nach Kirinian klang, spürte einen Wimpernschlag später kribbelnd und sehr warm das Steuerrad in seinen Händen und seine Fuchszähne im dafür viel zu kleinen Mund und Yurikos und Kirinians Stimmen in seinem Kopf, die ebenso überrumpelt und hilflos durcheinander schrien. Gerade, als er glaubte, sein Körper müsse jeden Augenblick zerspringen, zerplatzen, auf- oder auseinanderbrechen, wurde er aus den anderen beiden wieder herausgerissen und stand vornübergebeugt da, Hände auf die Knie gestützt, zitternd, schwarze Punkte, die vor seinen Augen tanzten, einem Magen voller Übelkeit und schwer atmend.

„Was ...", brachte er keuchend hervor, schüttelte den Kopf.

„Das ...", setzte Yuriko an, hustete und schrie dann noch einmal auf, als sie in rasender Geschwindigkeit kleiner und kleiner wurde und als kleines, braunes Samenkorn in Form einer winzigen Träne zu Boden fiel.

„Yuriko!" Morikoko riss die Augen auf und den Kopf herum zu Kirinian hinüber, der noch immer am Steuerrad hing, sich daran festkrallte und irgendwo gegensteuerte, als wären sie auf einem Schiff in schwerem Sturm. Er schien ihm etwas zuzurufen, sein Mund öffnete und schloss sich, doch Morikoko hörte ihn nicht. Er schrie zu ihm hinüber, nur um festzustellen, dass er seine eigenen Schreie nicht zu hören vermochte. Genau genommen hörte er überhaupt nichts, nicht einmal das Rauschen seines Blutes in den Ohren oder seinen Herzschlag, Geräusche, die er selbst beim Tauchen unter Wasser stets wahrnahm. Er schüttelte seinen Kopf, klopfte gegen seine Ohren, holte tief Luft und schrie aus voller Kehle.

Nichts.

Sein verzweifelter Blick streifte das Samenkorn, das noch immer am Boden lag. Hastig bückte sich Morikoko, um Yuriko aufzuheben und sicher zu bewahren, bis er sie Tonani übergeben konnte. Doch gerade, als er seine Finger nach ihr ausstreckte – hörte er.

Bu-bumm.

Ein einzelner, leiser Herzschlag, klar und hell in der vollkommenen Stille.

Bu-bumm. Bu-bumm.

Nicht sein Herzschlag, groß und schwer und kräftig, sondern klein und zart, zögerlich. Er sah sich um, seine Augen suchten konzentriert nach dem Ursprung.

Bubummbubummbubummbubummbu

Und dann sah er es: klein, zusammengerollt, flauschiges, graues Fell, in einem Nest aus Moos und Laub am Boden. Mit einem Mal fiel alle Angst, alle Panik von ihm ab. Wärme breitete sich in seiner Brust aus und ein Lächeln tanzte auf seinen Lippen. Langsam kniete sich Morikoko neben das kleine Fellknäuel und betrachtete seinen kleinen Bauch, der sich im Rhythmus der Atemzüge hob und senkte, die winzigen Pfoten, die ins Leere traten, die Öhrchen, die immer wieder zuckten.

Plötzlich kauerte sich Kirinian neben ihn, legte den Kopf schief und betrachtete den kleinen Fuchs. „Erstaunlich", sagte er nach einer Weile.

Seine Stimme klang seltsam laut in der weiten Stille.

„Wir müssen gehen", fügte er hinzu, dieses Mal jedoch deutlich leiser.

Morikoko schüttelte den Kopf. „Wir können sie doch nicht einfach hier lassen", widersprach er, ebenfalls im Flüsterton.

Kirinian pflückte den Hut von Morikokos Kopf und legte ihn neben dem Fellknäuel ab. „Das habe ich auch nicht verlangt." Behutsam schob er eine Hand unter das kleine Wesen und reichte es Morikoko. „Halt mal kurz", sagte er und stopfte Moos und Laub in den Hut. Als er damit fertig war, nahm er es

Morikoko wieder aus der Hand und bettete es in den Hut. „So – und jetzt lass uns gehen. Ich höre die anderen Einhörner rufen." Damit erhob er sich und marschierte los.

Noch immer verwundert und überrascht, stand Morikoko auf und nahm den Hut vorsichtig an sich. Er sah von dem kleinen Welpen auf und Kirinian hinterher, der die Mitte in Richtung einer Allee golden schimmernder Bäume verließ. Hastig lief er los, um Kirinian einzuholen, doch dann erinnerte er sich an Yuriko. „Halt!", rief er dem anderen zu, so laut es mit dem schlafenden Winzling ging, „Wir müssen noch Yuriko suchen. Ihr Samenkorn ist zu Boden gefallen."

„Darum wird sich Tonani kümmern, sobald wir die Mitte und damit den Wald verlassen haben. Dann erlöschen die Symbole und geben den Weg zu Yuriko frei. Nun komm schon – je schneller wir weg sind, desto besser", rief Kirinian zurück, ohne seine Schritte zu verlangsamen oder gar stehen zu bleiben.

Morikoko zögerte, doch dann setzte er sich wieder in Bewegung und lief die Allee entlang. Die Bäume waren gigantisch, allesamt so groß wie Naokitam. Sie standen als golden schimmernde Umrisse zu ihrer Linken und Rechten und sahen ihnen dabei zu, wie sie den Wald verließen. Einige lächelten, andere schmunzelten, wieder andere wirkten ein wenig traurig. Einer winkte sogar mit seinen knorrigen, schiefen Ästen und Morikoko winkte fröhlich zurück. Und dann ... dann stand er vor ihm. Ohne Vorwarnung, einfach so. Lächelte zu ihm herunter, während Padmua neben ihm stand und ebenfalls lächelte.

Langsam trat Morikoko auf seinen alten Freund zu. Tränen stiegen in seine Augen. Naokitam lächelte milde, bevor er seinen Blick auf den schlafenden Welpen richtete. Dann wurde sein Lächeln noch breiter. Er streckte einen goldenen Ast nach dem kleinen Wesen aus, berührte es mit den Blättern sachte an der Stirn und auf dem Bauch und zog sich dann wieder zurück, während goldenes Licht über das Fell hüpfte.

„Danke", sagte Morikoko, auch, wenn er sich nicht sicher war, was Naokitam da gerade getan hatte. Dann setzte er widerwillig seinen Weg fort, drehte sich noch ein letztes Mal um, winkte Naokitam und Padmua zu und brachte die letzten Schritte hinter sich. Als er aus der Allee heraustrat, spürte er, wie sein Körper in Stoffe gehüllt wurde und ihn zugleich eine eisige Kälte traf. Überrascht blickte er an sich herab und stellte fest, dass er Schuhe, Hosen und eine Jacke trug.

„Und was jetzt?", fragte Morikoko, während sein Blick den Wald vor ihm betrachtete. Er tat es vor allem, um sich abzulenken, zu beschäftigen, um nicht allzu viel Zeit zum Nachdenken zu haben. „Und sag nicht, wir müssen diesen neuen inneren Wald erst suchen und auf dem Weg dorthin ein Dutzend Aufgaben erfüllen."

Kirinian schüttelte den Kopf. „Nein, ach was, ganz und gar nicht", erwiderte er und lächelte dann frech. „Nur drei."

Epilog

Es war eine seltsame Welt, die Morikoko da gemeinsam mit Kirinian, dem kleinen Fellknäuel in seinem Hut und zahllosen, nun nicht mehr vierbeinigen Einhörnern betrat. Während die meisten von ihnen sofort weiterzogen, ohne einander noch eines Blickes zu würdigen, kamen zwei von ihnen auf sie zu: eine Frau in bläulichen Beinkleidern, die unangemessen eng anlagen, einem dafür viel zu großen Oberteil, das grob gestrickt schien, und langen, glatten, hellbraunen Haaren; und ein Mann, ebenfalls in bläulichen Beinkleidern, die jedoch viel zu weit und bereits zerrissen waren, einer Art Hemd in einem absurd grellen Muster, langem Haar und Bart, Lederbändern an den Handgelenken und keinen Schuhen an den Füßen.

„Wir müssen dich in ein Krankenhaus bringen", sagte die Frau ohne Umschweife, legte sich Kirinians Arm um die Schulter und stützte ihn. „Die verflixte Hexe hätte sich ruhig mehr Mühe geben können."

Morikoko erkannte Odara an Stimme und Geruch und atmete erleichtert auf. Als der ältere Mann näher kam, identifizierte er ihn als Ralligur. Dieser schien weit weniger besorgt, schlenderte gemütlich zu ihnen herüber, warf einen Blick in den Hut und grinste dann breit.

„Also doch, love is the answer, ich sag's ja immer", sagte er und steckte die Hände in die Hosentaschen, während er noch immer grinste. „Was habt ihr zwei Turteltauben denn jetzt vor? Flitterwochen auf Hawaii? Oder lieber Madagaskar? Die Toskana ist ja auch fantastisch zu dieser Jahreszeit."

Kirinian knurrte zwischen den zusammengebissenen Zähnen hindurch und verlagerte sein Gewicht auf das gesunde Bein.

„Wir müssen den inneren Wald für das neue Herz finden und dann würde ich tatsächlich gerne einen Arzt aufsuchen", entgegnete er gepresst. „Du hast nicht zufällig eine Idee, wie wir die Suche einschränken können?"

Ralligur klopfte Kirinian derart stark auf die Schulter, dass dieser ins Schwanken kam. Nur durch Odaras beherztes und kräftiges Eingreifen landete er nicht am Boden. „Mein Wagen parkt vorne an der Straße. Im Handschuhfach ist eine Karte, damit sollte es recht schnell gehen." Er nickte in die Richtung, in die auch die anderen Einhörner verschwunden waren. „Folget mir!", rief er fröhlich und marschierte los.

Langsam humpelte Kirinian mit Odaras Unterstützung hinterher und Morikoko schritt vorsichtig neben ihnen her, trug den Hut mit dem kleinen Fuchswelpen wie ein rohes Ei. Er verstand kein Wort. Nichts ergab Sinn. Nicht, dass das in letzter Zeit oft der Fall gewesen wäre, aber gerade im Moment konnte sein Gehirn mit den Worten, die die Einhörner aussprachen und einander zuwarfen, überhaupt nichts anfangen. Verwirrt marschierte er mit ihnen bis zu einer Lichtung, die nur mehrere hundert Meter weit entfernt lag.

Die Lichtung selbst war nicht ungewöhnlich, bestand aus Gras, Büschen, Bäumen, Blumen, alles in der richtigen Reihenfolge und Anordnung. Doch auf der Lichtung, mitten in der Mitte, stand etwas, das vollkommen deplatziert wirkte. Da es über vier schwarze Räder verfügte, nahm Morikoko an, dass es sich um ein Transportmittel handeln musste, um irgendeinen Karren, doch er konnte nicht erkennen, wo ein Ochse oder ein Pferd vorgespannt werden könnte.

Ralligur steuerte direkt darauf zu, öffnete eine Tür und hüpfte hinauf auf den Sitz, vor dem sich ein Lenkrad befand. Dann beugte er sich nach rechts hinüber, öffnete ein Geheimfach und holte daraus ein kleines, dickes Stück Papier hervor. Damit kehrte er zu den anderen zurück. Mit großen Augen beobachtete Morikoko, wie Ralligur das Papier entfaltete. Es war groß, sehr dünn und mit einer Schärfe bemalt, einem Maß an Detailliebe, die Morikoko so noch nie zuvor gesehen hatte.

„Kirinian, Morikoko, eine Hand zu mir", ordnete Ralligur an. Kaum, dass sie der Aufforderung nachgekommen waren und ihm je eine Hand entgegengestreckt hatten, zückte dieser ein Messer und ritzte einen jeden in einen Finger.

Während die beiden erschrocken aufschrien und ihre Finger zurückzogen, um sie instinktiv in den Mund zu stecken und daran zu saugen, fing Ralligur ein paar Blutstropfen mit der Karte auf und schwenkte sie langsam. Dann hielt er sie ganz still.

„Was zum Geier", setzte Kirinian an.

„Shhhh", unterbrach ihn das alte Einhorn, den Blick fest auf die Karte gerichtet.

Plötzlich setzten sich die Blutstropfen in Bewegung, rollten über das Papier, als ginge es steil bergab, obwohl Ralligur es vollkommen gerade hielt. Ein paar Zentimeter entfernt hüpfte das Blut vom Blatt hoch, sauste dann wieder nach unten, drang in das Papier ein und verfärbte es dunkelrot.

„Ich nehme an, dorthin müssen wir das neue Herz bringen", schloss Kirinian in erstem Tonfall.

Ralligur nickte. „Genau. Der neue Wald zum neuen Herz befindet sich in … am … also … im Nordseekurpark der Insel Föhr." Er kratzte sich zuerst am Bart, dann hinterm Ohr und schließlich am Hinterkopf. „Das sind quasi … in etwa … zwölf Stunden Autofahrt. Zumindest mit meiner Iris."

„Dann bringen wir dich definitiv zuerst zum Arzt", entschied Odara und setzte sich mit Kirinian in Bewegung. „Los, alle einsteigen."

Morikoko beobachtete, wie sie alle durch Türen in den Karren stiegen. Er schluckte, ging los und folgte ihnen ins Innere. Dort waren die Sitze überraschend weich und warm. Ralligur und Odara saßen ganz vorne, während Kirinian und Morikoko in der Reihe dahinter Platz genommen hatten. Ein jeder hatte ein breites, schwarzes Seil vor die Brust gespannt, in Morikokos Fall war es Odara gewesen, die es korrekt befestigte. Nervös wartete er darauf, dass endlich jemand kam und ein Zugtier brachte und anschirrte, aber stattdessen rief Ralligur munter: „Alle zufrieden? Dann geht's los!"

Die darauffolgenden Stunden verbrachte Morikoko in einer

Art Wachtraumzustand: zwar hörte und sah er alles, was um ihn herum geschah, doch sein Kopf konnte keine rechte Verbindung herstellen zwischen den vielen verschiedenen Sinneseindrücken und Morikoko hatte ständig das Gefühl, stillzustehen, während alle und alles andere an ihm vorbeirauschten. Er klammerte sich an den Hut mit dem darin schlafenden Welpen, der ihm das letzte Stück Realität in dieser unmöglichen Umgebung schien. Schon nach kurzer Zeit konnte er nicht mehr sagen, wie lange sie bereits unterwegs waren, Minuten, Stunden, Tage? Sie bewegten sich in diesem ochsenlosen Karren in einer unvorstellbaren Geschwindigkeit. Die Welt raste an ihnen vorbei, so schnell, dass Morikoko ganz schwindlig wurde. Die Straßen, auf denen sie fuhren, waren allesamt grau und ebenmäßig und breit und sie teilten sie mit hunderten, ach, tausenden anderen ochsenlosen Karren und es wackelte alles, wenn eine davon an ihnen vorbeisauste. Von irgendwo her ertönte ununterbrochen etwas, das ein wenig wie Musik klang, zumindest schien es Instrumente zu enthalten und fast hörte es sich danach an, als würden Menschen singen. Wo sich diese Menschen befanden und warum sie für sie sangen, ob für Brot, für Unterkunft oder um Nachrichten zu verbreiten, blieb Morikoko ein Rätsel.

Immer wieder hielten sie vor großen Gebäuden aus Stein und Glas, in einem davon wurde Kirinians Bein versorgt, ein anderes verließ Odara mit Nahrungsmitteln und wieder ein anderes nutzte Ralligur, um in den Karren eine Flüssigkeit zu pumpen, geweihtes Wasser vielleicht, als Schutz gegen böse Geister. Morikoko blieb die ganze Zeit auf seinem Platz sitzen, starrte und staunte und blinzelte. So umfassend fassungslos war er, dass er nicht einmal nervös wurde, als sie zusammen mit vielen anderen Karren auf ein großes Boot fuhren, das so hoch wie eine Kirche war, um damit zu der Insel hinüberzufahren, auf der sich der innere Wald befand.

Als sie endlich an einem kleinen Waldrand anhielten,

zwischen vielen, aus kleinen Steinen gebauten, mit Reet gedeckten Häusern, schlüpfte Morikoko blitzschnell aus dem schwarzen Seil, riss die Tür auf, sprang mit dem Hut in Händen heraus und lief in den Wald hinein. Er atmete die Luft der Bäume und den Duft nach Laub und Moos ein, während sein Herz wie verrückt in seiner Brust schlug und seine Knie zitterten. Er zuckte zusammen, als er plötzlich eine Hand auf seiner Schulter spürte.

„Es tut mir leid, das war etwas viel auf einmal", gestand Kirinian. „Vielleicht ..."

Plötzlich stand jemand vor ihnen, neben einem großen, grauen Stein, durchsichtig und schimmernd, aber in den Umrissen deutlich zu erkennen. Er musterte sie, blinzelte und lächelte ihnen dann zu, bevor er sie zu sich herüberwinkte.

„Hier ist für uns Schluss", erklärte Ralligur. „Den neuen inneren Wald könnt nur ihr drei betreten." Er klopfte Kirinian auf die Schulter, umarmte Morikoko und tätschelte dann den schlafenden Welpen. „Viel Glück. Man sieht sich." Damit drehte er sich um und schlenderte davon.

Odara umarmte sie beide, lächelte mit Tränen in den Augen, beugte sich dann über den Hut und küsste das Fellknäuel auf die kleine Schnauze. „Pass mir gut auf die beiden Knallköpfe auf", flüsterte sie ihm zu, bevor auch sie sich abwandte und davonging.

Gemeinsam schritten Morikoko und Kirinian auf die schimmernde Gestalt zu und in dem Moment, als die zwei sie erreichten, kribbelte es auf Morikokos Haut und die Umgebung veränderte sich binnen eines Wimpernschlages: frisch grün blühende Sträucher und Büsche, dicht an dicht, hohe Bäume, deren Blätter im Wind rauschten, und ansonsten: Stille.

„Herzlich Willkommen. Ich bin Belal, Wächter des Herzens des Waldes", begrüßte der Mann sie, der nun nicht mehr schimmerte und auch alles andere als durchsichtig war. Im Gegensatz zu Tonani war Belal breit gebaut, kräftig und muskulös; seinen Kopf mit dem struppigen, braunen Haar zierten zwei kleine, runde Bärenohren und seine Hände und Füße erinnerten stark an Pranken. „Das muss mein Schützling sein. Darf ich sie halten?", fragte er und streckte die Hand nach dem Hut aus.

Morikoko wollte zurückweichen, doch Kirinian hielt ihn fest. „Natürlich. Ich bin Kirinian und das hier ist Morikoko." Behutsam und liebevoll nahm Belal den Welpen aus dem Hut heraus, drückte ihn sich an den bloßen Oberkörper und kraulte ihn. „Und wie heißt die junge Herrin?"

„Sie, äh ...", begann Kirinian und hob beide Augenbrauen an. „Wir hatten noch keine ... es ist so, dass wir ... also, bisher ... ich wusste auch gar nicht ..."

„Lija", unterbrach ihn Morikoko entschlossen. „Ihr Name ist Lija."

Belal nickte und lächelte. „Ein guter Name." Er legte den Kopf schief. „Ich werde Lija mit meinem Leben beschützen. Seid euch dessen gewiss. Dieser Wald wird euch stets willkommen heißen. Wann immer euch danach ist, könnt ihr uns besuchen."

Morikoko schluckte. „Ich möchte gerne bleiben", sagte er und sah, wie Kirinian zusammenzuckte. Er zögerte einen Moment, dann fügte er hinzu: „Vorerst."

Wieder nickte Belal. „Wie es euch beliebt."

„Ich ... also, ich muss ... es gibt da Dinge, die ich ... und meine Schwester ...", murmelte Kirinian leise. Dann seufzte er, hob den Blick und zwang ein Lächeln auf sein Gesicht. „Ich werde ein Ferienhaus mieten, gleich am Waldrand, und euch jeden Tag besuchen kommen. Und wenn du dann so weit bist, kannst du mich ja auch draußen besuchen kommen, nach und nach."

Morikoko nickte. Plötzlich wurde ihm schwer ums Herz. Er schluckte. „Dann ... sehen wir uns morgen?", fragte er unsicher.

„Morgen", versprach Kirinian. Dann ballte er die Hände zu

Fäusten, drehte sich um und stapfte konzentriert nach draußen zurück.

Morikoko sah ihm hinterher, bis seine Umrisse verblassten und schließlich verschwanden. Dann wandte er sich Belal zu. „Und nun?"

„Und nun", sagte Belal mit seiner tiefen Bärenstimme, „gehen wir nach Hause."

Alex und Max

„Und wenn sie nicht gestorben sind, dann leben sie noch heute", schließt Max das Märchen und gähnt dabei herzhaft. Er schielt auf den Wecker, obwohl er das nicht müsste: Durch das große Fenster scheint bereits seit geraumer Zeit die Morgensonne herein, also muss es schon weit nach sieben sein. Alex gähnt ebenfalls. „Schön erzählt", murmelt er, die Augen geschlossen. „Nur am Ende recht schnell zu Ende. Finde ich. Ich hab gedacht, du schmückst das jetzt noch schön aus. Wie sie sich jeden Tag treffen und einander besser kennenlernen und wie sie sich immer mehr ineinander verlieben und am Ende zusammen in den Wald ziehen und noch ein paar Füchse und Fohlen in die Welt setzen. Und sie sehen, wie Lija aufwächst und der Wald mit ihr."

Max hebt beide Augenbrauen an, verschränkt die Finger seiner Hände ineinander und streckt die Arme dann so weit durch, dass alles darin knackst, von den Fingern über die Handgelenke und den Ellenbogen bis zu den Schultern. „Du kannst doch tolkien'sches Nachgeplänkel nicht leiden. Das Gesummse kann man sich sparen. Reine Seitenschinderei. Deine Worte."

„Und du hörst viel zu genau hin, wenn ich etwas sage, und merkst dir das immer alles. Und dann kann ich danach nie sagen, das habe ich gar nicht gesagt."

„Was bin ich bloß für ein gemeiner Mensch", erwidert Max in bedauerndem Tonfall und schüttelt dabei langsam den Kopf. „Du hast es schon wirklich schwer mit mir. Ende ist Ende. Schluss, aus, vorbei. Feierabend. Es ist ja auch schon recht spät. Also, früh. Oder so. Du weißt schon."

„Hm. Also keine Outtakes?"

„Keine Outtakes."

„Hm." Schwerfällig wälzt sich Alex von der Seite auf den Bauch und drückt sein Gesicht in sein zerknautschtes Kopfkissen. „Aber so eine richtige Liebesgeschichte wie du sie dir gewünscht hast, ist es jetzt nicht geworden", nuschelt er in den Flanellbezug.

Müde fährt sich Max mit der flachen Hand übers Gesicht und gähnt erneut. „Du hast mal wieder nicht richtig zugehört", entgegnet er und rutscht mit dem Hintern auf der Matratze so lange nach vorne, bis er sich hinlegen kann. „Ich habe mir ein Märchen gewünscht, mit Wald und Herbst und Liebe. War alles dabei. Auch Liebe. Viel Liebe sogar." Er zieht sich die Decke bis ans Kinn, dreht sich auf die Seite und schließt die Augen. „Schlaf gut, mein Pony."

„Du meinst wohl, wilder Hengst", murmelt Alex langsam.

Max kichert kurz. „Na klar." Dann schläft er ein.

Danksagung

Mein Dank gilt wieder zuallererst meiner Familie, die mich gerade bei „Morikoko" sehr unterstützt hat: Testlesen, korrigieren und in weihnachtlicher Atmosphäre bei Plätzchen und Tannenduft aus einigen Einbahnstraßen herausholen, in die ich mich geschrieben hatte. Danke auch für all die Blöcke, Blätter, Bleistifte und Spitzer – irgendwie verschwinden die immer auf absolut unerklärliche Weise.

Außerdem möchte ich mich sehr bei meiner Freundin bedanken, die Morikoko ebenfalls gelesen und auf Herz und Nieren geprüft hat. Mir war bis dahin nie klar, wie viele unnötige Kommata ich setze. Vielen lieben Dank für deine etwa fünfhundert „Komma kann weg"-Kommentare und all die anderen Hinweise.

Ein liebes Dankeschön auch an alle, die auf Sweek für „Morikoko" gestimmt und die Geschichte kommentiert haben. Ich habe mich wahnsinnig über eure Unterstützung gefreut.

Und natürlich möchte ich mich wieder bei allen bedanken, die dieses Buch gekauft, verschenkt oder selber gelesen haben. Danke für eure Rezensionen, für eure lieben eMails und eure Kommentare auf Facebook. Das motiviert ungemein.